# EL ÚLTIMO COYOTE

## Michael Connelly

EDICIONES B
GRUPO ZETA

celona • Bogotá • Buenos Aires • Caracas • Madrid • México D.F. • Montevideo • Quito • Santiago de Chile

Título original: *The Last Coyote*
Traducción: Javier Guerrero
1.ª edición: diciembre 2008

© 1995 by Michael Connelly
© Ediciones B, S.A., 2008
   Bailén, 84 - 08009 Barcelona (España)
   *www.edicionesb.com*

Printed in Spain
ISBN: 978-84-666-2746-7
Depósito legal: B. 50.082-2008

Impreso por Grup BalmesAM-06

# EL ÚLTIMO COYOTE

*Michael Connelly*

Traducción de Javier Guerrero

*A Marcus Grupa*

—¿Se le ocurre algo con lo que quiera empezar?

—¿Sobre qué?

—Bueno, sobre lo que sea. Sobre el incidente.

—¿Sobre el incidente? Sí, se me ocurre algo.

Ella esperó, pero él no continuó. Antes de llegar a Chinatown ya había decidido que iba a proceder de este modo. Ella tendría que arrancarle cada palabra.

—¿Puede compartirlo conmigo, detective Bosch? —preguntó la mujer al fin—. Ése es el propósito de...

—Se me ocurre que esto es una estupidez. Una estupidez absoluta. Ése es el propósito. Nada más.

—No, espere. ¿Qué quiere decir con que es una estupidez?

—Quiero decir que vale, que lo empujé. Supongo que le di. No recuerdo exactamente lo que ocurrió, pero no voy a negarlo. Así que, está bien, suspéndanme, trasládenme, lleven el caso al Comité de Derechos, lo que sea. Pero este modo de proceder es una estupidez. Una baja involuntaria por estrés es una estupidez. A ver, ¿por qué tengo que venir a hablar con usted tres veces a la semana como si fuera un...? Ni siquiera me conoce, ni siquiera sabe nada de mí. ¿Por qué tengo que hablar con usted? ¿Por qué es precisa su firma en esto?

—Bueno, la respuesta técnica la tiene delante, en su declaración. El departamento ha decidido tratarlo, en lugar de sancionarlo. Le han dado una baja involuntaria por estrés, lo que significa...

—Sé lo que significa y eso es lo que es una estupidez. Alguien decide de manera arbitraria que sufro estrés y eso le da al departamento el poder para mantenerme apartado del servicio indefinidamente, o al menos hasta que usted me vea pasar por el aro unas cuantas veces.

—No es una resolución arbitraria, sino basada en sus actos, que en mi opinión muestran con claridad que...

—Lo que ocurrió no tiene nada que ver con el estrés. Fue... No importa. Como le he dicho es una estupidez. Así que por qué no va al grano. ¿Qué tengo que hacer para recuperar mi trabajo?

Bosch vio un destello de ira en los ojos de la psiquiatra. La negación completa de su ciencia y de su capacidad le había herido el orgullo. No obstante, la irritación desapareció con rapidez. Tratando con polis permanentemente tenía que estar acostumbrada.

—¿No se da cuenta de que todo esto es por su propio bienestar? Debo suponer que los máximos dirigentes de este departamento lo consideran sin lugar a dudas un activo valioso, de lo contrario, usted no estaría ahora aquí. Le habrían aplicado la vía disciplinaria y estaría en proceso de expulsión del cuerpo. En cambio, están haciendo lo posible para salvar su carrera y el correspondiente valor que tiene para el departamento.

—¿Un activo valioso? Yo soy un policía, no un activo. Y cuando estás en la calle nadie piensa en lo que es un activo valioso para el departamento. Por cierto, ¿qué significa eso? ¿Voy a tener que escuchar esas palabrejas aquí?

La psiquiatra se aclaró la garganta antes de hablar con voz severa.

—Tiene usted un problema, detective Bosch. Y va mucho más allá del incidente que ha ocasionado su baja. De eso van a tratar estas sesiones. ¿Lo entiende? Este incidente no es único. Ha tenido usted problemas antes. Lo que trato de hacer, lo que debo hacer antes de aprobar su retorno al servicio activo en cualquier condición, es que se examine a usted mismo. ¿Qué está haciendo? ¿Qué pretende? ¿Por qué se mete en estos problemas? Quiero que estas sesiones sean un diálogo abierto donde yo formulo unas pocas preguntas y usted habla libremente, pero con un propósito. No para hostigarme a mí y a mi profesión, ni para cuestionar la dirección del departamento, sino para hablar de usted. Aquí se trata de usted, y de nadie más.

Harry Bosch se limitó a mirarla en silencio. Le apetecía un cigarrillo, pero no pensaba preguntarle si podía fumar. No iba a reconocer ante ella que tenía ese hábito. Si lo hacía, ella seguramente empezaría a hablar de fijaciones orales o diría que se apoyaba en la nicotina. Inspiró hondo y miró a la psiquiatra que estaba al otro lado de la mesa. Carmen Hinojos era una mujer menuda, de rostro y expresión amistosos. Bosch sabía que no era mala persona. De hecho, había oído hablar bien de ella a otros policías que habían sido enviados a Chinatown. Carmen Hinojos simplemente estaba haciendo su trabajo y la ira de Bosch en realidad no estaba dirigida contra ella. El detective sabía que probablemente la psiquiatra era lo bastante lista para darse cuenta.

—Oiga, lo siento —dijo Hinojos—. No debería haber empezado con ese tipo de pregunta abierta. Sé que para usted se trata de una cuestión emocional. Tratemos de empezar de nuevo. Por cierto, puede fumar si lo desea.

—¿Eso también está en el expediente?

—No está en el expediente. No hace falta. No deja de llevarse la mano a la boca. ¿Ha intentado dejarlo?

—No, pero estamos en una dependencia municipal. Ya conoce las normas.

Era una excusa débil. Todos los días violaba esa ordenanza en la comisaría de Hollywood.

—Aquí no es la norma. No quiero que piense que este lugar forma parte del Parker Center o del ayuntamiento. Ése es el principal motivo de que estos consultorios estén lejos del centro. Aquí no rigen esa clase de normas.

—No importa dónde estemos. Usted sigue trabajando para el Departamento de Policía de Los Ángeles.

—Intente convencerse de que está lejos del departamento de policía. Cuando esté aquí, trate de pensar que simplemente ha venido a ver a una amiga. A hablar. Aquí puede decir lo que quiera.

Sin embargo, Bosch sabía que no podía considerarla una amiga. Nunca. Había demasiado en juego. De todos modos, asintió con la cabeza para complacerla.

—Eso no es muy convincente.

Bosch se encogió de hombros como para manifestar que era lo mejor que podía hacer, y lo era.

—Por cierto, si lo desea puedo hipnotizarle y librarle de su dependencia de la nicotina.

—Si quisiera dejarlo, lo haría. Hay gente que es fumadora y gente que no lo es. Yo lo soy.

—Sí, probablemente es el síntoma más obvio de una naturaleza autodestructiva.

—Disculpe, ¿estoy de baja porque fumo? ¿Es de eso de lo que se trata?

—Creo que usted ya sabe de qué se trata.

Bosch no replicó. Se recordó su decisión de hablar lo menos posible y no dijo nada más.

—Bien, vamos a continuar —intervino Hinojos—. Lleva de baja desde..., a ver, el martes hará una semana.

—Exacto.

—¿Qué ha estado haciendo durante este tiempo?

—Básicamente rellenando formularios FEMA.

—¿FEMA?

—Mi casa tiene etiqueta roja.

—El terremoto fue hace tres meses, ¿por qué ha esperado?

—He estado ocupado, he estado trabajando.

—Ya veo. ¿Tiene seguro?

—No diga «ya veo», porque no lo ve. Posiblemente no ve las cosas como las veo yo. La respuesta es que no, no tengo seguro. Como la mayoría de la gente, vivía en negación. ¿No es así como lo llaman? Apuesto a que usted tiene seguro.

—Sí. ¿Quedó muy afectada su casa?

—Depende de a quién se lo pregunte. Los inspectores municipales dicen que amenaza ruina y que ni siquiera puedo entrar. Yo creo que está bien. Sólo necesita alguna reforma. Ahora ya me conocen en Home Depot. Y he contratado a gente para que se ocupe de parte de las obras. Terminaré pronto y apelaré la etiqueta roja. He conseguido un abogado.

—¿Sigue viviendo allí?

Bosch asintió con la cabeza.

—Eso sí es negación, detective Bosch. No creo que deba hacerlo.

—No creo que tenga nada que decir acerca de lo que yo hago fuera de mi trabajo en el departamento.

Ella levantó las manos en ademán de rendición.

—Bueno, aunque no lo apruebo, supongo que en cierto modo es positivo que se ocupe en algo. Aunque yo optaría por un deporte o una afición, o por hacer planes para viajar fuera de la ciudad. Es importante mantenerse ocupado, mantener la cabeza alejada del incidente.

Bosch hizo una mueca.

—¿Qué?

—No lo sé, todo el mundo lo llama el «incidente». Me recuerda a la gente que hablaba del «conflicto» de Vietnam por no decir «guerra».

—¿Entonces cómo llamaría a lo que ocurrió?

—No lo sé, pero incidente... suena como... no lo sé. Aséptico. Escuche, doctora, retrocedamos un momento. Yo no quiero irme de viaje, ¿de acuerdo? Mi trabajo es la investigación de homicidios. Es lo que hago. Y, sinceramente, me gustaría volver a hacerlo. Podría hacer algún bien, ¿sabe?

—Si el departamento le deja.

—Si usted me deja. Sabe que va a depender de usted.

—Quizá. ¿Se da cuenta de que habla de su trabajo como si fuera una especie de misión?

—Exacto. Como el Santo Grial.

Lo dijo con sarcasmo. La situación se estaba poniendo insostenible, y eso que era sólo la primera sesión.

—¿Lo es? ¿Cree que su misión en la vida es resolver casos de asesinato, poner a los criminales entre rejas?

Bosch recurrió a encogerse de hombros para decir que no lo sabía. Se levantó, caminó hasta la ventana y miró a Hill Street. Las aceras estaban llenas de peatones. Cada vez que había ido allí había visto la calle abarrotada.

Se fijó en dos mujeres caucasianas que destacaban entre el mar de rostros asiáticos como las pasas en el arroz. Las dos mujeres pasaron junto al escaparate de una carnicería china, donde Bosch reparó en una fila de patos ahumados colgados por el cuello.

Más allá vio el paso elevado de la autovía de Hollywood, las ventanas oscuras de la vieja cárcel del sheriff y, detrás, el edificio del tribunal penal. A la izquierda se alzaba la torre del ayuntamiento. Había lonas negras de las que se utilizan en construcción colgadas en torno a los pisos superiores. Parecía algún tipo de gesto de duelo, pero Bosch sabía que era para evitar que cayeran cascotes de las reparaciones que se estaban efectuando a consecuencia del terremoto. Mirando más allá del ayuntamiento, Bosch vio la casa de cristal: el Parker Center, el cuartel general de la policía.

—Dígame cuál es su misión —continuó Hinojos en voz baja desde detrás de él—. Me gustaría que lo expresara con palabras.

Bosch volvió a sentarse y trató de pensar en una forma de explicarse, pero en última instancia negó con la cabeza.

—No puedo.

—Bueno, quiero que piense en eso. En su misión. ¿De qué se trata en realidad? Piénselo.

—¿Cuál es su misión, doctora?

—No nos preocupa eso aquí.

—Claro que sí.

—Mire, detective, ésta es la única pregunta personal que voy a responderle. Estos diálogos no tratan de mí. Son sobre usted. Considero que mi misión es ayudar a los hombres y mujeres de este departamento. Ése es el objetivo directo. Y al hacerlo, en una escala mayor, ayudo a la comunidad, ayudo a la gente de esta ciudad. Cuanto mejores sean los policías que patrullan las calles, mejor estaremos todos. Todos estaremos más seguros. ¿Satisfecho?

—Eso está bien. Cuando piense en mi misión, ¿quiere que lo reduzca a un par de frases como ésas y las ensaye hasta el punto de que parezca que estoy leyendo la definición de un diccionario?

—Señor, eh, detective Bosch, si se empeña en ser ingenioso y polémico constantemente, no vamos a ir a ninguna parte, lo que significa que no va a recuperar su trabajo pronto. ¿Es eso lo que pretende?

Bosch levantó las manos. La psiquiatra miró al bloc que tenía en el escritorio y Bosch aprovechó que no lo miraba para estudiarla.

Carmen Hinojos tenía unas manos pequeñas que mantenía en el escritorio, delante de ella. No llevaba anillos en ninguno de sus dedos, pero sostenía un bolígrafo de aspecto caro en la mano derecha. Bosch siempre había creído que los bolígrafos caros los usaba la gente excesivamente preocupada por la imagen. No obstante, quizá se equivocaba con ella. La psiquiatra llevaba el pelo negro atado en una cola y gafas de montura de carey. Debería haber llevado aparatos en los dientes cuando era pequeña, pero no lo había hecho. Hinojos levantó la cabeza y las miradas de ambos se encontraron.

—Este inci... esta situación coincidió o estuvo cercana en el tiempo con la disolución de una relación sentimental.

—¿Quién se lo ha dicho?

—Está en el material complementario que me han proporcionado. Las fuentes de este material no son importantes.

—Bueno, son importantes porque tiene malas fuentes. No tuvo nada que ver con lo que ocurrió. La disolución, como usted la ha llamado, fue hace casi tres meses.

—El dolor de estas rupturas puede durar mucho más tiempo. Sé que es una cuestión personal y difícil, sin embargo, creo que deberíamos hablar de ello. La razón es que me ayudará a formarme una idea de su estado emocional en el momento en que se produjo la agresión. ¿Le supone algún problema?

Bosch le hizo una señal con la mano para que prosiguiera.

—¿Cuánto tiempo duró esta relación?

—Alrededor de un año.

—¿Matrimonio?

—No.

—¿Hablaron de ello?

—No, nunca abiertamente.

—¿Vivían juntos?

—A veces. Los dos mantuvimos nuestras casas.

—¿La separación es definitiva?

—Eso creo.

Al decirlo en voz alta, Bosch sintió que reconocía por primera vez que Sylvia Moore había desaparecido de su vida para siempre.

—¿Fue una separación de mutuo acuerdo?

Bosch se aclaró la garganta. No quería hablar de ello, pero quería zanjar la cuestión.

—Supongo que podría decir que fue de mutuo acuerdo, pero yo no lo supe hasta que ella hizo las maletas. Hace tres meses nos estábamos abrazando en la cama mientras la casa temblaba. Podría decir que ella se fue antes de que terminaran las réplicas.

—Todavía no han terminado.

—Era una forma de hablar.

—¿Me está diciendo que el terremoto fue la causa del final de esta relación?

—No, no estoy diciendo eso. Lo único que estoy diciendo es que fue entonces cuando sucedió. Justo después. Ella es maestra en el valle de San Fernando y su escuela quedó destrozada. A los alumnos los trasladaron a otra escuela y el distrito ya no necesitaba tantos maestros. Ofrecieron años sabáticos y ella se tomó uno. Se fue de la ciudad.

—¿Tenía miedo de otro terremoto o tenía miedo de usted?

—La psiquiatra miró a Bosch a los ojos.

—¿Por qué iba a tener miedo de mí?

Sabía que había sonado demasiado a la defensiva.

—No lo sé, sólo estoy haciendo preguntas. ¿Le dio algún motivo para que estuviera asustada?

Bosch vaciló. Era una cuestión que nunca se había planteado en sus pensamientos íntimos acerca de la ruptura.

—Si se refiere al plano físico, no. Ella no estaba asustada y yo no le di motivos para que lo estuviera.

Hinojos asintió con la cabeza y anotó algo en su bloc. A Bosch le molestó que tomara un apunte acerca de eso.

—Mire, no tiene nada que ver con lo que ocurrió en comisaría la semana pasada.

—¿Por qué se fue? ¿Cuál fue la verdadera razón?

Bosch apartó la mirada, estaba enfadado. Así era como iban a funcionar las entrevistas. Ella iba a preguntarle todo lo que quisiera, a invadirlo por allí donde viera un resquicio.

—No lo sé.

—Esa respuesta no es válida aquí. Yo creo que lo sabe, o al menos tiene sus propias ideas acerca de por qué se fue. Debe tenerlas.

—Descubrió quién era yo.

—Descubrió quién era usted, ¿qué significa eso?

—Tendrá que preguntárselo a ella. Fue ella quien lo dijo. Pero está en Venecia.

—Bueno, entonces, ¿qué cree que quería decir con eso?

—No importa lo que yo creo. Ella es la que lo dijo y ella es la que se marchó.

—No pelee conmigo, detective Bosch. Por favor. Lo que más deseo es que recupere su trabajo. Como le he dicho ésa es mi misión. Devolverle allí, si usted puede volver. Pero lo pone difícil siendo difícil.

—Tal vez fue eso lo que descubrió, tal vez es así como soy.

—Dudo que la razón sea tan simple como eso.

—A veces yo no.

Hinojos miró su reloj y se inclinó hacia adelante; su insatisfacción por cómo se estaba desarrollando la sesión era patente.

—De acuerdo, detective. Entiendo lo incómodo que se

siente. Vamos a seguir adelante, aunque sospecho que tendremos que volver sobre este asunto. Quiero que se lo piense un poco. Trate de expresar sus sentimientos con palabras.

Aguardó a que Bosch dijera algo, pero él no lo hizo.

—Tratemos de hablar otra vez de lo que ocurrió la semana pasada. Entiendo que se originó en un caso relacionado con el asesinato de una prostituta.

—Sí.

—¿Fue brutal?

—Eso es sólo una palabra. Significa cosas distintas para personas distintas.

—Cierto, pero para usted, ¿fue un homicidio brutal?

—Sí, fue brutal. Creo que casi todos lo son. Cuando alguien muere, para la víctima es algo brutal.

—¿Y se llevó al sospechoso detenido?

—Sí, mi compañero y yo. O sea, no. Él vino voluntariamente a responder a unas preguntas.

—¿Este caso le afectó más que otros casos del pasado?

—Quizá, no lo sé.

—¿Por qué tendría que ser así?

—¿Se refiere a por qué me preocupo por una prostituta? No lo hago. No más que por cualquier otra víctima. Pero en homicidios tengo una regla cuando se trata de los casos que me asignan.

—¿Cuál es la regla?

—Todos cuentan o no cuenta nadie.

—Explíquelo.

—Sólo lo que he dicho. Todo el mundo cuenta o nadie cuenta. Eso es. Significa que me dejo la piel para resolver el caso tanto si se trata de una prostituta como si se trata de la mujer del alcalde. Ésa es mi regla.

—Entiendo. Ahora, veamos este caso en concreto. Me interesa oír su descripción de lo que ocurrió después del arresto y de las razones que motivaron su reacción violenta en la comisaría de Hollywood.

—¿Está grabando esto?

—No, detective, todo lo que me diga es confidencial. Al final de estas sesiones simplemente haré unas recomendaciones al subdirector Irving. Los detalles de las sesiones nunca se divulgarán. Mis recomendaciones normalmente ocupan menos de media página y no contienen detalles de las entrevistas.

—Tiene usted mucho poder con esa media página.

La psiquiatra no respondió. Bosch pensó un momento mientras la miraba. Pensó que podría confiar en ella, pero su instinto y experiencia le decían que no se fiara de nadie. Ella aparentemente comprendía su dilema y esperó.

—¿Quiere saber mi versión?

—Sí.

—Muy bien. Le contaré lo que ocurrió.

Bosch fumó en el camino a casa, pero se dio cuenta de que lo que de verdad necesitaba no era un cigarrillo, sino una copa que le calmara. Miró el reloj y decidió que era demasiado temprano para parar en un bar. Se conformó con otro cigarrillo e irse a casa.

Después de subir por Woodrow Wilson, aparcó a media manzana de su domicilio y regresó caminando. Oía música suave de piano. El sonido procedía de la casa de uno de sus vecinos, pero no sabía decir de cuál. En realidad no conocía a ninguno de sus vecinos ni quién podía tener un pianista en la familia. Pasó por debajo de la cinta amarilla extendida delante de su propiedad y entró a través de la puerta de la cochera.

Aparcar calle arriba y ocultar el hecho de que vivía en su propia casa formaba parte de su rutina. El inmueble había recibido la etiqueta roja que lo calificaba de inhabitable después del terremoto y un inspector municipal había ordenado su demolición. Sin embargo, Bosch no había acatado ninguna de las dos órdenes. Había cortado el candado que bloqueaba la caja de electricidad y llevaba tres meses viviendo de este modo.

Era una casa pequeña, con revestimiento exterior de madera de secuoya. Se alzaba sobre unos pilares anclados en el lecho de roca sedimentaria que se había doblado para formar las montañas de Santa Mónica, surgidas en el desierto durante las eras mesozoica y cenozoica. Los pilares habían resistido el terremoto, pero la casa en saledizo se había desplazado por encima de ellos, soltándose parcialmente de los pernos instalados para resistir los temblores sísmicos. Resbaló. Unos cinco centímetros. Pero eso era suficiente. A pesar de la corta distancia, el daño era grande. En el interior, el armazón de madera de la casa se dobló y los marcos de puertas y ventanas dejaron de estar en escuadra. Los cristales se hicieron añicos, la puerta delantera quedó cerrada de manera definitiva, bloqueada en un marco que se había escorado hacia el norte con el resto de la edificación. Si Bosch quería abrir esa puerta, probablemente necesitaría pedir prestado el tanque de la policía con el ariete. Tenía que valerse de una palanca para abrir la puerta de la cochera, que se había convertido en la entrada principal a la vivienda.

Bosch había pagado cinco mil dólares a una empresa constructora para que levantara la casa y la desplazara de nuevo los cinco centímetros que se había deslizado. La habían colocado en su lugar y habían vuelto a atornillarla a los pilares. Después, Bosch se contentó con trabajar cuando disponía de tiempo en reconstruir él mismo los marcos de las ventanas y las puertas interiores.

Lo primero fue el cristal, y en los meses posteriores reconstruyó los marcos y volvió a colgar las puertas interiores. Se basaba en libros de carpintería y con frecuencia tenía que repetir dos y tres veces el mismo proyecto hasta que obtenía un resultado razonablemente satisfactorio. No obstante, disfrutaba de la actividad, e incluso le resultaba terapéutica. El trabajo manual se convirtió para él en un descanso de su labor en homicidios. Dejó la puerta de la entrada tal y como estaba, a modo de saludo al poder de la naturaleza, y se conformó con entrar por la puerta lateral.

Todos sus esfuerzos no sirvieron para salvar la casa de la lista de estructuras condenadas del ayuntamiento. A pesar del trabajo de Bosch, Gowdy, el inspector de obras que había sido asignado a esa zona de las colinas, mantuvo la etiqueta roja de las casas sentenciadas a la demolición, y entonces empezó el juego del escondite por el cual Bosch entraba y salía de manera subrepticia, como un espía en una embajada extranjera. Clavó lonas de plástico negro en el lado interior de las ventanas que daban a la calle para que no saliera luz alguna. Y siempre buscaba a Gowdy. Gowdy era su perdición.

Entretanto, Bosch contrató a un abogado para apelar la resolución del inspector.

La puerta de la cochera ofrecía un acceso directo a la cocina. Después de entrar, Bosch abrió la nevera, sacó una lata de Coca-Cola y se quedó de pie ante el viejo electrodoméstico, refrescándose con el aliento del refrigerador mientras examinaba su contenido en busca de algo adecuado para la cena. Sabía exactamente lo que había en los estantes y en los cajones, pero miró de todos modos. Era como si esperara la aparición por sorpresa de un bistec olvidado o de una pechuga de pollo. Seguía esta rutina con la nevera abierta con cierta frecuencia. Era el ritual de un hombre que estaba solo, y eso también lo sabía.

En la terraza de atrás, Bosch se bebió el refresco y se comió un sándwich que consistía en pan de hacía cinco días y rodajas de carne de un envase de plástico. Lamentó no tener patatas chips para acompañarlo, porque indudablemente tendría hambre más tarde si sólo se alimentaba del sándwich.

Se quedó de pie en la barandilla mirando la autovía de Hollywood, casi al límite de su capacidad a causa de los residentes fuera de la ciudad que volvían a sus domicilios como cualquier otro lunes por la tarde. Él había escapado del centro de Los Ángeles justo antes de que rompiera la ola de la hora punta. Tenía que tener cuidado de no pasarse de tiempo en sus sesiones con la psicóloga del departamento, concertadas los lunes, miércoles y viernes a las tres y media. Se preguntó si Carmen Hinojos permitía que una sesión se alargara o bien la suya era una misión de nueve a cinco.

Desde su atalaya particular, Bosch veía casi todos los carriles que atravesaban el paso de Cahuenga en dirección norte hacia el valle de San Fernando. Estaba repasando mentalmente lo que se había dicho durante la sesión, tratando de dilucidar si había sido una sesión buena o mala, pero se despistó y empezó a observar el punto donde la autovía aparecía en el horizonte, al coronar el paso de montaña. Distraídamente, elegía dos coches que alcanzaban juntos la cima y los seguía con la mirada por el segmento de la autovía que resultaba visible desde la terraza. Elegía a uno u otro y seguía la carrera, desconocida para los pilotos, hasta la línea de meta situada en la salida de Lankershim Boulevard.

Al cabo de unos minutos se dio cuenta de lo que estaba haciendo y se volvió, dando la espalda a la autovía.

—Joder —dijo en voz alta.

Supo entonces que mantener las manos ocupadas no bastaría mientras continuara apartado del trabajo. Volvió a entrar y cogió una botella de Henry de la nevera. En cuanto la hubo abierto sonó el teléfono. Era su compañero, Jerry Edgar, y la llamada fue una bienvenida distracción en medio del silencio.

—Harry, ¿cómo van las cosas en Chinatown?

Como todos los polis temían en secreto que algún día podrían derrumbarse a causa de las presiones del trabajo y convertirse en candidatos a las sesiones de terapia de la Sección de Ciencias del Comportamiento del departamento, rara vez se referían a la unidad utilizando su nombre formal. Ir a las sesiones de la SCC solía llamarse «ir a Chinatown», porque la unidad se hallaba en Hill Street, a muchas travesías del Parker Center. Cuando se sabía que un poli iba allí corría la voz de que sufría el *blues* de Hill Street. El edificio de seis plantas en el que se hallaba la SCC se conocía como el edificio Cincuenta y uno cincuenta. No era el número de la calle, sino el código con el que se referían a una persona demente en la radio de las patrullas. Este tipo de códigos formaba parte del proceso de menospreciar, y de este modo contener con más facilidad, los propios temores.

—Me ha ido genial en Chinatown —dijo Bosch con sarcasmo—. Tendrías que probarlo algún día. Una sesión y ya ha conseguido que me siente aquí a contar los coches de la autovía.

—Bueno, al menos no se te acabarán.

—Sí, ¿tú qué tal?

—Al final Pounds lo ha hecho.

—¿Qué ha hecho?

—Me ha enchufado otro compañero.

Bosch se quedó un momento en silencio. La noticia le dejó una sensación de irrevocabilidad. La idea de que tal vez nunca recuperaría su trabajo se abrió paso en su mente.

—¿Ah, sí?

—Sí, al final lo ha hecho. Me ha tocado un caso esta mañana y ha puesto conmigo a uno de sus lameculos. Burns.

—¿Burns? ¿De automóviles? Nunca ha trabajado en homicidios. ¿Alguna vez ha trabajado en delitos contra personas?

Los detectives solían optar entre dos líneas en el departamento. Una era la de los delitos contra la propiedad y la otra la de los delitos contra personas. En la segunda vía uno podía especializarse en homicidios, violaciones, asaltos o atracos. Los detectives de delitos contra personas llevaban los casos de perfil alto y solían ver a los investigadores de los delitos contra la propiedad como chupatintas. Había tantos delitos contra la propiedad en la ciudad que los detectives pasaban la mayor parte de su tiempo tomando nota de denuncias y procesando alguna detención ocasional. En realidad no hacían mucho trabajo de detectives, porque no les quedaba tiempo para eso.

—Siempre ha sido un chupatintas —dijo Edgar—, pero con Pounds eso no importa. Lo único que le importa es tener a alguien en la mesa de homicidios que no le moleste. Y Burns es el tipo ideal. Seguramente empezó a cabildear para obtener el puesto en el mismo momento en que se enteró de lo tuyo.

—Bueno, que se joda. Voy a volver a la mesa y entonces él volverá a coches.

Edgar se tomó un tiempo para responder, como si Bosch hubiera dicho algo que para él carecía de sentido.

—¿De verdad crees eso, Harry? Pounds no va a consentir que vuelvas después de lo que hiciste. Cuando me dijo que iba a ponerme con Burns le dije que no se lo tomara a mal, pero que prefería esperar hasta que volviera Harry Bosch, y él me dijo que entonces tendría que esperar hasta hacerme viejo.

—¿Eso dijo? Bueno, que se joda él también. Todavía me quedan un par de amigos en el departamento.

—Irving sigue en deuda contigo, ¿no?

—Supongo, pero ya veremos.

No continuó, prefería cambiar de tema. Edgar era su compañero, pero nunca habían llegado al punto de confiar plenamente en el otro. Bosch desempeñaba el papel de mentor en la relación y le habría confiado su vida a Edgar, pero era un vínculo que se sostenía en la calle. Las cuestiones internas del departamento eran otro asunto. Bosch nunca se había fiado de nadie, y no iba a empezar a hacerlo en ese momento.

—Bueno, ¿cuál es el caso? —preguntó para cambiar de tema.

—Ah, sí. Quería hablarte de eso. Es raro, tío. Primero el crimen es raro y más todavía lo que ocurrió después. El aviso se recibió de una casa de Sierra Bonita a eso de las cinco de la mañana. Un ciudadano informó de que había oído un sonido como de escopeta, pero amortiguado. Sacó del armario su rifle de caza y salió a echar un vistazo. Es un barrio que últimamente ha sido limpiado por los yonquis. Cuatro robos de casas sólo en su manzana este mes. Así que estaba preparado con el rifle. Bueno, el caso es que recorre el sendero de entrada con el arma (el garaje está en la parte de atrás) y ve un par de piernas colgando de la puerta abierta de su coche, que estaba aparcado enfrente del garaje.

—¿Le disparó?

—No, eso es lo más raro. Se acercó con el arma, pero el tipo del coche ya estaba muerto. Tenía un destornillador clavado en el pecho.

Bosch no lo entendía. Le faltaban datos, pero no dijo nada.

—El *airbag* lo mató, Harry.

—¿Qué quieres decir con que el *airbag* lo mató?

—El *airbag*. El maldito yonqui estaba robando el *airbag* y de alguna manera el chisme saltó. Se hinchó al instante y le clavó el destornillador justo en el corazón, tío. Nunca había visto nada igual. Debía de tener el destornillador del revés o estaba usando el mango para golpear el volante. Todavía no lo sabemos con certeza. Hablamos con un técnico de Chrysler y nos dijo que si sacas la cubierta protectora como hizo ese tipo, incluso la electricidad estática puede dispararlo. Nuestro difunto llevaba un jersey. No sé, tal vez fuera eso. Burns dice que es la primera víctima de la electricidad estática.

Mientras Edgar se reía entre dientes del humor de su nuevo compañero, Bosch pensó en la escena. Recordó un boletín informativo referente a los robos de *airbags* que se había distribuido el año anterior. Se habían convertido en un producto muy solicitado en el mercado negro. Los ladrones sacaban trescientos dólares por unidad a propietarios de talleres con pocos escrúpulos. Los talleres los compraban por trescientos y cobraban a los clientes novecientos por instalar uno. Eso doblaba los beneficios que obtenían cuando los encargaban al fabricante.

—¿Entonces parece accidental? —preguntó Bosch.

—Sí, muerte accidental, pero la historia no termina ahí. Las dos puertas del coche estaban abiertas.

—El muerto tenía un cómplice.

—Eso supusimos. Y si encontrábamos al cabrón podíamos acusarlo bajo la ley de complicidad en homicidios. Así que pedimos que los del laboratorio buscaran con el láser todas las huellas que pudieran sacar del coche. Las llevamos al laboratorio y pedimos a uno de los técnicos que las escaneara y las mandara al AFIS. Y ¡sorpresa!

—¿Conseguisteis al compañero?

—Irrefutable. Ese ordenador del AFIS tiene largo alcance, Harry. Coincidía con una huella archivada en una de las redes del Centro de Identificación Militar de San Luis. Estuvo en el ejército hace diez años. De ahí sacamos la identificación y después conseguimos una dirección de Tráfico. Lo hemos detenido hoy. Ha confesado. Va a desaparecer por una buena temporada.

—Parece un buen día.

—Pero la cosa no termina ahí. Todavía no te he contado la parte rara.

—Pues cuéntamela.

—¿Recuerdas que te he dicho que pasamos el láser por el coche y obtuvimos todas las huellas?

—Sí.

—Encontramos otra más. Ésta era de la base de datos de crímenes. Un caso de Misisipí. Tío, todos los días tendrían que ser como éste.

—¿Cuál fue el resultado? —preguntó Bosch, que se estaba impacientando con la manera que tenía Edgar de parcelar el relato.

—Coincidía con huellas puestas hace siete años en la red por algo llamado Base de Datos de Identificación Criminal de los Estados del Sur. Son cinco estados que juntos no suman la población de Los Ángeles. La cuestión es que una de las huellas que enviamos hoy coincidía con la del perpetrador de un doble homicidio en Biloxi en el setenta y seis. Un tipo al que los diarios llamaron el Asesino del Bicentenario porque mató a dos mujeres el Cuatro de Julio.

—¿El dueño del coche? ¿El tío del rifle?

—Exacto. Sus huellas estaban en la cuchilla de carnicero que dejó clavada en el cráneo de una de las chicas. Estaba bastante sorprendido cuando fuimos a su casa esta tarde. Dijimos: «Eh, cogimos al socio del tío que murió en su coche. Y, por cierto, estás detenido por doble asesinato, hijoputa.» Creo que alucinó, Harry. Tendrías que haber estado allí.

Edgar rió sonoramente al teléfono y Bosch, después de sólo una semana en el dique seco, entendió lo mucho que echaba de menos el trabajo.

—¿Cooperó?

—No, no dijo una palabra. Si fuera tan estúpido no habría salido impune de un doble asesinato durante casi veinte años. Es una larga fuga.

—Sí, ¿qué ha estado haciendo?

—Parece que se lo ha tomado con calma. Es dueño de una ferretería en Santa Mónica. Está casado y tiene un hijo y un perro. Un caso de reforma total. Pero va de retorno a Biloxi. Espero que le guste la cocina del Sur porque no va a volver por aquí en una buena temporada.

Edgar se rió otra vez. Bosch no dijo nada. La historia le deprimía porque era un recordatorio de que ya no estaba en activo. También le recordó la petición de Hinojos de que definiera su misión.

—Mañana vendrán un par de agentes estatales de Misisipí —dijo Edgar—. Hablé con ellos hace un rato y están encantados.

Bosch no dijo nada durante un rato.

—Harry, ¿sigues ahí?

—Sí, sólo estaba pensando en algo... Bueno, suena como un día fantástico en la lucha contra el crimen. ¿Cómo se lo ha tomado el intrépido líder?

—¿Pounds? Joder, se le ha puesto como un bate de béisbol. ¿Sabes qué está haciendo? Está tratando de averiguar una forma de colgarse las medallas por resolver tres asesinatos. Quiere apuntarse los casos de Biloxi.

La estratagema no sorprendió a Bosch. Era una práctica extendida entre los jefes del departamento y los estadísticos anotarse puntos para los índices de resolución de crímenes siempre que era posible. En el caso del *airbag* no se había producido un asesinato, sino un accidente. No obstante, como el fallecimiento había acontecido en el curso de la comisión de un delito, la ley de California establecía que el cómplice podía ser acusado de la muerte del compañero. Bosch sabía que basándose en la detención por asesinato del compañero, Pounds pretendía sumar un punto a la estadística de casos resueltos. No lo equilibraría sumando un caso a la lista de crímenes cometidos, porque la muerte producida por el *airbag* había sido accidental. Este pequeño paso de baile estadístico proporcionaría un importante impulso en el índice de homicidios resueltos por la División de Hollywood, que en años recientes había amenazado continuamente con caer por debajo del cincuenta por ciento.

Y no satisfecho con el modesto salto que este fraude contable produciría, Pounds pretendía sumar también el doble asesinato de Biloxi a la estadística. Después de todo, podía argumentarse que su brigada de homicidios había resuelto dos casos más. Sumar tres casos a un plato de la balanza sin añadir ninguno al otro probablemente daría un impulso tremendo al índice general de casos resueltos, así como a la imagen de Pounds como jefe de la brigada de detectives. Bosch sabía que Pounds estaría complacido consigo mismo y con los logros del día.

—Dijo que nuestro índice subiría seis puntos —estaba explicando Edgar—. Estaba radiante, Harry. Y mi nuevo compañero estaba feliz de haber hecho feliz a su hombre.

—No quiero oír nada más.

—No me lo creo. Bueno, ¿qué estás haciendo para mantenerte ocupado además de contar coches en la autovía? Debes de estar mortalmente aburrido, Harry.

—La verdad es que no —mintió Bosch—. La semana pasada terminé de arreglar la terraza. Esta semana voy a...

—Harry, te estoy diciendo que pierdes el tiempo y el dinero. Los inspectores van a descubrirte y te sacarán de casa de una patada en el culo. Después demolerán el edificio ellos mismos y te enviarán la factura. Tu terraza y el resto de la casa terminarán en la parte de atrás de un camión.

—He contratado a un abogado para que se ocupe.

—¿Y qué va a hacer?

—No lo sé. Quiero apelar la etiqueta roja. Es un tío con experiencia, dice que lo arreglará.

—Ojalá. Sigo pensando que deberías derribarla y empezar de nuevo.

—Todavía no he ganado la lotería.

—Hay préstamos federales para damnificados. Podrías pedir uno y...

—Ya lo he solicitado, Jerry, pero me gusta mi casa tal y como es.

—Vale, Harry. Espero que tu abogado lo solucione. Bueno, he de irme. Burns quiere tomarse una cerveza en el Short Stop. Me está esperando allí.

La última vez que Bosch había estado en el Short Stop, un bar de polis cercano a la academia y al estadio de los Dodgers, todavía había en la pared pegatinas que decían: «Yo apoyo al jefe Gates.» Para la mayoría de los polis, Gates era un rescoldo del pasado, pero el Short Stop era un lugar donde la vieja guardia iba a beber y a recordar un departamento que ya no existía.

—Sí, pásalo bien, Jerry.

—Cuídate, tío.

Bosch se recostó en la encimera y se bebió su cerveza. Llegó a la conclusión de que la llamada de Edgar había sido una forma bien disimulada de decirle a Bosch que estaba eligiendo su bando y separándose de él. A Bosch no le molestó. La primera lealtad de Edgar era consigo mismo, para sobrevivir en un ambiente que podía ser traicionero. Bosch no iba a culparlo por eso.

Bosch miró su reflejo en el vidrio de la puerta del horno. La imagen era oscura, pero veía sus ojos en la sombra y el perfil de la mandíbula. Tenía cuarenta y cuatro años y en algunos aspectos parecía mayor. Conservaba la cabeza cubierta de pelo castaño y rizado, pero tanto el cabello como el bigote empezaban a encanecer. Aquellos ojos marrón oscuro le parecieron cansados y consumidos. Su piel tenía la palidez de la de un vigilante nocturno.

Bosch todavía se mantenía delgado, pero en ocasiones la ropa le colgaba como si la hubiera sacado de una de las misiones del centro o acabara de pasar una enfermedad.

Se olvidó de su reflejo y cogió otra cerveza de la nevera. Fuera, en la terraza, vio que el cielo estaba brillantemente iluminado con los tonos pastel del anochecer. Pronto estaría oscuro, pero la autovía era un río resplandeciente de luces en movimiento, un río cuya corriente no se calmaba ni un momento.

Al mirar a los residentes de fuera de la ciudad que regresaban un lunes por la noche, vio la autovía como un hormiguero donde los obreros avanzaban en líneas. Alguien o alguna fuerza surgiría pronto y volvería a golpear la colina. Entonces las autovías se hundirían, las casas se derrumbarían y las hormigas simplemente las reconstruirían y volverían a formar filas.

Se sentía inquieto, pero no sabía por qué. Sus pensamientos se arremolinaban y se mezclaban. Empezó a ver lo que Edgar le había dicho del caso en el contexto de su diálogo con Hinojos. Había alguna conexión, algún puente, pero no lograba alcanzarlo.

Se terminó la cerveza y decidió que con dos bastaba. Fue a sentarse en una de las sillas del salón, con los pies en alto. Lo que quería era darle un descanso a todo. A la mente y al cuerpo. Levantó la cabeza y vio que las nubes estaban pintadas de naranja por el sol. Parecían lava fundida que se movía lentamente por el cielo.

Justo antes de quedarse adormilado un pensamiento se abrió paso entre la lava. Todos cuentan o no cuenta nadie. Y entonces, en el último momento de claridad antes del sueño supo cuál había sido el hilo conductor que había atravesado sus pensamientos. Y supo cuál era su misión.

Por la mañana, Bosch se vistió sin ducharse para poder ponerse de inmediato a trabajar en la casa y eliminar los pensamientos persistentes de la noche anterior mediante el sudor y la concentración.

Pero desembarazarse de las ideas no era tarea fácil. Mientras se ponía unos tejanos manchados de barniz, se atisbó en el espejo resquebrajado de encima del escritorio y vio que llevaba la camiseta del revés. Escrito en la pechera de algodón blanco estaba el lema de la brigada de homicidios:

NUESTRO DÍA EMPIEZA CUANDO EL SUYO TERMINA

La leyenda debía estar en la espalda. Se la quitó y volvió a ponérsela para ver en el espejo lo que se suponía que tenía que ver: una réplica de la placa de detective en el pecho izquierdo y las siglas en letras pequeñas del Departamento de Policía de Los Ángeles.

Preparó café y se llevó la cafetera y una taza a la terraza. Después arrastró su caja de herramientas y la puerta nueva para el dormitorio que había comprado en Home Depot. Cuando finalmente estuvo preparado, y con la taza llena de café, se sentó en el reposapiés de una de las tumbonas y colocó la puerta de costado enfrente de él.

La puerta original se había astillado en las bisagras a consecuencia del terremoto. Había tratado de colgar la sustituta unos días antes, pero era demasiado grande. Calculó que tenía que limar no más de tres o cuatro milímetros para que encajara. Se puso a trabajar con el cepillo de carpintero, moviendo la herramienta lentamente a lo largo de la base de la puerta y arrancando finísimas virutas de madera. De cuando en cuando se detenía y examinaba su progreso pasando la mano por la madera. Le gustaba admirar su progreso. No había muchas otras tareas en su vida que lo permitieran.

Pero aun así, no consiguió concentrarse demasiado tiempo. Su atención en la puerta se vio interrumpida por el mismo pensamiento impertinente que le había acosado la noche anterior. Todos cuentan o no cuenta nadie. Era lo que le había dicho a Hinojos. Era lo que le había dicho que creía. Pero ¿lo creía? ¿Qué significaba para él? ¿Era simplemente un lema como el que llevaba en la espalda de la camiseta o era algo que guiaba su vida? Estas preguntas se mezclaban con los ecos de la conversación que había mantenido con Edgar la noche anterior. Y con un pensamiento más profundo que siempre había tenido.

Apartó el cepillo y volvió a pasar la mano por la suave madera. Pensó que ya lo tenía y se llevó la puerta al interior de la casa. Había extendido una sábana vieja en el salón y había reservado una zona para trabajos de carpintería. Allí pasó una hoja de papel de lija de grano fino por el borde de la puerta hasta que quedó perfectamente suave al tacto.

Sostuvo la puerta en vertical y balanceándola sobre un taco de madera la colocó en las bisagras y terminó de encajarla suavemente con un martillo.

Había engrasado las dos partes de las bisagras previamente y la puerta se abrió y se cerró prácticamente en silencio. Pensó que lo más importante era que encajaba de manera uniforme en el hueco. La abrió y la cerró varias veces más, limitándose a mirarla y satisfecho con su logro.

El brillo de su éxito no duró mucho, porque la conclusión del proyecto le abrió la mente a la divagación. De nuevo en la terraza, las otras ideas volvieron mientras barría las virutas de madera para formar una pequeña pila.

Hinojos le había dicho que se mantuviera ocupado. Ya sabía cómo iba a hacerlo. Y en ese momento se dio cuenta de que no importaba cuántos proyectos encontrara para hacer, todavía tenía un trabajo pendiente. Apoyó la escoba en la pared y se metió en la casa para prepararse.

El almacén del Departamento de Policía de Los Ángeles y el cuartel general de la brigada aérea conocida como Piper Tech estaban en Ramirez Street, en el centro, relativamente cerca del Parker Center. Bosch, de traje y corbata, llegó a la puerta poco antes de las once. Mostró su tarjeta de identificación del departamento por la ventanilla del coche y enseguida le dejaron pasar. La tarjeta era lo único que tenía. Se la habían retirado junto con la placa dorada y el arma al concederle la baja la semana anterior, pero se la habían devuelto para que pudiera acceder a las dependencias de la Sección de Ciencias del Comportamiento para las sesiones de terapia con Carmen Hinojos.

Después de aparcar, caminó hacia el almacén pintado de beis que albergaba el historial de violencia de la ciudad. Los mil metros cuadrados del edificio contenían los archivos de todos los casos del Departamento de Policía de Los Ángeles, resueltos o sin resolver. Allí iban a parar los archivos de los casos cuando nadie más se preocupaba por ellos.

En el mostrador de la entrada, una administrativa civil estaba cargando archivos en un carrito para que pudieran ser llevados a los estantes y olvidados. Por la forma en que examinó a Bosch, éste supo que era raro que alguien se presentara allí en persona. Todo se hacía por teléfono y mediante mensajeros municipales.

—Si está buscando actas del ayuntamiento es en el edificio A, al otro lado del solar. El edificio con molduras marrones.

Bosch mostró su tarjeta de identificación.

—No, quería sacar el expediente de un caso.

Bosch metió la mano en el bolsillo del abrigo mientras ella se acercaba al mostrador y se inclinaba para leer su identificación. Era una mujer menuda, de raza negra, con el pelo gris y gafas. Según rezaba la tarjeta que llevaba en la blusa se llamaba Geneva Beaupre.

—Hollywood —leyó la mujer—. ¿Por qué no ha pedido que se lo enviáramos? No hay prisa con estos casos.

—Estaba en el centro, en el Parker... De todos modos quería verlo lo antes posible.

—Bueno, ¿tiene el número?

Bosch sacó del bolsillo un trozo de papel con la referencia 61-743. Geneva Beaupre se dobló para leerlo y levantó la cabeza de golpe.

—¿Mil novecientos sesenta y uno? ¿Quiere un caso de...? No sé dónde están los casos del sesenta y uno.

—Están aquí. Había visto el expediente antes. Creo que antes había otra persona en el mostrador, pero el expediente estaba aquí.

—Bueno, lo miraré. ¿Va a esperar?

—Sí, me espero.

La respuesta pareció defraudarla, pero Bosch sonrió de la manera más amistosa que pudo. Beaupre se llevó el papel y desapareció entre las pilas de documentos. Bosch paseó en el reducido espacio durante unos minutos y después salió a fumarse un cigarrillo. Estaba nervioso por algún motivo que no lograba definir. No paraba de moverse, de pasear.

—¡Harry Bosch!

Se volvió y vio que un hombre se le acercaba desde el hangar de helicópteros. Lo reconoció, pero no fue capaz de situarlo de inmediato. Entonces lo recordó: Dan Washington, que había sido capitán de patrullas y que en ese momento era comandante del escuadrón aéreo. Se dieron la mano cordialmente y Bosch suspiró por que Washington no estuviera al corriente de su situación de baja.

—¿Cómo va en Hollywood?

—Como siempre, capitán.

—¿Sabes? Lo hecho de menos.

—No hay mucho que echar de menos. ¿Qué tal usted?

—No me puedo quejar. Me gusta el destacamento, pero el puesto tiene más de director de aeropuerto que de policía. Supongo que es un lugar tan bueno como cualquier otro para pasar desapercibido.

Bosch recordó que Washington se había enfrentado políticamente con los pesos pesados del departamento y había aceptado el traslado como medio de supervivencia. El departamento contaba con decenas de destinos apartados como el que ocupaba Washington, destinos donde uno podía sobrevivir y esperar a que cambiara el viento político.

—¿Qué estás haciendo aquí?

Allí estaba. Si Washington conocía la situación de Bosch, admitir que se estaba llevando el archivo de un viejo caso era un reconocimiento de que estaba violando la normativa. Aun así, como atestiguaba su posición en la brigada aérea, Washington no era un hombre de la línea oficial. Bosch decidió correr el riesgo.

—Estaba sacando un viejo caso. Tengo algo de tiempo libre y quería comprobar un par de cosas.

Washington entrecerró los ojos y Bosch se dio cuenta de que lo sabía.

—Sí..., bueno, escucha, he de irme, pero resiste, hombre. No dejes que los burócratas acaben contigo. —Le guiñó el ojo a Bosch y siguió adelante.

—No les dejaré, capitán. Usted tampoco.

Bosch se sentía razonablemente seguro de que Washington no mencionaría su encuentro a nadie. Pisó la colilla y volvió a acercarse al mostrador, reprendiéndose en privado por haber salido y haberse dejado ver. Al cabo de cinco minutos empezó a oír un sonido agudo procedente de los pasillos que había entre las pilas. Al momento Geneva Beaupre apareció empujando un carrito en el que llevaba una carpeta de tres anillas.

Era el expediente de un caso de asesinato. Tenía al menos

cinco centímetros de grosor y estaba cubierto de polvo y cerrado con una goma elástica. La goma sostenía también una vieja tarjeta de registro verde.

—Lo encontré.

Había una nota de triunfo en la voz de la mujer. Bosch supuso que sería el mayor logro del día para ella.

—Fantástico.

La mujer dejó el pesado archivo en el mostrador.

—«Marjorie Lowe. Homicidio. Mil novecientos sesenta y uno.» Veamos... —Beaupre cogió la tarjeta de la carpeta y la miró—. Sí, usted fue el último que se lo llevó. Veamos, fue hace cinco años. Entonces estaba en robos y homicidios y...

—Sí. Y ahora estoy en Hollywood. ¿Quiere que firme otra vez?

Ella le puso la tarjeta verde delante.

—Sí, y anote también su número de identificación, por favor.

Bosch hizo lo que le pedían y se dio cuenta de que la mujer lo estaba observando mientras escribía.

—Es zurdo.

—Sí.

Volvió a pasarle la tarjeta por el mostrador.

—Gracias, Geneva.

Bosch la miró. Deseaba decir algo más, pero temía cometer un error. Ella le devolvió la mirada y en su rostro se formó una sonrisa de abuela.

—No sé lo que está haciendo, detective Bosch, pero le deseo suerte. Seguro que es importante si vuelve después de cinco años.

—Son muchos más años, Geneva. Muchos más.

Bosch retiró todo el correo viejo y los manuales de carpintería de la mesa del comedor y colocó en ella la carpeta y su libreta. Se acercó al equipo de música y puso un disco compacto: *Clifford Brown with Strings*. Fue a la cocina a coger un cenicero y se sentó delante del expediente. Lo miró durante un buen rato sin moverse. La última vez que había tenido el archivo apenas había ojeado sus muchas páginas. En aquella ocasión no sintió que estuviera preparado y lo devolvió a los archivos.

Esta vez quería asegurarse de que sí lo estaba antes de abrirlo, por eso dedicó un buen rato a examinar la cubierta de plástico resquebrajada como si ésta contuviera alguna pista acerca de su preparación. Un recuerdo le inundó la mente. Un chico de once años en una piscina, agarrándose a la escalera de acero del costado, sin aliento y llorando, con las lágrimas disimuladas por el agua que resbalaba del cabello mojado. El niño estaba asustado. Solo. Se sentía como si la piscina fuera un océano que debía cruzar.

Brown estaba tocando *Willow Weep for Me*, valiéndose de su trompeta con la suavidad con que un pintor de retratos usa el pincel. Bosch cogió la goma elástica que había puesto en torno a la carpeta cinco años antes y ésta se quebró al tocarla. Dudó sólo un instante más antes de abrir la carpeta y soplar para sacar el polvo.

El expediente correspondía al caso abierto el 28 de octubre de 1961, el asesinato de Marjorie Phillips Lowe. Su madre.

Las páginas de la carpeta estaban de color amarillo oscuro

y rígidas por el paso de los años. Mientras las miraba y las leía, Bosch se sintió inicialmente sorprendido por lo poco que habían cambiado las cosas en casi treinta y cinco años. Muchos de los formularios de investigación de la carpeta continuaban utilizándose. El Informe Preliminar y el Registro Cronológico del Agente Investigador eran los mismos que usaba él, salvo por algunas palabras cambiadas para adaptarse a sentencias judiciales y a criterios de corrección política. Las casillas de descripción donde antes ponía «negro», se cambiaron después por «de color» y más tarde por «afroamericano». La lista de móviles en la Proyección Preliminar del Caso no incluía la violencia doméstica ni las clasificaciones odio-prejuicio que figuraban en la actualidad. Las hojas de resumen de interrogatorios carecían de casillas para marcar que se habían comunicado las advertencias Miranda.

Aparte de ese tipo de modificaciones, los informes eran idénticos y Bosch decidió que la investigación de homicidios continuaba básicamente igual que entonces. Por supuesto, se habían producido avances tecnológicos increíbles en los últimos treinta y cinco años, pero pensaba que había cosas que eran siempre las mismas y que no iban a cambiar. El trabajo de campo, el arte de interrogar y escuchar, de saber cuándo fiarse de un instinto o una corazonada. Ésas eran cosas que no cambiaban, que no podían cambiar.

El caso había sido asignado a dos investigadores de la mesa de homicidios de Hollywood. Claude Eno y Jake McKittrick. Los informes que redactaron estaban en orden cronológico en la carpeta. En los informes preliminares se referían a la víctima por el nombre, lo cual indicaba que había sido identificada de inmediato. En una de esas páginas se decía que la víctima fue hallada en un callejón, detrás del lado norte de Hollywood Boulevard, entre Vista y Gower. La falda y la ropa interior de la víctima habían sido desgarradas por su agresor. Se suponía que habían abusado sexualmente de ella y que la habían estrangulado. El cadáver había sido abandonado en un cubo de basura situado ante la puerta trasera de una tienda de recuerdos de Hollywood llamada Startime Gifts & Gags. El cuerpo fue descubierto a las 7.35 por un agente de patrulla que recorría a pie las calles del bulevar y que solía echar un vistazo en los callejones al principio de cada turno. El bolso de la víctima no se encontró pero ésta fue identificada de inmediato porque el agente la conocía. En la hoja siguiente quedaba claro por qué la conocía.

La víctima tenía un historial de detenciones por rondar en Hollywood. (Véanse ID 55-002, 55-913, 56-111, 59-056, 60-815 y 60-1121.) Los detectives de antivicio Gilchrist y Stano describieron a la víctima como una prostituta que trabajaba periódicamente en la zona de Hollywood y que había sido advertida repetidamente. La víctima vivía en los apartamentos El Rio, situados dos manzanas al norte de la escena del crimen. Se cree que la víctima se hallaba en la actualidad implicada en actividades de prostitución mediante contacto telefónico. AN 1906 pudo hacer la identificación de la víctima por la familiaridad de haberla visto en la zona en años anteriores.

Bosch miró el número del agente notificador. Sabía que el número 1906 pertenecía a un agente de patrulla que se había convertido en uno de los hombres más poderosos del departamento, el subdirector Irvin S. Irving. En una ocasión Irving le había confiado a Bosch que había conocido a Marjorie Lowe y que había sido él quien la había encontrado.

Bosch encendió un cigarrillo y continuó leyendo. Los informes, escritos de manera descuidada, eran superficiales y estaban plagados de nombres mal escritos. Al leerlos, a Bosch le quedó claro que Eno y McKittrick no dedicaron mucho tiempo al caso. Había muerto una prostituta. Era un riesgo inherente al trabajo. Ellos tenían problemas más importantes.

Se fijó en que en el informe de investigación de la muerte había una casilla para señalar al familiar más próximo. Decía:

Hieronymus Bosch (Harry), hijo, edad 11 años, orfanato McClaren. Notificación realizada el 28-10 a las 15.00. Bajo custodia del Departamento de Servicios Sociales Públicos desde 7-1960. MI. (Véanse informes de detención de la víctima 60-815 y 60-1121.) Padre desconocido. El hijo permanece en custodia en espera de padres de acogida.

Al leer el informe, Bosch podía descifrar fácilmente las abreviaturas e interpretar el texto. MI significaba «madre inadecuada». Al cabo de tantos años, la ironía no le pasó inadvertida a Bosch. El chico había sido arrebatado a una madre presumiblemente inadecuada para ser insertado en un sistema de protección igualmente inadecuado. Lo que Bosch más recordaba era el ruido. Siempre había mucho ruido. Como en una prisión.

Bosch se acordaba de que McKittrick había sido el encargado de darle la noticia. Fue durante la hora de piscina. La piscina cubierta estaba llena de la espuma que provocaban un centenar de niños que nadaban, chapoteaban y gritaban. Después de salir del agua, Harry se había echado sobre los hombros una toalla blanca que había sido lavada y blanqueada tantas veces que parecía de cartón. McKittrick le comunicó la noticia y él regresó a la piscina, donde sus sollozos quedaron silenciados bajo el agua.

Tras pasar rápidamente los informes complementarios referidos a las detenciones previas de la víctima, Bosch llegó al informe de la autopsia. Se saltó la mayor parte de ésta, porque no necesitaba conocer los detalles, y se concentró en la página resumen, donde había un par de sorpresas. La hora de la muerte se estableció entre siete y nueve horas antes del hallazgo del cadáver. Alrededor de medianoche. La sorpresa estaba en la causa oficial de la muerte, que se hacía constar como golpe contundente en la cabeza. El informe describía una profunda contusión encima de la oreja derecha con inflamación pero sin laceración que causara una hemorragia fatal en el cerebro. El informe decía que el asesino podría haber creído que estrangulaba a la víctima después de haberla dejado inconsciente de un golpe, no obstante, la conclusión del forense era que Marjorie Lowe ya estaba muerta cuando el asesino apretó el cinturón de la propia víctima en torno al cuello. El informe aseguraba asimismo que aunque se había hallado semen en la vagina, no existían otras heridas relacionadas habitualmente con la violación.

Al releer el resumen con mirada de investigador, Bosch advirtió que las conclusiones de la autopsia enmarañaron las cosas a los dos detectives originalmente asignados al caso. La hipótesis inicial basada en la apariencia del cadáver era que Marjorie Lowe había sido víctima de un crimen sexual. Eso invocaba el espectro de un encuentro casual —tan casual como las relaciones propias de su profesión— que condujo a su muerte. Pero el hecho de que el estrangulamiento ocurriera después de la muerte y de que no hubiera prueba convincente de violación abría otra posibilidad. Existían factores a partir de los cuales se podía especular que la víctima había sido asesinada por alguien que posteriormente trató de camuflar su implicación y motivos en el azar de un crimen sexual. A Bosch sólo se le ocurría una razón para esa voluntad de despistar, si es que había habido tal. El asesino conocía a la víctima. A medida que avanzaba se preguntó si McKittrick y Eno habían llegado a las mismas conclusiones que él.

Había un sobre de 20 x 25 en el archivo que contenía las fotos de la escena del crimen y la autopsia. Bosch se lo pensó un buen rato antes de dejar el sobre a un lado. Igual que le había ocurrido la última vez que había sacado el expediente de los archivos, no podía mirar.

Lo siguiente era otro sobre con un inventario de pruebas grapado. Estaba casi en blanco.

PRUEBAS RECUPERADAS
Caso 61-743

Huellas dactilares extraídas del cinturón de cuero con conchas plateadas de la víctima.

Informe SID n.º 1114 06-11-61

Arma homicida recuperada: cinturón de cuero negro de la víctima con conchas. Propiedad de la víctima.

Ropa propiedad de la víctima. Archivada en custodia de pruebas. Taquilla 73B LAPDHQ
1 blusa blanca, manchada de sangre
1 falda negra, rasgada en la costura
1 par de zapatos negros de tacón alto
1 par de medias negras, rasgadas
1 braga, rasgada
1 par de pendientes dorados
1 brazalete dorado
1 cadena de oro con una cruz

Eso era todo. Bosch examinó largo rato la lista antes de anotar los datos en su libreta. Algo le inquietaba, pero no conseguía precisarlo. Todavía no. Estaba asimilando demasiada información y tenía que dejar que ésta se asentara antes de que afloraran las anomalías.

Lo dejó estar por el momento y abrió el sobre de las pruebas, rompiendo la cinta roja que lo sellaba y que se había agrietado con los años. En el interior había una tarjeta amarillenta con dos huellas dactilares completas, de un pulgar y un dedo índice, y varias parciales, obtenidas después de aplicar polvo negro al cinturón. En el sobre también había una tarjeta de contenido, de color rosa, que detallaba la ropa de la víctima, la cual había sido guardada en una taquilla para pruebas. La ropa nunca se había sacado de la taquilla porque nunca se había celebrado juicio. Bosch puso ambas tarjetas a un lado, preguntándose qué habría ocurrido con la ropa. A mediados de los sesenta se había construido el Parker Center y el departamento de policía se había establecido allí. El antiguo cuartel general había sido demolido hacía mucho. ¿Qué había ocurrido con las pruebas de los casos no resueltos?

El siguiente elemento del expediente era un conjunto de informes resumen de los interrogatorios conducidos en los primeros días de la investigación. La mayoría de ellos eran de personas con un conocimiento periférico de la víctima. Gente como otros residentes en los apartamentos El Rio y compañeras de profesión de Marjorie Lowe. Había un informe breve que captó el interés de Bosch. Se trataba de un interrogatorio llevado a cabo tres días después del asesinato con una mujer llamada Meredith Roman, a quien se describía como asociada y en un tiempo compañera de habitación de la difunta. En el momento del informe también vivía en El Rio, en el piso de arriba del de la víctima. El informe había sido redactado por Eno, quien parecía el vencedor indiscutible en analfabetismo, cuando se comparaba la redacción de los dos investigadores asignados al caso.

Meredith Roman (9-10-1930) fue interrogada a fondo el día de la fecha en el apartamento de El Rio donde vivía un piso por encima del apartamento de la víctima. La señorita Roman proporcionó a este detective muy poca información útil en relación con las actividades de Marjorie Lowe durante el periodo de la última semana de vida.

La señorita Roman reconoció que había estado implicada en actos de prostitución en compañía de la víctima en *numrosas* ocasiones en los ocho años previos, pero no había sido fichada (después confirmado). Dijo al detective abajo firmante que esos encuentros estaban *consertados* por un hombre llamado Johnny Fox (2-2-1933), que reside en el 1110 de Ivar, en Hollywood. Fox, 28 años, no tenía historial de detenciones, pero la inteligencia antivicio confirma que había sido sospechoso con anterioridad en casos de alcahuetería, asalto malicioso y venta de heroína.

La señorita Roman afirma que la última vez que vio a la víctima fue en una fiesta en el segundo piso del *otel* Roosevelt el 21-10. La señorita Roman no asistió a la fiesta con la víctima, pero la vio allí momentáneamente en una breve conversación.

La señorita Roman asegura que ahora piensa retirarse del negocio de la prostitución y abandonar Los Ángeles. Afirma que comunicará a los detectives su nueva dirección y teléfono por si es preciso contactar con ella. Su *atitud* fue *coperativa* con el firmante.

Bosch inmediatamente buscó otra vez el informe de Johnny Fox. No lo había. Buscó en la parte inicial del expediente el informe cronológico para ver si alguna entrada mencionaba que habían hablado con Fox. El informe cronológico se limitaba a entradas de una línea que hacían referencia a otros informes. En la segunda página encontró una única anotación.

3-11 800-2000 Vigilancia del apto. de Fox. No aparece.

No había ninguna otra mención de Fox en el informe, pero cuando Bosch leyó el IC hasta el final, otra entrada captó su atención.

5-11 940 A. Conklin *consierta* cita.

Bosch conocía el nombre. Arno Conklin había sido fiscal del distrito en Los Ángeles en la década de 1960. Si la memoria no le fallaba, en 1961 Conklin aún no era fiscal del distrito, pero sí uno de los fiscales principales. Su interés en el asesinato de una prostituta le resultó curioso a Bosch. Sin embargo, en el expediente no había nada que proporcionara una respuesta. No había resumen de una entrevista con Conklin. Nada.

Se fijó en que el verbo concertar ya había sido mal escrito en el informe cronológico del resumen de la entrevista con Roman que había redactado Eno. Bosch concluyó que Conklin había llamado a Eno para establecer la cita. Sin embargo, desconocía el significado de esto, si es que lo tenía. Anotó el nombre de Conklin en la parte superior de una hoja de su libreta.

Volviendo a Fox, Bosch no lograba entender por qué no fue localizado para ser interrogado por Eno y McKittrick.

Parecía el sospechoso natural: el macarra de la víctima. Y si habían interrogado a Fox, Bosch no podía entender por qué no existía en el expediente del caso ningún informe respecto a una pieza clave de la investigación.

Bosch se sentó y encendió un cigarrillo. Ya estaba tenso por la sospecha de que ocurrían cosas extrañas en el caso. Sintió un tirón interior causado por la indignación. Cuanto más leía, más se reafirmaba en la idea de que el caso había sido mal llevado desde el principio.

Volvió a inclinarse sobre la mesa y continuó pasando páginas de la carpeta mientras fumaba. Había más resúmenes de entrevistas e informes carentes de sentido. Era todo simple relleno. Cualquier poli de homicidios digno de llevar placa podía producir como churros ese tipo de informes si quería llenar una carpeta y dar la sensación de que había llevado a cabo una investigación concienzuda. Al parecer, a McKittrick y Eno no les faltaban cualidades en este sentido. Pero cualquier poli de homicidios digno de llevar placa también era capaz de darse cuenta de que era relleno en cuanto lo veía. El sentimiento de vacío en el estómago se hizo más intenso.

Finalmente, Bosch llegó al primer Informe de Seguimiento de la Investigación. Estaba fechado una semana después del asesinato y escrito por McKittrick.

El caso del homicidio de Marjorie Phillips Lowe continúa abierto en este momento. No se han identificado sospechosos.

La investigación hasta la fecha ha determinado que la víctima estaba implicada en la prostitución en la zona de Hollywood y podría haber sido víctima de un cliente que cometió el homicidio.

El sospechoso preliminar John Fox negó su implicación en el incidente y ha sido descartado en este momento a través de la comparación de las huellas y la confirmación de su coartada por medio de testigos.

No se han identificado sospechosos. John Fox asegura

que el viernes 30-11, aproximadamente a las 21 horas, la víctima salió de su residencia en los apartamentos El Rio para ir a un lugar no determinado para propósitos de prostitución. Fox afirma que la cita fue establecida por la víctima y que él no tenía conocimiento. Fox *afrima* que no era extraño que la víctima tuviera relaciones sin su conocimiento. La ropa interior de la víctima fue hallada desgarrada. Nótese, no obstante, que un par de medias también pertenecientes a la víctima no presentaban ninguna carrera y se cree que probablemente se las quitó voluntariamente.

La experiencia y el instinto de los investigadores lleva a la conclusión de que la víctima se topó con una encerrona en la localización desconocida después de llegar de manera voluntaria y probablemente quitarse algo de ropa. El cadáver fue transportado posteriormente al cubo de basura situado en un callejón entre Vista y Gower, donde fue descubierto a la mañana siguiente.

La testigo Meredith Roman fue entrevistada nuevamente hoy y solicitó modificar su declaración inicial. Roman informó a este investigador que creía que la víctima había acudido a una fiesta en Hancock Park la noche anterior al hallazgo de su cadáver. No podía dar el nombre ni la dirección de la fiesta. La señorita Roman explicó que pensaba asistir con la víctima, pero esa tarde fue agredida por John Fox en una disputa por dinero. No pudo asistir a la fiesta porque se sentía impresentable a causa de un moretón en la cara. (Fox admitió haber golpeado a Roman en una posterior entrevista telefónica. Roman rechazó denunciarlo.)

La investigación se encuentra paralizada pues no existen más pistas en este momento. Los investigadores han solicitado la ayuda de agentes de la sección de antivicio en busca de conocimiento de incidentes similares o de posibles sospechosos.

Bosch volvió a leer la página y trató de interpretar lo que de verdad se estaba diciendo del caso. Una cosa que le quedaba clara era que, aunque no hubiera un informe de resumen del interrogatorio, era obvio que Johnny Fox había sido interrogado por Eno y McKittrick. Había sido descartado. La cuestión era: ¿Por qué no habían escrito un informe de la entrevista? ¿O lo habían escrito y luego lo habían retirado del expediente? Y en ese caso, ¿quién lo había retirado y por qué?

Por último, Bosch estaba intrigado por la ausencia de toda mención de Arno Conklin en el resumen o en cualquier otro informe salvo el cronológico de la investigación. Quizá, pensó Bosch, se habían retirado más informes aparte del resumen de la entrevista con Fox.

Bosch se levantó y fue a buscar su maletín, que había dejado en la encimera de la cocina, al lado de la puerta. De allí sacó su agenda personal de teléfonos. No tenía el número de los archivos del departamento, de manera que llamó al del registro general y le pasaron. Una mujer contestó después de nueve tonos.

—Ah, ¿señora Beaupre? ¿Geneva?

—¿Sí?

—Hola, soy Harry Bosch. He estado allí esta mañana para retirar un expediente.

—Sí, de Hollywood. El viejo caso.

—Sí. ¿Podría decirme si todavía tiene la tarjeta de control en el mostrador?

—Espere un momento, ya la he archivado. —Regresó al cabo de un momento—. Sí, la tengo aquí.

—¿Podría decirme quién más ha sacado este expediente antes?

—¿Para qué necesita saberlo?

—Faltan páginas del archivo, señora Beaupre. Me gustaría saber quién puede tenerlas.

—Bueno, usted fue el último en sacarlo. He mencionado que fue en...

—Sí, lo sé. Hace unos cinco años. ¿Consta que haya sido sacado desde entonces o antes? No me he fijado cuando he firmado la tarjeta hoy.

—Bueno, no cuelgue y déjeme ver. —Bosch esperó y ella

continuó enseguida—. Vale, ya lo tengo. Según esta tarjeta, la única otra vez que se sacó el archivo fue en mil novecientos setenta y dos. Ha llovido mucho desde entonces.

—¿Quién lo sacó?

—Está garabateado. No puedo... Parece que pone Jack... eh, Jack McKillick.

—Jake McKittrick.

—Podría ser.

Bosch no sabía qué pensar. McKittrick fue el último en tener el expediente, pero eso fue más de diez años después del asesinato. ¿Qué significaba? Bosch sentía que la confusión le tendía una emboscada. No sabía lo que esperaba oír, pero seguramente algo más que un nombre garabateado más de veinte años atrás.

—De acuerdo, señora Beaupre, muchas gracias.

—Bueno, si faltan páginas voy a tener que hacer un informe y entregárselo al señor Aguilar.

—No creo que sea necesario, señora. Puede que me haya equivocado con las páginas que faltan. Quiero decir, ¿cómo podrían faltar páginas si nadie lo ha mirado desde la última vez que lo tuve yo?

Bosch le dio las gracias nuevamente y colgó, con la esperanza de que su buen humor lograra que ella no tomara ninguna medida después de su llamada. Abrió la nevera y miró en su interior mientras pensaba en el caso, después la cerró y volvió a la mesa.

Las últimas páginas que había en el expediente del asesinato correspondían a un informe de revisión fechado el 3 de noviembre de 1962. El procedimiento del departamento de homicidios exigía que todos los casos no resueltos se revisaran después de un año por otros detectives para que éstos buscaran algo que pudiera haberse pasado por alto a los primeros. Sin embargo, en la práctica, era un proceso burocrático. A los detectives no les seducía la idea de encontrar los errores de sus colegas. Además, tenían su propia carga de casos de los que preocuparse. Cuando se les asignaban estas revisiones hacían poco más que leer por encima el archivo, efectuar algunas llamadas a testigos y después enviar la carpeta a los archivos.

En este caso, el informe de diligencia debida escrito por los nuevos detectives llamados Roberts y Jordan llegaba a la misma conclusión que los informes de Eno y McKittrick. Después de dos páginas que detallaban las mismas pruebas y entrevistas ya conducidas por los investigadores iniciales, el informe concluía que no había pistas que pudieran investigarse y que no había esperanza para una «conclusión con éxito» del caso. Fin de la diligencia debida.

Bosch cerró el expediente. Sabía que después de que Roberts y Jordan presentaran el informe, la carpeta había sido enviada a archivos como un caso muerto. Había acumulado polvo hasta que, según la tarjeta de control, McKittrick lo había sacado por razones desconocidas en 1972. Bosch anotó el nombre de McKittrick debajo del de Conklin en la libreta. Después anotó los nombres de otras personas que podrían ser útiles de entrevistar. Si seguían con vida y podían ser localizadas.

Bosch se reclinó en su silla y se dio cuenta de que el disco había terminado sin que él se apercibiera. Miró el reloj. Eran las dos y media. Todavía disponía de casi toda la tarde, pero no estaba seguro de qué hacer con ella.

Fue al armario del dormitorio y sacó la caja de zapatos del estante. Era la caja de su correspondencia, llena de cartas, postales y fotos que quería conservar durante el resto de su vida. Contenía objetos que databan incluso de su época en Vietnam. Aunque apenas miraba en la caja, en su cabeza guardaba un inventario casi perfecto del contenido. Cada objeto tenía un motivo para ser salvado.

Encima estaba el último añadido a la caja, una postal de Venecia. De Sylvia. Era de un cuadro que ella había visto en el palacio ducal, *El paraíso y el infierno*, de Hieronymus Bosch. Se veía a un ángel que escoltaba a uno de los benditos a través de un túnel hasta la luz del cielo. Ambos flotaban hacia el cielo. La postal era la última noticia que había tenido de ella. Leyó el texto del dorso.

Harry, pensé que te interesaría esta obra del pintor que se llama como tú. La vi en el palacio. Es hermosa. Por cierto, me encanta Venecia. Creo que podría quedarme para siempre. S.

«Ya no me quieres», pensó Bosch mientras ponía la tarjeta a un lado y empezaba a bucear en otros objetos de la caja. No volvió a distraerse. A medio camino de la caja encontró lo que estaba buscando.

El trayecto de salida hasta Santa Mónica a mediodía fue inacabable. Bosch tuvo que tomar por el camino largo, la 101 hasta la 405 y después recto, porque aún faltaba una semana para que reabrieran la 10. Cuando llegó a Sunset Park ya eran más de las tres. La casa que estaba buscando se hallaba en Pier Street. Era un pequeño bungaló estilo Craftsman instalado en lo alto de una colina. Tenía un porche con buganvillas rojas en la barandilla. Cotejó la dirección del buzón con la de la vieja felicitación de Navidad que tenía en el asiento de al lado. Aparcó junto al bordillo y miró una vez más la vieja tarjeta. Se la habían enviado cinco años antes al Departamento de Policía de Los Ángeles. Nunca había contestado. Hasta ese día.

Al salir percibió el olor del mar y supuso que las ventanas del oeste de la casa dispondrían de una vista limitada del océano. Había unos cinco grados menos que en su casa, de manera que volvió a buscar en el interior del coche para sacar la americana. Caminó hasta el porche de la entrada mientras se la ponía.

La mujer que abrió la puerta blanca después de una llamada estaba en mitad de los sesenta y así lo aparentaba. Se mantenía delgada. Tenía el cabello oscuro, pero las raíces grises empezaban a mostrarse y ya necesitaba un nuevo tinte. Llevaba una gruesa capa de lápiz de labios y vestía una blusa blanca con caballitos de mar azules encima de unos elásticos azul marino. Le dedicó una sonrisa de bienvenida y Bosch la reconoció, aunque se dio cuenta de que su propia imagen resultaba completamente ajena a la mujer. Habían pasado casi treinta y cinco años desde la última vez que ella lo había visto. Bosch le devolvió la sonrisa de todos modos.

—¿Meredith Roman?

La mujer perdió la sonrisa con la misma rapidez con que la había encontrado antes.

—Ése no es mi nombre —dijo con voz cortante—. Se ha equivocado de sitio.

La mujer hizo un movimiento para cerrar la puerta, pero Bosch puso las manos para pararla. Trató de actuar de la forma menos amenazadora posible, pero vio que el pánico asomaba a los ojos de la mujer.

—Soy Harry Bosch —dijo con rapidez.

Ella se quedó paralizada y miró a Bosch a los ojos. Harry vio que el pánico desaparecía. El reconocimiento y los recuerdos inundaron los ojos de la mujer como lo hacen las lágrimas. Recuperó la sonrisa.

—Harry. ¿El pequeño Harry?

Bosch dijo que sí con la cabeza.

—Oh, querido, ven aquí. —La mujer lo atrajo a un fuerte abrazo y le habló al oído—. Oh, qué alegría verte después de... Déjame verte.

La mujer lo apartó y separó las manos como si estuviera admirando toda una habitación llena de pinturas. Sus ojos eran animados y sinceros. A Bosch le hizo sentirse bien y triste al mismo tiempo. No debería haber esperado tanto. Tendría que haberla visitado por otras razones que las que le habían llevado hasta allí.

—Oh, pasa, Harry, pasa.

Bosch accedió a una sala de estar bellamente amueblada. El suelo era de roble americano y las paredes estucadas estaban limpias y blancas. Los muebles eran casi todos de ratán blanco. La vivienda era luminosa y brillante, pero Bosch sabía que había llegado para llevar la oscuridad.

—¿Ya no te llamas Meredith?

—No, Harry, desde hace mucho tiempo.

—¿Cómo he de llamarte?

—Me llamo Katherine. Con K. Katherine Register. Era el apellido de mi marido. Chico, era tan recto. Aparte de mí lo más cerca que el hombre estuvo de algo ilegal fue mencionarlo.

—¿Era?

—Siéntate, Harry, por el amor de Dios. Sí, murió hace cinco años, el día de Acción de Gracias.

Bosch se sentó en el sofá y ella ocupó la silla que estaba al otro lado de la mesa baja de cristal.

—Lo siento.

—No importa, no lo sabías. Ni siquiera lo conociste y yo he sido durante mucho tiempo una persona diferente. ¿Quieres tomar algo? ¿Café o una copa?

Bosch pensó que le había escrito la postal en Navidades, poco después de la muerte de su marido. Sintió otra punzada de culpa por no haber contestado.

—¿Harry?

—Oh, eh, no, gracias. Yo... ¿Quieres que te llame por tu nuevo nombre?

Ella se echó a reír por lo ridículo de la situación y Bosch se unió a la risa.

—Llámame como quieras. —La mujer se rió con una risa infantil que Bosch recordaba desde hacía mucho tiempo—. Me alegro mucho de verte. Me alegro de cómo...

—¿De cómo he crecido?

Ella se rió otra vez.

—Sí, supongo. ¿Sabes? Me enteré de que estabas en la policía porque leí tu nombre en algunos artículos de periódico.

—Ya sé que lo sabías. Recibí la tarjeta que mandaste a la comisaría. Debió de ser justo después de la muerte de tu marido. Yo, uf, siento no haberte escrito ni haberte visitado. Tendría que haberlo hecho.

—No importa, Harry. Sé que estás ocupado con el trabajo. Me alegro de que recibieras mi postal. ¿Tienes familia?

—Eh, no. ¿Y tú? ¿Tienes hijos?

—Oh, no. Ningún hijo. Estarás casado, ¿no? Un hombre guapo como tú...

—No, ahora mismo estoy solo.

Katherine Register asintió, al parecer notando que él no había venido a explicarle su vida. Por un momento ambos se limitaron a mirarse, y Bosch se preguntó qué pensaba ella realmente de que fuera poli. La alegría inicial de verse el uno al otro estaba cayendo en la incomodidad que conlleva el hecho de que los viejos secretos se acerquen a la luz.

—Supongo... —No terminó la frase. Sus dotes de investigador lo habían abandonado—. Si no es molestia tomaría un vaso de agua. —Fue lo único que se le ocurrió.

—Ahora vuelvo. —Ella se levantó rápidamente y fue a la cocina.

Bosch oyó que sacaba hielo de una cubitera. Eso le dio tiempo para pensar. Había tardado una hora en llegar a la casa, pero no había pensado ni por un momento en cómo iría la entrevista ni en cómo abordaría lo que quería decir y preguntar. Katherine volvió al cabo de medio minuto con un vaso de agua con hielo. Le tendió el vaso y colocó un posavasos de corcho delante de él en la mesa de café.

—Si tienes hambre, puedo traerte unas tostadas y queso. No sé cuánto tiempo...

—No, está bien. Muchas gracias.

La saludó con el vaso y se bebió la mitad del agua antes de volver a dejarlo en la mesa.

—Harry, usa el posavasos. Cuesta mucho quitar los cercos del vidrio.

Bosch miró lo que acababa de hacer.

—Oh, lo siento. —Corrigió la posición del vaso.

—Eres detective.

—Sí, trabajo en Hollywood ahora... Eh, pero ahora mismo no estoy trabajando. Más o menos estoy de vacaciones.

—Ah, eso tiene que estar bien.

El ánimo de ella pareció levantarse, como si hubiera entrevisto una posibilidad de que Bosch no hubiera ido a verla por trabajo. Bosch sabía que era el momento de ir al grano.

—Mere..., eh, Katherine. Necesito preguntarte algo.

—¿Qué es, Harry?

—Echo un vistazo y veo que tienes una casa muy bonita y un nombre diferente y una vida diferente. Ya no eres Meredith Roman y ya sé que no necesitas que yo te lo diga. Tienes... Creo que lo que te estoy diciendo es que puede ser difícil hablar del pasado. Sé que para mí lo es. Y, créeme, no quiero hacerte ningún daño.

—Has venido a hablar de tu madre.

Bosch asintió con la cabeza y fijó la vista en el vaso que había en el posavasos de corcho.

—Tu madre era mi mejor amiga —dijo la señora Register—. A veces creo que tuve oportunidad de criarte tanto como ella. Hasta que se te llevaron, hasta que te alejaron de nosotras.

Bosch levantó la cabeza para mirarla. Los ojos de la mujer estaban perdidos en recuerdos distantes y dolorosos.

—No creo que pase un solo día sin que piense en ella. Éramos unas niñas pasándolo bien. Nunca creímos que ninguna de las dos pudiera resultar herida. —Se levantó de golpe—. Harry, ven aquí, quiero enseñarte algo.

Bosch la siguió a través de un pasillo enmoquetado hasta un dormitorio. Había una cama de cuatro postes con colchas de color azul pálido, una mesa de escritorio de roble y mesillas de noche de la misma madera. Katherine Register señaló el escritorio. Había varias fotos enmarcadas. La mayoría eran de Katherine y un hombre que parecía mucho más viejo que ella en las imágenes. Bosch supuso que era su difunto marido. Sin embargo, ella le mostró la que estaba a la derecha. La foto era vieja, de aspecto descolorido. Era una imagen de dos mujeres jóvenes con un niño de tres o cuatro años.

—Siempre la he tenido aquí, Harry. Incluso cuando mi marido estaba vivo. Él conocía mi pasado. Yo se lo conté. No le importaba. Pasamos veintitrés magníficos años juntos. Mira, el pasado es lo que tú haces de él. Puedes usarlo para hacer daño a otro o a ti mismo, o puedes usarlo para hacerte fuerte. Yo soy fuerte, Harry. Vamos, dime por qué has venido a visitarme.

Bosch estiró el brazo hasta la foto enmarcada y la cogió.

—Quiero... —Levantó la mirada de la foto y miró a Katherine—. Voy a descubrir quién la mató.

Una mirada indescifrable quedó congelada en el rostro de la mujer durante un momento y después, sin decir ni una palabra, cogió la foto enmarcada de las manos de Bosch y volvió a dejarla en el escritorio. A continuación volvió a atraerlo a un fuerte abrazo y apoyó la cabeza en el pecho de él. Bosch podía verse a sí mismo abrazándola en el espejo de encima del escritorio. Cuando Katherine se separó y lo miró, Bosch vio que las lágrimas ya le resbalaban por las mejillas. El labio inferior le temblaba ligeramente.

—Vamos a sentarnos —dijo Bosch.

Katherine sacó dos pañuelos de papel de una caja que había encima del escritorio y él la acompañó de nuevo a la silla de la sala de estar.

—¿Quieres que te traiga un poco de agua?

—No, estoy bien. Voy a parar de llorar, lo siento.

La mujer se enjugó las lágrimas con los pañuelos. Bosch volvió a sentarse en el sofá.

—Solíamos decir que éramos las dos mosqueteras, una para las dos y las dos para una. Era una estupidez, pero lo decíamos porque éramos muy jóvenes y muy amigas.

—Estoy empezando de cero en esto, Katherine. Saqué los viejos informes de la investigación. Era...

Ella hizo un sonido de desprecio y negó con la cabeza.

—No hubo investigación. Fue una broma.

—Eso mismo creo yo, pero no entiendo por qué.

—Mira, Harry, tú sabes lo que era tu madre.

Bosch asintió y Katherine continuó.

—Era una chica alegre. Las dos lo éramos. Estoy segura de que sabes que es la forma educada de decirlo. Y a los polis no les importaba que una de nosotras muriera. Se limitaron a olvidarse de todo el maldito asunto. Sé que tú eres policía, pero entonces era así. Simplemente ella no les importaba.

—Entiendo. Probablemente las cosas no son muy distintas ahora, lo creas o no. Pero tuvo que haber algo más.

—Harry, no sé cuánto quieres saber de tu madre.

Bosch la miró.

—El pasado me hizo fuerte a mí también. Podré soportarlo.

—Estoy segura de que el pasado te hizo fuerte. Recuerdo el sitio donde te pusieron. McEvoy o algo así...

—McClaren.

—Eso es, McClaren. Qué lugar más deprimente. Tu madre venía de visitarte y se sentaba y se echaba a llorar hasta que se le acababan las lágrimas.

—No cambies de tema, Katherine. ¿Qué es lo que tendría que saber de ella?

Katherine Register asintió con la cabeza, pero dudó un momento antes de continuar.

—Mar conocía a algunos policías, ¿entiendes?

Bosch asintió.

—Las dos conocíamos a polis. Funcionaba así. Tenías que aceptarlo para seguir adelante. Y cuando una está en esa situación y termina muerta, normalmente para los polis es mejor limitarse a barrerlo debajo de la alfombra. «No molestes al perro que duerme», decían. Entiendes el clisé. No querían que nadie quedara en una situación comprometida.

—¿Estás diciendo que crees que fue un poli?

—No, no estoy diciendo eso en absoluto. No tengo ni idea de quién lo hizo, Harry. Lo siento. Ojalá la tuviera. Pero lo que estoy diciendo es que creo que aquellos dos detectives asignados al caso sabían adónde podía llevarles la investigación. Y no iban a adentrarse por ese camino porque sabían lo que les convenía en el departamento. No eran tan estúpidos y, como he dicho, ella era una chica alegre. A ellos no les importaba, a nadie le importaba. La mataron y punto final.

Bosch miró por la habitación, sin saber qué preguntar a continuación.

—¿Sabes quiénes eran los polis que ella conocía?

—Fue hace mucho tiempo.

—Pero tú conocías a algunos de esos mismos polis.

—Sí, tenía que hacerlo. Funcionaba así. Usabas a tus contactos para no acabar en la cárcel. Todo el mundo estaba en venta. Al menos entonces. Gente diferente quería formas de pago diferentes. Algunos pedían dinero. Otros, otras cosas.

—En el expediente dice que tú no estabas fichada.

—Sí, yo era afortunada. Me arrestaron varias veces, pero nunca me ficharon. Siempre me soltaban después de hacer mi llamada. Estaba limpia porque conocía a un montón de policías, cielo. ¿Entiendes?

—Sí, entiendo.

Katherine no apartó la mirada cuando lo dijo. Después de tantos años en el buen camino, todavía conservaba su orgullo de puta. Podía hablar de los aspectos más sórdidos de su vida sin parpadear porque lo había superado, y había en ello una dosis de dignidad. La suficiente para el resto de su vida.

—¿Te importa que fume, Harry?

—No, si puedo fumar yo.

Ambos sacaron sus cigarrillos y Bosch se levantó para encender el de ella.

—Usa ese cenicero de la mesa. Trata de no echar cenizas en la moqueta.

Katherine señaló un pequeño bol de vidrio que había en la mesa, al otro extremo del sofá. Bosch se estiró para cogerlo y después lo sostuvo con una mano mientras fumaba con la otra. Miró al cenicero mientras hablaba.

—Los policías que tú conocías —dijo—, y que probablemente ella también conocía, ¿recuerdas algún nombre?

—He dicho que fue hace mucho tiempo. Y no creo que tengan nada que ver con esto, con lo que le ocurrió a tu madre.

—Irvin S. Irving. ¿Conoces ese nombre?

Ella dudó un momento mientras revisaba el nombre en su memoria.

—Lo conocía. Creo que ella también. Hacía la ronda en el bulevar. Creo que sería muy difícil que ella no lo conociera..., pero no lo sé. Puedo estar equivocada.

Bosch asintió con la cabeza.

—Fue el que la encontró.

Katherine Register se encogió de hombros como para preguntar qué probaba eso.

—Bueno, alguien tenía que encontrarla. La dejaron en plena calle.

—Y un par de tipos de antivicio: Gilchrist y Stano.

Ella vaciló antes de contestar.

—Sí, los conocía... Eran tipos peligrosos.

—¿Mi madre los conocía? ¿De ese modo?

La mujer asintió con la cabeza.

—¿A qué te refieres con que eran peligrosos?

—Ellos sólo... A ellos nosotras no les importábamos. Si querían algo, una información, por ejemplo, podían venir a buscarte a una cita o a algo más... personal. Venían y lo conseguían. Podían ser muy duros. Los odiaba.

—¿Ellos...?

—¿Podían ser asesinos? Mi idea entonces, y también ahora, es que no. No eran asesinos, Harry. Eran polis. Sí, se vendían, pero al parecer todos lo hacían. Pero no es como hoy que lees el periódico y ves a un poli en juicio por matar o pegar o lo que sea. Es... lamentable.

—Bueno. ¿Se te ocurre alguien más?

—No.

—¿Ningún nombre?

—Borré todo eso de mi cabeza hace mucho tiempo.

—Entiendo.

Bosch quería sacar la libreta, pero no quería que la visita pareciera un interrogatorio. Trató de recordar qué más había leído en el expediente del caso que pudiera preguntarle.

—¿Y ese tipo, Johnny Fox?

—Sí, les hablé de él a los detectives. Se entusiasmaron, pero luego no pasó nada. Nunca lo detuvieron.

—Creo que sí, pero después lo soltaron. Sus huellas dactilares no coincidían con las del asesino.

Ella arqueó las cejas.

—Bueno, eso es una novedad para mí. Nunca me dijeron nada de ningunas huellas.

—En tu segundo interrogatorio... con McKittrick, ¿lo recuerdas?

—En realidad no. Sólo recuerdo que eran policías. Dos detectives. Uno era más listo que el otro, de eso sí me acuerdo. Pero no recuerdo quién era quién. Parecía que el más tonto era el jefe, y eso era lo habitual entonces.

—Bueno, no importa, McKittrick habló contigo la segunda vez. En su informe dice que cambiaste tu declaración y le hablaste de esa fiesta en Hancock Park.

—Sí, la fiesta. Yo no fui porque ese... Johnny Fox me pegó la noche anterior y tenía un moretón en la mejilla. Era muy exagerado. Intenté disimularlo con maquillaje, pero la hinchazón no podía disimularse. Créeme, no había mucho negocio en Hancock Park para una chica alegre con un bulto en la cara.

—¿Quién daba la fiesta?

—No lo recuerdo. No sé si sabía entonces de quién era la fiesta.

Algo de la forma en que ella respondió inquietó a Bosch. Su tono había cambiado y sonó casi como una respuesta ensayada.

—¿Estás segura de que no te acuerdas?

—Claro. Estoy segura. —Katherine se levantó—. Creo que voy a tomar un poco de agua.

La mujer se llevó el vaso para volver a llenarlo y salió una vez más de la habitación. Bosch se dio cuenta de que su familiaridad con la mujer, su emoción al verla después de tanto tiempo, había bloqueado la mayor parte de sus instintos de investigador. No tenía sensibilidad para captar la verdad. No sabía si había algo más en lo que ella decía o no. De alguna manera tenía que hacer virar otra vez la conversación hacia la fiesta. Pensaba que Katherine sabía más de lo que había dicho hacía tantos años.

Ella volvió con dos vasos llenos de agua con hielo y de nuevo puso el de Bosch encima del posavasos de corcho. Hubo algo en la forma en que ponía el vaso con tanto cuidado que le dio un conocimiento de ella que no había surgido a través de las palabras. Se trataba simplemente de que había trabajado mucho para obtener el nivel de vida del que gozaba. Esa posición y las cosas materiales que conllevaba —como las mesas de café de cristal y las alfombras lujosas— significaban mucho para ella y tenía que cuidarlas.

Katherine dio un largo trago después de sentarse.

—Deja que te cuente algo, Harry. No les dije todo. No mentí, pero no les dije todo. Estaba asustada.

—¿Asustada de qué?

—Me asusté el día que la encontraron. Verás, había recibido una llamada esa mañana. Antes incluso de que supiera lo que le había ocurrido a ella. Era un hombre, pero no reconocí la voz. Me dijo que si decía algo sería la siguiente. Recuerdo que dijo: «Mi consejo, damita, es que te alejes del bulevar.» Después, por supuesto, oí que la policía estaba en el edificio y que había ido a su apartamento. Entonces oí que estaba muerta. Así que hice lo que me dijeron. Me fui. Esperé una semana hasta que los polis me dijeron que habían acabado conmigo, y me mudé a Long Beach. Me cambié el nombre y cambié de vida. Allí conocí a mi marido y después, al cabo de los años, nos trasladamos aquí... ¿Sabes?, nunca he vuelto a Hollywood, ni siquiera de paso. Es un lugar horrible.

—¿Qué es lo que no les dijiste a Eno y McKittrick?

Katherine se miró las manos al hablar.

—Tenía miedo, por eso no les dije todo..., pero sabía a quién iba a ver allí en la fiesta. Éramos como hermanas. Vivíamos en el mismo edificio, compartíamos la ropa, los secretos, todo. Todas las mañanas desayunábamos juntas y hablábamos. No había secretos entre nosotras. E íbamos a ir juntas a la fiesta. Por supuesto, después de que... después de que Johnny me pegara, ella tuvo que ir sola.

—¿A quién iba a ver allí, Katherine? —la incitó Bosch.

—¿Ves? Es la pregunta adecuada, pero los detectives nunca me la plantearon. Sólo querían saber qué fiesta era y dónde se celebraba. Eso no importaba. Lo importante era a quién iba a ver allí, y eso nunca lo preguntaron.

—¿A quién iba a ver?

Katherine apartó la mirada y la posó en la chimenea. Contempló los troncos fríos y ennegrecidos que habían quedado de un viejo fuego del mismo modo que alguna gente observa fascinada las llamas.

—Era un hombre llamado Arno Conklin. Era un hombre muy importante en el...

—Sé quién era.

—¿Sí?

—Su nombre estaba en los archivos, pero no de esta forma. ¿Cómo pudiste no decírselo a los polis?

Katherine se volvió y miró a Bosch con acritud.

—No me hables de esa manera. Te he dicho que estaba asustada. Me habían amenazado. Y tampoco habrían hecho nada con el dato. Conklin los compraba y los pagaba. No iban a acercarse a él sólo por la palabra de una... chica de citas que no vio nada, pero conocía un nombre. Tenía que pensar en mí. Tu madre estaba muerta, Harry. No podía hacer nada para evitarlo.

Bosch distinguió los bordes afilados de la ira en los ojos de la mujer. Sabía que la ira estaba dirigida hacia él, pero más todavía hacia ella misma. Katherine podía enumerar todas sus razones en voz alta, pero Bosch sabía que en su interior había pagado un alto precio por no haber hecho lo que debía.

—¿Crees que Conklin la mató?

—No lo sé. Lo único que sé es que había estado con él antes y nunca hubo nada violento. No sé la respuesta a eso.

—¿Tienes alguna idea ahora de quién te llamó?

—No, ninguna.

—¿Conklin?

—No lo sé. De todos modos no conocía su voz.

—¿Los viste juntos alguna vez? A mi madre y a él.

—Una vez en un baile en la logia masónica. Creo que fue la noche que se conocieron. Johnny Fox los presentó. No creo que Arno supiera nada de ella. Al menos entonces.

—¿Pudo haber sido Fox quien te llamó?

—No, habría reconocido la voz.

Bosch reflexionó un momento.

—¿Volviste a ver a Fox después de aquella mañana?

—No, lo evité durante una semana. Fue fácil porque creo que él se estaba escondiendo de los polis. Y después me fui. Quien fuera que me llamara me asustó de verdad. El día que los polis me dijeron que no tenían más preguntas me fui a Long Beach. Hice una maleta y cogí el autobús... Recuerdo que tu madre tenía ropa mía en su apartamento. Cosas que le había prestado. Ni siquiera me molesté en intentar recuperarlas. Sólo cogí lo que tenía y me fui.

Bosch se quedó en silencio. No tenía nada más que preguntar.

—Pienso mucho en esos tiempos —dijo Katherine—. Tu madre y yo estábamos en el arroyo, pero éramos buenas amigas y nos divertíamos a pesar de todo.

—¿Sabes? Tú formas parte de muchos de mis recuerdos. Siempre estabas ahí con ella.

—Nos reíamos mucho a pesar de todo —dijo ella con nostalgia—. Y tú eras lo mejor de todo. Cuando se te llevaron, ella casi se muere allí mismo... Nunca dejó de intentar recuperarte, Harry. Espero que lo sepas. Te quería. Y yo también te quería.

—Sí, lo sé.

—Pero desde que tú no estabas Marjorie no era la misma. A veces pienso que lo que le ocurrió era casi inevitable. A veces pienso que es como si ella se hubiera empezado a dirigir hacia ese callejón desde mucho tiempo antes.

Bosch se levantó, observando la pena en los ojos de la mujer.

—Será mejor que me vaya. Te mantendré informada.

—Me encantaría. Quiero estar en contacto.

—Yo también.

Bosch se encaminó a la puerta, sabiendo que no permanecerían en contacto. El tiempo había erosionado el vínculo que los había unido. Eran dos extraños que compartían la misma historia. En el escalón, Bosch se volvió y la miró.

—La felicitación de Navidad que mandaste... Querías que investigara esto entonces, ¿no?

Ella sacó a relucir de nuevo la sonrisa distante.

—No lo sé. Acababa de morir mi marido y yo estaba haciendo balance. Pensé en ella. Y en ti. Estoy orgullosa de cómo me fue, pequeño Harry. Así que pensé en lo que podía haber sido la vida para ella y para ti. Todavía siento odio. Quien la mató debería...

Ella no terminó, pero Bosch asintió con la cabeza.

—Adiós, Harry.

—¿Sabes? Mi madre tenía una buena amiga.

—Eso espero.

Otra vez en su coche, Bosch sacó la libreta y observó la lista.

Conklin
McKittrick y Eno
Meredith Roman
Johnny Fox

Tachó el nombre de Meredith Roman y examinó los que le quedaban. Sabía que el orden en que había anotado los nombres no sería el mismo orden en que trataría de hablar con ellos. Sabía que antes de poder acercarse a Conklin, o incluso a McKittrick y Eno, necesitaba más información.

Sacó su agenda de teléfonos del bolsillo de la americana y el móvil del maletín. Llamó a las autoridades de Tráfico en Sacramento y se identificó como el teniente Harvey Pounds. Dio el número de Pounds y pidió que comprobaran los datos de Johnny Fox. Después de cotejar su libreta, dio la fecha de nacimiento. Al hacerlo hizo cuentas y concluyó que Fox tendría en ese momento sesenta y un años.

Mientras seguía esperando, sonrió al pensar que Pounds tendría que dar algunas explicaciones al cabo de un mes. El departamento había empezado recientemente a controlar el uso de la base de datos de Tráfico porque el *Daily News* había publicado que agentes de todo el departamento realizaban secretamente búsquedas para amigos periodistas y detectives privados. El nuevo jefe lo había zanjado exigiendo que todas las llamadas y conexiones de ordenador con Tráfico se documentaran en un formulario recién implementado que requería asignar las búsquedas a un caso o propósito específicos. Los formularios se enviaban al Parker Center y después se cotejaban con las listas que proporcionaba Tráfico cada mes. Cuando apareciera el nombre del teniente en la lista de Tráfico en el siguiente control y no se encontrara el formulario correspondiente, Pounds recibiría una llamada de los auditores.

Bosch había anotado el número de la tarjeta de identificación del teniente cuando éste se la había dejado enganchada en su chaqueta, en el colgador que tenía fuera de su despacho. Lo había copiado en su agenda de teléfonos con la corazonada de que un día podría resultarle útil.

La administrativa de Tráfico volvió finalmente a la línea y dijo que no había ninguna licencia emitida a nombre de Johnny Fox con la fecha de nacimiento que Bosch le había proporcionado.

—¿Algo que se acerque?

—No, cielo.

—Querrá decir teniente, señorita —dijo Bosch con severidad—. Teniente Pounds.

—Es señora, teniente. Señora Sharp.

—Dígame, señora Sharp, ¿hasta cuándo se remonta esa búsqueda informática?

—Siete años. ¿Alguna cosa más?

—¿Cómo compruebo los años anteriores?

—No lo hace. Si quiere una búsqueda manual de los registros nos manda una carta, te-nien-te. Tardará entre diez y catorce días. En su caso, cuente catorce. ¿Algo más?

—No, pero no me gusta su actitud.

—Estamos en paces. Adiós.

Bosch se rió en alto después de cerrar la agenda de teléfonos. Estaba seguro de que la solicitud de búsqueda no se perdería en el proceso. La señora Sharp se ocuparía de ello. Probablemente el nombre de Pounds sería el primero en la lista que iba a llegar al Parker Center.

Marcó el número de Edgar en la mesa de homicidios y lo pilló antes de que se fuera de comisaría.

—Harry, ¿qué pasa?

—¿Estás ocupado?

—No, nada nuevo.

—¿Puedes buscarme un nombre? Ya he probado en Tráfico, pero necesito que alguien me lo busque en el ordenador.

—Eh...

—Oye, ¿puedes o no? Si te preocupa Pounds, entonces...

—Eh, Harry, calma. ¿Qué te pasa, tío? No he dicho que no pueda hacerlo. Dime el nombre.

Bosch no podía entender por qué la actitud de Edgar lo ponía furioso. Respiró hondo y trató de calmarse.

—El nombre es John Fox. Johnny Fox.

—Mierda, va a haber cien John Foxes. ¿Tienes la fecha de nacimiento?

—Sí, la tengo.

Bosch consultó su libreta y le dio el dato.

—¿Qué te ha hecho? Dime, ¿cómo te va?

—Divertido. Ya te lo contaré. ¿Vas a mirarlo?

—Sí, ya te he dicho que lo haría.

—Vale, tienes el número de mi móvil. Si no, déjame un mensaje en casa.

—En cuanto pueda, Harry.

—¿No has dicho que no había nada nuevo?

—Nada nuevo, pero estoy trabajando, tío. No puedo pasarme el día haciéndote favores.

Bosch se quedó petrificado y se produjo un corto silencio.

—Eh, Jerry, vete a tomar por culo. Ya lo haré yo.

—Oye, Harry, no estoy diciendo que no...

—No, en serio. No importa. No quiero que te comprometas con tu nuevo compañero o con tu intrépido líder. Al fin y al cabo, de eso se trata, ¿no? Así que no me vengas con ese rollo del trabajo. Tú no estás trabajando. Estás a punto de salir por la puerta para irte a casa y lo sabes. O, espera, a lo mejor hoy también te toca ir a tomar una copa con Burnsie.

—Harry...

—Cuídate, tío.

Bosch cerró el teléfono y se quedó sentado dejando que la rabia se le evaporara como el calor de un radiador. El teléfono sonó cuando todavía lo tenía en la mano e inmediatamente se sintió mejor. Lo abrió.

—Oye, lo siento, ¿vale? —dijo—. Olvídalo.

Hubo un largo silencio.

—¿Hola?

Era la voz de una mujer. Bosch se sintió inmediatamente avergonzado.

—¿Sí?

—¿Detective Bosch?

—Sí, lo siento, pensaba que era otra persona.

—¿Como quién?

—¿Quién es?

—Soy la doctora Hinojos.

—Oh. —Bosch cerró los ojos y la ira le invadió de nuevo—. ¿Qué quiere?

—Sólo llamaba para recordarle que tenemos una sesión mañana. A las tres y media. ¿Vendrá?

—No tengo elección, ¿recuerda? Y no hace falta que me llame para recordarme las sesiones. Lo crea o no, tengo una agenda, un reloj, un despertador y todo eso.

Inmediatamente pensó que se había pasado de la raya con el sarcasmo.

—Parece que lo he pillado en mal momento. Voy a...

—Sí.

—... dejarlo. Hasta mañana, detective Bosch.

—Adiós.

Bosch volvió a cerrar el teléfono y lo dejó caer en el asiento. Puso en marcha el coche. Tomó por Ocean Park hasta Bundy y después hacia la 10. Al aproximarse al paso elevado de la autovía vio que los coches que circulaban por allí en dirección este no se movían y que la rampa de acceso estaba llena de coches que esperaban para hacer cola.

—Mierda —dijo en voz alta.

Pasó junto a la rampa de la autovía sin girar y se metió por debajo. Enfiló Bundy hasta Wilshire y allí dobló al oeste hacia el centro de Santa Mónica. Tardó quince minutos en encontrar aparcamiento cerca de Third Street Promenade. Había estado evitando los garajes de varios niveles desde el terremoto y no quería empezar a usarlos en ese momento.

«Qué contradicción andante —pensó Bosch mientras buscaba un lugar para estacionar—. Vives en una casa condenada que según los inspectores está a punto de deslizarse por la colina, pero no quieres meterte en un garaje.» Al final encontró un lugar enfrente del cine porno, a una manzana del Promenade.

Bosch pasó la hora punta caminando por el tramo de tres manzanas de restaurantes con terrazas, cines y tiendas. Se metió en el King George de Santa Mónica, que sabía que era un lugar frecuentado por algunos de los detectives de la División de West Los Angeles, pero no vio a nadie conocido. Después se compró una pizza en un puesto de comida para llevar y se dedicó a mirar a la gente. Vio a un actor de calle que hacía malabarismos con cinco cuchillos de carnicero al mismo tiempo. Y pensó que tal vez sabía cómo se sentía el hombre.

Se sentó en un banco y observó las hordas de gente que pasaban a su lado. Los únicos que le prestaban atención eran los vagabundos, y pronto se quedó sin monedas ni billetes de un dólar. Bosch se sentía solo. Pensó en Katherine Register y en lo que había dicho del pasado. Ella había afirmado que era fuerte, pero Bosch sabía que la comodidad y la fuerza podían estar basadas en la tristeza. Eso era lo que tenía él.

Pensó en lo que ella había hecho cinco años antes. Muerto su marido, Katherine había hecho balance de su vida y había encontrado el agujero en sus recuerdos. El dolor. Le había mandado la carta con la esperanza de que él actuara entonces. Y casi había funcionado. Bosch había sacado de los archivos el expediente del caso, pero no había tenido la fuerza, o quizá era debilidad, para mirarlo.

Después de que anocheció, Bosch caminó por Broadway

hasta Mr B's, encontró un taburete en la barra y pidió un chupito de Jack Daniels. Había un quinteto tocando en el pequeño escenario de la parte de atrás. El solo era de un saxo tenor. Estaban terminando *Do Nothing Till You Hear From Me* y Bosch se dio cuenta de que había llegado al final de una larga sesión. El saxo se arrastraba. No era un sonido limpio.

Decepcionado, apartó la mirada del grupo y echó un trago largo de cerveza. Miró el reloj y supo que el tráfico sería fluido si se marchaba entonces. Pero se quedó. Levantó el chupito, lo echó en la jarra de cerveza y echó un buen trago de la implacable mezcla. El grupo pasó a *What a Wonderful World*. Ningún miembro de la banda se puso a cantar, aunque, por supuesto, nadie podía emular la voz de Louis Armstrong por más que lo intentara. No importaba. Bosch conocía la letra:

> *Vi árboles verdes*
> *y también rosas rojas.*
> *Los vi florecer*
> *por ti y por mí*
> *y pensé para mí:*
> *¡qué mundo maravilloso!*

La canción lo hizo sentirse solitario y triste, pero no le importó. La soledad había sido el fuego de callejón ante el que se había acurrucado durante la mayor parte de su vida. Estaba volviendo a acostumbrarse a eso. Había sido así para él antes de Sylvia y podía volver a serlo. Sólo requería tiempo y soportar el dolor de dejarla marchar.

En los tres meses que habían transcurrido desde la partida de Sylvia, sólo había recibido de ella una postal. Su ausencia había fracturado el sentido de continuidad de la vida de Bosch. Antes de conocerla, su trabajo siempre había sido para él como los raíles de la vía, algo tan digno de confianza como el atardecer sobre el Pacífico. Con ella había tratado de cambiar de vía en el salto más valiente de su vida. Pero había fallado. El esfuerzo de Bosch no bastó para mantenerla a su lado y Sylvia se había ido. Y él había descarrilado. En su interior se sentía tan fragmentado como su ciudad. Roto, le parecía a veces, en todos los niveles.

Oyó una voz femenina que entonaba la canción. Al girar el cuello vio a una joven que estaba a unos taburetes de distancia, con los ojos cerrados mientras cantaba con suavidad. Cantaba sólo para ella, pero Bosch podía oírla.

*Vi cielos azules*
*y nubes blancas.*
*El día bendito y brillante,*
*la noche sagrada y oscura,*
*y pensé para mí:*
*¡qué mundo maravilloso!*

Llevaba una falda corta blanca y una camiseta y un chaleco colorido. Bosch supuso que no tenía más de veinticinco años y le gustó que conociera la canción. La chica estaba sentada con la espalda recta y las piernas cruzadas. Su columna se mecía al ritmo del saxofón. Tenía la cara enmarcada por un cabello castaño y sus labios, ligeramente separados, eran casi angelicales. A Bosch le pareció hermosa, tan perdida en la majestuosidad de la música. Limpio o no, el sonido la transportaba y él la admiraba por dejarse llevar. Sabía que lo que veía en su rostro era lo que vería un hombre que hiciera el amor con ella. Tenía lo que otros polis llamaban una cara franca. Tan hermosa que siempre sería un escudo. No importaba lo que hiciera o lo que le hicieran, su cara sería su pasaporte. Le abriría puertas y las cerraría detrás de ella. Le permitiría salir bien parada.

La canción terminó y la joven abrió los ojos y aplaudió. Nadie había aplaudido hasta que ella empezó, pero en ese momento todos los que estaban en la barra, Bosch incluido, se unieron al aplauso. Ése era el poder de una cara franca. Bosch se volvió y le pidió al camarero otro chupito y otra cerveza. Cuando las tuvo delante, miró hacia la mujer, pero ésta se había ido. Se volvió hacia la puerta y vio que se cerraba. La había perdido.

Para volver a casa se dirigió a Sunset y siguió por ese bulevar hasta la ciudad. El tráfico era ligero. Se había quedado hasta más tarde de lo que había planeado. Fumó y puso el canal de noticias de veinticuatro horas en la radio. Escuchó que el Grant High finalmente había reabierto sus puertas en el valle de San Fernando. Allí había dado clases Sylvia. Antes de irse a Venecia.

Bosch estaba cansado y suponía que seguramente no pasaría un control de alcoholemia si lo hacían parar. Redujo la velocidad para circular por debajo del límite cuando Sunset atravesaba Beverly Hills. Sabía que los polis de Beverly Hills no le darían cuartelillo, y sólo le faltaba que lo detuvieran después de la baja involuntaria por estrés.

Giró a la izquierda en Laurel Canyon y ascendió por la carretera serpenteante que remontaba la colina. En Mulholland estuvo a punto de doblar a la derecha en rojo, pero miró hacia la izquierda y se detuvo. Vio un coyote que salía de la maleza del arroyo que había a la izquierda de la calzada y echaba una mirada tentativa al cruce. No había más coches. Sólo Bosch lo vio.

El animal era delgado y desgreñado, consumido por la lucha por la supervivencia en las colinas urbanas. La niebla que se levantaba desde el arroyo captó el reflejo de las farolas de la calle y bañó al coyote en una luz tenue, casi azul. El animal pareció estudiar por un momento el coche de Bosch; sus ojos captaron el reflejo de la luz de freno y brillaron. Por un momento Bosch creyó que el coyote podía estar mirándolo directamente a él, pero el animal enseguida se volvió y retrocedió en la niebla azul.

Un coche apareció detrás del de Bosch e hizo sonar el claxon. Bosch sacó la mano por la ventanilla y giró por Mulholland, pero entonces se detuvo a un lado. Echó el freno de mano y bajó.

Era una tarde fresca y sintió un escalofrío al cruzar la intersección hasta el lugar donde había visto al coyote. No estaba seguro de lo que estaba haciendo, pero tampoco estaba asustado. Sólo quería ver al animal otra vez. Se detuvo al borde del precipicio y miró a la oscuridad que se extendía a sus pies. La niebla azul lo rodeaba. Pasó un coche por detrás de él y, cuando el ruido se disipó, Bosch aguzó la vista y el oído. Pero no había nada. El coyote se había ido. Harry volvió caminando hasta el coche y subió por Mulholland hasta su casa de Woodrow Wilson Drive.

Más tarde, tendido en su cama después de tomar más copas y con la luz todavía encendida, se fumó el último cigarrillo de la noche y miró al techo. Había dejado la luz encendida, pero su mente estaba en la noche oscura y sagrada. Y en el coyote azul. Y en la mujer con la cara franca. Estos pensamientos no tardaron en desaparecer con él en la oscuridad.

Bosch durmió poco y se despertó antes que el sol. El último cigarrillo de la noche había estado a punto de ser el último de su vida. Se había quedado dormido con él entre los dedos y se había despertado sobresaltado por el dolor desgarrador de la quemadura. Se vendó las heridas y trató de volver a conciliar el sueño, pero no lo consiguió. Tenía un dolor punzante en los dedos y sólo podía pensar en las numerosas muertes que había investigado de borrachos desventurados que se habían quedado dormidos y se habían autoinmolado. En lo único que podía pensar era en lo que Carmen Hinojos tendría que decir de semejante proeza. ¿Qué tal estaba como síntoma de autodestrucción?

Finalmente, cuando las luces del alba empezaron a colarse en la habitación, renunció a dormir y se levantó. Mientras se preparaba un café en la cocina, fue al cuarto de baño y volvió a curarse las heridas de los dedos. Al fijarse la gasa limpia se miró en el espejo y advirtió las líneas profundas que tenía bajo los ojos.

—Mierda —se dijo a sí mismo—. ¿Qué está pasando?

Se tomó un café en la terraza de atrás mientras observaba el despertar de la ciudad silenciosa. El aire era frío y vigorizante, y desde los altos árboles del paso de Sepúlveda subía el olor terroso de los eucaliptos. La capa de niebla marina había llenado el desfiladero y las colinas no eran sino siluetas misteriosas en la niebla. Observó durante casi una hora cómo la mañana se ponía en marcha, fascinado ante el espectáculo al que asistía desde su terraza.

Hasta que volvió a entrar en la casa para llenarse otra vez la taza de café no se fijó en la luz roja que parpadeaba en el contestador automático. Tenía dos mensajes que probablemente le habían dejado el día anterior y en los que no había reparado al llegar por la noche. Pulsó el botón para reproducirlos.

«Bosch, soy el teniente Pounds, hoy es martes a las tres treinta y cinco. Tengo que informarte de que mientras sigas de baja y hasta que, eh, se decida tu estatus en el departamento, debes devolver tu vehículo al garaje de la División de Hollywood. Me consta aquí que se trata de un Chevrolet Caprice de cuatro años, matrícula uno, adán, adán, tres, cuatro, cero, dos. Por favor, realiza inmediatamente las gestiones necesarias para devolver el vehículo. Esta orden se basa en el punto tres barra quince del manual de procedimiento. Su incumplimiento puede resultar en la suspensión o el despido. Repito, es una orden del teniente Pounds, ahora son las tres treinta y seis del martes. Si no entiendes alguna parte del mensaje no dudes en llamarme a mi despacho.»

Según el contestador, el mensaje se había grabado a las cuatro de la tarde del martes, probablemente justo antes de que Pounds se marchara a su casa. «Que le den por culo —pensó Bosch—. De todos modos el coche es una puta mierda. Puede quedárselo.»

El segundo mensaje era de Edgar.

«Harry, ¿estás ahí? Soy Edgar... Vale, escucha, olvidemos lo de hoy. Lo digo en serio. Digamos que yo he sido un capullo y tú has sido un capullo y que somos dos capullos y que lo olvidemos. Tanto si resulta que eres mi compañero como si resulta que eras mi compañero, estoy en deuda contigo, tío. Y si alguna vez actúo como si lo olvidara, dame una colleja como hoy. Ahora, la mala noticia. He revisado todo en busca de ese Johnny Fox. Y lo que tengo es nada de nada. Ni en el NCIC ni en Justicia ni en la fiscalía general, ni en correccionales, ni en órdenes nacionales, nada. Lo he buscado en todas partes. Parece que este tipo está limpio, si es que está vivo. Dijiste que ni siquiera tenía carnet de conducir, así que me parece que o el nombre era falso o este tipo ya no está entre los vivos. Así que eso es todo. No sé en qué andas, pero si necesitas algo más, dame un toque... Ah, y espera, colega. A partir de ahora estoy diez-siete así que puedes localizarme en casa si...»

El mensaje se cortó. A Edgar se le había acabado el tiempo. Bosch rebobinó la cinta y sirvió el café. Otra vez en la terraza, meditó sobre el paradero de Johnny Fox. Después de no obtener nada de la búsqueda de Tráfico, Bosch había supuesto que Fox podría haber ingresado en prisión, donde no se expedían ni se necesitaban licencias de conducir. Sin embargo, Edgar no lo había encontrado allí, ni había encontrado su nombre en ninguno de los ordenadores nacionales que fichan a los delincuentes. Ante la nueva información, Bosch suponía que o bien Johnny Fox había optado por el buen camino o, como había sugerido Edgar, estaba muerto. Si tenía que apostar, Bosch optaría por la segunda alternativa. Los tipos como Johnny Fox nunca elegían el buen camino.

La alternativa de Bosch era ir al Registro General del Condado de Los Ángeles y buscar una partida de defunción, pero sin disponer de la fecha del óbito sería como buscar una aguja en un pajar. Podría tardar días. Antes de hacer eso, decidió, probaría con un método más sencillo: el *L. A. Times.*

Volvió a entrar en casa y marcó el número de una periodista llamada Keisha Russell. Era nueva en el oficio y todavía peleaba para abrirse camino. Unos meses antes había hecho un intento sutil de reclutar a Bosch como fuente. El método al que habitualmente recurrían los periodistas para conseguirlo consistía en escribir una cantidad desmesurada de noticias sobre un caso que no merecía una atención tan intensa. Este proceso los ponía en contacto constante con los detectives a cargo del caso y les concedía la oportunidad de congraciarse con ellos y, con un poco de suerte, procurarse a los investigadores como futuras fuentes.

Russell había redactado cinco artículos en una semana acerca de uno de los casos de Bosch. Era un caso de violencia doméstica en el que el marido había violado una orden temporal de alejamiento y había vuelto al apartamento de su mujer en Franklin. La llevó hasta el balcón de la quinta planta y la arrojó a la calle. A continuación, saltó él. Russell había hablado repetidamente con Bosch durante el lapso de los artículos. Las crónicas resultantes eran concienzudas y completas. Era un buen trabajo, y empezó a ganarse el respeto de Bosch. Aun así, él sabía que Russell esperaba que los artículos fueran la base de una larga relación entre periodista e investigador. Desde entonces, no había pasado ni una semana sin que ella llamara a Bosch una o dos veces con alguna excusa, para trasmitir algún chisme departamental que había recogido de otras fuentes y formular la pregunta por la que vivían todos los reporteros: «¿Hay algo en marcha?»

Russell contestó al primer timbrazo y Bosch se sorprendió un poco de que hubiera entrado tan temprano. Pensaba dejarle un mensaje en el buzón de voz.

—Keisha, soy Bosch.

—Hola, Bosch, ¿qué tal?

—Bueno, supongo que ya has tenido noticias de mí.

—He oído que estás de baja, pero nadie me ha dicho por qué. ¿Quieres hablar de eso?

—No, en realidad no. Quiero decir que ahora no. Tengo que pedirte un favor. Si funciona te daré la historia. Era el acuerdo que tenía con otros reporteros.

—¿Qué tengo que hacer?

—Sólo ir al depósito de cadáveres.

Ella refunfuñó.

—Me refiero a la «morgue» del diario, allí mismo en el *Times*.

—Ah, eso está mejor. ¿Qué necesitas?

—Tengo un nombre. Es viejo. Sé que el tipo era escoria en los cincuenta y al menos a principios de los sesenta. Pero después le he perdido la pista. La cuestión es que mi corazonada es que está muerto.

—¿Quieres una necrológica?

—Bueno, no creo que sea el tipo de persona de la que el

*Times* publica una necrológica. Por lo que yo sé era un tipo de poca monta. Pensaba que tal vez podría haber algún artículo, bueno, si su muerte fue prematura.

—Te refieres a si le volaron los sesos.

—Exacto.

—Vale, echaré un vistazo.

A Bosch le dio la sensación de que Russell estaba ansiosa. Sabía que la periodista pensaba que el favor cimentaría una relación que le reportaría dividendos en el futuro. Bosch no dijo nada para disuadirla de esta idea.

—¿Cuál es el nombre?

—John Fox. Lo llamaban Johnny. La última noticia que tengo de él es de mil novecientos sesenta y uno. Era un macarra, un mierda de poca monta.

—¿Blanco, negro, amarillo o marrón?

—Un mierda de poca monta blanco, digamos.

—¿Tienes la fecha de nacimiento? Me ayudará si hay varios Johnny Fox en los artículos.

Bosch le dio el dato.

—Muy bien, ¿dónde vas a estar?

Bosch le proporcionó el número de su móvil. Sabía que estaba mordiendo el anzuelo. El número iría directamente a la lista de fuentes que la periodista guardaba en su ordenador como pendientes de oro en un joyero. Disponer del teléfono en el que podría localizarlo casi en cualquier momento merecía la búsqueda en la «morgue».

—Vale, escucha. Tengo una reunión con el redactor jefe, ésa es la única razón de que haya entrado tan temprano. Pero después, iré a echar un vistazo. Te llamaré en cuanto tenga algo.

—Si hay algo.

—Exacto.

Después de colgar, Bosch sacó los cereales de la nevera, se puso a comerlos directamente de la caja y sintonizó las noticias en la radio. Había suspendido la suscripción al diario por si acaso Gowdy, el inspector de obras, se pasaba temprano y lo veía en la puerta: una pista de que alguien estaba habitando lo inhabitable. No había gran cosa que le interesara en el resumen de las noticias. Al menos no había homicidios en Hollywood. No se estaba perdiendo nada.

Después del informe de tráfico oyó una noticia que captó su atención. Al parecer un pulpo que se exhibía en el acuario municipal de San Pedro se había quitado la vida al retirar con uno de sus tentáculos un tubo de circulación de agua. El depósito de agua se había vaciado y el pulpo había muerto. Los grupos medioambientales lo estaban calificando de suicidio, considerándolo una protesta desesperada del pulpo contra su cautividad. Sólo en Los Ángeles, pensó Bosch al apagar la radio. Un lugar tan desesperante que incluso un animal marino se suicidaba.

Se dio una larga ducha, cerrando los ojos y poniendo la cabeza justo debajo del chorro. Más tarde, mientras se afeitaba, no pudo evitar examinar de nuevo las ojeras. Parecían todavía más pronunciadas que antes y armonizaban a la perfección con los ojos enrojecidos por los excesos con la bebida de la noche anterior.

Dejó la maquinilla en el borde del lavabo y se inclinó hacia el espejo. Tenía la piel tan pálida como una bandeja de papel reciclado. Al contemplarse pensó en que antes lo habían considerado un hombre atractivo. Ya no. Parecía apaleado. Daba la sensación de que la edad le había hecho un placaje y lo había derribado. Pensó que se parecía a algunos de los ancianos que había visto después de que los encontraran muertos en sus camas. Los de los albergues. Los que vivían en contenedores de barco. Al verse pensaba más en los muertos que en los vivos.

Abrió el botiquín, de manera que el reflejo desapareció. Miró entre los diversos elementos que había en los estantes de cristal y eligió un frasco de colirio. Se echó una generosa dosis de gotas en los ojos, se limpió el sobrante de la cara con una toalla y salió del cuarto de baño sin cerrar el botiquín para no tener que verse otra vez.

Se puso su mejor traje limpio, uno gris de dos piezas, y una camisa blanca. Añadió su corbata granate con cascos de gladiador. Era su favorita. Y también la más vieja que tenía. Uno de los bordes empezaba a deshilacharse, pero la usaba dos o tres veces por semana. Se la había comprado diez años antes, cuando lo destinaron a homicidios. Se la sujetó a la camisa con un alfiler dorado que formaba el número 187, el código penal del homicidio en California. Al hacerlo sintió que recuperaba en parte el control. Empezó a sentirse otra vez bien y completo, y furioso. Estaba preparado para salir a la calle, tanto si la calle estaba preparada para él como si no.

Bosch se apretó con fuerza el nudo de la corbata antes de abrir la puerta posterior de la comisaría. Entró por el pasillo de atrás de la sala de detectives y después circuló entre las mesas hasta la parte delantera, donde Pounds estaba sentado en su despacho, detrás de las ventanas de cristal que lo separaban de los detectives que tenía a sus órdenes. Heads, en la mesa de robos, lo saludó con la cabeza al verlo, y después lo saludaron en atracos y en homicidios. Bosch no hizo caso de nadie, aunque casi perdió el pie cuando vio a un hombre en la mesa de homicidios. Burns. Edgar ocupaba su sitio habitual, pero estaba de espaldas a Bosch y no vio a Harry cuando éste atravesaba la sala.

Pero Pounds sí. A través del cristal vio cómo Bosch se aproximaba hacia su despacho y se puso de pie detrás del escritorio.

La primera cosa en la que se fijó Bosch al acercarse fue que el cristal que se había roto justo una semana antes ya había sido sustituido. Pensó que era curioso que se hubiera reemplazado tan pronto en un departamento donde reparaciones más vitales —como la sustitución del parabrisas de un coche patrulla destrozado por las balas— normalmente requerían un mes de cinta aislante roja y burocracia. Pero ésas eran las prioridades del departamento.

—Henry —bramó Pounds—. ¡Venga!

El hombre mayor que se sentaba en el mostrador de la entrada y atendía las llamadas del público se levantó de un salto y avanzó tambaleándose hasta el despacho de cristal. Era uno de los voluntarios civiles que trabajaban en la comisaría. La mayoría eran jubilados y los polis solían referirse a ellos con el nombre colectivo de miembros de la brigada del sí.

Bosch siguió al anciano y dejó el maletín en el suelo.

—Bosch —dijo Pounds ahogando un grito—. Aquí hay un testigo. —Señaló al viejo Henry y después a través del cristal—. Y ahí fuera también.

Bosch se fijó en que Pounds todavía tenía el moretón causado por los capilares rotos debajo de ambos ojos. En cambio, la hinchazón ya había desaparecido. Harry se acercó a la mesa y metió la mano en el bolsillo de la chaqueta.

—¿Testigos de qué?

—De lo que estás haciendo aquí.

Bosch se volvió para mirar a Henry.

—Henry, ya puede irse. Sólo voy a hablar con el teniente.

—Henry, quédese —ordenó Pounds—. Quiero que escuche esto.

—¿Cómo sabe que va a recordarlo, Pounds? Si ni siquiera sabe pasar una llamada a la mesa que corresponde. —Bosch miró de nuevo a Henry y clavó en él una mirada que no dejaba duda de quién mandaba en el despacho de cristal—. Cierre la puerta al salir.

Henry miró tímidamente a Pounds, pero enseguida se encaminó a la puerta, cerrándola tal y como le habían mandado. Bosch se volvió hacia Pounds.

El teniente, despacio, como un gato que se escabulle por detrás de un perro, se sentó en su silla, quizá pensando, o sabiendo por instinto, que sería más seguro no situarse a la misma altura que Bosch. Harry bajó la mirada y vio que había un libro abierto en la mesa. Se agachó y le dio la vuelta para ver la tapa.

—¿Está estudiando para el examen de capitán, teniente?

Pounds se apartó hacia atrás para alejarse de Bosch. Éste se fijó en que no era el manual de examen de capitán, sino uno que trataba de la motivación de los empleados, escrito por un entrenador de baloncesto profesional. Bosch no pudo evitar reírse y sacudir la cabeza.

—Pounds, tengo que reconocerlo. Al menos es entretenido, eso tengo que concedérselo.

Pounds cogió el libro y lo metió en un cajón.

—¿Qué quieres, Bosch? Estás de baja. No deberías estar aquí.

—Pero me ha llamado, ¿recuerda?

—No.

—Dijo que quería el coche.

—Te dije que lo devolvieras al garaje. No te dije que vinieras aquí. Ahora vete.

Bosch advirtió que el sonrojo de la rabia se extendía por el rostro del otro hombre. Él mantuvo la calma y lo tomó como un signo de que su nivel de estrés se estaba reduciendo. Sacó la mano del bolsillo y dejó caer las llaves en la mesa de Pounds.

—Está aparcado fuera, al lado de la celda de borrachos. Si quiere que se lo devuelva, ahí lo tiene, pero tendrá que conducirlo hasta el garaje. Eso no es trabajo para un policía. Es trabajo para un burócrata.

Bosch se volvió para salir y cogió su maletín. Abrió la puerta del despacho con tal fuerza que ésta giró sobre sus goznes y golpeó en uno de los paneles acristalados. Todo el despacho tembló, pero no se rompió nada. Bosch rodeó el mostrador y dijo: «Lo siento, Henry», sin mirar al anciano, y después enfiló hacia la salida.

Al cabo de unos minutos, Bosch estaba de pie en la acera de Wilcox, enfrente de la comisaría, esperando el taxi que había pedido desde su móvil. Un Caprice gris, casi un duplicado del coche que acababa de devolver, se detuvo delante de él y Bosch se dobló para mirar en su interior. Era Edgar. Estaba sonriendo. El cristal de la ventanilla se deslizó hacia abajo.

—¿Necesitas que te lleve, tipo duro?

Bosch entró.

—Hay un Hertz en La Brea, al lado del bulevar.

—Sí, lo conozco.

Avanzaron en silencio durante unos minutos, hasta que Edgar se rió y negó con la cabeza.

—¿Qué?

—Nada... Burns, tío. Creo que estaba a punto de cagarse en los pantalones cuando tú estabas allí con Pounds. Pensó que ibas a salir de ahí y sacarle el culo de tu silla. Fue penoso.

—Mierda. Debería haberlo hecho. No se me ocurrió.

El silencio se instaló de nuevo. Estaban en Sunset llegando a La Brea.

—Harry, no puedes controlarte, ¿verdad?

—Supongo que no.

—¿Qué te ha pasado en la mano?

Bosch la levantó y examinó el vendaje.

—Ah, me di con el martillo la semana pasada cuando estaba trabajando en la terraza. Duele como una mala puta.

—Sí, será mejor que tengas cuidado o Pounds va a ir a por ti como una mala puta.

—Ya lo está haciendo.

—Tío, es sólo un comenúmeros, un capullo. ¿Por qué no pasas de él? Sabes que sólo...

—Oye, ya empiezas a sonar como la psiquiatra a la que me envían. Podría sentarme una hora contigo hoy, ¿qué te parece?

—A lo mejor te está diciendo algo sensato.

—A lo mejor tendría que haber ido en taxi.

—Creo que deberías saber quiénes son tus amigos y escucharlos, aunque sólo sea por una vez.

—Es aquí.

Edgar frenó delante de la agencia de alquiler de coches. Bosch salió antes de que el coche llegara a detenerse.

—Harry, espera un momento.

Bosch lo miró.

—¿Qué pasa con este asunto de Fox? ¿Quién es ese tío?

—Ahora no puedo decírtelo, Jerry. Es mejor así.

—¿Estás seguro?

Bosch oyó que el teléfono de su maletín empezaba a sonar. Miró al maletín y después a Edgar.

—Gracias por acercarme.

Cerró la puerta del coche.

La llamada era de Keisha Russell desde el *Times*. Dijo que había encontrado un artículo breve en la «morgue» bajo el nombre de Fox, pero quería encontrarse con Bosch para dárselo. Bosch sabía que formaba parte del juego, se trataba de establecer el pacto. Miró su reloj. Podía esperar para saber qué decía el artículo. Le dijo que la invitaba a comer en el Pantry, en el centro de la ciudad.

Al cabo de cuarenta minutos, Russell ya estaba en un reservado próximo a la caja cuando él llegó. Bosch se deslizó en la parte opuesta del reservado.

—Llegas tarde —dijo ella.

—Lo siento, estaba alquilando un coche.

—Te han retirado el coche, ¿eh? Parece serio.

—No vamos a hablar de eso.

—Ya lo sé. ¿Sabes quién es el dueño de este sitio?

—Sí, el alcalde. Pero la comida no es mala.

La periodista torció el gesto y miró en torno como si el lugar estuviera lleno de hormigas. El alcalde era republicano; el *Times* había apoyado a los demócratas. Y lo que era peor, al menos para ella, era que el alcalde defendía al departamento de policía. A los periodistas eso no les gustaba. Preferían las controversias internas, el escándalo. Generaba noticias más interesantes.

—Lo siento —dijo Bosch—. Supongo que podría haber propuesto el Gorky o algún sitio más liberal.

—No te preocupes por eso, Bosch. Sólo estaba bromeando.

Bosch calculó que la mujer no tendría más de veinticinco. Era una joven negra con una gracia especial. Bosch no sabía de dónde era, pero no creía que fuera de Los Ángeles. Conservaba el rastro de un acento, un cantito caribeño, que probablemente ella había tratado de suavizar. Aun así permanecía. A Bosch le gustaba cómo ella decía su nombre. En su boca sonaba exótico, como una ola al romper. No le importaba que tuviera poco más que la mitad de su edad y que lo tuteara.

—¿De dónde eres, Keisha?

—¿Por qué?

—¿Por qué? Porque me interesa, nada más. Estás en sucesos y me gusta saber con quién trato.

—Soy de aquí, Bosch. Llegué de Jamaica cuando tenía cinco años. Fui a la Universidad del Sur de California. ¿Tú, de dónde eres?

—De Los Ángeles. Siempre he vivido aquí.

Decidió no mencionar los quince meses que había pasado combatiendo en los túneles de Vietnam ni los nueve que había estado preparándose en Carolina del Norte.

—¿Qué te ha pasado en la mano?

—Me corté trabajando en casa. He estado haciendo reparaciones mientras estoy de baja. Bueno, ¿qué tal ocupar el lugar de Bremmer en sucesos? Él estuvo muchos años.

—Sí, lo sé. No está resultando fácil, pero me abro camino. Poco a poco. Estoy haciendo amigos. Espero que seas uno de mis amigos, Bosch.

—Seré tu amigo cuando pueda. Vamos a ver qué me has traído.

Russell puso sobre la mesa una carpeta, pero antes de que pudiera abrirla llegó el camarero, un viejo calvo con bigote encerado. Ella pidió un sándwich de ensalada de huevo. Bosch pidió una hamburguesa bien hecha con patatas fritas. Russell torció el gesto y Bosch adivinó el motivo.

—¿Eres vegetariana?

—Sí.

—Lo siento, la próxima vez elige tú el sitio.

—Lo haré.

La periodista abrió la carpeta y Bosch se fijó en que llevaba diversas pulseras en la muñeca izquierda. Estaban hechas de hilo trenzado en distintos colores. Bosch miró en la carpeta y vio un pequeño recorte de periódico. Por el tamaño y el formato, Bosch supo que era una de las historias que quedaban enterradas en la parte de atrás del diario. Russell se lo pasó.

—Creo que éste es tu Johnny Fox. La edad coincide, pero no lo describe como tú. Un mierda de poca monta blanco, dijiste.

Bosch leyó el artículo. Estaba fechado el 30 de septiembre de 1962.

TRABAJADOR DE CAMPAÑA VÍCTIMA DE UN ATROPELLO
por Monte Kim, de la redacción del *Times*

Un hombre de 29 años que colaboraba en la campaña de un candidato a la oficina del fiscal del distrito resultó muerto el sábado en Hollywood cuando fue atropellado por un coche que circulaba a gran velocidad, según informó la policía de Los Ángeles.

La víctima fue identificada como Johnny Fox, que residía en un apartamento de Ivar Street, en Hollywood. La policía aseguró que Fox había estado distribuyendo publicidad de campaña en apoyo del aspirante a fiscal del distrito Arno Conklin en la esquina de Hollywood Boulevard y La Brea Avenue cuando fue arrollado por un coche al ir a cruzar la calle.

Fox estaba cruzando los carriles sentido sur de La Brea alrededor de las dos de la tarde cuando el vehículo le golpeó. La policía dijo que al parecer Fox murió por el impacto y su cuerpo fue arrastrado varios metros por el coche.

Según la policía, el vehículo que arrolló a Fox frenó momentáneamente después de la colisión, pero enseguida se dio a la fuga. Los testigos explicaron a los investigadores que el coche avanzaba hacia el sur por La Brea a gran velocidad. La policía no ha localizado el vehículo y los testigos no pudieron proporcionar una descripción clara del modelo o la marca. Fuentes policiales aseguraron que la investigación continúa abierta.

El director de campaña de Conklin, Gordon Mittel, explicó que Fox se había unido a la campaña hacía tan sólo una semana.

Localizado en la oficina del fiscal del distrito, donde está a cargo de la sección de investigaciones especiales bajo mando del fiscal en ejercicio John Charles Stock, Conklin manifestó que todavía no había conocido a Fox, pero lamentó la muerte del hombre que trabajaba para su elección. El candidato declinó hacer más comentarios.

Bosch examinó el recorte durante un buen rato después de leerlo.

—¿Este tal Monte Kim sigue en el periódico?

—¿Estás de broma? Eso fue hace casi un milenio. Entonces la sala de redacción era un puñado de chicos blancos sentados con sus camisas blancas y corbatas.

Bosch miró su propia camisa y después a ella.

—Lo siento —dijo Russell—. El caso es que ya no está. Y no sé nada de Conklin. Demasiado antiguo. ¿Ganó?

—Sí. Creo que obtuvo dos mandatos. Después recuerdo que iba a presentarse a fiscal general, pero le salió el tiro por la culata. Algo así. Yo no estaba aquí entonces.

—Creía que habías dicho que has estado aquí toda la vida.

—Me fui una temporada.

—¿A Vietnam?

—Sí.

—Sí, muchos polis de tu edad estuvieron allí. Tuvo que ser un flipe. ¿Por eso os hicisteis polis? ¿Para poder seguir llevando armas?

—Algo así.

—El caso es que si Conklin sigue vivo, probablemente es un anciano. Pero Mittel continúa en activo. Eso ya lo sabes, claro. Probablemente está en uno de esos reservados comiendo con el alcalde.

Ella sonrió y Bosch no le hizo caso.

—Sí, es un pez gordo. ¿Cuál es la historia sobre él?

—¿Mittel? No lo sé. Primera espada en un bufete de abogados, amigo de gobernadores y senadores y de otra gente poderosa. Lo último que supe de él, era que estaba llevando las finanzas de Robert Shepherd.

—¿Robert Shepherd? ¿El tío de los ordenadores?

—Más bien el magnate de los ordenadores. Sí, ¿no has leído el diario? Shepherd quería presentarse, pero no quería usar su propio dinero. Mittel está haciendo la recogida de fondos para una campaña de exploración.

—¿Presentarse a qué?

—Joder, Bosch, ¿no lees el diario ni ves la tele?

—He estado ocupado. ¿Presentarse a qué?

—Bueno como cualquier ególatra creo que quiere presentarse a presidente. Pero por ahora se presenta al Senado. Shepherd quiere ser candidato de un tercer partido. Dice que los republicanos están demasiado a la derecha y los demócratas demasiado a la izquierda. Él está en el centro. Y por lo que he oído, si alguien puede reunir el dinero para que se presente como tercer candidato, ése es Mittel.

—Entonces a Mittel le interesa la presidencia.

—Supongo. Pero ¿por qué me preguntas por él? Soy periodista de sucesos, tú eres un poli. ¿Qué tiene esto que ver con Gordon Mittel? —Russell señaló la fotocopia.

Bosch se dio cuenta de que tal vez había hecho demasiadas preguntas.

—Sólo intento ponerme al día —dijo—. Como has dicho, no leo los diarios.

—El diario, no los diarios —dijo ella sonriendo—. Será mejor que no te vea leyendo el *Daily Snews* o hablando con ellos.

—El infierno no tiene tanta furia como un periodista desdeñado.

—Más o menos.

Se sintió convencido de que había desviado las sospechas de la periodista. Levantó la fotocopia.

—¿No hubo seguimiento de esto? ¿Nunca detuvieron a nadie?

—Supongo que no, o habrían escrito un artículo.

—¿Puedo quedármelo?

—Claro.

—¿Te apetece darte otra vuelta por la «morgue»?

—¿Para qué?

—¿Artículos de Conklin?

—Habrá centenares, Bosch. Dijiste que fue fiscal del distrito con dos mandatos.

—Sólo me interesan los artículos de antes de que lo eligieran. Y si tienes tiempo pon también los artículos sobre Mittel.

—¿Sabes? Pides mucho. Podría meterme en problemas si se enteran de que estoy buscando recortes para un poli.

Russell hizo un mohín, pero Bosch tampoco hizo caso de eso. Sabía adónde quería llegar.

—¿Quieres contarme de qué va todo esto, Bosch?

Bosch se mantuvo en silencio.

—Lo suponía. Bueno, mira, tengo que hacer dos entrevistas esta tarde. Voy a irme. Lo que puedo hacer es pedirle a un becario que te busque los artículos y que te los deje con el conserje en el vestíbulo del globo. Estarán en un sobre, así que nadie sabrá qué es. ¿Te parece bien?

Bosch asintió con la cabeza. Había estado antes en Times Square en un puñado de ocasiones, por lo general para reunirse con periodistas. El elemento central del vestíbulo de entrada en First y Spring era un enorme globo que nunca dejaba de girar, igual que las noticias no dejaban nunca de sucederse.

—¿Lo dejarás a mi nombre? ¿Eso no te traerá problemas? Ser amiga de un poli debe de ir contra las reglas allí.

Russell sonrió ante el comentario sarcástico.

—No te preocupes. Si un jefe me pregunta, diré que es una inversión de futuro. Será mejor que lo recuerdes, Bosch. La amistad es una calle de doble sentido.

—No te preocupes, nunca olvido eso.

Bosch se inclinó hacia adelante en la mesa, de modo que su rostro quedó cerca del de Russell.

—Quiero que tú también recuerdes una cosa. Una de las razones por las que no te estoy diciendo para qué quiero este material es que no estoy seguro de lo que significa. Si es que significa algo. Pero no tengas demasiada curiosidad. No empieces a hacer llamadas. Si lo haces podrías estropearlo todo. Podría salir malparado. Tú podrías salir malparada, ¿entendido?

—Entendido.

El hombre del bigote encerado apareció al lado de la mesa con las bandejas.

—Me he fijado en que ha llegado temprano hoy. ¿He de tomarlo como una señal de su voluntad de estar aquí?

—No especialmente. Estaba en el centro comiendo con una amiga y me he pasado.

—Me alegra oír que estaba con una amiga. Creo que eso está bien.

Carmen Hinojos estaba sentada detrás de su escritorio. Tenía la libreta en la mesa, abierta, pero estaba sentada con las manos entrelazadas delante de ella. Era como si no quisiera hacer ningún movimiento que pudiera interpretarse como amenazador para el diálogo.

—¿Qué le ha pasado en la mano?

Bosch la levantó y miró los vendajes de sus dedos.

—Me golpeé con un martillo. He estado trabajando en mi casa.

—Espero que esté bien.

—Sobreviviré.

—¿Por qué está tan trajeado? Espero que no sienta que tiene que vestirse así para las sesiones.

—No. Yo..., bueno, me gusta seguir mi rutina. Aunque no vaya a ir a trabajar, me visto como si fuera a hacerlo.

—Entiendo.

Tras ofrecerle café o agua y después de que Bosch declinara la invitación, Hinojos empezó con la sesión.

—Dígame, ¿de qué quiere hablar hoy?

—No me importa. Usted manda.

—Preferiría que no viera nuestra relación de esta manera. Yo no soy su jefa, detective Bosch. Sólo soy una persona dispuesta a ayudarle a hablar de lo que quiera contarme.

Bosch permaneció en silencio. No se le ocurría nada. Carmen Hinojos tamborileó con el lápiz en la tableta amarilla durante unos momentos antes de recoger el guante.

—Nada en absoluto, ¿eh?

—No se me ocurre nada.

—Entonces ¿por qué no hablamos de ayer? Cuando le llamé para recordarle la sesión de hoy obviamente estaba nervioso por algo. ¿Fue entonces cuando se golpeó la mano?

—No, no fue entonces.

Bosch se detuvo, pero la psiquiatra no dijo nada y él decidió participar un poco. Tenía que admitir que había algo en ella que le gustaba. No era amenazadora y creía que no faltaba a la verdad cuando le decía que estaba allí sólo para ayudarle.

—Lo que pasó cuando usted llamó fue que antes había descubierto que a mi compañero, o sea, a mi compañero de antes de esto, le habían asignado un nuevo compañero. Ya me han sustituido.

—¿Y eso cómo le hace sentirse?

—Ya oyó cómo estaba. Estaba furioso. Creo que todo el mundo lo estaría. Después llamé a mi compañero y me trató como si yo fuera historia antigua. Yo le enseñé mucho y...

—¿Y qué?

—No lo sé, supongo que duele.

—Ya veo.

—No, no lo creo. Tendría que ser yo para verlo como yo lo veo.

—Supongo que eso es verdad. Pero puedo comprenderle. Dejémoslo así. Permita que le pregunte esto. ¿No debería haber esperado que a su compañero le dieran otra pareja? Al fin y al cabo, ¿no es una norma departamental que los detectives trabajen por parejas? Usted estará de baja por un periodo hasta el momento indeterminado. ¿No estaba cantado que a su compañero le iban a asignar un nuevo compañero, permanente o no?

—Supongo.

—¿No es más seguro trabajar por parejas?

—Supongo.

—¿Cuál es su propia experiencia? ¿Se sintió más seguro cuando estuvo con un compañero en el trabajo que cuando estuvo solo?

—Sí, me sentí más seguro.

—Entonces, lo que ocurrió era inevitable e incuestionable; aun así le puso furioso.

—No fue lo que ocurrió lo que me puso furioso, sino la forma en que me lo contó, y después su manera de actuar cuando yo llamé. Me sentí dejado de lado. Le pedí un favor y... no sé.

—¿Qué hizo?

—Dudó. Los compañeros no hacen eso. No entre ellos. Se supone que están ahí para el otro. Se supone que es como un matrimonio, aunque yo nunca he estado casado.

Hinojos se detuvo para tomar notas, lo cual hizo que Bosch se preguntara si lo que acababa de decir era tan importante.

—Parece —dijo ella mientras todavía escribía— que tiene un umbral bajo para tolerar frustraciones.

La afirmación de la psiquiatra inmediatamente irritó a Bosch, pero sabía que si lo mostraba estaría confirmando su tesis. Pensó que tal vez era un truco pensado para provocar esa respuesta. Trató de calmarse.

—¿No le pasa a todo el mundo? —dijo con voz controlada.

—Supongo que hasta cierto punto. Cuando revisé su historial vi que estuvo en el ejército durante la guerra de Vietnam. ¿Vio algún combate?

—¿Que si vi algún combate? Sí, vi combate. También estuve en medio del combate. Incluso estuve bajo el combate. ¿Por qué la gente siempre pregunta que si vi un combate como si se tratara de una maldita película que nos llevaran allí?

Hinojos se quedó en silencio un buen rato, sosteniendo el bolígrafo, pero sin escribir. Parecía que simplemente estaba esperando que las velas de Bosch, henchidas de ira, perdieran viento. Bosch movió la mano en un gesto que esperaba que expresara que lo lamentaba y que deberían seguir adelante.

—Lo siento —dijo para asegurarse.

Hinojos continuó en silencio y Bosch estaba empezando a sentir el peso de su mirada. Apartó la vista a las estanterías que ocupaban una de las paredes del despacho. Estaban llenas de gruesos volúmenes de psiquiatría encuadernados en piel.

—Lamento entrometerme en un área tan sensible emocionalmente —dijo ella al fin—. La razón...

—Pero de eso se trata todo esto, ¿no? Lo que usted tiene es una licencia para entrometerse y yo no puedo hacer nada al respecto.

—Entonces acéptelo —dijo ella con severidad—. Ya hemos hablado de esto antes. Para ayudarle tenemos que hablar de usted. Si lo acepta, tal vez podamos avanzar. A ver, como iba diciendo, la razón de que mencionara la guerra fue que quería preguntarle si está usted familiarizado con el síndrome de estrés postraumático. ¿Alguna vez lo ha oído nombrar?

Bosch volvió a mirarla. Sabía lo que le esperaba.

—Sí, por supuesto. He oído hablar del estrés postraumático.

—Bueno, detective, en el pasado fue un síndrome relacionado con hombres de servicio que regresaron de la guerra, pero no se trata sólo de un problema bélico o posbélico. Puede ocurrir en cualquier entorno de estrés. Cualquiera. Y tengo que decirle que creo que usted es un ejemplo andante y hablante de los síntomas de este desorden.

—Joder... —dijo Bosch sacudiendo la cabeza. Se acomodó en la silla de modo que no la veía ni a ella ni a su biblioteca. Miró al cielo a través de las ventanas. No había nubes—. Ustedes se sientan en estos despachos y no tienen ni idea...

No terminó. Se limitó a negar con la cabeza. Se aflojó el nudo de la corbata. Sentía que no podía introducir suficiente aire en los pulmones.

—Escúcheme, detective, haga el favor. Observe los hechos que tenemos aquí. ¿Se le ocurre algún trabajo más estresante que ser policía en esta ciudad durante los últimos cinco años? Entre Rodney King y el escrutinio y la infamia que suscitó, los disturbios, los incendios, las inundaciones y los terremotos, cada agente de este departamento podría haber escrito un manual sobre control del estrés y, por supuesto, sobre el mal control.

—Se ha olvidado las abejas asesinas.

—Estoy hablando en serio.

—Yo también, salió en las noticias.

—En todo lo que ha sucedido en esta ciudad, en cada una de esas calamidades, ¿quién está siempre en medio? Los agentes de policía. Los que tienen que responder. Los que no pueden quedarse en casa, agachar la cabeza y esperar a que todo termine. Así que pasemos de esa generalización a lo individual. Usted, detective. Ha sido un contendiente de primera línea en todas esas crisis. Al mismo tiempo ha tenido que lidiar con su auténtico trabajo. Homicidios. Es uno de los destinos más estresantes del departamento. Dígame, ¿cuántos homicidios ha investigado en los últimos tres años?

—Mire. No estoy buscando una excusa. Ya le dije antes que lo hice porque quería hacerlo. No tuvo nada que ver con los disturbios ni...

—¿Cuántos cadáveres ha examinado? Conteste mi pregunta, por favor. ¿Cuántos cadáveres? ¿A cuántas viudas les dio la noticia de que lo eran? ¿A cuántas madres les ha hablado de sus hijos muertos?

Bosch levantó las manos y se frotó la cara. Lo único que sabía era que quería esconderse de ella.

—Muchos —susurró finalmente.

—Más que muchos...

Bosch exhaló con fuerza.

—Gracias por responder. No estoy tratando de arrinconarle. El objetivo de mis preguntas y de mi discurso sobre la fractura social, cultural e incluso geológica de esta ciudad es que usted ha pasado mucho más que la mayoría, ¿de acuerdo? Y esto ni siquiera incluye el bagaje que todavía podía arrastrar de Vietnam o del fracaso de una relación sentimental. Pero sean cuáles sean las razones, los síntomas del estrés se están manifestando. Están ahí, claros como el día. Su intolerancia, su incapacidad de sublimar las frustraciones, sobre todo su agresión a su superior.

Hizo una pausa, pero Bosch no dijo nada. Tenía la sensación de que ella no había terminado. No se equivocaba.

—También hay otros signos —continuó Hinojos—. Su rechazo a abandonar su casa afectada puede percibirse como una forma de negación de lo que está sucediendo a su alrededor. Son síntomas físicos. ¿Se ha mirado al espejo últimamente? No creo que tenga que preguntárselo para saber que está bebiendo demasiado. Y la mano. No se hizo daño con un martillo. Se quedó dormido con un cigarrillo entre los dedos. Eso es una quemadura, me apostaría mi licencia profesional.

Hinojos abrió un cajón y sacó dos vasos y una botella de plástico. Llenó los vasos y le acercó uno a Bosch. Una oferta de paz. Bosch la observó en silencio. Se sentía exhausto, insalvable. Tampoco podía menos que sentir admiración por lo bien que ella lo diseccionaba. Después de tomar un trago de agua, Hinojos continuó.

—Todas estas cosas son indicativas de un diagnóstico de síndrome de estrés postraumático. Sin embargo, tenemos un problema con eso. El prefijo «post» cuando se usa en este diagnóstico, significa que el estrés ha pasado. Ése no es el caso aquí. En Los Ángeles, no. No con su trabajo. Harry, usted está permanentemente metido en una olla a presión. Se debe a usted mismo un poco de espacio para respirar. Ése es el fin de esta baja. Espacio para respirar. Tiempo para recuperarse. Así que no se resista. Acéptelo. Es el mejor consejo que puedo darle. Acéptelo y úselo para salvarse.

Bosch exhaló con fuerza y levantó la mano vendada.

—Puede quedarse su licencia.

—Gracias.

Ambos descansaron un momento hasta que ella continuó en una voz calibrada para aliviarle.

—También ha de saber que no está solo. Esto no es nada por lo que deba sentirse avergonzado. En los últimos tres años se ha experimentado un agudo aumento de incidentes de agentes sometidos a estrés. Los Servicios de Ciencias del Comportamiento acaban de solicitar al ayuntamiento cinco psicólogos más. Nuestro volumen de casos ha pasado de ochocientas sesiones en mil novecientos noventa a más del doble el último año. Incluso tenemos un nombre para lo que está ocurriendo aquí. La angustia azul. Y usted la tiene, Harry.

Bosch sonrió y negó con la cabeza, aferrándose todavía a la capacidad de negación que le quedaba.

—La angustia azul. Parece el título de una novela de Wambaugh.

La psiquiatra no respondió.

—¿Lo que me está diciendo es que no voy a recuperar mi puesto?

—No, no estoy diciendo eso en absoluto. Lo único que digo es que tenemos un montón de trabajo por delante.

—Me siento como si me hubiera noqueado el campeón del mundo. ¿Le importa si la llamo de vez en cuando para tratar de obtener la confesión de algún tío que no quiera hablar conmigo?

—Créame, que diga esto ya es un buen comienzo.

—¿Qué quiere que haga?

—Quiero que tenga ganas de venir aquí. Eso es todo. No lo mire como un castigo. Quiero que trabaje conmigo, no contra mí. Cuando hablemos, quiero que hable de todo y de nada. De cualquier cosa que se le ocurra. No se guarde nada. Y otra cosa. No le estoy diciendo que debe dejarlo por completo, pero tiene que moderarse con la bebida. Tiene que mantener la mente despejada. Como sin duda sabe, los efectos del alcohol permanecen en un individuo hasta mucho después de la noche en que se consume.

—Lo intentaré. Todo eso. Lo intentaré.

—Es lo único que le pido. Y como de repente tiene tan buena voluntad, voy a pedirle otra cosa. Me han cancelado una sesión mañana a las tres, ¿podrá venir?

Bosch dudó y no dijo nada.

—Parece que al final estamos trabajando bien y creo que ayudaría. Cuanto antes acabemos con nuestro trabajo, antes podrá usted volver al suyo. ¿Qué dice?

—¿A las tres?

—Sí.

—De acuerdo, aquí estaré.

—Bien. Volvamos a nuestro diálogo. ¿Por qué no empieza? De lo que quiera hablar.

Bosch se inclinó hacia adelante y cogió el vaso de agua. Miró a Hinojos mientras bebía el agua y después volvió a dejar el vaso en la mesa.

—¿De cualquier cosa?

—Lo que sea. De lo que esté pasando en su vida o en su mente y quiera hablar.

Bosch pensó un momento.

—Anoche vi un coyote. Cerca de mi casa. Yo... Supongo que estaba borracho, pero sé que lo vi.

—¿Qué significa para usted?

Bosch trató de componer una respuesta apropiada.

—No estoy seguro... Creo que ya no quedan muchos en las colinas de la ciudad, al menos cerca de donde yo vivo. Así que cuando veo uno tengo la sensación de que podría ser el último que queda en libertad. El último coyote. Y supongo que me molestaría si alguna vez resultara cierto, si no volviera a ver a ningún otro.

Hinojos asintió con la cabeza, como si Bosch se hubiera anotado un punto en un juego cuyas reglas no conocía con exactitud.

—Antes había uno que vivía en el cañón de debajo de mi casa. Lo veía allí de vez en cuando. Después del terremoto desapareció. No sé qué le ocurrió. Entonces anoche vi a este otro. Había algo en la niebla y la luz que... Parecía que tenía el pelaje azul. Parecía hambriento. Tienen algo... Son tristes y amenazadores al mismo tiempo, ¿sabe?

—Sí.

—La cuestión es que pensé en él cuando me fui a acostar después de llegar a casa. Fue entonces cuando me quemé la mano. Me quedé dormido con el cigarrillo. Pero antes de despertarme tuve un sueño, o al menos creo que era un sueño. Tal vez una ensoñación, como si yo todavía estuviera despierto. Y en él, fuera lo que fuese, el coyote estaba presente. Pero estaba conmigo. Y estábamos en el cañón o en una colina, no estaba del todo seguro. —Levantó la mano—. Y entonces me quemé.

Hinojos asintió, pero no dijo nada.

—¿Qué opina? —preguntó él.

—Bueno, no acostumbro a dedicarme a la interpretación de los sueños. Francamente, no estoy segura de su valor. El valor real que me parece ver en lo que acaba de contarme es la voluntad de contármelo. Me muestra un giro de ciento ochenta grados en su visión de estas sesiones. Por si sirve de algo le diré que creo que está claro que se identifica con el coyote. Quizá no quedan muchos policías como usted y siente la misma amenaza para su existencia o su misión. No lo sé con certeza. Pero fíjese en sus propias palabras. Los llamó tristes y amenazadores al mismo tiempo. ¿Usted también podría serlo?

Bosch bebió agua antes de responder.

—He estado triste antes, pero he encontrado cierta comodidad en la tristeza.

Permanecieron un rato sentados en silencio, digiriendo lo que acababa de decirse. Ella miró su reloj.

—Todavía tenemos un poco de tiempo. ¿Hay algo más de lo que quiera hablar? Tal vez algo relacionado con esta historia.

Bosch reflexionó durante un rato y sacó un cigarrillo.

—¿Cuánto tiempo nos queda?

—Todo el que quiera. No se preocupe por el tiempo. Quiero hacer esto.

—Ha hablado de mi misión. Me dijo que pensara en mi misión. Y hace un minuto ha repetido la palabra.

—Sí.

Bosch vaciló.

—Lo que diga aquí es confidencial, ¿verdad?

Ella torció el gesto.

—No estoy hablando de nada ilegal. A lo que me refiero es que no va a ir contando a la gente lo que diga aquí. Que no le llegara a Irving.

—No, lo que me diga se queda aquí. Eso es incuestionable.

Le expliqué que lo que entrego al subdirector Irving es una sencilla recomendación muy concreta favorable o desfavorable a su reincorporación al servicio. Nada más.

Bosch asintió, dudó otra vez y después tomó la decisión. Se lo contaría.

—Bueno, estaba usted hablando de mi misión y su misión y etcétera, bueno, yo creo que durante mucho tiempo he tenido una misión. Sólo que no lo sabía o, mejor dicho, no la aceptaba. No la reconocía. No sé cómo explicarlo correctamente. Tal vez estaba asustado, no lo sé. La he apartado durante muchos años. No importa, lo que le estoy diciendo es que ahora la he aceptado.

—No estoy segura de estar entendiéndole, Harry. Tiene que explicarme de qué está hablando.

Bosch miró la alfombra gris que tenía delante de él. Habló mirando la alfombra porque no sabía cómo decírselo a la cara.

—Soy huérfano..., nunca conocí a mi padre y asesinaron a mi madre en Hollywood cuando yo era un niño. Nadie... Nunca detuvieron a nadie.

—Está buscando a su asesino, ¿verdad?

Bosch la miró y asintió.

—Ésa es mi misión ahora.

Ella no mostró sorpresa en el rostro, que en cambio le sorprendió a él. Era como si hubiera estado esperando que le dijera lo que acababa de decirle.

—Háblame de eso.

Bosch estaba sentado en la mesa del comedor con la libreta a mano y los recortes de periódico que un becario del *Times* le había preparado a instancias de Keisha Russell delante de él en dos pilas separadas. En una pila estaban las noticias sobre Conklin y en la otra las de Mittel. En la mesa había una botella de Henry que Bosch había estado cuidando como jarabe para la tos a lo largo de toda la tarde. Sólo iba a permitirse una cerveza. El cenicero, no obstante, estaba lleno y una nube de humo azulado envolvía la mesa. No se había puesto límite a los cigarrillos. Hinojos no había dicho nada del tabaco.

Sin embargo, ella había tenido mucho que decir de su misión. Le había aconsejado rotundamente que lo dejara hasta que estuviera emocionalmente mejor preparado para afrontar lo que podría descubrir. Él le dijo que había avanzado demasiado para detenerse. Fue en ese momento cuando la psiquiatra dijo algo en lo que no había cesado de pensar en el camino y que seguía entrometiéndose en sus pensamientos.

—Será mejor que piense en esto y se asegure de qué es lo que quiere —le había dicho ella—. Inconscientemente o no, podría haber estado trabajando hacia esto toda su vida. Podría ser la razón de que sea detective, investigador de homicidios. Resolver la muerte de su madre también podría terminar con su necesidad de ser policía. Podría quitarle su impulso, su misión. Debería estar preparado para eso antes de seguir adelante.

Bosch consideraba que lo que ella había dicho era cierto. Sabía que la idea había estado presente durante toda su vida.

Lo que le había ocurrido a su madre le había ayudado a definir todo lo que hizo después. Y la promesa de descubrirlo, la promesa de vengarla, estaba siempre presente en los oscuros recovecos de su mente. Nunca había sido algo que se hubiera dicho en voz alta, ni siquiera algo en lo que hubiera pensado con tenacidad. Porque hacerlo implicaba planificar, y eso no formaba parte de una agenda. Aun así, le superaba la sensación de que lo que estaba haciendo era inevitable, algo programado por una mano invisible hacía mucho tiempo.

Apartó a Hinojos de su pensamiento y se concentró en el recuerdo. Estaba bajo el agua, con los ojos abiertos, mirando hacia arriba, hacia la luz. De pronto, la luz quedó eclipsada por una figura que se alzaba en el borde de la piscina, una figura borrosa, un ángel oscuro que se cernía sobre él. Harry dio una patada en el fondo y subió hacia la superficie.

Bosch cogió la botella de cerveza y se la terminó de un trago. Trató de concentrarse otra vez en los recortes de periódico que tenía delante.

Inicialmente le había sorprendido la cantidad de historias que había sobre Arno Conklin anteriores a su ascenso al trono de la oficina del fiscal del distrito. Sin embargo, al empezar a leerlas vio que la mayoría eran despachos mundanos de noticias en las que Conklin era el fiscal de la acusación. Aun así, Bosch comprendió un poco mejor la naturaleza del hombre a través de los casos en los que trabajó y de su estilo como fiscal. Estaba claro que su estrella se alzó, tanto en la fiscalía como a ojos de la opinión pública, a raíz de una serie de casos altamente publicitados.

Los artículos estaban en orden cronológico. El primero trataba de la fructuosa acusación en 1953 de una mujer que había envenenado a sus padres y después había guardado sus cadáveres en baúles del garaje hasta que al cabo de un mes los vecinos se quejaron del olor a la policía. Conklin era citado profusamente en varios artículos acerca del caso. En una ocasión se lo describía como «el apuesto ayudante del fiscal del distrito». El caso fue uno de los precursores del uso de la incapacidad mental por parte de la defensa. La mujer alegó capacidad disminuida, pero a juzgar por la cantidad de artículos se había desatado un furor público sobre el caso y el jurado sólo tardó media hora en declararla culpable. La acusada fue condenada a muerte y Conklin se aseguró un lugar en el escenario público como paladín de la seguridad y defensor de la justicia. Había una foto suya hablando con los periodistas tras el veredicto. La descripción anterior de él era precisa. Era un hombre apuesto. Llevaba un traje de tres piezas, tenía el pelo rubio y corto y estaba bien afeitado. Era alto y delgado, y mostraba el aspecto rubicundo y genuinamente americano por el que los actores pagaban fortunas a los cirujanos. Arno era una estrella por derecho propio.

Había más artículos referidos a casos de asesinato en los recortes además de ése. Conklin había ganado todos ellos. Y siempre había solicitado —y obtenido— la pena capital. Bosch se fijó en que en los artículos sobre casos de finales de los cincuenta había sido elevado al cargo de primer ayudante del fiscal del distrito y a final de la década a ayudante, uno de los puestos de más responsabilidad de la fiscalía. En una sola década había experimentado un ascenso meteórico.

Había un reportaje sobre una conferencia de prensa en la que el fiscal del distrito John Charles Stock anunciaba que colocaba a Conklin a cargo de la unidad de investigaciones especiales y le encargaba limpiar la miríada de problemas de vicio que amenazaban el tejido social del condado de Los Ángeles.

«Siempre he asignado los trabajos más duros a Arno Conklin —explicó el fiscal—. Y vuelvo a recurrir a él. La gente de la comunidad de Los Ángeles quiere una comunidad limpia y, por Dios, la tendremos. Para aquellos que sepan que vamos a por ellos mi consejo es que se vayan. En San Francisco los acogerán. En San Diego los acogerán. Pero en Los Ángeles no.»

A continuación había varios artículos fechados en los dos años siguientes con ostentosos titulares acerca de cierres de casas de juego clandestinas, antros de drogadicción, casas de citas y prostitución callejera. Conklin trabajaba con unos efectivos de cuarenta policías cedidos por todos los departamentos del condado. Hollywood era el objetivo principal de los «comandos de Conklin» como el *Times* había bautizado a su brigada, pero el azote de la ley caía sobre malhechores de todo el condado. Desde Long Beach al desierto, todos aquellos que trabajaban en las nóminas del pecado huían atemorizados, al menos según el artículo del diario. A Bosch no le cabía duda de que los señores del vicio que eran objetivo de los comandos de Conklin siguieron operando sus negocios como de costumbre y sólo fueron los últimos de la cadena trófica, los empleados reemplazables, los que fueron detenidos.

La última historia en la pila de Conklin, fechada el 1 de febrero de 1962, era el anuncio de que se presentaría al máximo cargo de la fiscalía en una campaña que hacía un renovado hincapié en liberar al condado de los vicios que amenazaban a toda gran sociedad. Bosch se fijó en que parte del majestuoso discurso que pronunció en la escalinata del viejo tribunal del centro de Los Ángeles era una filosofía policial bien conocida, que Conklin, o la persona que le escribía los discursos, se había apropiado.

A veces la gente me dice: «¿Cuál es el problema, Arno? Éstos son delitos sin víctimas. Si un hombre quiere hacer una apuesta o pagar por acostarse con una mujer, ¿qué hay de malo en ello? ¿Dónde está la víctima?» Bueno, amigos, os diré qué hay de malo en ello y quién es la víctima. Nosotros somos las víctimas. Todos nosotros. Cuando permitimos que este tipo de actividades ocurran, cuando nos limitamos a mirar hacia otro lado, nos debilitamos todos y cada uno de nosotros.

Yo lo veo de esta manera. Estos llamados pequeños delitos son cada uno de ellos como una ventana rota en una casa abandonada. No parece un gran problema, ¿verdad? Error. Si nadie repara esa ventana, pronto llegarán los chicos y creerán que a nadie le importa. Así que tirarán unas cuantas piedras y romperán más ventanas. Después el ladrón conduce por la calle y al ver la casa cree que a nadie le importa. Así que monta la parada y empieza a entrar en casas mientras los propietarios están trabajando.

La siguiente noticia es que otro bellaco viene y roba coches aparcados en la calle. Y etcétera, etcétera. Los residentes empiezan a ver sus barrios con otros ojos. Piensan: «Si a nadie le importa, ¿por qué voy a preocuparme yo?» Esperan un mes más antes de cortar el césped. No les dicen a los chicos que están en las esquinas que dejen de fumar y que vayan a la escuela. Es un deterioro progresivo, amigos. Ocurre a lo largo de este gran país nuestro. Se cuela como las malas hierbas en nuestro jardín. Bueno, cuando yo sea fiscal del distrito arrancaré de raíz esas malas hierbas.

El artículo terminaba explicando que Conklin había elegido a un joven «activista» de su oficina para que rigiera su campaña. Decía que Gordon Mittel iba a renunciar a su puesto en la fiscalía para empezar a trabajar de inmediato. Bosch releyó el artículo y enseguida quedó paralizado por algo que no había registrado en su primera lectura. Estaba en el segundo párrafo.

Para el famoso Conklin será su primer asalto a la fiscalía. El soltero de 35 años, residente en Hancock Park, dijo que había planeado la candidatura durante mucho tiempo y que contaba con el respaldo del fiscal John Charles Stock, quien también se presentó en la conferencia de prensa.

Bosch pasó las páginas de su libreta hasta la lista de nombres que había anotado antes y escribió «Hancock Park» después del nombre de Conklin. No era mucho, pero era una pieza que confirmaba la historia de Katherine Register. Y era bastante para que a Bosch se le disparara la adrenalina. Le hizo sentir que al menos tenía una caña en el agua.

—Puto hipócrita —masculló para sus adentros.

Trazó un círculo en torno al nombre de Conklin en la libreta. Sin prestar atención, siguió repasando el círculo con el bolígrafo mientras pensaba qué hacer a continuación.

El último destino de Marjorie Lowe había sido una fiesta en Hancock Park. Según Katherine Register, iba más concretamente a ver a Conklin. Después del asesinato, Conklin había llamado a los detectives del caso para establecer una cita, pero faltaba el registro de la entrevista, si es que ésta se había producido. Bosch sabía que sólo era una correlación general de hechos, pero le servía para profundizar y consolidar la sospecha que había sentido la primera noche al mirar en el expediente del caso de asesinato. Algo no encajaba. Y cuanto más pensaba en ello, más creía que Conklin era la pieza que no encajaba.

Buscó en su americana, que tenía colgada del respaldo de la silla, y sacó una pequeña agenda de teléfonos. Se la llevó a la cocina, donde marcó el número particular del ayudante del fiscal del distrito Roger Goff.

Goff era un amigo que compartía la pasión de Bosch por el saxo tenor. Habían pasado muchos días sentados uno al lado del otro en el tribunal y muchas noches sentados en taburetes vecinos en bares de jazz. Goff era un fiscal de la vieja escuela que había pasado casi treinta años en la fiscalía. No tenía aspiraciones políticas ni dentro ni fuera de la oficina del fiscal. Simplemente le gustaba su trabajo. Era un bicho raro, porque nunca se cansaba de él. Miles de fiscales habían entrado, se habían quemado y habían ido a la América corporativa ante los ojos de Goff, pero él permanecía. A la sazón trabajaba en el edificio del tribunal de lo penal, con fiscales y abogados defensores veinte años más jóvenes que él. Pero seguía siendo bueno y, algo más importante, todavía conservaba la pasión en la voz cuando se situaba ante un jurado y descargaba la ira de Dios y de la sociedad contra aquellos que se sentaban en el banquillo de los acusados. Su mezcla de tenacidad e imparcialidad sin ambages lo habían convertido en una leyenda en los círculos legales y policiales de la ciudad. Y era uno de los pocos fiscales por los que Bosch sentía un respeto incondicional.

—Roger, soy Harry Bosch.

—Eh, maldita sea, ¿cómo estás?

—Estoy bien, ¿en qué andabas?

—Viendo la tele, como todo el mundo. ¿Qué estás haciendo tú?

—Nada, sólo estaba pensando. ¿Recuerdas a Gloria Jeffries?

—Glo... Mierda, claro. Veamos. Ella era..., sí, es la que tenía un marido tetrapléjico por un accidente de moto.

Al recordar el caso, sonó como si estuviera leyendo una de sus libretas de notas.

—Se ha cansado de cuidarle. Así que una mañana él está en la cama y ella se sienta en la cara de él hasta que lo asfixia. Iba a pasar como muerte natural, pero un detective suspicaz llamado Harry Bosch no iba a dejar que se saliera con la suya. Encontró un testigo al que Gloria le había explicado todo. La clave, lo que convenció al jurado, fue que ella le dijo al testigo que cuando lo asfixió, fue el primer orgasmo que el pobre diablo fue capaz de darle. ¿Qué te parece mi memoria?

—Impresionante.

—¿Qué pasa con ella?

—Se está reeducando en Frontera. Se está preparando. Me preguntaba si tendrías tiempo para escribir una carta.

—Mierda, ¿ya? Eso fue hace, ¿tres o cuatro años?

—Casi cinco. He oído que ahora está con la Biblia y que habrá una vista el mes que viene. Escribiré una carta, pero sería bueno que el fiscal escribiera otra.

—Descuida, tengo una carta modelo en mi ordenador. Lo único que hago es cambiar el nombre y el delito y añadir algunos detalles truculentos. La idea básica es que el delito fue demasiado vil para que se considere la condicional en este momento. Es una buena carta. La mandaré mañana. Normalmente funciona de maravilla.

—Bien. Gracias.

—Deberían dejar de darles la Biblia a estas mujeres. Todas se convierten a la religión cuando les llega el turno. ¿Alguna vez has ido a una de esas vistas?

—Un par de veces.

—Sí, si tienes tiempo y no te sientes particularmente propenso al suicidio, quédate medio día allí sentado. Una vez me mandaron a Frontera cuando le tocó el turno a una de las chicas Manson. Con los casos más sonados en lugar de una carta mandamos a alguien en persona. Bueno, fui y me senté a escuchar diez casos mientras esperaba que apareciera mi chica. Y te lo juro, todas citan a los Corintios, citan el Apocalipsis, Mateo, Pablo, Juan tres dieciséis, Juan esto, Juan lo otro. ¡Y funciona! Mierda si funciona. Esos viejos del tribunal se lo tragan. Además, creo que a todos les pone estar allí sentados escuchando a esas mujeres humillándose ante ellos. En fin, me has dado pie, Harry. La culpa es tuya.

—Lo siento.

—Vale. ¿Qué otras novedades hay? No te he visto en el edificio. ¿Me estás preparando algo?

Era la pregunta que Bosch había estado esperando de manera que pudiera cambiar la conversación disimuladamente hacia Arno Conklin.

—Ah, no mucho. Está tranquilo. Pero, eh, deja que te pregunte algo, ¿conoces a Arno Conklin?

—¿Arno Conklin? Claro que lo conocía. Él me contrató. ¿Por qué me preguntas por él?

—Por nada. Estaba revisando unos viejos archivos, haciendo sitio en los armarios, y me he encontrado con unos periódicos viejos. Estaban en el fondo. Había varios artículos sobre él y he pensado en ti, creo que eran de cuando tú empezaste.

—Sí, Arno trataba de ser un buen hombre. Un poco alto y poderoso para mi gusto, pero creo que en general era un hombre decente. Especialmente si consideramos que era al mismo tiempo político y abogado.

Goff se rió de su propia broma, pero Bosch se quedó en silencio. Goff había usado el pasado. Bosch sintió una presencia pesada en el pecho y sólo entonces se dio cuenta de lo fuerte que era su deseo de venganza.

—¿Está muerto? —Cerró los ojos. Deseó que Goff no detectara la urgencia que se había deslizado en su tono de voz.

—Oh, no, no está muerto. O sea, me refiero a cuando lo conocí. Entonces era un buen hombre.

—¿Sigue practicando el derecho?

—No. Es mayor. Está retirado. Una vez al año lo llevan en la silla de ruedas al banquete anual de los fiscales. Él entrega personalmente el premio Arno Conklin.

—¿Qué es eso?

—Un trozo de madera con una placa de cobre que se entrega al fiscal administrativo del año, aunque no te lo creas. Es el legado del tipo, un premio anual al entre comillas fiscal que no pone el pie en el tribunal en todo el año. Suele caerle a uno de los jefes de división. No sé cómo deciden a cuál. Probablemente al que se aleja más de la fiscalía en ese año.

Bosch rió. El chiste no era tan bueno, pero estaba sintiendo el alivio de saber que Conklin seguía vivo.

—No tiene gracia, Bosch. Es muy triste. Fiscal administrativo, ¿quién ha oído semejante cosa? Es un oxímoron. Como Andrew y sus guiones. Trata con esa gente de los estudios llamados, apunta esto, creadores ejecutivos. Aquí tienes la contradicción clásica. Bueno, te lo has buscado, Bosch, me has dado cuerda otra vez.

Bosch sabía que Andrew era el compañero sentimental de Goff, pero nunca lo había visto.

—Lo siento, Roger. ¿A qué te refieres con que lo sacan?

—¿A Arno? Bueno, quiero decir que lo sacan. Va en silla de ruedas. Te lo he dicho, es un hombre mayor. Lo último que supe era que estaba en una residencia de cuidados completos. Una de las de lujo, en Park La Brea. Siempre digo que algún día he de ir a verle y darle las gracias por haberme contratado entonces. Quién sabe, a lo mejor podría apuntarme un puntito para ese premio.

—Muy gracioso. ¿Sabes?, he oído que Gordon Mittel era su testaferro.

—Ah, sí, era el perro guardián. Llevaba sus campañas. Así es como empezó Mittel. Bueno, ése era peligroso. Estoy contento de que abandonara el derecho penal, sería duro enfrentarse con ese hijo de puta en el tribunal.

—Sí, eso he oído —dijo Bosch.

—Lo que hayas oído puedes multiplicarlo por dos.

—¿Lo conoces?

—Ahora no y entonces tampoco. Sólo sé que tenía que mantenerme alejado. Ya no estaba en la fiscalía cuando yo llegué. Pero siempre había historias. Supuestamente en aquellos primeros tiempos, Arno era el heredero forzoso y todo el mundo lo sabía, había muchas maniobras para acercarse a él. Había un tipo, Sinclair creo que se llamaba, al que asignaron para llevar la campaña de Arno. Entonces, una noche, la mujer de la limpieza encontró unas fotos porno debajo de su cartapacio. Hubo una investigación interna y se comprobó que las fotos habían sido robadas de los archivos de casos de otro fiscal. Condenaron a Sinclair. Él siempre dijo que había sido una trampa de Mittel.

—¿Crees que fue él?

—Sí. Era el estilo de Mittel..., pero ¿quién sabe?

Bosch sintió que había dicho y preguntado suficiente para que pasara por una conversación de cotilleo. Si seguía adelante, Goff podía sospechar acerca del motivo de la llamada.

—¿Entonces qué me dices? —preguntó— ¿Ya no vas a salir o quieres pasarte por el Catalina? He oído que Redman está en la ciudad para tocar Leno. Te apuesto la entrada a que él y Bradford se pasan al final.

—Suena tentador, Harry, pero Andrew está preparando una cena tardía y creo que esta noche vamos a quedarnos en casa. Él cuenta con ello. ¿No te importa?

—No, claro. De todos modos estoy tratando de no empinar el codo demasiado últimamente. Tengo que descansar un poco.

—Vaya, señor, eso es admirable. Creo que merece un trozo de madera con una placa de cobre.

—O un whisky.

Después de colgar, Bosch volvió a sentarse tras el escritorio y tomó notas sobre los puntos más destacados de la conversación con Goff. Después sacó la pila de recortes de Mittel y se la puso delante. Eran artículos más recientes que los de Conklin porque Mittel no se labró un nombre hasta mucho más tarde. Conklin había sido su primer peldaño en la escalera.

La mayoría de las historias eran simples menciones de Mittel, que había asistido a diversas galas en Beverly Hills o había sido el anfitrión en diversas campañas o cenas benéficas. Desde el principio era un hombre encargado del dinero, un hombre al que políticos y entidades de beneficencia acudían cuando querían echar las redes en los ricos enclaves del Westside. Trabajaba para los dos bandos, republicanos o demócratas, no le importaba. No obstante, su perfil creció cuando empezó a trabajar para candidatos a una escala mayor. El actual gobernador era cliente suyo, como también lo eran un puñado de congresistas y senadores de otros estados del oeste.

Bosch leyó un perfil escrito varios años antes —y aparentemente sin su cooperación— bajo el titular «El hombre del dinero del presidente». El diario explicaba que Mittel había sido nombrado para recaudar fondos entre los contribuyentes de California para la reelección presidencial y aseguraba que el estado era una de las piedras angulares de la campaña nacional de recogida de fondos.

El artículo también mencionaba la ironía de que Mittel era un ermitaño en el mundo de perfil alto de la política. Era un hombre que trabajaba entre bastidores y rehuía los focos. Tanto era así que repetidamente había rechazado puestos de influencia de aquellos a quienes había ayudado a ser elegidos.

Mittel había preferido quedarse en Los Ángeles, donde era socio fundador de una poderosa firma legal, Mittel, Anderson, Jennings & Rountree. Aun así, a Bosch le pareció que lo que hacía este abogado educado en Yale tenía poco que ver con la ley tal y como Bosch la entendía. Seguramente Mittel llevaba años sin pisar un tribunal. Eso le hizo pensar en el premio Conklin y sonrió. Lástima que Mittel se hubiera retirado de la fiscalía. Habría sido un buen candidato al premio.

Había una foto que acompañaba al perfil. Mostraba a Mittel en la escalera inferior del Air Force One, saludando al entonces presidente en el aeropuerto LAX. Aunque el artículo había sido publicado años antes, Bosch se quedó pasmado por lo joven que se veía a Mittel en la foto. Leyó de nuevo el artículo y comprobó su edad. Haciendo los cálculos se dio cuenta de que Mittel tenía apenas sesenta años.

Bosch apartó los recortes de periódico y se levantó. Durante un buen rato se quedó de pie ante las puertas correderas de cristal que daban a la terraza y miró las luces del desfiladero. Empezó a considerar lo que sabía de las circunstancias de treinta y tres años atrás. Conklin, según Katherine Register, conocía a Marjorie Lowe. Estaba claro por el expediente del caso que había hurgado en la investigación de su muerte por razones desconocidas. Su búsqueda fue aparentemente cubierta por razones asimismo desconocidas. Esto había ocurrido sólo tres meses después de que anunciara su candidatura a fiscal del distrito y menos de un año antes de que una pieza clave en la investigación, Johnny Fox, muriera cuando estaba a su servicio.

Bosch pensó que era obvio que Fox habría sido conocido de Mittel, el director de campaña. Por consiguiente, concluyó que al margen de lo que Conklin hiciera o supiera, era probable que Mittel, su testaferro y el arquitecto de su candidatura política, también tuviera conocimiento.

Bosch volvió a la mesa y se centró en la lista de nombres de su libreta. Cogió el boli y también rodeó el nombre de Mittel. Tenía ganas de tomarse otra cerveza, pero se conformó con un cigarrillo.

Por la mañana, Bosch llamó a la oficina de personal del Departamento de Policía de Los Ángeles y solicitó que comprobaran si Eno y McKittrick seguían en activo. Dudaba que estuvieran todavía en el departamento, pero sabía que tenía que comprobarlo. Resultaría embarazoso realizar una búsqueda y descubrir que uno o los dos seguían en nómina. La administrativa comprobó la lista y le dijo que no había agentes con esos nombres en el departamento.

Resolvió que tendría que representar el papel de Harvey Pounds. Marcó el número de Tráfico en Sacramento, dio el nombre del teniente y preguntó de nuevo por la señora Sharp. Por el tono que ella puso en su escueto «Hola» después de levantar el teléfono, Bosch no tenía duda de que se acordaba de él.

—¿Es la señora Sharp?

—Ha pedido por ella, ¿no?

—Sí.

—Entonces es la señora Sharp. ¿Qué puedo hacer por usted?

—Bueno, quería limar asperezas, por decirlo de alguna manera. Tengo varios nombres más de los que necesito las direcciones de las licencias de conducir y pensé que trabajar directamente con usted aceleraría el proceso y quizá repararía nuestra relación laboral.

—Cielo, no tenemos ninguna relación laboral. No cuelgue, por favor.

Ella pulsó el botón antes de que Bosch pudiera decir nada. La línea quedó muerta durante tanto tiempo que Harry empezó a pensar que su truco para fastidiar a Pounds no merecía la pena. Finalmente, una administrativa diferente contestó y dijo que la señora Sharp le había pedido que le ayudara. Bosch le dio el número de identificación de Pounds y después los nombres de Gordon Mittel, Arno Conklin, Claude Eno y Jake Mc Kittrick. Dijo que necesitaba los domicilios que figuraban en sus licencias de conducir.

Volvieron a poner la llamada en espera. Durante el tiempo que aguardó mantuvo el auricular pegado a la oreja con el hombro y frió un huevo. Se hizo un sándwich con el huevo frito, dos rebanadas de pan blanco tostado y salsa fría de un tarro que guardaba en la nevera. Se comió el sándwich goteante inclinado sobre el fregadero. Acababa de secarse la boca y de servirse otra taza de café cuando la empleada volvió a la línea.

—Lamento haber tardado tanto.

—No se preocupe.

Entonces recordó que era Pounds y lamentó haber dicho eso.

La mujer le explicó que no tenía direcciones ni información de licencia de Eno ni de McKittrick, y a continuación le dio las direcciones de Conklin y Mittel. Goff tenía razón. Conklin residía en Park La Brea. Mittel vivía encima de Hollywood, en Hercules Drive, en una urbanización llamada Mount Olympus.

Bosch estaba demasiado preocupado en ese momento para continuar con la charada de Pounds. Le dio las gracias a la empleada sin entrar en confrontación y colgó. Pensó cuál debería ser su siguiente movimiento. Eno y McKittrick o bien habían muerto o estaban fuera del estado. Sabía que podría conseguir sus direcciones en la oficina de personal del departamento, pero podía tardar todo el día. Volvió a coger el teléfono y llamó a robos y homicidios. Preguntó por el detective Leroy Ruben. Ruben había pasado casi cuarenta años en el departamento, la mitad de ellos en robos y homicidios. Puede que supiera algo de

Eno y McKittrick. También podría saber que Bosch estaba de baja por estrés.

—Ruben, ¿puedo ayudarle?

—Leroy, soy Harry Bosch. ¿Qué sabes?

—No mucho, Harry. ¿Disfrutando de la buena vida?

Le estaba diciendo de entrada a Bosch que conocía su situación. Bosch sabía que su única alternativa era ser franco con él. Hasta cierto punto.

—No está mal. Pero no duermo hasta muy tarde.

—¿No? ¿Qué estás haciendo?

—Más o menos voy por libre en un viejo caso, Leroy. Estoy tratando de encontrar a un par de viejos detectives. He pensado que tal vez tú sabías algo de ellos. Trabajaban en Hollywood.

—¿Quiénes son?

—Claude Eno y Jake McKittrick. ¿Los recuerdas?

—Eno y McKittrick. No... O sea, sí, creo que recuerdo a McKittrick. Se retiró hará diez o quince años. Se mudó a Florida, creo. Sí, Florida. Estuvo en robos y homicidios un año o así. Al final. El otro, Eno... No recuerdo a ningún Eno.

—Bueno, valía la pena intentarlo. Veré qué encuentro en Florida. Gracias, Leroy.

—Eh, Harry, ¿de qué se trata?

—Es sólo un viejo caso que tengo en mi escritorio. Me da algo que hacer mientras veo qué pasa.

—¿Has oído algo?

—Todavía no. Me tienen hablando con la psiquiatra. Si consigo convencerla a ella volveré a mi mesa. Ya veremos.

—Venga, buena suerte. ¿Sabes?, yo y algunos de los chicos de aquí nos partimos el culo cuando oímos la historia. Hemos oído hablar de ese Pounds. Es un capullo. Hiciste bien, muchacho.

—Bueno, espero que no lo hiciera tan bien como para perder mi trabajo.

—Bah, no te pasará nada. Te envían unas cuantas veces a Chinatown, te cepillan un poco y te vuelven al hipódromo. Tranquilo.

—Gracias, Leroy.

Después de colgar, Bosch se vistió para la jornada que le esperaba, poniéndose una camisa limpia y el mismo traje que el día anterior.

Se dirigió hacia el centro en su Mustang de alquiler y pasó las siguientes dos horas en una maraña burocrática. En primer lugar fue a la oficina de personal del Parker Center, le dijo a un empleado lo que quería y después esperó media hora hasta que un supervisor le pidió que se lo repitiera todo. El supervisor le dijo que había perdido el tiempo y que la información que buscaba estaba en el ayuntamiento.

Cruzó la calle hasta el anexo del ayuntamiento, subió por la escalera y después cruzó por encima de Main Street hasta el obelisco blanco del ayuntamiento. Subió en ascensor hasta el departamento de finanzas, en la novena planta, mostró su tarjeta de identificación a otra empleada y le explicó que, a fin de racionalizar el proceso, tal vez debería hablar antes con un supervisor.

Esperó sentado en una silla de plástico, en un pasillo, durante veinte minutos antes de que lo condujeran a una pequeña oficina que se veía repleta con dos escritorios, cuatro armarios archivadores y varias cajas en el suelo. Una mujer obesa de piel pálida, pelo negro, patillas y la leve insinuación de un bigote estaba sentada detrás de uno de los escritorios. Bosch se fijó en una mancha de comida en su calendario de sobremesa, resultado de un percance previo. También había una botella reutilizable con tapón de rosca y una pajita. La tarjeta de plástico informaba de que se llamaba Mona Tozzi.

—Soy la supervisora de Carla. ¿Ha dicho que es usted agente de policía?

—Detective.

Bosch apartó la silla del escritorio vacío y se sentó enfrente de la mujer obesa.

—Disculpe, pero probablemente Cassidy va a necesitar esa silla cuando vuelva. Ése es su escritorio.

—¿Cuándo va a volver?

—En cualquier momento. Se ha levantado a buscar un café.

—Bueno, tal vez si nos damos prisa cuando vuelva ya habremos terminado y yo ya me habré marchado.

A la mujer se le escapó una risa de «quién te crees que eres» que sonó más como un resoplido. No dijo nada.

—He pasado la última hora y media tratando de conseguir del ayuntamiento un par de direcciones y lo único que he conseguido es a un puñado de gente que quiere enviarme a ver a otra persona o hacerme esperar en el pasillo. Y lo gracioso del caso es que yo también trabajo para esta ciudad y estoy tratando de hacer un trabajo para esta ciudad y la ciudad no me da ni la hora. Y, ¿sabe?, mi psiquiatra dice que tengo este estrés postraumático y que tendría que tomarme la vida con más tranquilidad. Pero, Mona, he de decírselo, me estoy frustrando un huevo con esto.

La mujer lo miró un momento, probablemente preguntándose si podría alcanzar la puerta en el caso de que Bosch se enfureciera con ella. A continuación frunció la boca, lo que sirvió para que su bigote pasara de una insinuación a un anuncio, y tomó un largo trago de refresco. Bosch vio que un líquido del color de la sangre subía por la pajita hasta la boca de la funcionaria. Ésta se aclaró la garganta antes de hablar en tono de confrontación.

—¿Sabe qué, detective? ¿Por qué no me dice qué es lo que está tratando de descubrir?

Bosch puso su cara esperanzada.

—Genial. Sabía que alguien se interesaría. Necesito las direcciones a las que se envían cada mes los cheques de jubilación de dos agentes.

Las cejas de la mujer se juntaron.

—Lo lamento, pero estas direcciones son estrictamente confidenciales. Incluso dentro del ayuntamiento. No puedo...

—Mona, deje que le explique algo. Soy investigador de homicidios. Como usted, trabajo para esta ciudad. Estoy siguiendo una pista de un asesinato sin resolver y necesito hablar con los detectives originales del caso. Estamos hablando de un caso de hace más de treinta años. Asesinaron a una mujer, Mona. No encuentro a los dos detectives que trabajaron el caso en su momento y en personal de la policía me enviaron aquí. Necesito saber cuáles son las direcciones donde cobran las pensiones. ¿Va a ayudarme?

—Detective... ¿es Borsch?

—Bosch.

—Detective Bosch, deje que yo le explique algo. El hecho de que trabaje para esta ciudad no le da derecho a tener acceso a archivos confidenciales. Yo trabajo para el ayuntamiento, pero no voy al Parker Center y digo déjeme ver esto, déjeme ver lo otro. La gente tiene derecho a la intimidad. Veamos, esto es lo que puedo hacer. Y es lo máximo que puedo hacer. Si me da los dos nombres, enviaré a cada uno de ellos una carta solicitando que le llamen. De ese modo usted obtendrá su información y yo protegeré los archivos. ¿Le servirá eso? Le prometo que las cartas saldrán con el correo de hoy. —Ella sonrió, pero fue la sonrisa más falsa que Bosch había visto en mucho tiempo.

—No, eso no me servirá, Mona. Sabe, estoy francamente decepcionado.

—Eso no puedo evitarlo.

—Sí que puede, ¿no se da cuenta?

—Tengo trabajo que hacer, detective. Si quiere que mande la carta deme los nombres. La decisión es suya.

Bosch asintió y cogió el maletín que tenía en el suelo y se lo puso en el regazo. Vio que la mujer daba un brinco cuando él abrió el cierre con evidente irritación. Sacó el teléfono móvil del maletín y marcó el número de su casa, después esperó a que saltara el contestador.

Mona parecía enfadada.

—¿Qué está haciendo?

Bosch levantó la mano para pedir silencio.

—Sí, ¿puede pasarme con Whitey Springer? —dijo a su contestador.

Bosch observó disimuladamente la reacción de ella. Se dio cuenta de que Mona conocía el nombre. Springer era el columnista del *Times* especializado en cuestiones municipales. Su rasgo distintivo eran los artículos sobre las pequeñas pesadillas burocráticas: el ciudadano indefenso contra el sistema. Los burócratas podían crear esas pesadillas con impunidad, porque eran funcionarios civiles, pero los políticos leían la columna de Springer y ejercían un tremendo poder cuando se trataba de empleos con influencia o de transferencias o degradaciones en el ayuntamiento. Un burócrata vilipendiado en el diario por Springer podía mantener su empleo, eso seguro, pero probablemente nunca ascendería, y nada impedía que un miembro del consejo municipal solicitara una auditoría de la oficina o que pusieran a un observador en la esquina. Lo más sensato era evitar la columna de Springer. Todo el mundo lo sabía, y Mona no era la excepción.

—Sí, gracias, espero —dijo Bosch al teléfono. Después le dijo a Mona—: Esto le va a encantar. Un hombre tratando de resolver un asesinato, la familia de la víctima esperando treinta y tres años para saber quién la mató, y una burócrata sentada en su oficina tomando un refresco de frutas que no le quiere dar al detective las direcciones que necesita sólo para hablar con los otros policías que investigaron el caso. No soy periodista, pero creo que sirve para una buena columna. A Springer le encantará. ¿Qué le parece?

Bosch sonrió y observó que el rostro de ella se ruborizaba hasta rivalizar con el color del refresco. Sabía que el truco iba a resultar.

—De acuerdo, cuelgue —dijo.

—¿Qué? ¿Por qué?

—¡Cuelgue! Y le daré la información.

Bosch cerró el teléfono.

—Deme los nombres —dijo Mona.

Bosch le dio los nombres y ella se levantó y salió con porte enfadado. Apenas quedaba espacio para rodear la mesa, pero tenía el movimiento tan interiorizado por la práctica que pasó como una bailarina.

—¿Cuánto tardará? —preguntó Bosch.

—Lo que tarde —respondió ella desde la puerta, recuperando parte de su bravuconería burocrática.

—No, Mona. Tiene diez minutos, nada más. Después será mejor que no vuelva porque Whitey estará aquí esperándola.

La mujer se detuvo y lo miró. Bosch le guiñó un ojo.

Después de que ella se levantó, Bosch también lo hizo y se colocó al otro lado de la mesa. La empujó cinco centímetros hacia la pared opuesta, estrechando el paso que quedaba detrás de la silla de Mona Tozzi.

La mujer volvió al cabo de siete minutos, con un trozo de papel. Bosch se dio cuenta de que había un problema en cuanto vio la expresión triunfante de Mona. Pensó en la mujer a la que habían juzgado no hacía mucho por cortarle el pene a su marido. Tal vez era la misma cara que tenía esa esposa cuando salió con el miembro viril por la puerta.

—Bueno, detective Bosch, tiene usted un pequeño problema.

—¿Cuál es?

Mona empezó a rodear la mesa e inmediatamente su grueso muslo chocó con la esquina de formica. Parecía más embarazoso que doloroso. Tuvo que aletear con los brazos para recuperar el equilibrio y el impacto de la colisión sacudió el escritorio y volcó la botella. El líquido rojo empezó a filtrarse por la pajita en el calendario de mesa.

—¡Mierda!

Mona rápidamente terminó de rodear la mesa y enderezó la botella. Antes de sentarse miró el escritorio, sospechando que lo habían movido.

—¿Está usted bien? —preguntó Bosch—. ¿Cuál es el problema con las direcciones?

La mujer no hizo caso de la primera pregunta, se olvidó de la vergüenza y miró a Bosch con una sonrisa. Se sentó. Habló mientras abría el cajón del escritorio y sacaba un fajo de servilletas robadas de la cafetería.

—Bueno, el problema es que no creo que hable con el ex detective Claude Eno pronto. Al menos, no creo que lo haga.

—Está muerto.

Mona empezó a secar las gotas.

—Sí. Los cheques los recibe su viuda.

—¿Y McKittrick?

—Veamos, con McKittrick hay una posibilidad. Tengo aquí su dirección. Está en Venice.

—¿En Venice? ¿Qué problema hay?

—En Venice, Florida.

Mona sonrió, complacida consigo misma.

—Florida —repitió Bosch.

No tenía ni idea de que hubiera una Venice en Florida.

—Es un estado, está al otro lado del país.

—Ya sé dónde está.

—Ah, y otra cosa. La dirección que tengo es sólo un apartado de correos. Lo lamento.

—Sí, estoy seguro. ¿Y un teléfono?

La mujer echó las servilletas húmedas en una papelera que había en la esquina de la sala.

—No lo tenemos. Inténtelo en información.

—Lo haré. ¿Dice cuándo se retiró?

—Eso no me lo pidió.

—Entonces deme lo que ha traído.

Bosch sabía que ella podía conseguir más, que en algún sitio tenían que tener un número de teléfono, pero estaba coartado porque se trataba de una investigación no oficial. Si iba demasiado lejos, lo único que conseguiría sería que sus actividades se descubrieran y se vieran comprometidas.

Mona le tendió el papel. Bosch lo miró. Había dos direcciones, el apartado de correos de McKittrick y el domicilio en Las Vegas de la viuda de Eno. Se llamaba Olive.

Bosch pensó en algo.

—¿Cuándo salen los cheques?

—Tiene gracia que lo pregunte.

—¿Por qué?

—Porque hoy es final de mes. Siempre salen el último día del mes.

Eso era una oportunidad y Bosch sintió que se la merecía, que se la había ganado. Cogió el papel que la funcionaria le había dado, se lo guardó en el maletín y se levantó.

—Siempre es un placer trabajar con los empleados públicos de la ciudad.

—Lo mismo digo. Y, eh..., detective, ¿podría volver a poner la silla donde estaba? Como le he dicho, Cassidy la necesitará.

—Claro, Mona. Disculpe mi mala memoria.

Después del combate con la burocracia claustrofóbica, Bosch necesitaba un poco de aire. Bajó en el ascensor hasta el vestíbulo y salió por las puertas que daban a Spring Street. Al salir, un vigilante de seguridad le indicó que fuera por el lado derecho de la escalinata de entrada al gran edificio, porque estaban rodando una película en el lado izquierdo. Bosch observó el despliegue mientras bajaba la escalera y decidió tomarse un descanso y fumarse un cigarrillo.

Se sentó en uno de los laterales de hormigón y encendió un cigarrillo. En la filmación de la película participaba un grupo de actores que interpretaban a periodistas que bajaban corriendo la escalera del ayuntamiento para entrevistar a dos personas que descendían de un coche. Lo ensayaron dos veces y después filmaron dos tomas en el tiempo que Bosch estuvo allí sentado fumándose otros tantos cigarrillos. Cada vez, los periodistas gritaban lo mismo a los dos hombres.

—Señor Barrs, señor Barrs, ¿lo hizo usted? ¿Lo hizo usted?

Los dos hombres se negaban a responder, avanzaban hasta el grupo y subían la escalera con los periodistas a la zaga. En una de las tomas, uno de los periodistas trastabilló mientras retrocedía, cayó de espaldas en la escalera y fue atropellado por los demás. El director dejó que continuara el rodaje, pensando quizá que la caída añadía realismo a la escena.

Bosch supuso que los realizadores estaban usando la escalinata y la fachada principal del ayuntamiento como escenario de un tribunal. Los hombres que salían del coche eran el acusado y su cotizado abogado. Con frecuencia se utilizaba el edificio del ayuntamiento para ese tipo de tomas, porque tenía más aspecto de tribunal que cualquiera de los tribunales de la ciudad.

Bosch ya estaba aburrido después de la segunda toma, aunque suponía que habría muchas más. Se levantó y caminó hasta la Primera y después por ésta hasta Los Angeles Street, por la que regresó al Parker Center. Por el camino sólo en cuatro ocasiones le pidieron unas monedas, lo cual, consideró, no era mucho para el centro de la ciudad y posiblemente era un signo de que los tiempos estaban mejorando desde el punto de vista económico. Al pasar junto a la hilera de teléfonos públicos que había en el vestíbulo del edificio policial se le ocurrió detenerse en uno de ellos y marcó el número 305-555-1212. Había tratado con la Metro-Dade Police de Miami en varias ocasiones y el 305 era el único prefijo que se le venía en mente. Cuando la operadora le atendió, preguntó por Venice y ella le dijo que el código de área adecuado era el 813.

Volvió a llamar y se comunicó con información de Venice. En primer lugar le preguntó a la operadora cuál era la ciudad grande más próxima a Venice. Ésta le dijo que era Sarasota y Bosch le preguntó cuál era la ciudad grande más próxima a Sarasota. Cuando la mujer le dijo que era St. Petersburg, Bosch finalmente empezó a situarse. Sabía ubicar St. Petersburg en un mapa —en la costa oeste de Florida— porque sabía que los Dodgers ocasionalmente jugaban partidos de preparación en primavera allí y una vez lo había buscado.

Finalmente proporcionó a la operadora el nombre de Mc Kittrick y enseguida le saltó una grabación diciendo que el número no estaba en la lista por petición del usuario. Se preguntó si alguno de los detectives de Metro-Dade con los que había tratado por teléfono podría conseguirle ese número. Todavía no tenía idea de dónde estaba exactamente Venice ni de la distancia que lo separaba de Miami. Decidió abandonar. McKittrick había tomado medidas para que contactar con él no resultara fácil. Usaba un apartado de correos y tenía un número que no figuraba en la guía. Bosch desconocía por qué un policía retirado había tomado semejantes medidas en un estado que se hallaba a cinco mil kilómetros de donde había trabajado, pero sabía que la mejor forma de contactar con McKittrick sería presentarse en persona. Una llamada de teléfono, incluso si Bosch conseguía el número, era fácil de evitar. Alguien plantado en la puerta de tu casa ya era otro cantar. Además, Bosch contaba con una oportunidad; sabía que el cheque de la pensión de McKittrick estaba en el correo, camino de su apartado postal. Sabía que podría usarlo para encontrar al viejo poli.

Se enganchó su tarjeta de identificación al traje y subió a la División de Investigaciones Científicas. Le dijo a la mujer que estaba detrás del mostrador que tenía que hablar con alguien de huellas y, sin esperar, como hacía siempre, pasó por la media puerta y recorrió el pasillo hasta el laboratorio.

El laboratorio era una amplia sala con dos filas de mesas de trabajo con luces fluorescentes en el techo. Al fondo de la sala había dos escritorios con terminales del programa AFIS, la base de datos de huellas dactilares. Detrás de ellos había una pared de cristal con los servidores. El cristal estaba empañado por la condensación porque la sala del servidor se mantenía a temperatura menor que la del resto del laboratorio.

Como era la hora de comer, sólo había un técnico en el laboratorio y Bosch no lo conocía. Estuvo tentado de dar media vuelta y volver más tarde, cuando hubiera alguien conocido, pero el técnico levantó la mirada de una de las terminales y lo vio. Era un hombre alto y delgado, con gafas y un rostro que había sido asolado por el acné en su adolescencia. Las secuelas le habían dejado una expresión hosca permanente.

—¿Sí?

—Hola, ¿qué tal?

—Bien. ¿En qué puedo ayudarle?

—Harry Bosch. División de Hollywood.

Extendió la mano y el otro hombre dudó antes de estrechársela con cautela.

—Brad Hirsch.

—Sí, creo que he oído tu nombre. Nunca hemos trabajado juntos, pero es cuestión de tiempo. Trabajo en homicidios, así que probablemente antes o después trabajo con todos los que pasan por aquí.

—Probablemente.

Bosch se sentó en una silla que estaba al otro lado del módulo del ordenador y puso el maletín en su regazo. Se fijó en que Hirsch estaba mirando la pantalla azul de su ordenador. Parecía más cómodo mirando allí que a Bosch.

—La razón de mi visita es que en este momento hay un poco de calma en la ciudad del *glamour*. Y he empezado a revisar viejos casos. Me he encontrado con este de mil novecientos sesenta y uno.

—¿Mil novecientos sesenta y uno?

—Sí, es viejo. Una mujer..., causa de la muerte traumatismo grave, después el asesino simuló una estrangulación para que pasara por un crimen sexual. La cuestión es que nunca detuvieron a nadie. Nunca se llegó a ninguna parte. De hecho, no creo que nadie lo revisara después de la diligencia debida del sesenta y dos. Hace mucho tiempo. Bueno, la cuestión es, la razón de que haya venido es que entonces los polis que lo investigaron sacaron una buena cantidad de huellas de la escena del crimen. Tenían bastantes parciales y algunas completas. Y las tengo aquí.

Bosch sacó la tarjeta amarillenta del maletín y se la alcanzó al hombre. Hirsch la miró, pero no la cogió. Volvió a mirar la pantalla del ordenador y Bosch colocó la tarjeta en el teclado, delante de él.

—Y, bueno, como sabes, eso fue antes de que tuviéramos estos ordenadores tan modernos y toda la tecnología que tienes aquí. Entonces sólo las usaban para compararlas con las huellas de sospechosos. Si no coincidían soltaban al tipo y éstas las guardaban en un sobre. Han estado en el archivo del caso desde entonces. Así que lo que estaba pensando era que podríamos...

—¿Quiere que las pase por el AFIS?

—Exacto. Es cuestión de intentarlo. Echar los dados, a lo mejor tenemos suerte y pillamos a un autostopista en la superautopista de la información. Ha ocurrido antes. Edgar y Burns de homicidios de Hollywood resolvieron un viejo caso esta semana con una búsqueda en el AFIS. Estuve hablando con Edgar y me dijo que uno de los tipos de aquí (creo que era Donovan) dijo que el ordenador tiene acceso a millones de huellas de todo el país.

Hirsch asintió sin entusiasmo.

—Y no son sólo huellas de delincuentes, ¿verdad? —preguntó Bosch—. Tienen a militares, policías, servicio civil, todo, ¿verdad?

—Sí, eso es. Pero, mire, detective Bosch, nosotros...

—Harry.

—De acuerdo, Harry. Es una gran herramienta que mejora constantemente. Tiene razón en eso, pero todavía hay aquí elementos humanos y de tiempo. Las huellas tienen que escanearse y codificarse y entonces hay que introducir esos códigos en el ordenador. Y ahora mismo tenemos un retraso de doce días.

Hirsch señaló la pared de encima del ordenador. Había un letrero con números que cambiaban. Como los letreros del sindicato de policías que decían X número de días desde la última muerte en acto de servicio.

SISTEMA AFIS
Las búsquedas se procesan en 12 días.
¡No hay excepciones!

—Así que, ya ve, no podemos colar a cualquiera que entra aquí y ponerlo encima del paquete, ¿entiende? Ahora bien, si quiere rellenar un formulario de búsqueda, puedo...

—Mira, sé que hay excepciones. Especialmente en casos de homicidios. Alguien hizo esa búsqueda para Burns y Edgar el otro día. No esperaron doce días. Las miraron de inmediato y resolvieron tres casos como si nada. —Bosch chascó los dedos.

Hirsch lo miró a él y luego de nuevo al ordenador.

—Sí, hay excepciones. Pero llegan de arriba. Si quiere hablar con la capitana LeValley, tal vez ella lo apruebe. Si...

—Burns y Edgar no hablaron con ella. Alguien simplemente les buscó las huellas.

—Bueno, entonces se hizo contra las normas. Debían de conocer a alguien que se las buscó.

—Bueno, yo te conozco a ti, Hirsch.

—¿Por qué no rellena un formulario y yo veré qué...?

—Vamos, ¿cuánto tiempo vas a tardar? ¿Diez minutos?

—No, en su caso mucho más. Esta tarjeta es una reliquia. Está obsoleta. Tendría que pasarla por el Livescan, que entonces asignaría códigos a las huellas. Después tendría que introducir los códigos manualmente. Entonces en función de las restricciones en la búsqueda que quiera podría...

—No quiero ninguna restricción. Quiero que se comparen en todas las bases de datos.

—Entonces el tiempo del ordenador podría ser de treinta o cuarenta minutos.

Con un dedo Hirsch se subió las gafas en el puente de la nariz como para puntuar su resolución de no quebrantar las normas.

—Bueno, Brad —dijo Bosch—, el problema es que no sé de cuánto tiempo dispongo para este caso. Seguro que doce días no. De ninguna manera. Estoy trabajando en esto porque tengo tiempo, pero en cuanto reciba una llamada sobre un caso fresco se acabó. Así son las cosas en homicidios. Así que, ¿estás seguro de que no hay nada que podamos hacer ahora mismo?

Hirsch no se movió. Se limitó a mirar la pantalla azul. A Bosch le recordó el orfanato, donde los chicos literalmente se apagaban como un ordenador en reposo cuando los matones los hostigaban.

—¿Qué estás haciendo ahora, Hirsch? Podemos hacerlo ahora mismo.

Hirsch lo miró un largo momento antes de hablar.

—Estoy ocupado. Y mire, Bosch, yo le conozco, ¿vale? Lo de resolver viejos casos es una historia interesante, pero sé que es una mentira. Sé que está de baja por estrés. Las noticias vuelan. Y ni siquiera debería estar aquí y yo no debería estar hablando con usted. Así que por favor déjeme solo. No quiero meterme en líos. No quiero que la gente se forme ideas erróneas, ¿vale?

Bosch lo miró, pero los ojos de Hirsch habían vuelto a centrarse en la pantalla.

—Vale, Hirsch, deja que te cuente una historia real. Una...

—De verdad que no quiero más historias, Bosch. ¿Por qué no se...?

—Voy a contarte esta historia y después me voy, ¿de acuerdo? Sólo esta historia.

—Vale, Bosch, como quiera. Cuente la historia.

Bosch lo miró en silencio y esperó a que Hirsch estableciera contacto visual, pero los ojos del técnico de huellas seguían en la pantalla del ordenador como si ésta fuera su refugio. Bosch explicó la historia de todos modos.

—Fue hace mucho tiempo, yo tengo casi doce años y allí estoy nadando en esa piscina. Estoy debajo del agua, pero tengo los ojos abiertos. Y miro hacia arriba y veo el borde de la piscina. Veo esa figura oscura. Era difícil saber qué era, lo veía todo ondulado. Pero vi que era un hombre y se suponía que no tenía que haber ningún hombre allí. Así que subí a tomar aire y comprobé que no me había equivocado. Era un hombre. Llevaba un traje oscuro. Se agachó y me agarró por la muñeca. Yo era un alfeñique. No le costó nada levantarme y sacarme del agua. Me dio una toalla para que me la pusiera en los hombros, me llevó a una silla y me dijo... me dijo que mi madre había muerto. La habían asesinado. Dijeron que no sabían quién había sido, pero quien había sido había dejado sus huellas dactilares. Dijo: «No te preocupes, hijo, tenemos sus huellas y son tan buenas como el oro. Lo encontraremos.» Recuerdo exactamente estas palabras: «Lo encontraremos.» Pero nunca lo hicieron. Y ahora voy a hacerlo yo. Ésa es mi historia, Hirsch.

La mirada de Hirsch se posó en la tarjeta amarillenta del teclado.

—Mire, es un mal rollo, pero no puedo hacerlo. Lo siento.

Bosch lo miró un momento y se levantó lentamente.

—No olvide la tarjeta —dijo Hirsch.

La cogió y se la tendió a Bosch.

—La dejo aquí. Vas a hacer lo correcto, Hirsch. Lo sé.

—No. No puedo...

—¡La dejo aquí!

El poder de su voz pareció impresionarle incluso a él mismo y al parecer asustó a Hirsch. El técnico de huellas volvió a dejar la tarjeta en el teclado. Al cabo de unos segundos de silencio, Bosch se inclinó y habló con voz tranquila.

—Todo el mundo quiere tener la oportunidad de hacer lo que debe, Hirsch. Les hace sentirse bien interiormente. Aunque hacerlo no encaje exactamente en las reglas, a veces tienes que confiar en la voz interior que te dice lo que has de hacer.

Bosch volvió a levantarse y sacó la billetera y un boli. Sacó una de sus tarjetas y anotó en ella algunos números. La puso sobre el teclado, junto a la tarjeta impresa.

—Son los números de mi móvil y de casa. No te molestes en llamar a comisaría, ya sabes que no estoy allí. Esperaré tus noticias, Hirsch.

Bosch salió lentamente del laboratorio.

Mientras esperaba el ascensor, Bosch supuso que su esfuerzo para persuadir a Hirsch había caído en saco roto. Hirsch era el tipo de hombre cuyas cicatrices externas ocultaban otras internas más profundas. En el departamento había muchos como él. Hirsch había crecido intimidado por su propio rostro. Probablemente era la última persona que se atrevería a franquear los límites de su trabajo o a saltarse las normas. Un autómata departamental más. Para él, hacer lo correcto era no hacer caso a Bosch. O denunciarlo.

Pulsó el botón del ascensor de nuevo y pensó en qué más podía hacer. La búsqueda en el AFIS era una posibilidad remota, pero todavía quería hacerla. Era un cabo suelto, y toda investigación que se precie debe investigar los cabos sueltos. Decidió que concedería un día a Hirsch y que luego volvería a intentarlo con él. Si eso no funcionaba lo intentaría con otro técnico. Probaría con todos ellos hasta que introdujeran en el ordenador las huellas del asesino.

El ascensor se abrió por fin y él se apretujó en su interior. Ésa era una de las pocas cosas seguras en el Parker Center. Los polis venían y se iban, los jefes, incluso las estructuras de poder político cambiaban, pero los ascensores siempre tardaban en llegar y cuando las puertas se abrían estaban llenos. Cuando las puertas se cerraron lentamente y la cabina empezó a descender, Bosch pulsó el botón del sótano, que estaba sin iluminar. Mientras todos miraban con expresión ausente los números iluminados de la puerta, Bosch miró su maletín. Nadie habló en aquel espacio reducido hasta que, cuando el ascensor frenó antes de su siguiente parada, Bosch oyó su nombre de pila pronunciado desde su espalda. Volvió lentamente la cabeza, sin saber si le estaban llamando a él o a algún otro Harry.

Sus ojos se posaron en el subdirector Irvin S. Irving que se hallaba en la parte posterior del ascensor. Intercambiaron un saludo con la cabeza mientras las puertas se abrían en la planta baja. Bosch se preguntó si Irving le había visto pulsar el botón del sótano. No había ninguna razón para que un hombre en situación de baja involuntaria por estrés fuera al sótano.

Bosch juzgó que la cabina estaba demasiado llena para que Irving hubiera visto qué botón había pulsado. Bajó del ascensor en la planta baja e Irving lo siguió y se colocó a su altura.

—Jefe.

—¿Qué le trae por aquí, Harry?

Lo dijo de manera casual, pero la pregunta mostraba que Irving tenía más que un interés pasajero. Empezaron a caminar hacia la salida, mientras Bosch improvisaba una historia.

—De todos modos tenía que ir a Chinatown, así que me he pasado por personal. Quería asegurarme de que me mandaban el cheque a mi casa y no a Hollywood, porque no estoy seguro de cuándo voy a volver.

Irving asintió con la cabeza y Bosch estaba casi convencido de que se lo había tragado. El jefe era aproximadamente de la misma estatura que Bosch, pero poseía el rasgo destacable del cráneo afeitado completamente. Ese rasgo y su reputación de intolerancia por los polis corruptos le habían valido el mote de Don Limpio.

—¿Hoy va a Chinatown? Creía que iba lunes, miércoles y viernes. Ése es el horario que yo aprobé.

—Sí, ése es el horario. Pero la doctora tenía un hueco hoy y quería que yo me pasara.

—Bueno, me alegro de saber que se muestra tan cooperante. ¿Qué le ha pasado en la mano?

—Ah, esto. —Bosch levantó la mano como si fuera la de otra persona y acabara de fijarse en que estaba al extremo de su brazo—. He estado aprovechando parte de mi tiempo libre trabajando en casa y me corté con un cristal. Todavía estoy haciendo limpieza por el terremoto.

—Ya veo.

Bosch supuso que eso no se lo había tragado. Pero no le importaba demasiado.

—Voy a comer algo rápido en el centro comercial federal —dijo Irving—. ¿Quiere acompañarme?

—Gracias, jefe, pero ya he comido.

—Muy bien. Bueno, cuídese. Lo digo en serio.

—Lo haré. Gracias.

Irving empezó a alejarse, pero se detuvo.

—¿Sabe? Estamos tratando esta situación con usted de manera un poco diferente porque tengo la esperanza de que vuelva a homicidios de Hollywood sin ningún cambio en su categoría ni puesto. Estoy esperando las noticias de la doctora Hinojos, pero entiendo que al menos tardará unas semanas.

—Eso me dijo.

—Verá, si estuviera dispuesto a ello, una carta de disculpa al teniente Pounds podría ser beneficiosa. En última instancia voy a tener que convencerle para que usted se reincorpore. Eso será lo más complicado. Creo que conseguir la autorización de la doctora no supondrá ningún problema. Podría limitarme a emitir la orden y él tendría que aceptarla, pero eso no reduciría la presión. Preferiría que él aceptara su retorno y todo el mundo contento.

—Bueno, he oído que ya me ha buscado sustituto.

—¿Pounds?

—Ha puesto a mi compañero con alguien que ha sacado de automóviles. No me parece que esté pensando en mi regreso, jefe.

—Bueno, eso no lo sabía. Hablaré con él. ¿Qué opina de esa carta? Podría ayudarle mucho en su situación.

Bosch vaciló antes de responder. Sabía que Irving quería ayudarle. Los dos compartían un vínculo tácito. Habían sido enemigos acérrimos en el departamento, pero el desprecio se había erosionado hasta convertirse en una tregua que a la sazón ya era más una línea de cauteloso respeto mutuo.

—Me pensaré lo de la carta, jefe —dijo Bosch finalmente—. Le mantendré informado.

—Muy bien. ¿Sabe, Harry? El orgullo se interpone en el camino de muchas decisiones correctas. No deje que le ocurra eso.

—Lo pensaré.

Bosch vio que Irving se alejaba por la fuente en recuerdo de los agentes caídos en acto de servicio. Observó hasta que el subdirector llegó a Temple y empezó a cruzar Los Angeles Street hasta el centro comercial federal, donde se amontonaban distintos emporios de comida rápida. Bosch consideró que era seguro y volvió a entrar.

Se ahorró volver a esperar el ascensor y bajó por la escalera hasta el sótano.

La mayor parte de la planta de subsuelo del Parker Center estaba tomada por la División de Almacenamiento de Pruebas. Había unos pocos agentes de otras brigadas como la División de Fugitivos, pero en general era una planta tranquila. Bosch no encontró tráfico pedestre en el largo pasillo de linóleo amarillo y logró llegar a las dobles puertas de acero de la DAP sin encontrarse con nadie más.

El departamento de policía conservaba las pruebas físicas de las investigaciones que todavía no habían llegado al fiscal de distrito o municipal. Una vez que ocurría eso, por lo general las pruebas se conservaban en la oficina del fiscal.

En esencia, eso hacía del DAP el templo del error. Lo que había detrás de las puertas de acero que Bosch abrió eran las pruebas físicas de miles de delitos no resueltos. Delitos que nunca habían sido juzgados. Incluso olía a fracaso. Como estaba en el sótano del edificio, había un olor húmedo que Bosch siempre creyó que era la peste de la negligencia y el deterioro. De la desesperanza.

Bosch accedió a una salita que básicamente era una jaula de alambre. Había una puerta más en el otro lado, pero tenía un cartel que decía: «Exclusivo personal DAP.» Se fijó en dos ventanillas recortadas en el alambre. Una estaba cerrada y detrás de la otra había un agente uniformado resolviendo un crucigrama. Entre las dos ventanillas había otro cartel que rezaba: «No almacenar armas cargadas.» Bosch se acercó a la ventanilla abierta y se inclinó sobre el mostrador. El agente levantó la mirada después de escribir una palabra en el crucigrama. Bosch vio que según la tarjeta de su uniforme se llamaba Nelson. Nelson leyó la tarjeta de identificación de Bosch, de manera que éste tampoco tuvo necesidad de presentarse. Funcionó bien.

—Hie... uf, ¿cómo se pronuncia eso?

—Hieronymus.

—Hieronymus. ¿No hay un grupo de rock que se llama así?

—Puede ser.

—¿Qué puedo hacer por ti, Hieronymus de Hollywood?

—Tengo una pregunta.

—Dispara.

Bosch puso la tarjeta rosa de pruebas en el mostrador.

—Quiero sacar las pruebas de este caso. Es bastante antiguo. ¿Seguirán por aquí?

El agente cogió la tarjeta, la miró y silbó cuando leyó el año. Mientras escribía el número del caso en un formulario de solicitudes dijo:

—Debería estar aquí, no veo por qué no. No se tira nada, ¿sabes? Si quieres ver el caso de la Dalia Negra, lo tenemos aquí. ¿Cuánto hace? Cincuenta y pico años. Tenemos algunos más viejos todavía. Si no se ha resuelto, está aquí. —Levantó la cabeza para mirar a Bosch y guiñó un ojo—. Vuelvo enseguida. ¿Por qué no vas llenando el formulario?

Nelson señaló con el bolígrafo a través de la ventana a un mostrador situado en la pared del fondo donde estaban los formularios de solicitud. Se levantó y se alejó de la ventanilla. Bosch oyó que le gritaba a alguien del fondo.

—¡Charlie! ¡Eh, Charlie!

La persona que estaba al fondo gritó una respuesta ininteligible.

—Ocúpate de la ventanilla —le gritó Nelson—. Yo voy a meterme en la máquina del tiempo.

Bosch había oído hablar de la máquina del tiempo. Era un cochecito de golf que usaban para adentrarse en los rincones más profundos del almacén. Cuanto más viejo era el caso, cuanto más alejado en el tiempo, más lejos estaba de la ventanilla.

Bosch se acercó al mostrador y rellenó un formulario de solicitud, después metió la mano por la ventanilla y lo puso encima del crucigrama. Mientras esperaba, miró a su alrededor y se fijó en otro cartel que estaba en la pared del fondo. «Las pruebas de narcóticos no se entregan sin un formulario 492.» Bosch no tenía ni idea de cuál era ese formulario. En ese momento alguien entró por las puertas de acero con el expediente de un caso de asesinato. Era un detective, pero Bosch no lo reconoció. El hombre abrió el expediente encima del mostrador, copió el número de caso y rellenó un formulario. Después fue a la ventanilla. No había rastro de Charlie. Al cabo de un rato, el detective se volvió hacia Bosch.

—¿Hay alguien trabajando allí atrás?

—Sí, un tipo ha ido a buscarme una caja. Le dijo a otro que vigilara. No sé dónde está.

—Mierda.

El detective golpeó con fuerza con los nudillos en el mostrador. Al cabo de un minuto otro policía de uniforme se acercó a la ventanilla. Era perro viejo, con el pelo blanco y forma de pera. Bosch supuso que llevaría años trabajando en el sótano. Tenía la piel tan blanca como la de un vampiro. Cogió el formulario de pruebas del otro caso y desapareció, dejando tanto a Bosch como al otro detective esperando. Bosch sabía que el otro tipo había empezado a mirarle, pero no se dio por aludido.

—Tú eres Bosch, ¿no? —preguntó al fin—. De Hollywood.

Bosch asintió. El otro hombre le tendió la mano y sonrió.

—Tom North, de Pacific. No nos conocíamos.

—No.

Bosch le tendió la mano, pero no actuó de manera entusiasta ante la presentación.

—No nos conocíamos, pero escucha, trabajé seis años en robos de Devonshire antes de conseguir mi puesto de homicidios en Pacific. ¿Sabes quién era mi jefe allí entonces?

Bosch negó con la cabeza. No lo sabía y no le importaba, pero North no parecía darse cuenta de eso.

—Pounds. El teniente Harvey Pounds. El cabrón. Era mi jefe. Bueno, da igual, he oído que le hiciste romper la ventana con la puta cara. Joder, tío, es genial. ¡Bien hecho! Me partí el culo cuando lo oí.

—Bueno, me alegro de haberte entretenido.

—No, en serio, sé que te ha caído un puro por eso. Lo he oído. Pero sólo quería que supieras que me alegraste el día y que hay un montón de gente que te apoya, tío.

—Gracias.

—Entonces, ¿qué estás haciendo aquí? He oído que te tenían en la lista Cincuenta y uno cincuenta.

A Bosch le molestó darse cuenta de que había hombres en el departamento a los que ni siquiera conocía que sabían lo que le había ocurrido y cuál era su situación. Trató de mantener la calma.

—Escucha, yo...

—Bosch. ¡Tienes tu caja!

Era el viajero del tiempo, Nelson. Estaba en la ventanilla pasando una cajita azul a través de la abertura. Era de tamaño similar a una caja de botas y estaba cerrada con cinta roja resquebrajada por los años. Parecía que la caja estaba cubierta de polvo. Bosch no se molestó en terminar la frase. Se despidió de North con un gesto y se acercó a la caja.

—Firma aquí —dijo Nelson.

Le pasó una tarjeta amarilla encima de la caja. Al hacerlo, se levantó una pequeña nube de polvo, que Nelson disipó con la mano. Bosch firmó el papel y cogió la caja con las dos manos. Se volvió y vio que North lo estaba mirando. North lo saludó con la cabeza. Al parecer se había dado cuenta de que no era el momento adecuado para hacer preguntas. Bosch le devolvió el saludo y se dirigió a la puerta.

—Ah, Bosch —dijo North—. No quería decir nada con eso de la lista. No te lo tomes a mal, ¿vale?

Bosch lo miró mientras empujaba la puerta con la espalda, pero no dijo nada. Después recorrió el pasillo sosteniendo la caja con las dos manos, como si contuviera un tesoro.

Carmen Hinojos estaba en la sala de espera cuando Bosch llegó cinco minutos tarde. La psiquiatra le hizo una seña para que pasara y rechazó sus disculpas por llegar tarde como si fueran innecesarias. Llevaba un vestido azul oscuro y cuando Bosch pasó a su lado en el umbral olió una fragancia como de jabón. Bosch ocupó la silla situada a la derecha del escritorio, de nuevo cerca de la ventana.

Hinojos sonrió y Bosch se preguntó por el motivo de la sonrisa. Había dos sillas en el lado opuesto de la mesa del que ocupaba ella. Por el momento, en tres sesiones, Bosch siempre había elegido la misma, la más próxima a la ventana. Se preguntó si la psiquiatra había tomado nota del detalle, y si significaba alguna cosa.

—¿Está cansado? —preguntó Hinojos—. No parece que haya dormido mucho esta noche.

—Supongo que no he dormido demasiado. Pero estoy bien.

—¿Ha cambiado de opinión acerca de algo de lo que discutimos ayer?

—No, la verdad es que no.

—¿Está continuando con esa investigación privada?

—Por el momento.

Por la manera en que la psiquiatra asintió con la cabeza, Bosch supuso que ya esperaba esa respuesta.

—Quería que hablara de su madre hoy.

—¿Por qué? No tiene nada que ver con el motivo de que yo esté aquí, ni con que yo esté de baja.

—Creo que es importante. Creo que nos ayudará a llegar a lo que está ocurriendo con usted, lo que ha hecho que aborde esta investigación privada suya. Podría explicar sus acciones recientes.

—Lo dudo. ¿Qué quiere saber?

—Cuando habló ayer, hizo varias referencias a su estilo de vida, pero en ningún momento dijo lo que ella hacía o era. Pensando en eso después de la sesión, me estaba preguntando si usted tenía problemas en aceptar lo que ella era. Hasta el punto de no ser capaz de decir que ella...

—¿Era una prostituta? Ya está, ya lo he dicho. Era una prostituta. Soy un hombre adulto, doctora. Acepto la verdad. Acepto la verdad en cualquier cosa siempre que sea la verdad. Creo que se ha equivocado por mucho esta vez.

—Quizá. ¿Qué siente por ella ahora?

—¿A qué se refiere?

—¿Furia? ¿Odio? ¿Amor?

—No he pensado en eso. Ciertamente odio no. En su momento la quería mucho. Y su muerte no cambió eso.

—¿Y abandono?

—Soy demasiado mayor para eso.

—¿Y entonces? Cuando ella murió.

Bosch reflexionó un momento.

—Estoy seguro de que había algo de eso. Su estilo de vida, su trabajo, la mató. Y yo me quedé al otro lado de la valla. Supongo que estaba furioso por eso y me sentía abandonado. También estaba herido. La herida era la peor parte. Ella me amaba.

—¿A qué se refiere con que lo dejó al otro lado de la valla?

—Se lo dije ayer. Yo estaba en McClaren, en el orfanato.

—Sí, ¿así que su muerte impidió que saliera de allí?

—Durante un tiempo.

—¿Cuánto?

—Estuve entrando y saliendo hasta que cumplí dieciséis. Viví unos pocos meses con padres de acogida en dos ocasiones diferentes, pero siempre me devolvían. Luego, cuando cumplí

dieciséis, me eligió otra pareja. Estuve con ellos hasta los dieci-
siete. Más tarde descubrí que siguieron cobrando el cheque del
DSSP durante un año después de que yo me fuera.

—¿DSSP?

—Departamento de Servicios Sociales Públicos. Ahora lo
llaman División de Servicios Juveniles. El caso es que cuando
una pareja acoge a un niño, cobra un pago mensual de apoyo.
Mucha gente acoge niños sólo por esos cheques. No estoy diciendo que esa gente lo hiciera, pero nunca le dijeron a la DSSP
que ya no estaba en su casa después de que me fui.

—Entiendo. ¿Adónde fue?

—A Vietnam.

—Espere un momento. Retrocedamos. Ha dicho que dos
veces antes de eso vivió con padres de acogida, pero las dos veces lo devolvieron. ¿Qué ocurrió? ¿Por qué lo devolvían?

—No lo sé. No les gustaba. Decían que no estaba funcionando. Volvía a los barracones del otro lado de la valla y esperaba. Supongo que librarse de un adolescente era tan fácil como vender un coche sin ruedas. Los padres de acogida siempre
quieren a los más pequeños.

—¿Alguna vez se escapó del orfanato?

—Un par de veces. Siempre me encontraban en Hollywood.

—Si colocar a los adolescentes era tan difícil, ¿cómo es que
le ocurrió a usted la tercera vez, cuando ya tenía dieciséis?

Bosch rió falsamente y negó con la cabeza.

—Le va a encantar. Ese tipo y su mujer me eligieron porque era zurdo.

—¿Zurdo? No entiendo.

—Era zurdo y podía lanzar una buena bola rápida.

—¿A qué se refiere?

—Ah, Dios, era... Verá, Sandy Koufax jugaba entonces en
los Dodgers. Era zurdo y supongo que le pagaban tropecien-
tos pavos al año por lanzar. Ese tipo, el padre de acogida, Earl
Morse se llamaba, había jugado a béisbol semiprofesional y
nunca llegó a tener éxito. Así que quería crear una promesa
zurda para la Major League. Supongo que entonces los zurdos

eran bastante raros. O eso pensó él. El caso es que eran un valor preciado. Earl pensó que elegiría a algún chico con potencial, lo entrenaría y después sería su *manager* o su agente o algo así, cuando llegara el momento del contrato. Lo veía como su forma de volver al béisbol. Era una locura. Pero supongo que había visto su propio sueño deportivo destrozado y quemado. Así que fue a McClaren, eligió a unos cuantos chicos y nos puso en el campo. Teníamos un equipo, jugábamos contra otros orfanatos, a veces algunas escuelas del valle también nos dejaban jugar contra ellos. La cuestión es que Earl nos eligió para que lanzáramos la bola. Era una prueba, aunque entonces ninguno de nosotros lo sabía. Ni siquiera se me ocurrió pensar en lo que estaba ocurriendo hasta más tarde. El caso es que me eligió cuando vio que era zurdo y que sabía lanzar. Se olvidó de los otros como si fueran un programa de la temporada pasada.

—Bosch volvió a sacudir la cabeza al recordarlo.

—¿Qué ocurrió? ¿Se fue con él?

—Sí, me fui con él. También estaba la mujer. Ella nunca decía gran cosa, ni a él ni a mí. Earl me hacía lanzar un centenar de bolas cada día a un neumático que estaba colgado en el patio de atrás. Después, cada noche tenía esas sesiones de entrenamiento. Lo soporté durante un año, y luego me largué.

—¿Se escapó?

—Más o menos. Me alisté en el ejército. Aunque hacía falta que Earl firmara. Al principio no quería. Tenía para mí planes de la Major League. Pero entonces le dije que no iba a volver a lanzar una bola de béisbol mientras viviera. Firmó. Después él y su mujer siguieron cobrando los cheques de la DSSP mientras yo estaba en Vietnam. Supongo que el dinero extra le ayudó a superarlo.

Hinojos se quedó en silencio un buen rato. A Bosch le pareció que ella estaba leyendo sus notas, pero no la había visto escribir nada durante la sesión.

—¿Sabe? —dijo Bosch en el silencio—. Unos diez años después, cuando yo estaba en la patrulla, detuve a un conductor borracho que salía de la autovía de Hollywood en Sunset.

Estaba como una cuba. Cuando finalmente lo saqué del coche y lo puse en la ventanilla, me doblé para mirar y era Earl. Era domingo. Venía de ver a los Dodgers. Vi el programa en el asiento.

Hinojos lo miró, pero no dijo nada. Bosch seguía contemplando aquella diapositiva de su memoria.

—Supongo que nunca encontró al zurdo que estaba buscando... El caso es que estaba tan borracho que no me reconoció.

—¿Qué hizo usted?

—Le quité las llaves y llamé a su mujer... Supongo que fue lo único que le di nunca al tipo.

Hinojos volvió a mirar la libreta mientras formulaba la siguiente pregunta.

—¿Y su padre real?

—¿Qué?

—¿Alguna vez supo quién era su padre? ¿Tuvo alguna relación con él?

—Lo encontré una vez. Nunca tuve curiosidad por él hasta que volví de Vietnam. Entonces lo busqué. Resultó que era el abogado de mi madre. Tenía familia y todo eso. Estaba muriéndose cuando yo lo conocí, parecía un esqueleto... Así que no llegué a conocerlo realmente.

—¿Se llamaba Bosch?

—No. Mi apellido es sólo algo que se le ocurrió a mi madre. Es por el pintor. Ella pensaba que Los Ángeles se parecía mucho a sus pinturas. Toda la paranoia, el miedo. Una vez me regaló un libro de pinturas suyas.

Se produjo otro silencio mientras la psiquiatra pensaba también en esta última frase.

—Estas historias, Harry —dijo ella finalmente—, estas historias que me cuenta son desgarradoras. Me hace ver al chico que se convirtió en un hombre. Me hace ver la profundidad del agujero que dejó la muerte de su madre. ¿Sabe?, tendría mucho por lo que culparla a ella, y nadie le culparía a usted por hacerlo.

Bosch la miró a los ojos mientras componía una respuesta.

—Yo no la culpo a ella por nada. Culpo al hombre que me la arrebató. Lo que le he contado son historias sobre mí. No sobre ella. No puede entenderla a ella. No puede conocerla como yo. Lo único que sé es que ella hizo todo lo que pudo para sacarme de allí. Nunca paró de decirme eso. Nunca dejó de intentarlo. Simplemente se le acabó el tiempo.

Hinojos asintió, aceptando su respuesta. Pasaron unos segundos.

—¿Llegó el momento en que ella le contó cómo... se ganaba la vida?

—No.

—¿Cómo lo supo?

—No lo recuerdo. Creo que nunca supe a ciencia cierta lo que hacía hasta que ella había muerto y yo era mayor. Yo tenía diez años cuando se me llevaron. No sabía por qué.

—¿Había hombres que se quedaban con ella cuando vivían juntos?

—No, eso nunca ocurrió.

—Pero usted debía de tener alguna idea acerca de la vida que ella estaba llevando, que los dos llevaban.

—Mi madre me decía que era camarera. Trabajaba por las noches. Solía dejarme con una señora que tenía una habitación en el hotel. La señora De Torre. Cuidaba de cuatro o cinco niños cuyas madres estaban haciendo lo mismo. Ninguno de nosotros lo sabía.

Bosch terminó, pero Hinojos no dijo nada y Harry sabía que esperaba que continuara él.

—Una noche yo salí cuando la señora se durmió y me fui caminando por el bulevar hasta la cafetería donde ella decía que trabajaba. No estaba allí. Pregunté y no sabían de qué estaba hablando...

—¿Le preguntó a su madre por eso?

—No... La noche siguiente la seguí. Ella se dejó el uniforme de camarera en casa y yo la seguí. Fue a casa de su mejor amiga, que vivía en el piso de arriba. Meredith Roman. Cuando salieron las dos llevaban los vestidos, el maquillaje, todo. Entonces se fueron en un taxi y yo no pude continuar siguiéndolas.

—Pero lo supo.

—Sabía algo. Pero yo tenía unos nueve años. ¿Cuánto podía saber?

—¿Y qué me dice de la charada que ella representaba, la de vestirse cada noche de camarera? ¿No le molestaba?

—No, al contrario. Pensaba que eso era... No lo sé, había algo noble en el hecho de que hiciera eso por mí. En cierto modo me estaba protegiendo.

Hinojos asintió con la cabeza para mostrar que entendía su punto de vista.

—Cierre los ojos.

—¿Que cierre los ojos?

—Sí, quiero que cierre los ojos y piense en cuando era un niño. Adelante.

—¿Qué es esto?

—Hágame ese favor.

Bosch negó con la cabeza como si estuviera molesto, pero hizo lo que ella le había pedido. Se sentía estúpido.

—Muy bien.

—De acuerdo, quiero que me cuente una historia sobre su madre. La imagen o el episodio con ella que tenga más claro en su mente, quiero que me lo cuente.

Bosch pensó a fondo. Las imágenes de ella pasaban y desaparecían. Finalmente, llegó a una que permaneció.

—Ya.

—Cuéntela.

—Fue en McClaren. Ella había venido a visitarme y estábamos fuera, en la valla, en el campo de deportes.

—¿Por qué recuerda esta historia?

—No lo sé. Porque ella estaba allí y siempre me hacía sentir bien, aunque siempre terminábamos llorando. Tendría que haber visto aquel lugar en los días de visita. Todo el mundo lloraba... Y yo también lo recuerdo porque fue hacia el final. Poco después de eso ella murió. Quizá al cabo de unos meses.

—¿Recuerda de qué hablaron?

—De muchas cosas. De béisbol. Ella era hincha de los Dodgers. Recuerdo que uno de los chicos más grandes me había quitado las zapatillas que ella me había regalado por mi cumpleaños. Ella se fijó en que no las llevaba puestas y se enfureció.

—¿Por qué le quitó las zapatillas el chico mayor?

—Ella me preguntó lo mismo.

—¿Qué le dijo?

—Le dije que el chico me quitó las zapatillas porque podía. Mire, podían llamar a aquel sitio como quisieran, pero básicamente era una prisión para niños y tenía las mismas sociedades que tiene una prisión. Los papeles dominantes, los sometidos, todo.

—¿Qué era usted?

—No lo sé. Iba bastante por libre. Pero cuando un chico mayor y más grande me quitaba las zapatillas era un sumiso. Era una forma de sobrevivir.

—¿Su madre estaba descontenta por eso?

—Bueno, sí, pero ella no sabía de qué iba. Ella quería quejarse. No sabía que si lo hacía sólo conseguiría complicarme las cosas. Entonces de repente se dio cuenta de cómo funcionaba aquel lugar y empezó a llorar.

Bosch estaba en silencio, imaginando perfectamente la escena en su cabeza. Recordaba la humedad en el ambiente y el olor a azahar de la arboleda vecina.

Hinojos se aclaró la garganta antes de interrumpir su recuerdo.

—¿Qué hizo usted cuando ella se echó a llorar?

—Probablemente yo también empecé a llorar. Normalmente lo hacía. No quería que ella se sintiera mal, pero era un alivio saber que ella sabía lo que me estaba pasando. Sólo las madres pueden hacer eso, hacerte sentir bien cuando estás triste... —Bosch todavía tenía los ojos cerrados y sólo veía el recuerdo.

—¿Qué le dijo su madre?

—Ella... Ella sólo me dijo que iba a sacarme de allí. Dijo

que su abogado iba a ir pronto a juicio para apelar el veredicto de la custodia y el veredicto de madre inadecuada. Ella dijo que también había otras cosas que podía hacer. La cuestión era que iba sacarme.

—¿Ese abogado era su padre?

—Sí, pero yo no lo sabía... Da igual, lo que estoy diciendo era que el tribunal estaba equivocado con ella. Eso es lo que me molesta. Era buena para mí y ellos no lo veían así..., no importa, recuerdo que me prometió que haría lo que tuviera que hacer, pero que me sacaría.

—Pero nunca lo hizo.

—No, como he dicho se le acabó el tiempo.

—Lo siento.

Bosch abrió los ojos y miró a la psiquiatra.

—Yo también lo siento.

Bosch había estacionado en un aparcamiento público cerca de Hill Street. Le costó doce dólares. Se metió en la 101 y se dirigió al norte, hacia las colinas. Mientras conducía, miró ocasionalmente a la caja azul que tenía en el asiento de al lado. Pero no la abrió. Sabía que tenía que hacerlo, pero esperaría a llegar a casa.

Encendió la radio y escuchó al locutor que presentaba una canción de Abbey Lincoln. Bosch nunca la había oído, pero inmediatamente le gustó la letra y la voz ahumada de la mujer.

*Ave solitaria que vuela en lo alto,*
*volando entre un cielo de nubes*
*canta su lamento conmovedor*
*planeando sobre suelos turbulentos.*

Después de meterse en Woodrow Wilson y seguir su rutina habitual de aparcar a media manzana de su casa, Bosch entró y puso la caja en la mesa del comedor. Encendió un cigarrillo y caminó por la estancia, mirando ocasionalmente la caja. Tenía la lista de pruebas en el expediente, pero no podía superar la sensación de que al abrir la caja estaría invadiendo un secreto íntimo, cometiendo un pecado que no comprendía.

Finalmente sacó las llaves. Había una navajita en el aro y la usó para cortar la cinta roja que precintaba la caja. Dejó la navajita y sin pensárselo más levantó la tapa de la caja.

Las ropas y otras pertenencias de la víctima estaban envueltas individualmente en bolsas de plástico, que Bosch fue sacando una por una y dejándolas en la mesa. El plástico estaba amarillento, pero podía ver a través de él. No sacó nada de las bolsas, sino que se limitó a levantar cada una de las pruebas y examinarlas a través del plástico.

Abrió el expediente del caso por la lista de pruebas y se aseguró de que no faltaba nada. Estaba todo ahí. Levantó a la luz la bolsita que contenía los pendientes. Eran como lágrimas congeladas. Volvió a bajar la bolsa y en el fondo de la caja vio la blusa, pulcramente doblada en el plástico, con la mancha de sangre exactamente en el sitio indicado en la hoja de pruebas, en el pecho izquierdo, a unos cinco centímetros del botón del centro.

Bosch pasó el dedo por encima del plástico. Fue entonces cuando cayó en la cuenta de que no había más sangre. Sabía que era lo que había estado inquietándole cuando había leído el expediente, pero entonces no había conseguido captar la idea. Esta vez sí. La sangre. No había sangre en la ropa interior, ni en la falda ni en las medias o zapatos. Sólo en la blusa.

Bosch sabía también que la autopsia había descrito un cadáver sin laceraciones. Entonces, ¿de dónde había salido la sangre? Quería mirar la escena del crimen y las fotos de la autopsia, pero sabía que no podría hacerlo. Bajo ningún concepto iba a abrir ese sobre.

Bosch sacó de la caja la bolsa que contenía la blusa y leyó la etiqueta de la prueba y otras anotaciones. En ningún sitio mencionaba ni daba código de referencia de que se hubiera realizado ningún análisis de sangre.

Esto lo animó. Había una posibilidad razonable de que la sangre fuera del asesino, y no de la víctima. No tenía idea de si todavía podía determinarse el tipo sanguíneo en sangre tan vieja o practicarse un análisis de ADN, pero iba a averiguarlo. Sabía que el problema sería la comparación. No importaba si la sangre todavía podía ser analizada si no había nada con que compararla. Para obtener sangre de Conklin o de Mittel, o de quien fuera, necesitaría una orden judicial. Y para conseguirla necesitaba pruebas, no sólo sospechas o corazonadas.

Había reunido las bolsas de pruebas para volver a guardarlas en la caja cuando se detuvo para examinar una que antes no había observado de cerca. Contenía el cinturón que se había utilizado para estrangular a la víctima.

Bosch lo examinó unos segundos, como si se tratara de una serpiente que él debía identificar, antes de poner la mano en la caja para cogerla cautelosamente. Vio la etiqueta atada a través de uno de los agujeros del cinturón. En la suave concha plateada había polvo negro. Parte de las líneas curvas de la huella dactilar de un pulgar permanecía allí.

Levantó el cinturón para verlo a la luz. Le dolía mirarlo, pero lo hizo. El cinturón tenía dos centímetros y medio de ancho y estaba hecho de piel negra. La hebilla de concha era el adorno más grande, pero había otras conchitas plateadas adheridas a lo largo de la correa. La contemplación despertó el recuerdo. En realidad no lo había elegido él. Meredith Roman lo había llevado al May Co. de Wilshire. La amiga de su madre había visto el cinturón en un colgador, con muchos otros, y le dijo que a su madre le gustaría. Ella lo compró y le dejó que se lo diera a su madre por su cumpleaños. Meredith tenía razón. Su madre se ponía el cinturón a menudo, sin ir más lejos cada vez que iba a visitarlo después de que el tribunal le retirara la custodia. E incluida la noche en que fue asesinada.

Bosch leyó la etiqueta de la prueba, pero sólo ponía el número de caso y el nombre de McKittrick. Se fijó en que los agujeros segundo y cuarto de la correa eran círculos imperfectos, ensanchados por la punta de la hebilla. Supuso que tal vez su madre lo llevaba más ajustado en ocasiones, para impresionar a alguien, o más suelto otras veces, encima de ropa más voluminosa. Lo sabía todo del cinturón, salvo quién lo había usado por última vez para asesinarla.

Se dio cuenta entonces de que quien hubiera utilizado ese cinturón, esa arma, ante la policía había sido responsable de llevarse una vida y cambiar indeleblemente la suya propia. Cuidadosamente volvió a dejarlo en la caja y lo cubrió con el resto de la ropa. Por último cerró la caja con la tapa.

Después de examinar el contenido de la caja, Bosch no podía quedarse en casa. Sentía la necesidad de salir. No se molestó en cambiarse de ropa. Se limitó a entrar en el Mustang y empezar a conducir. Ya estaba oscuro y tomó por Cahuenga hasta Hollywood. Se dijo a sí mismo que no sabía adónde iba y que no le importaba, pero era mentira. Lo sabía. Cuando llegó a Hollywood Boulevard dobló hacia el este.

El coche lo llevó a Vista, donde viró hacia el norte y después se desvió en el primer callejón. Los faros cortaban la oscuridad y Bosch vio un pequeño campamento de vagabundos. Un hombre y una mujer se acurrucaban en un cobertizo de cartón. Cerca de allí yacían otros dos cuerpos, envueltos en mantas y periódicos, y del aro de un cubo de basura llegaba el brillo tenue de las llamas agonizantes. Bosch pasó despacio, con la mirada fija en un punto más adentrado del callejón, el lugar de la escena del crimen esbozado en el expediente.

La tienda de recuerdos de Hollywood era ahora una tienda de libros y vídeos para adultos. Había un acceso por el callejón para los clientes tímidos y varios coches aparcados en la parte posterior del edificio. Bosch se detuvo cerca de la puerta y apagó las luces. Se quedó sentado en el Mustang, sin experimentar ninguna necesidad de salir. Nunca antes había estado en el callejón, en el lugar del crimen. Sólo quería quedarse sentado durante un rato y ver qué sentía.

Encendió un cigarrillo y observó a un hombre que salía apresurado de la tienda para adultos con una bolsa en la mano y se metía en un coche estacionado al fondo del callejón.

Bosch pensó en cuando aún era niño y seguía a cargo de su madre. Tenían un pequeño apartamento en Camrose y en verano, las noches que ella no trabajaba o los domingos por la tarde, se sentaban en el patio de atrás y escuchaban la música que subía a la colina desde el Hollywood Bowl. El sonido era malo, agredido por el tráfico y el bullicio de la ciudad antes de que les llegara, pero las notas altas se percibían con claridad. Lo que le gustaba a Bosch no era la música, sino la presencia de su madre. Era el momento de estar juntos. Ella siempre le decía que un día lo llevaría al Bowl a escuchar *Scheherezade*. Era su favorita. Nunca tuvieron la ocasión. El tribunal le retiró la custodia y la asesinaron antes de que pudiera recuperarla.

Bosch finalmente oyó a la Filarmónica interpretando *Scheherezade* el año que estuvo con Sylvia. Cuando ella vio que se le acumulaban las lágrimas en la comisura de los ojos, pensó que se debía a la extraordinaria belleza de la música. Harry nunca llegó a decirle a Sylvia que se trataba de otra cosa.

Captó un movimiento con el rabillo del ojo y alguien golpeó con el puño la ventana del conductor. Bosch se llevó la mano izquierda a la cintura en un acto reflejo, pero no llevaba ninguna pistola bajo la americana. Se volvió y miró el rostro de una anciana con los años marcados como galones en la piel. Parecía que llevara tres conjuntos de ropa. Cuando terminó de golpear la ventana, la mujer abrió la mano y extendió la palma. Bosch, todavía sobresaltado, buscó rápidamente en el bolsillo y sacó un billete de cinco. Encendió el motor para poder bajar la ventanilla y le dio el dinero. Ella no dijo nada, sólo lo cogió y se alejó. Bosch la observó marcharse y se preguntó cómo había terminado ella en ese callejón. ¿Y él?

Salió del callejón y regresó a Hollywood Boulevard. Empezó a circular de nuevo a velocidad lenta. Primero sin destino, pero pronto encontró un propósito. Todavía no estaba preparado para enfrentarse a Conklin o Mittel, pero sabía dónde residían y quería ver sus casas, sus vidas, los lugares donde habían terminado ellos.

Siguió por Hollywood Boulevard hasta llegar a Alvarado y tomó ésta hasta la Tercera, donde dobló hacia el oeste. El viaje lo llevó a la zona de pobreza tercermundista de Little Salvador, más allá de las mansiones apagadas de Hancock Park y después a Park La Brea, un enorme complejo de apartamentos, condominios y residencias de ancianos.

Bosch encontró Ogden Drive y la recorrió lentamente hasta que vio el Park La Brea Lifecare Center. Era un edificio de doce plantas de hormigón y cristal. Bosch vio, a través de la fachada de cristal del vestíbulo, a un vigilante de seguridad junto a un poste. En Los Ángeles ni siquiera los ancianos y enfermos estaban seguros. Miró hacia arriba y advirtió que la mayoría de las ventanas estaban a oscuras. Sólo eran las nueve y el lugar ya estaba muerto. Alguien hizo sonar el claxon detrás de él y Bosch aceleró y se alejó, pensando en Conklin y en cómo sería su vida. Se preguntó si al cabo de tantos años el anciano que ocupaba una habitación allí pensaba alguna vez en Marjorie Lowe.

La siguiente parada de Bosch fue en Mount Olympus, el chabacano afloramiento de casas modernas de estilo romano que se extendía por encima de Hollywood. Se suponía que la imagen debería ser neoclásica, pero había oído que la llamaban «meoclásica». Las enormes y caras mansiones estaban apiñadas una junta a otra como los dientes. Había columnas ornadas y estatuas, pero lo único que parecía clásico del lugar era el *kitsch*. Bosch subió por Mount Olympus Drive desde Laurel Canyon, dobló por Electra y después tomó por Hercules. Estaba conduciendo despacio, fijándose en si la dirección de las casas coincidía con la que había anotado esa mañana en su libreta.

Cuando encontró el domicilio de Mittel, se detuvo en la calle, petrificado. Era una casa que conocía. Nunca había estado en su interior, pero todo el mundo la conocía. Era una mansión circular que se alzaba en lo alto de uno de los promontorios más reconocibles de las colinas de Hollywood. Bosch miró la casa sobrecogido, imaginando las dimensiones del interior y sus vistas desde el océano a la montaña. Con las paredes redondeadas iluminadas desde el exterior con luces blancas, parecía una nave espacial que se hubiera posado en lo alto de la montaña y que se disponía a elevarse de nuevo. No era *kitsch*. Era una casa que hablaba del poder y la influencia de su propietario.

Una verja de hierro protegía un largo sendero que conducía a la casa. Pero esa noche la verja estaba abierta y Bosch vio varios coches y al menos tres limusinas aparcadas a un lado del camino. Otros vehículos estaban estacionados en la rotonda del fondo. Bosch sólo cayó en la cuenta de que se celebraba una fiesta cuando un destello rojo pasó la ventanilla del coche y de pronto la puerta se abrió del todo. Bosch se volvió y vio el rostro de un hombre latino de tez morena vestido con camisa blanca y chaleco rojo.

—Buenas tardes, señor. Nosotros nos ocupamos del coche. Si sube por el camino de la izquierda, le recibirán los relaciones públicas.

Bosch miró al hombre sin moverse, pensando.

—¿Señor?

Bosch salió del Mustang y el hombre del chaleco le entregó un papel con un número. Después se metió en el coche y arrancó. Bosch se quedó allí de pie, consciente de que estaba a punto de dejar que los acontecimientos lo controlaran, pese a que sabía que debería evitarlo. Vaciló y contempló las luces traseras del Mustang que se alejaba. Dejó que la tentación lo venciera.

Bosch se abrochó el último botón de la camisa y se ajustó la corbata mientras subía por el sendero. Pasó un pequeño ejército de hombres con chalecos rojos y, cuando llegó hasta arriba tras rebasar las limusinas, contempló una asombrosa vista de la ciudad iluminada. Se detuvo y por un momento se limitó a mirar. Veía desde el Pacífico iluminado por la luna en una dirección hasta los rascacielos de la ciudad en la otra. Sólo la vista valía el precio de la casa, no importaba los millones que costara.

El rumor de la música suave, las risas y la conversación llegaba desde su izquierda. Siguió el sonido por un sendero de piedras que se curvaba según la forma de la casa. La caída a las casas de debajo de la colina era mortalmente empinada. Finalmente llegó a un patio llano que estaba iluminado y lleno de gente que pululaba bajo una carpa de lona tan blanca como la luna. Bosch supuso que habría al menos ciento cincuenta invitados bien vestidos tomando cócteles y probando canapés de las bandejas que llevaban chicas jóvenes con vestidos negros cortos, medias y delantales blancos. Se preguntó dónde meterían los de los chalecos rojos todos los coches.

Bosch se sintió inmediatamente mal vestido y estaba seguro de que en cuestión de segundos lo identificarían como a un colado. Sin embargo, la escena tenía algo tan de otro mundo que se mantuvo firme.

Se le acercó un surfista de traje. Tendría unos veinticinco años, pelo corto decolorado por el sol y un intenso bronceado. Llevaba un traje hecho a medida con aspecto de costar más que todo lo que Bosch tenía en el armario. El traje era marrón claro, aunque su portador probablemente diría que era de color cacao. Sonrió a Bosch de la manera en que sonríen los enemigos.

—Hola, señor, ¿qué tal esta noche?

—Bien. No nos han presentado.

El surfista trajeado sonrió de manera un poco más brillante.

—Soy el señor Johnson y soy el responsable de seguridad de esta fiesta. ¿Puedo preguntarle si ha traído su invitación?

Bosch dudó sólo un instante.

—Oh, lo lamento. No pensé que tuviera que traerla. No pensaba que Gordon necesitara seguridad en una fiesta como ésta.

Esperaba que dejar caer el nombre de pila de Mittel diera que pensar al surfista antes de que tomara medidas de manera precipitada. El surfista torció el gesto sólo un momento.

—Entonces ¿puedo pedirle que firme?

—Por supuesto.

Bosch fue conducido a una mesa situada al lado de la zona de entrada. Había allí una pancarta azul, roja y blanca con el eslogan: «Ahora, Robert Shepherd.» Era cuanto Bosch necesitaba saber acerca del asunto.

En la mesa había un registro de invitados y detrás una mujer que lucía un vestido de cóctel de terciopelo negro que apenas camuflaba sus pechos. El señor Johnson parecía más concentrado en esos dos elementos que en Bosch mientras éste escribía el nombre de Harvey Pounds en el registro.

Al firmar, Bosch se fijó en una pila de tarjetas de promesas electorales y una copa de champán llena de lápices. Cogió una hoja de información y empezó a leer acerca del candidato en ciernes. Johnson finalmente apartó la vista de la azafata de mesa y comprobó el nombre que había escrito Bosch.

—Gracias, señor Pounds. Disfrute de la fiesta.

Acto seguido, el surfista desapareció entre la multitud, probablemente para comprobar si había un Harvey Pounds en la lista de invitados. Bosch decidió quedarse sólo unos minutos, para ver si podía localizar a Mittel y luego irse antes de que el surfista viniera a buscarlo.

Se alejó de la entrada y del entoldado. Después de cruzar un breve tramo de césped hasta un muro de contención, trató de actuar como si simplemente estuviera admirando la panorámica. Y menuda panorámica; para tener una vista desde más alto habría tenido que subirse a un avión procedente del LAX. Pero desde el avión no habría tenido esa amplitud de visión, la brisa fresca ni los sonidos de la ciudad debajo.

Bosch se volvió y miró a la multitud que se congregaba bajo el toldo. Examinó los rostros, pero no localizó a Gordon Mittel. No había rastro de él. La gente se agolpaba en el centro de la carpa y Bosch cayó en la cuenta que era un grupo de personas que trataba de estrechar la mano del candidato en ciernes, o al menos del hombre que Bosch supuso que era Shepherd. Harry se fijó en que si bien la multitud parecía homogénea en términos de riqueza, era de todas las edades. Supuso que muchos estaban allí para ver a Mittel tanto como a Shepherd.

Una de las mujeres vestidas de blanco y negro salió de debajo del toldo blanco y caminó hacia él con una bandeja de copas de champán. Bosch cogió una, le dio las gracias y volvió a concentrarse en el paisaje. Bebió y supuso que era de gran calidad, aunque en realidad no era capaz de apreciar la diferencia. Resolvió que tenía que bebérselo y marcharse justo cuando una voz procedente de su izquierda interrumpió sus pensamientos.

—Preciosa vista, ¿no? Mejor que una película. Podría quedarme aquí durante horas.

Bosch se volvió para no despreciar al hombre que le hablaba, pero no lo miró. No quería implicarse.

—Sí, es bonita. Pero prefiero mis montañas.

—¿De veras? ¿Dónde vive?

—Al otro lado de la colina, en Woodrow Wilson.

—Ah, sí. Hay algunas propiedades bonitas allí.

No la mía, pensó Bosch. A no ser que a uno le gustara el estilo neoterremoto clásico.

—Las montañas de San Gabriel brillan al sol —dijo el conversador—. Miré allí, pero después me compré ésta.

Bosch se volvió. Estaba mirando a Gordon Mittel. El anfitrión le tendió la mano.

—Gordon Mittel.

Bosch vaciló, pero después supuso que Mittel estaría acostumbrado a que la gente tropezara o tartamudeara en su presencia.

—Harvey Pounds —dijo Bosch, estrechándole la mano.

Mittel llevaba un esmoquin negro. Estaba tan vestido de más en comparación con los asistentes como Bosch lo estaba de menos. Llevaba el cabello gris muy corto y lucía un bronceado de rayos UVA. Era alto y de complexión atlética, y aparentaba tener cinco o diez años menos de los que en realidad tenía.

—Me alegro de conocerle, me alegro de que haya venido —dijo—. ¿Ya ha visto a Robert?

—No, está en medio de aquel grupo.

—Sí, es cierto. Bueno, él tendrá mucho gusto en conocerle cuando tenga ocasión.

—Supongo que también tendrá mucho gusto en aceptar mi cheque.

—Eso también. —Mittel sonrió—. Ahora en serio, espero que nos ayude. Es un buen hombre y necesitamos gente como él en el gobierno.

Su sonrisa parecía tan falsa que Harry se preguntó si Mittel ya lo había calado. Bosch le devolvió la sonrisa y se dio unos golpecitos en el bolsillo del pecho de la americana.

—Tengo el talonario aquí.

Al hacerlo, Bosch recordó lo que de verdad llevaba en el bolsillo y se le ocurrió una idea. El champán, aunque sólo había sido una copa, lo había envalentonado. De repente se dio cuenta de que quería asustar a Mittel y tal vez echar un vistazo a su verdadero color.

—Dígame —dijo—. ¿Shepherd es el hombre?

—No le entiendo.

—¿Va a llegar un día a la Casa Blanca? ¿Es el que va a llevarle?

Mittel se deshizo de un fugaz brillo de irritación.

—Supongo que ya lo veremos. Primero tenemos que llevarlo al Senado. Eso es lo importante.

Bosch asintió y contempló a la multitud de manera teatral.

—Bueno, parece que tiene a la gente adecuada aquí. Pero, ¿sabe?, no veo a Arno Conklin. ¿Todavía son íntimos? Era su primera opción, ¿no?

El entrecejo de Mittel se arrugó marcando una profunda grieta.

—Bueno... —Mittel parecía incómodo, pero se le pasó enseguida—. A decir verdad hace mucho tiempo que no hablamos. Ahora está jubilado, es un anciano en silla de ruedas. ¿Conoce a Arno?

—No he hablado con él en mi vida.

—Entonces dígame qué provoca esa pregunta de historia antigua.

Bosch se encogió de hombros.

—Supongo que sólo soy un estudiante de historia.

—¿A qué se dedica, señor Pounds? ¿O es estudiante a tiempo completo?

—Lo mío son las leyes.

—Entonces tenemos algo en común.

—Lo dudo.

—Me licencié en Stanford. ¿Y usted?

Bosch pensó un momento.

—En Vietnam.

Mittel volvió a torcer el gesto y Bosch vio que el interés escapaba de su mirada como el agua por un sumidero.

—Bueno, tengo que seguir circulando. Cuidado con el champán, y si decide que no quiere conducir, uno de los chicos de la entrada puede llevarle a casa. Pregunte por Manuel.

—¿El del chaleco rojo?

—Ah, sí, uno de ellos.

Bosch levantó la copa.

—No se preocupe, sólo es la tercera.

Mittel asintió y desapareció entre la multitud. Bosch observó cómo cruzaba la zona cubierta por el toldo. Mittel se detuvo para estrechar unas cuantas manos, pero finalmente entró a través de una puerta cristalera en lo que parecía una sala de estar o algún tipo de zona mirador. Caminó hasta un sofá y se inclinó para hablar pausadamente a un hombre de traje. El hombre parecía de la misma edad de Mittel, pero tenía una apariencia más dura. Tenía un rostro afilado y, aunque estaba sentado, estaba claro que tenía un cuerpo más pesado. De joven probablemente había usado su fuerza y no su cerebro. Mittel se enderezó y el otro hombre se limitó a asentir. A continuación Mittel se adentró en lugares más ocultos de la casa.

Bosch se terminó la copa de champán y empezó a avanzar hacia la casa a través de la multitud que había bajo el entoldado. Al acercarse a la puerta cristalera, una de las mujeres de blanco y negro le preguntó si buscaba algo. Le dijo que buscaba el baño y ella lo dirigió a otra puerta de la izquierda. Fue hacia donde le dijeron y encontró la puerta cerrada. Esperó unos segundos y la puerta finalmente se abrió y salieron un hombre y una mujer. Se rieron tontamente al ver a Bosch esperando y se dirigieron de nuevo a la carpa.

En el interior del cuarto de baño, Bosch se desabrochó la americana y extrajo un trozo de papel del bolsillo interior izquierdo. Era una fotocopia del artículo sobre Johnny Fox que le había dado Keisha Russell. Lo desdobló y sacó un boli. Rodeó los nombres de Johnny Fox, Arno Conklin y Gordon Mittel. Debajo del artículo, escribió: «¿Qué experiencia laboral previa le valió el trabajo a Johnny?»

Volvió a doblar la hoja dos veces y pasó los dedos con fuerza por los pliegues. En la parte exterior escribió: «¡Sólo para Gordon Mittel!»

De nuevo bajo la carpa, Bosch encontró a una mujer de blanco y negro y le dio el papel doblado.

—Tiene que encontrar al señor Mittel enseguida —le dijo—. Dele esta nota. La está esperando.

Bosch vio cómo la mujer se alejaba y él atravesó de nuevo la multitud para regresar a la mesa de firmas de la entrada. Se inclinó rápidamente sobre el registro de invitados y anotó el nombre de su madre. La azafata de la mesa argumentó protestando que ya había firmado antes.

—Esto es por otra persona —dijo.

En la dirección escribió Hollywood y Vista. Dejó en blanco la casilla del número de teléfono.

Bosch volvió a examinar la multitud, pero no vio ni a Mittel ni a la mujer a la que le había dejado la nota. Entonces miró a la sala que se hallaba más allá de la puerta cristalera y vio a Mittel con la nota en la mano. Se adentraba lentamente en la sala. Bosch supo por la dirección de su mirada que estaba leyendo la nota garabateada en la parte inferior. Incluso con su falso bronceado, a Bosch le pareció que palidecía.

Bosch dio un paso atrás y observó. Sentía que se le aceleraba el pulso. Se sentía como si estuviera observando una representación secreta en el escenario.

El rostro de Mittel mostraba una expresión de ira y perplejidad. Bosch vio que le pasaba la hoja al hombre duro que todavía estaba sentado en el mullido sofá. A continuación Mittel se volvió hacia los paneles de cristal y observó a la gente que estaba bajo la carpa. Dijo algo y Bosch creyó que pudo leerle los labios: «Hijo de puta.»

Entonces empezó a hablar más deprisa, ladrando órdenes. El hombre de la silla se levantó y Bosch supo de manera instintiva que era el momento de irse. Caminó con rapidez de vuelta al sendero de entrada y trotó hasta el grupo de hombres con chalecos rojos. Le pasó el resguardo del aparcacoches y un billete de diez dólares a uno de ellos y le dijo en español que tenía mucha prisa.

Aun así, le pareció que tardaba una eternidad. Mientras esperaba con nerviosismo, Bosch mantuvo los ojos en la casa, esperando que apareciera el tipo duro. Había observado en qué dirección había ido el aparcacoches y estaba preparado para salir hacia allí si era necesario.

Empezó a lamentar no llevar la pistola. Si iba a necesitarla o no era algo que no importaba. En ese momento sabía que le daba una sensación de seguridad, que se sentía desnudo sin ella. El surfista trajeado apareció en lo alto del sendero y corrió hacia Bosch. Al mismo tiempo, Bosch vio que se aproximaba su Mustang. Salió a la calle, listo para cogerlo. El surfista llegó antes.

—Eh, amigo, espere un seg...

Bosch se volvió del coche que se aproximaba y le dio un puñetazo en la mandíbula, enviándolo al suelo. El hombre gimió y rodó sobre su costado, llevándose ambas manos a la mandíbula. Bosch estaba seguro de que si no se la había roto como mínimo se la había dislocado. Se sacudió el dolor que sentía en la mano al tiempo que el Mustang chirriaba al detenerse.

El hombre del chaleco rojo tardó en salir. Bosch lo arrastró por la puerta abierta y saltó al interior del vehículo. Mientras se situaba tras el volante miró por el sendero y vio que se aproximaba el tipo duro. Al ver al surfista en el suelo, echó a correr, pero sus pasos eran inseguros en la bajada del sendero. Bosch vio que sus muslos pesados presionaban la tela de sus pantalones y de repente resbaló y se cayó. Dos de los hombres de chaleco rojo acudieron a ayudarle, pero él los ahuyentó con malos modos.

Bosch aceleró y se alejó. Subió por Mulholland y dobló al este en dirección a su casa. Sentía que la adrenalina corría por sus venas. No sólo había escapado, sino que estaba claro que había pinchado donde dolía. Que Mittel pensara un rato en eso, se dijo. Que sufriera. Entonces gritó en el interior del coche, aunque nadie más que él podía oírlo.

—¡Te has asustado, cabrón!

Descargó la mano en el volante en un gesto de triunfo.

Volvió a soñar con el coyote. El animal estaba en un sendero de montaña donde no había casas ni coches ni gente. Se movía con gran rapidez a través de la oscuridad, como si tratara de huir. Pero el sendero y el territorio eran los suyos. Conocía el terreno, sabía que escaparía. No quedaba claro ni se veía de qué huía. Pero estaba allí, detrás de él, en la oscuridad. Y el coyote sabía por instinto que tenía que huir.

El teléfono despertó a Bosch, entrometiéndose en el sueño como una puñalada asestada a través del papel. Bosch se quitó la almohada de la cabeza, rodó hacia su derecha y sus ojos fueron agredidos inmediatamente por la luz del alba. Había olvidado cerrar la persiana. Alcanzó el teléfono, que estaba en el suelo.

—No cuelgue —dijo.

Dejó el aparato en la cama, se incorporó y se frotó la cara. Miró el reloj, entrecerrando los ojos. Eran las siete y diez. Tosió y se aclaró la garganta antes de volver a coger el teléfono.

—Sí.

—¿Detective Bosch?

—Sí.

—Soy Brad Hirsch. Lamento llamarle tan temprano.

Bosch tuvo que pensar un momento. No tenía ni idea de quién era Brad Hirsch.

—No importa —dijo mientras seguía tratando de recordar el nombre.

Se produjo un silencio.

—Soy el de... huellas. Recuerda que...

—¿Hirsch? Sí, Hirsch. Lo recuerdo, ¿qué pasa?

—Quería decirle que he hecho la búsqueda que me pidió en el AFIS. He entrado temprano y he hecho esa búsqueda junto con otra que tenía pendiente para homicidios de Devonshire. No creo que se entere nadie.

Bosch colocó las piernas a un lado de la cama, abrió un cajón de la mesita de noche y sacó una libreta y un lápiz. Se fijó en que se había llevado la libreta del Surf and Sand Hotel de Laguna Beach. Recordó que había pasado unos días allí con Sylvia el año anterior.

—¿Qué has conseguido?

—Bueno, ésa es la cuestión. Lo siento, pero no he conseguido nada.

Bosch volvió a tirar la libreta en el cajón abierto y se tendió boca arriba en la cama.

—¿Ningún resultado?

—Bueno, el ordenador mostraba dos candidatos. Después hice una comparación visual y no era buena. No coincidía. Lo siento. Sé que este caso significa... —No terminó.

—¿Has mirado en todas las bases de datos?

—En todas las que están en nuestra red.

—Deja que te pregunte una cosa. Todas esas bases de datos, ¿incluyen al personal de la fiscalía y del departamento de policía?

Hubo un silencio durante el cual Hirsch debió de sopesar el significado de la pregunta.

—¿Estás ahí, Hirsch?

—Sí, la respuesta es sí.

—¿Desde cuándo? ¿Sabes a qué me refiero? ¿Hasta cuándo se remontan los datos que hay en esas bases?

—Bueno, cada base de datos es diferente. La del Departamento de Policía de Los Ángeles es extensa. Diría que tenemos huellas de todo el mundo que trabajó aquí desde la Segunda Guerra Mundial.

Bosch pensó que eso descartaba a Irving y al resto de los

polis, pero no le importaba demasiado. Sus miras estaban definitivamente en otro sitio.

—¿Y la gente que trabajaba para la fiscalía?

—Lo de la fiscalía sería distinto —dijo Hirsch—. No creo que empezaran a recoger las huellas de los empleados hasta mediados de los sesenta.

Conklin había estado allí en ese tiempo, Bosch lo sabía, pero ya había sido elegido fiscal del distrito. No habría enviado sus propias huellas, especialmente si sabía que en el expediente de un caso de asesinato había una tarjeta con huellas que podían coincidir con las suyas.

Pensó en Mittel. Ya habría salido de la oficina del fiscal en el momento en que las huellas de los empleados se tomaban de manera rutinaria.

—¿Y la base de datos federal? —preguntó—. Y si un hombre trabajó para un presidente y obtuvo la clase de autorización necesaria para visitar la Casa Blanca, ¿estarían sus huellas en esa base?

—Sí, estarían dos veces. En la base de empleados federales y en la del FBI. Mantienen un registro de huellas de todos aquellos de los que realizan investigaciones de antecedentes, si se refiere a eso. Pero recuerde que sólo porque alguien visite a un presidente, eso no significa que se tomen sus huellas.

Bueno, Mittel no quedaba descartado, pero casi, pensó Bosch.

—Entonces —recapituló Bosch— ¿lo que estás diciendo es que tanto si tenemos archivos de datos completos desde mil novecientos sesenta y uno como si no, al propietario de esas huellas no se las han tomado desde entonces?

—No al ciento por ciento, pero casi. La persona que dejó esas huellas probablemente no ha sido examinada, al menos por ninguno de los contribuyentes de las bases de datos. No podemos remontarnos más. De un modo u otro podemos conseguir huellas de una de cada cincuenta personas del país. Pero en este momento no tengo nada. Lo siento.

—No importa, Hirsch. Gracias por intentarlo.

—Bueno, he de volver al trabajo. ¿Qué quiere que haga con la tarjeta de huellas?

Bosch pensó un momento. Se preguntó si había otro camino a seguir.

—¿Puedes guardarla? Pasaré a buscarla por el laboratorio en cuanto pueda. Probablemente hoy mismo.

—Vale, la pondré en un sobre para usted por si acaso yo no estoy aquí. Adiós.

—Eh, Hirsch.

—¿Sí?

—Te sientes bien, ¿no?

—¿Qué?

—Has hecho lo que tenías que hacer. No has conseguido ningún resultado, pero has hecho lo correcto.

—Sí, supongo.

Actuaba como si no lo entendiera porque sentía vergüenza, pero lo entendía.

—Bueno, ya nos veremos, Hirsch.

Después de colgar, Bosch se sentó en el borde de la cama, encendió un cigarrillo y pensó en lo que iba a hacer ese día. La información de Hirsch no era buena, pero tampoco era desalentadora. Ciertamente no descartaba a Arno Conklin. Podría no descartar siquiera a Gordon Mittel. Bosch no estaba seguro de si el trabajo de Mittel para presidentes y senadores habría requerido una comprobación de huellas dactilares. Consideró que su investigación permanecía intacta. No iba a cambiar de planes.

Pensó en la noche anterior y en el riesgo que había corrido al enfrentarse a Mittel del modo en que lo había hecho. Sonrió ante su absoluta temeridad y se preguntó qué pensaría Hinojos de eso. Sabía que diría que era un síntoma de su problema. No lo veía como un movimiento sutil.

Se levantó y puso en marcha el café, y después se duchó y se preparó para el día. Se llevó el café y la caja de cereales de la nevera a la terraza, dejando la puerta corredera abierta para poder oír el equipo de música, donde había sintonizado las noticias de la KFWB.

Hacía un frío cortante, pero sabía que pronto haría calor. Las urracas descendían en picado al arroyo que discurría por debajo de su terraza y vio abejorros del tamaño de una moneda de veinticinco centavos libando de las flores amarillas del jazmín de invierno.

En la radio comentaban que un contratista había ganado una bonificación de catorce millones de dólares por haber completado la reconstrucción de la autovía 10 tres meses antes de lo previsto. Las autoridades que se habían congregado para anunciar la proeza de la ingeniería compararon la autovía caída con la propia ciudad. La autovía estaba levantada de nuevo, y la ciudad también volvía a estar en movimiento. Tenían mucho que aprender, pensó Bosch.

Al cabo de un rato, Bosch entró, buscó las páginas amarillas y empezó a hacer gestiones telefónicas desde la cocina. Llamó a las principales compañías aéreas, comparó precios y reservó un pasaje a Florida. La mejor oferta para viajar ese mismo día era de setecientos dólares, que seguía siendo una cantidad muy elevada para él. Pagó con tarjeta de crédito. También reservó un coche de alquiler en el aeropuerto internacional de Tampa.

Cuando hubo terminado, volvió a salir a la terraza y pensó en el siguiente proyecto que tenía que abordar. Necesitaba una placa.

Durante un buen rato se quedó sentado en la silla de la terraza y sopesó si la necesitaba por su propio sentido de la seguridad o porque era una auténtica necesidad para su misión. Sabía lo desnudo y vulnerable que se había sentido esa semana sin la pistola y la placa, extremidades que habían formado parte de su cuerpo durante más de dos décadas. No obstante, se había resistido a la tentación de llevar la pistola que tenía en el armario de al lado de la puerta de entrada. Sabía que podía hacerlo. Pero la placa era diferente. Más que la pistola, la placa era el símbolo de lo que era. Le abría puertas mejor que ninguna llave, le daba más autoridad que cualquier palabra, que cualquier arma. Decidió que la placa era una necesidad. Si iba a ir a

Florida y tenía que engañar a McKittrick, tenía que parecer auténtico. Tenía que llevar placa.

Su placa probablemente estaba en un cajón del escritorio del subdirector Irvin S. Irving. No había forma de conseguirla sin ser descubierto. Pero Bosch sabía que había otra que podía servirle igual.

Harry miró su reloj. Las nueve y cuarto. Faltaban cuarenta y cinco minutos para la reunión de mando en la comisaría de Hollywood. Tenía tiempo de sobra.

Bosch estacionó en el aparcamiento de atrás de la comisaría a las diez y cinco. Estaba seguro de que Pounds, que era puntual en todo lo que hacía, ya habría acudido al despacho del capitán con los informes de la noche. En la reunión, que se celebraba cada mañana, participaban el jefe de la comisaría, el capitán de patrullas, el teniente de guardia y el jefe de detectives, que era Pounds.

Se trataban asuntos de rutina y los encuentros nunca se prolongaban más de veinte minutos. Los miembros del grupo de mando de la comisaría se limitaban a tomar café y revisar los informes nocturnos y los problemas en curso, quejas o investigaciones de particular interés.

Bosch entró por la puerta de atrás, junto a la celda de borrachos, y después recorrió el pasillo hasta la oficina de detectives. Había sido una mañana atareada. Ya había cuatro hombres esposados en los bancos del pasillo. Uno de ellos, un yonqui al que Bosch había visto antes por allí y al que en ocasiones utilizaba como confidente no muy fiable, le pidió un cigarrillo a Bosch. Era ilegal fumar en un edificio municipal. Bosch encendió el cigarrillo de todos modos y lo puso en la boca del hombre, porque tenía los dos brazos, llenos de cicatrices de pinchazos, esposados a la espalda.

—¿Qué ha pasado esta vez, Harley? —preguntó Bosch.

—Mierda, si un tío deja el garaje abierto es que me está invitando a entrar, ¿no?

—Cuéntaselo al juez.

Mientras Bosch se alejaba, otro de los detenidos le gritó desde el otro lado del pasillo.

—¿Y yo qué, tío? Necesito un cigarrillo.

—Me voy.

—Que te den por culo, tío.

—Sí, eso te iba a decir.

Se metió en la sala de la brigada de detectives por la puerta de atrás. Lo primero que hizo fue confirmar que el despacho acristalado de Pounds estaba vacío. Después se fijó en el colgador de la parte delantera y supo que estaba en comisaría. El teniente ya estaba en la reunión de mando. Mientras caminaba por el pasillo formado por la separación de las mesas de los investigadores, intercambió saludos con la cabeza con algunos de los detectives.

Edgar se hallaba en la mesa de homicidios, sentado enfrente de su nuevo compañero, que ocupaba la antigua silla de Bosch. Edgar oyó uno de los «¿Qué tal, Harry?», y se volvió.

—¿Qué pasa, Harry?

—Hola, tío, sólo he venido a buscar un par de cosas. Espera un segundo, hace calor fuera.

Bosch caminó hasta la parte delantera de la sala, donde el viejo Henry de la brigada del sí estaba haciendo un crucigrama detrás del mostrador. Bosch vio que las marcas de la goma de borrar habían vuelto la parrilla gris.

—Henry, ¿cómo va eso? ¿Sale o no sale?

—Detective Bosch.

Bosch se quitó la americana y la colgó en un gancho del colgador, junto a una chaqueta con un estampado gris. Ésta pendía de una percha y Bosch sabía que era la de Pounds. Mientras ponía su americana en el gancho, dándole la espalda a Henry y al resto de la brigada, metió la mano izquierda en la otra chaqueta, palpó el bolsillo interior y sacó la cartera con la placa de Pounds. Sabía que tenía que estar allí. Pounds era un animal de costumbres y Bosch ya había visto la cartera con la placa en la chaqueta en una ocasión anterior.

Se guardó la cartera en el bolsillo del pantalón y se volvió mientras Henry continuaba hablando. Bosch sólo tuvo un momento de vacilación ante la gravedad de lo que estaba haciendo. Coger la placa de otro policía era un delito, pero Bosch veía a Pounds como la razón de que él no tuviera su propia placa. En la balanza de su moralidad, lo que Pounds le había hecho a él era igual de malo.

—Si quiere ver al teniente, está al fondo del vestíbulo, en una reunión —dijo Henry.

—No, no quiero ver al teniente, Henry. De hecho, ni siquiera le diga que he estado aquí. No quiero que le suba la tensión. Sólo he venido a recoger unas cosas, enseguida me voy.

—Trato hecho, yo tampoco quiero que se ponga de mal humor.

Bosch no tenía que preocuparse porque nadie más de la brigada le dijera a Pounds que había estado allí. Para sellar el acuerdo le dio a Henry un amistoso pellizco en el hombro al pasar por detrás de él. Volvió a la mesa de homicidios y, mientras él se acercaba, Burns empezó a levantarse del antiguo lugar de Bosch.

—¿Necesitas entrar aquí, Harry? —preguntó.

Bosch creyó detectar una energía nerviosa en la voz del otro hombre. Comprendió el aprieto en el que se encontraba y no quiso hacerle pasar un mal rato.

—Sí, si no te importa —dijo—. Creo que voy a sacar de ahí mis objetos personales para que puedas moverte con comodidad.

Bosch rodeó el escritorio y abrió el cajón. Había dos cajas de Junior Mints encima de papeles viejos que habían sido enterrados tiempo atrás.

—Ah, los caramelos son míos, lo siento —dijo Burns.

Se estiró para coger las dos cajas de caramelos y se quedó de pie junto a la mesa, sosteniéndolos como un niño grande con traje mientras Bosch revisaba los papeles.

Todo era un *show*. Bosch cogió algunos papeles, los metió en una carpeta y con un gesto le indicó a Burns que ya podía volver a guardar los caramelos.

—Ten cuidado, Bob.

—Bill. ¿Cuidado de qué?

—De las hormigas.

Bosch se acercó a la hilera de archivadores que recorría la pared de al lado de la mesa y abrió uno de los cajones que tenían su tarjeta de visita pegada en él. Era el tercero empezando por abajo y sabía que estaba casi vacío. De nuevo de espaldas a la mesa, sacó del bolsillo la cartera de la placa y la puso en el cajón. Acto seguido, con las manos en el cajón y fuera de la vista, abrió la cartera y sacó la placa dorada. Se puso la placa en un bolsillo y la cartera en el otro. Para disimular sacó una carpeta del cajón y cerró éste.

Se volvió y miró a Jerry Edgar.

—Bueno, ya está. Me llevo unos papeles personales que podría necesitar. ¿Qué hay de nuevo?

—Nada, la cosa está tranquila.

Otra vez en el colgador, Bosch dio su espalda a la mesa y cogió la americana con una mano mientras con la otra sacó la cartera de la placa del bolsillo y la deslizó en la chaqueta de Pounds. Después se puso la cazadora, se despidió de Henry y volvió a la mesa de homicidios.

—Me voy —les dijo a Edgar y Burns mientras cogía las dos carpetas que había sacado—. No quiero que Pounds me vea y monte un número. Buena suerte, chicos.

En el camino de salida, Bosch se detuvo y le dio otro cigarrillo al yonqui. El detenido que se había quejado antes ya no estaba en el banco, si no Bosch también le habría dado uno.

De nuevo en el Mustang, Harry dejó las carpetas en el asiento de atrás y sacó su cartera sin placa del maletín. Colocó la placa de Pounds en su lugar junto a su propia tarjeta de identificación. Pensó que funcionaría siempre y cuando nadie la mirara muy de cerca. La placa ponía «teniente». La tarjeta de identificación de Bosch lo identificaba como detective. Era una discrepancia menor y Bosch se sentía satisfecho. Lo mejor de todo, pensó, era que había muchas posibilidades de que durante un tiempo Pounds no echara en falta su placa. Apenas salía de comisaría para ir a visitar escenas de crímenes y por tanto rara vez tenía que abrir la cartera para mostrar la placa. Existía una buena oportunidad de que no reparara en su desaparición. Lo único que tenía que hacer era devolverla en cuanto ya no la necesitara.

Bosch llegó al despacho de Carmen Hinojos temprano para su sesión de la tarde. Esperó hasta exactamente las tres y media y llamó a la puerta. Hinojos le sonrió mientras entraba en el despacho y Bosch se fijó en que el sol de media tarde se colaba por la ventana y derramaba su luz sobre el escritorio de la psiquiatra. Se dirigió a la silla que ocupaba habitualmente, pero en el último instante se detuvo y se sentó en la silla situada a la izquierda de la mesa. Hinojos se fijó en la maniobra y puso cara de enfado como si Bosch fuera un colegial.

—Si cree que me importa en qué silla se sienta, se equivoca.

—¿Ah, sí? Bueno.

Se levantó y se sentó en la otra silla. Le gustaba estar cerca de la ventana.

—Puede que no llegue a tiempo a la sesión del lunes —dijo después de acomodarse.

Hinojos torció el gesto otra vez, en esta ocasión con más seriedad.

—¿Por qué no?

—Me voy fuera. Trataré de volver a tiempo.

—¿Fuera? ¿Qué ha ocurrido con su investigación?

—Forma parte de ella. Voy a Florida para buscar a uno de los investigadores originales. Uno está muerto, y el otro en Florida. Así que tengo que localizarlo.

—¿No podría simplemente llamar?

—No quiero llamar. No quiero darle la oportunidad de que se deshaga de mí.

Hinojos asintió con la cabeza.

—¿Cuándo se va?

—Esta noche. Voy en vuelo nocturno a Tampa.

—Harry, fíjese en usted. Casi parece un zombi. Podría dormir un poco y coger un avión por la mañana.

—No, he de estar allí antes de que llegue el correo.

—¿Qué quiere decir?

—Nada. Es una larga historia. De todos modos quería pedirle algo. Necesito su ayuda.

Hinojos estudió la propuesta durante varios segundos, aparentemente sopesando hasta dónde quería avanzar en la cueva sin conocer su profundidad.

—¿Qué quiere?

—¿Alguna vez ha trabajado para el departamento?

La psiquiatra entrecerró los ojos, sin darse cuenta de adónde conduciría la petición de Bosch.

—Alguna cosa. De vez en cuando me traen algo, o me piden que elabore el perfil de un sospechoso. Pero por lo general el departamento usa personal externo, psiquiatras forenses que tienen experiencia en esto.

—Pero ¿ha estado en escenas de crímenes?

—En realidad, no. Sólo he trabajado a partir de fotos que me traían.

—Perfecto.

Bosch se colocó el maletín en el regazo y lo abrió. Sacó el sobre de la escena del crimen y las fotos de la autopsia y las colocó suavemente en el escritorio de Hinojos.

—Éstas son de mi caso. No quiero mirarlas. No puedo mirarlas. Pero necesito que alguien lo haga y me diga lo que hay. Probablemente no hay nada, pero me gustaría tener otra opinión. La investigación del caso que hicieron estos dos tipos fue..., bueno, prácticamente no hubo investigación.

—Oh, Harry. —Hinojos sacudió la cabeza—. No estoy segura de que sea sensato. ¿Por qué yo?

—Porque usted sabe lo que estoy haciendo. Y porque confío en usted. No creo que pueda fiarme de nadie más.

—¿Se fiaría de mí si yo no estuviera éticamente obligada a no revelar a otros el contenido de lo que hablamos aquí?

Bosch examinó el rostro de la psiquiatra.

—No lo sé —dijo finalmente.

—Ya me lo parecía.

Hinojos deslizó el sobre a un lado de la mesa.

—Dejemos esto aparte por ahora y continuemos con la sesión. Tengo que pensarlo.

—De acuerdo, puede guardarlas. Pero dígamelo, ¿vale? Sólo quiero saber su impresión acerca de ellas. Como psiquiatra y como mujer.

—Ya veremos.

—¿De qué quiere que hablemos?

—¿Qué está pasando con la investigación?

—¿Es una pregunta profesional, doctora Hinojos? ¿O sólo tiene curiosidad por el caso?

—No, tengo curiosidad por usted. Y estoy preocupada. Todavía no estoy convencida de que lo que está haciendo sea seguro, ni psicológica ni físicamente. Está tonteando con las vidas de gente poderosa. Y yo estoy pillada en medio. Sé lo que se propone, pero apenas puedo hacer nada para detenerle. Me temo que me ha engañado.

—¿Engañado?

—Me ha arrastrado a esto. Apuesto a que quería enseñarme estas fotos desde el momento en que me dijo lo que estaba haciendo.

—Tiene razón. Pero no es ningún engaño. Creía que éste era un lugar en el que podía hablar de todo. ¿No es eso lo que dijo?

—De acuerdo, no me engañó, sólo me engatusó. Debería haberlo visto venir. Sigamos adelante. Quiero que hablemos del aspecto emocional de lo que está haciendo. Quiero entender por qué encontrar a este asesino es tan importante después de tantos años.

—Debería ser obvio.

—Hágamelo más obvio.

—No puedo. No puedo expresarlo con palabras. Lo único que sé es que toda mi vida cambió después de la desaparición de mi madre. No sé cómo habrían sido las cosas si no la hubieran matado, pero... todo cambió.

—¿Entiende lo que está diciendo y lo que eso significa? Está contemplando su vida en dos partes. La primera parte es con ella, y parece que la ha imbuido con una felicidad que estoy segura de que no siempre estaba presente. La segunda parte es su vida después de ese momento, y reconoce que no ha cubierto las expectativas o que de algún modo no es satisfactoria. Creo que ha sido infeliz durante mucho tiempo, posiblemente durante todo ese tiempo. Esta relación reciente podría haber sido un rayo de luz, pero usted seguía siendo, y creo que lo ha sido siempre, un hombre infeliz.

La psiquiatra descansó un momento, pero Bosch no habló. Sabía que Hinojos no había terminado.

—Tal vez los traumas de los últimos años (tanto los suyos personales como los de la comunidad) han provocado que hiciera balance de su vida. Y me temo que cree, de manera inconsciente o no, que si retrocede y le da cierta forma de justicia a lo que le ocurrió a su madre, enderezará su vida. Y ése es el problema. Pase lo que pase con esta investigación suya, no va a cambiar las cosas. No se pueden cambiar.

—¿Me está diciendo que no puedo culpar a lo que ocurrió entonces de lo que soy ahora?

—No, escúcheme, Harry. Lo único que le estoy diciendo es que usted es la suma de muchas partes, no la suma de una. Es como el dominó. Hay que unir muchas piezas diferentes para llegar, al final, al lugar en el que está ahora. No salta de la primera ficha a la última.

—¿Entonces debería rendirme? ¿Dejarlo estar?

—No estoy diciendo eso. Pero me cuesta ver el beneficio emocional o terapéutico que obtendrá con esto. De hecho, creo que existe la posibilidad de que se haga más daño que bien. ¿Tiene algún sentido?

Bosch se levantó y se acercó a la ventana. Miró a la calle,

pero no vio nada. Sintió el calor del sol. Cuando se decidió a hablar lo hizo sin mirar a Hinojos.

—No sé lo que tiene sentido. Lo único que sé es que a todos los niveles creo que tiene sentido que yo haga esto. De hecho, me siento... No sé cuál es la palabra, quizá avergonzado. Me siento avergonzado de no haberlo hecho mucho antes. Han pasado muchos años y yo simplemente lo he dejado estar. Siento que de algún modo la he decepcionado..., que me he decepcionado a mí mismo.

—Eso es compren...

—¿Recuerda lo que le dije el primer día? Todos cuentan o no cuenta nadie. Bueno, durante mucho tiempo ella no ha contado. Ni para este departamento, ni para esta sociedad, ni siquiera para mí. Hasta que esta semana abrí ese expediente y comprendí que su muerte simplemente había sido apartada. La enterraron igual que la enterré yo. Alguien la aparcó porque no contaba. Lo hicieron porque pudieron. Y entonces, cuando pienso en cuánto tiempo lo he dejado pasar..., me da ganas de..., no lo sé, simplemente ocultar la cara o algo.

Se detuvo, incapaz de expresar con palabras lo que quería decir. Miró a la calle y se fijó en que no había patos en la ventana de la carnicería china.

—¿Sabe? —dijo—. Ella podría ser lo que era, pero a veces siento que yo ni siquiera merecía... Supongo que tengo lo que me merezco en la vida.

Continuó mirando por la ventana. Pasaron unos segundos hasta que la psiquiatra habló.

—Supongo que éste es el punto en que debería decirle que está siendo demasiado duro consigo mismo, pero no creo que eso le ayudara mucho.

—No.

—¿Puede volver a sentarse, por favor?

Bosch hizo lo que le pidieron. Finalmente, después de haberse sentado, sus ojos se encontraron con los de la psiquiatra. Hinojos fue la primera en hablar.

—Lo que quiero decir es que está mezclando las cosas. Está

empezando la casa por el tejado. Si alguien enterró este caso no es culpa suya. En primer lugar, usted no tuvo nada que ver en ello, y en segundo lugar, ni siquiera lo supo hasta que leyó el expediente esta semana.

—¿No se da cuenta? ¿Por qué no lo miré antes? No soy ningún novato. Hace veinte años que soy policía. Tendría que haber empezado antes. Tendría que haber estado allí antes de esto. O sea, qué importa que no conociera los detalles. Sabía que la habían asesinado y que nunca se hizo nada al respecto. Eso era suficiente.

—Mire, Harry, piense en ello, ¿quiere? Esta noche, en el avión, piénselo un poco. Se ha metido en una búsqueda noble, pero tiene que protegerse para no hacerse daño. La conclusión es que no vale la pena. No merece el precio que podría pagar.

—¿No lo vale? Hay un asesino suelto que durante años, durante décadas, ha creído que goza de impunidad. Y yo voy a cambiar eso.

—No me está entendiendo. No quiero que ninguna persona culpable quede impune, y menos de un asesinato. Pero de lo que estoy hablando es de usted. Usted es aquí mi única preocupación. Es una ley básica de la naturaleza. Ningún ser vivo se sacrifica o se hiere innecesariamente. Es el instinto de supervivencia, y temo que las circunstancias de su vida podrían haber afectado a su propia capacidad de supervivencia. Podría tirar por la borda ese instinto de supervivencia, despreocuparse de lo que le ocurre emocionalmente, físicamente, en todos los sentidos, en esta búsqueda. No quiero verle herido.

La psiquiatra se tomó un respiro. Bosch no dijo nada.

—He de decir —continuó Hinojos con voz pausada— que estoy muy nerviosa con esto. Nunca me he encontrado con una situación semejante y he tratado a muchos policías en los nueve años que llevo aquí.

—Bueno, tengo una mala noticia para usted. —Bosch sonrió—. Anoche me cargué una fiesta en casa de Mittel. Creo que podría haberlo asustado. Al menos, yo me asusté.

—¡Mierda!

—¿Es un nuevo término psiquiátrico? No estoy familiarizado con él.

—No tiene gracia. ¿Por qué lo hizo?

Bosch pensó un momento.

—No lo sé. Fue como un antojo. Sólo estaba pasando con el coche por su casa y había una fiesta. Fue como... Me enfadé por alguna razón. Él dando una fiesta y mi madre...

—¿Habló del caso con él?

—No, ni siquiera le dije mi nombre. Sólo hablamos un momento, pero después le dejé algo. ¿Recuerda el recorte de periódico que le enseñé el miércoles? Se lo dejé. Vi que lo leía. Creo que di en el clavo.

Hinojos exhaló sonoramente.

—Ahora, apártese de usted mismo y vea lo que hizo como un observador no implicado. Si puede. ¿Fue una acción inteligente, meterse allí de esa manera?

—Ya lo he pensado. No, no fue inteligente. Fue un error. Probablemente advertirá a Conklin. Los dos sabrán que hay alguien que viene a por ellos. Cerrarán filas.

—Ve, está dándome la razón. Quiero que me prometa que no volverá a cometer otra estupidez semejante.

—No puedo.

—Bueno, entonces he de decirle que nuestra relación médico-paciente puede romperse si el terapeuta considera que el paciente se está poniendo en peligro a sí mismo o a los demás. Le dije que me sentía impotente para detenerle. Pero no completamente impotente.

—¿Va a acudir a Irving?

—Lo haré si creo que actúa de manera temeraria.

Bosch sintió rabia al darse cuenta de que ella tenía el control último sobre él y sobre lo que estaba haciendo. Se tragó la rabia y levantó las manos en ademán de rendición.

—De acuerdo. No volveré a colarme en ninguna fiesta.

—No, quiero algo más que eso. Quiero que se mantenga apartado de esos hombres que cree que podrían estar implicados.

—Lo que le prometo es que no acudiré a ellos hasta que lo tenga todo atado.

—Lo digo en serio.

—Yo también.

—Eso espero.

Se quedaron en silencio durante casi un minuto. Era un periodo para enfriar los ánimos. Hinojos se acomodó ligeramente en la silla, sin mirarlo, probablemente pensando qué decir a continuación.

—Sigamos adelante —dijo al fin—. ¿Entiende que todo este asunto, esta persecución suya, ha eclipsado lo que supuestamente estamos haciendo aquí?

—Lo sé.

—De manera que está prolongando mi evaluación.

—Bueno, eso ya no me preocupa tanto. Necesito el tiempo libre para este otro asunto.

—Bueno, mientras sea feliz —dijo Hinojos con sarcasmo—. Muy bien. Quiero que volvamos al incidente que le trajo aquí. El otro día fue muy general y muy breve en su descripción de lo que ocurrió. Entiendo el motivo. Creo que todavía nos estábamos conociendo en ese momento. Pero ahora ya hemos pasado esa fase. Me gustaría disponer de una historia más completa. Dijo el otro día que el teniente Pounds puso las cosas en movimiento.

—Así es.

—¿Cómo?

—En primer lugar, es un jefe de detectives que nunca ha sido detective. Bueno, técnicamente, probablemente pasó unos meses en alguna mesa, de manera que puede ponerlo en su currículum, pero básicamente es un administrador. Es lo que llamamos un Robocrat. Un burócrata con placa. No tiene ni idea de cómo se resuelven los casos. Lo único que sabe es cómo hacer una marca en un caso en ese gráfico que tiene colgado en su despacho. No tiene ni idea de la diferencia entre una entrevista y un interrogatorio. Y no pasa nada, el departamento está lleno de gente como él. Que hagan su trabajo y que me dejen hacer el mío. El problema es que Pounds no se da cuenta de en qué es bueno y en qué es malo. Eso ya ha provocado conflictos antes. Confrontaciones. Y finalmente llevó al incidente, como se empeña en llamarlo.

—¿Qué fue lo que hizo?

—Tocó a mi sospechoso.

—Explíqueme qué significa eso.

—Cuando estás en un caso y llevas a alguien a comisaría es todo tuyo. Nadie se le acerca, ¿lo entiende? Una palabra inadecuada o una pregunta inadecuada pueden arruinar un caso. Ésa es la regla de oro: no toques al sospechoso de otro. No importa si tú eres teniente o el jefe en persona, te quedas al margen hasta que hablas con los que lo han traído.

—Entonces ¿qué ocurrió?

—Como le dije el otro día, mi compañero Edgar y yo llevamos a ese sospechoso. Habían matado a una mujer. Una de esas que se anuncia en las revistas que venden en el bulevar. La llamaron a un motel cutre de Sunset, tuvo relaciones con el tipo y terminó acuchillada. Ése es el resumen. La puñalada fue en la parte superior del pecho derecho. Pero el putero actuó con sangre fría. Llamó a la policía y dijo que el cuchillo era de ella y que trató de atracarle con él. Dijo que él le dobló la mano y se lo clavó. Defensa propia. Entonces fue cuando aparecimos Edgar y yo, y enseguida vimos que algunas cosas no cuadraban.

—¿Como qué?

—En primer lugar, ella era mucho más pequeña que él. No me la imagino atacándole con un cuchillo. Después está el cuchillo en sí. Era un cuchillo de sierra de cortar carne, de unos veinte centímetros, y ella tenía uno de esos bolsitos sin asas.

—Un portamonedas.

—Sí, supongo. La cuestión es que ese cuchillo ni siquiera cabía en el bolso, así que ¿cómo lo trajo? Como dicen en la calle, la ropa le venía tan ajustada como los condones en el bolso, así que tampoco lo llevaba oculto en el cuerpo. Y había más. Si su intención era desplumarlo, ¿por qué tener relaciones sexuales antes? ¿Por qué no sacar el cuchillo, acojonarlo y largarse?

Pero no ocurrió así. La versión del putero era que primero lo hicieron y después ella le agredió, lo cual explica que la mujer estuviera todavía desnuda. Y eso, por supuesto, plantea otro interrogante. ¿Por qué robar al tipo cuando estás desnuda? ¿Cómo iba a escaparse así?

—El tipo estaba mintiendo.

—Parecía obvio. Después encontramos algo más. En su bolso (el portamonedas) había un trozo de papel en el que ella había escrito el nombre del motel y el número de la habitación. La escritura era de una persona diestra. Como he dicho, la puñalada fue en la parte superior derecha del pecho de la víctima. Eso no encajaba. Si ella le amenazó, lo lógico era que el cuchillo estuviera en su mano derecha. Si entonces el putero lo giró hacia ella, lo más probable es que la herida fuera en la parte izquierda del pecho, no en la derecha.

Bosch hizo ademán de mover la mano derecha hacia su propio pecho, mostrando el movimiento antinatural necesario para acuchillarse en el costado derecho.

—Había todo tipo de detalles que no encajaban —continuó—. Era una herida de arriba abajo, lo cual tampoco encajaba con que el cuchillo estuviera en la mano de la víctima. Tendría que haber sido de abajo arriba.

Hinojos asintió con la cabeza para mostrar que lo entendía.

—El problema era que no teníamos indicios físicos que contradijeran su versión. Nada. Sólo nuestra sensación de que ella no habría hecho lo que él decía. La cuestión de la herida no era suficiente. Y además, a favor de él, estaba el cuchillo. Lo encontramos en la cama y vimos que tenía huellas marcadas en la sangre. No me cabía duda de que serían de ella. Eso no es difícil de lograr una vez muerta la chica. Pero aunque no me impresionó, eso no contaba. Lo que contaba era lo que pensara el fiscal y en última instancia un jurado. La duda razonable es un enorme agujero negro que se traga casos como ése. Necesitábamos más.

—¿Qué ocurrió?

—Es lo que llamamos un «él dijo, ella dijo». La palabra de

una persona contra la de otra, sólo que en este caso la otra persona estaba muerta. Lo complicaba más. No teníamos nada más que la versión de él. Lo que haces en un caso así es apretar al tipo. Lo vences. Y hay muchas maneras de hacerlo. Pero, básicamente, lo vences en las salas.

—¿Las salas?

—Las salas de interrogatorios. En comisaría. Lo metimos en una sala. Como testigo. No lo detuvimos formalmente. Le preguntamos si podía venir, le dijimos que teníamos que ordenar unas cuantas cosas acerca de lo que ella había hecho. Él dijo que no había problema. Ya sabe, Don Colaborador. Seguía tranquilo. Lo metimos en una sala y Edgar y yo fuimos a la oficina de guardia para conseguir algo de café. Tienen buen café allí, una de esas cafeteras grandes. La donó un restaurante que quedó destrozado por el terremoto. Todo el mundo va allí a buscar el café. El caso es que nos estábamos tomando nuestro tiempo, hablando de cómo íbamos a abordar a ese tipo, quién de nosotros iba a empezar, y todo eso. Mientras tanto el puto Pounds (disculpe) ve al tipo en la sala por la ventanita y entra y le informa. Y...

—¿Qué quiere decir que le informa?

—Le lee sus derechos. Era nuestro testigo y Pounds, que no tiene ni puta idea de lo que está haciendo, cree que puede entrar ahí y soltarle al tío la perorata. Se cree que nos hemos olvidado o yo qué sé.

Bosch miró a Hinojos con el rostro encendido de rabia, pero inmediatamente vio que ella no lo había entendido.

—¿No era lo que había que hacer? —preguntó la psiquiatra—. ¿No se les exige que informen a la gente de sus derechos?

Bosch tuvo que esforzarse para contener su rabia, recordándose que Hinojos, por más que trabajara para el departamento, era una *outsider*. Sus percepciones de la policía probablemente estaban más basadas en los medios que en la realidad.

—Deje que le dé una rápida lección de qué es la ley y qué es la realidad. Nosotros (los polis) tenemos la baraja marcada en contra. Lo que la ley Miranda y otras normativas suponen es que tenemos que coger a un tipo que sabemos, o al menos creemos, que es culpable y básicamente decirle: «Oye, mira, creemos que el Tribunal Supremo y todos los abogados del planeta te aconsejarían que no hablaras con nosotros, pero, ¿qué te parece si hablas con nosotros?» No funciona. Hay que dar un rodeo. Hay que usar la astucia y algún engaño, y hay que ser taimado. Las leyes de los tribunales son como una cuerda por la que has de caminar. Hay que ir con mucho cuidado, pero existe una posibilidad de cruzar al otro lado. Así que cuando algún capullo que no tiene ni idea entra y le lee los derechos a tu sospechoso, te arruina el día, por no hablar del caso.

Bosch se detuvo y estudió a la psiquiatra. Todavía veía su escepticismo. Comprendió que sólo era otra ciudadana que se llevaría un susto de muerte si recibiera una dosis de la realidad de la calle.

—Cuando le leen los derechos a alguien, se acabó —dijo—. Fin. Edgar y yo volvimos de tomar café y el putero está allí sentado y nos suelta que quiere un abogado. Yo digo: «¿Qué abogado, quién está hablando de abogados? Usted es un testigo, no un sospechoso.» Y él nos dice que el teniente acaba de leerle sus derechos. En ese momento no supe a quién odiaba más si a Pounds por haber jodido el caso o a ese tipo por matar a la chica.

—Bueno, dígame una cosa, ¿qué habría ocurrido si Pounds no hubiera hecho lo que hizo?

—Nos habríamos hecho amigos del tipo, le habríamos pedido que contara la historia con el máximo detalle posible con la esperanza de que hubiera inconsistencias cuando se comparara con lo que les dijo a los agentes de uniforme. Entonces le habríamos dicho: «Las inconsistencias en sus declaraciones le convierten en sospechoso.» Entonces sí le habríamos leído sus derechos, y con un poco de suerte le habríamos vencido con las inconsistencias y con los problemas que encontramos en la escena del crimen. Habríamos tratado de obtener una confesión, y tal vez la habríamos conseguido. La mayor parte de lo que hacemos consiste en hacer que la gente hable. No es como en la tele. Es cien veces más duro y más sucio. Pero, igual que usted, lo que hacemos es lograr que la gente hable... Al menos ésa es mi opinión. Ahora, por culpa de Pounds, nunca sabremos lo que habría ocurrido.

—Bueno, ¿qué pasó después de que usted descubrió que le habían leído los derechos a su sospechoso?

—Salí de allí y me fui derecho al despacho de Pounds. Él supo que algo iba mal porque se levantó. Eso lo recuerdo. Le pregunté si había informado a mi sospechoso y cuando dijo que sí discutimos. Los dos, a gritos... Después no recuerdo exactamente lo que sucedió. No estoy tratando de negar nada. Simplemente no recuerdo los detalles. Debí de agarrarle y empujarle. Y rompió el cristal con la cara.

—¿Qué hizo cuando ocurrió eso?

—Bueno, algunos de los chicos llegaron corriendo y me sacaron de allí. El jefe de comisaría me envió a casa. Pounds tuvo que ir al hospital a que le curaran la nariz. Asuntos internos le tomó declaración y a mí me suspendieron. Y entonces intervino Irving y lo cambió por una baja involuntaria por estrés. Y aquí estoy.

—¿Qué ocurrió con el caso?

—El putero nunca habló. Consiguió su abogado y salió. El viernes pasado Edgar acudió a la fiscalía con lo que teníamos y lo rechazaron. Dijeron que no iban a ir a juicio en un caso sin testigos con unas pocas inconsistencias menores... Las huellas de la chica estaban en el cuchillo. Menuda sorpresa. Lo que resultó fue que ella no contó. Al menos no lo suficiente para que corrieran el riesgo de perder.

Ninguno de los dos habló durante unos segundos. Bosch supuso que ella estaba pensando en las similitudes entre este caso y el de su madre.

—Así que lo que tenemos —dijo Bosch al fin— es un asesino en la calle y al tipo que permitió que saliera libre de nuevo sentado en su despacho. Ya le han arreglado el cristal, todo ha vuelto a la normalidad. Así es nuestro sistema. Me enfurecí por eso y mire lo que me costó. Una baja por estrés y tal vez la pérdida de mi trabajo.

Hinojos se aclaró la garganta antes de abordar su valoración de la historia.

—Tal y como ha expuesto las circunstancias de lo que ocurrió es muy fácil comprender su rabia. Pero no la acción última que tomó. ¿Alguna vez ha oído hablar del «momento de locura»?

Bosch negó con la cabeza.

—Es una forma de describir un arrebato violento que tiene sus raíces en diversas presiones que sufre un individuo. Crece y se desata en un momento, normalmente de manera violenta y con frecuencia contra un objetivo que no es completamente responsable de la presión.

—Si necesita que diga que Pounds es una víctima inocente, no voy a decirlo.

—No necesito eso. Sólo necesito que examine esta situación y cómo pudo ocurrir.

—No lo sé. Joder, ocurrió y punto.

—Cuando agrede físicamente a alguien, ¿no siente que se rebaja al mismo nivel que el hombre que quedó en libertad?

—Ni de lejos, doctora. Deje que le diga algo. Puede usted mirar todas las partes de mi vida, puede agregar los terremotos, los incendios, las inundaciones, los disturbios e incluso Vietnam, pero cuando se trata de mí y de Pounds en esa sala acristalada, nada de eso importaba. Puede llamarlo un momento de locura o como le parezca. A veces, el momento es lo único que importa y en ese momento hice lo que debía. Y si el objetivo de estas sesiones es que comprenda que me equivoqué, olvídelo. Irving me acorraló el otro día en el vestíbulo y me pidió que pensara en escribir una carta de disculpa. A la mierda. Hice lo que debía.

Hinojos asintió con la cabeza, se acomodó en su silla y pareció más incómoda de lo que había estado durante la larga diatriba de Bosch. Al final, Hinojos miró su reloj y Bosch el de él. Se le había acabado el tiempo.

—Bueno —dijo Bosch—. Supongo que he hecho retroceder un siglo la causa de la psicoterapia, ¿eh?

—No, en absoluto. Cuanto más se conoce a una persona y más se conoce su historia, más entiende uno las cosas que pasan. Por eso disfruto con mi trabajo.

—Yo también.

—¿Ha hablado con el teniente Pounds tras el incidente?

—Lo vi cuando fui a dejarle las llaves de mi coche. Consiguió que me lo retiraran. Fui a su despacho y casi se puso histérico. Es un hombre muy pequeño y creo que lo sabe.

—Normalmente lo saben.

Bosch se inclinó hacia adelante, preparado para levantarse e irse, y se fijó en el sobre que Hinojos había apartado a un lado de la mesa.

—¿Y las fotos?

—Sabía que volvería a sacar el tema. —La psiquiatra miró el sobre y torció el gesto—. Necesito pensar en ello. A varios niveles. ¿Puedo guardármelas mientras usted se va a Florida? ¿O va a necesitarlas?

—Puede quedárselas.

A las cuatro y cuarenta y cinco de la mañana hora de California, el avión aterrizó en el aeropuerto internacional de Tampa. Bosch se apoyó con cara de sueño en la ventanilla de la cabina, observando por primera vez el sol que se alzaba en el cielo de Florida. Mientras el avión rodaba por la pista, se sacó el reloj y movió las manecillas para adelantarlo tres horas. Estuvo tentado de registrarse en el motel más cercano para dormir un poco, pero sabía que no tenía tiempo. Según el mapa de AAA que llevaba consigo, parecía que había al menos dos horas de coche hasta Venice.

—Es bonito ver un cielo azul.

Era la mujer que tenía al lado, en el asiento del pasillo. Estaba inclinada hacia él, mirando asimismo por la ventanilla. Rondaría los cuarenta y cinco años y tenía el pelo prematuramente gris, casi blanco. Habían hablado un poco en la primera parte del vuelo y Bosch sabía que no iba de visita, sino que regresaba a Florida. Había estado cinco años en Los Ángeles y ya tenía suficiente. Volvía a casa. Bosch no preguntó quién o qué la esperaba allí, pero se había preguntado si ya tenía el pelo cano la primera vez que aterrizó en Los Ángeles cinco años antes.

—Sí —contestó Bosch—. Estos vuelos nocturnos se hacen eternos.

—No, me refería a la contaminación. Aquí no hay.

Bosch la miró a ella y luego por la ventanilla, examinando el cielo.

—Todavía no.

Pero la mujer tenía razón. El cielo tenía una tonalidad de azul que él raramente veía en Los Ángeles. Era del color de las piscinas, con nubes blancas hinchadas que flotaban como sueños en las capas altas de la atmósfera.

El avión tardó en vaciarse, Bosch aguardó hasta el final, se levantó y estiró la espalda para aliviar la tensión. Las vértebras le crujieron como fichas de dominó. Cogió su bolsa de viaje del portaequipajes y salió.

En cuanto pisó el suelo para subir al autocar, la humedad le envolvió como una toalla, con un calor como de incubadora. Llegó a la terminal dotada de aire acondicionado y desechó su plan de alquilar un descapotable.

Al cabo de media hora estaba en la autovía 275, cruzando la bahía de Tampa en otro Mustang de alquiler. Tenía las ventanillas subidas y el aire acondicionado en marcha, pero seguía sudando porque aún no se había aclimatado a la humedad.

Lo que más le impresionó de Florida en su primer recorrido en automóvil fue lo llano que era el terreno. Durante cuarenta y cinco minutos no apareció una sola cuesta, hasta que llegaron a la montaña de acero y hormigón llamada Skyway Bridge. Bosch sabía que el empinado puente que se extendía por encima de la boca de la bahía era un sustituto del que se había caído, pero condujo sin miedo y por encima del límite de velocidad. Al fin y al cabo, venía del Los Ángeles posterremoto, donde el límite no oficial de velocidad bajo los puentes y en los pasos elevados estaba en el extremo derecho del velocímetro.

Después del puente, la autovía se fundía con la 75 y Bosch llegó a Venice a las dos horas de haber aterrizado. Los moteles pintados en tonos pastel del Tamiami Trail le sedujeron, pero se propuso vencer la fatiga y siguió conduciendo. Buscó una tienda de regalos y un teléfono público.

Encontró ambos en el Coral Reef Shopping Plaza. La tienda de Tacky's Gifts and Cards no abría hasta las diez, y a Bosch le sobraban cinco minutos. Fue a un teléfono público situado en la pared exterior color arena del centro comercial y buscó en la guía el número de la oficina de correos. Había dos, de manera que Bosch sacó su libreta y comprobó el código postal de Jake McKittrick. Llamó a una de las oficinas y averiguó que el código postal que tenía Bosch correspondía a la otra. Le dio las gracias al empleado que le proporcionó la información y colgó.

Cuando abrió la tienda de regalos, Bosch fue al pasillo de tarjetas y encontró una de cumpleaños que venía con un sobre de color rojo brillante. Se lo llevó al mostrador sin leer siquiera el texto de la tarjeta. Cogió un callejero de un expositor situado junto a la caja y lo dejó asimismo sobre el mostrador.

—Es una tarjeta muy bonita —dijo una mujer mayor que atendía la caja—. Estoy segura de que a ella le encantará.

La mujer se movía como si estuviera bajo el agua y Bosch sintió ganas de inclinarse sobre el mostrador y pulsar él mismo los números con tal de terminar.

En el Mustang, Bosch puso la tarjeta en el sobre, lo cerró y escribió el nombre de McKittrick y el número del apartado de correos en el anverso. A continuación arrancó y volvió a la carretera.

Tardó quince minutos, ayudándose del plano, en llegar a la oficina de correos de West Venice Avenue. Cuando entró, la encontró casi desierta. Un hombre mayor estaba de pie ante una mesa, escribiendo lentamente una dirección en un sobre. Dos ancianas hacían cola en un mostrador. Bosch se colocó detrás de ellas y se dio cuenta de que estaba viendo a muchos ciudadanos mayores en Florida, y eso que sólo llevaba allí unas horas. Era lo que siempre había oído decir.

Bosch miró a su alrededor y vio la cámara de vídeo en la pared de detrás del mostrador. Sabía por su situación que estaba más para grabar a los clientes y posibles atracadores que para vigilar a los empleados, aunque sus lugares de trabajo probablemente también quedaban a plena vista. No se amedrentó. Sacó del bolsillo un billete de diez dólares, lo dobló con cuidado y lo sostuvo junto con el sobre rojo. Después comprobó el cambio que llevaba y buscó el importe adecuado. Le pareció un tiempo exasperantemente largo el que tardó el empleado en atender a la mujer.

—El siguiente.

Era Bosch. Se acercó al mostrador donde esperaba un hombre de unos sesenta años. El empleado lucía una barba blanca impecable, tenía sobrepeso y su piel le pareció a Bosch demasiado colorada, como si estuviera furioso por algo.

—Necesito un sello para esto.

Bosch presentó el sobre y las monedas. El billete de diez dólares estaba doblado encima. El empleado de correos actuó como si no lo hubiera visto.

—Me estaba preguntando si ya han puesto el correo de hoy en los buzones.

—Están haciéndolo ahora mismo.

Le dio a Bosch el sello y barrió las monedas de encima del mostrador. No tocó el billete de diez ni el sobre rojo.

—¿Ah, sí?

Bosch cogió el sobre, lamió el sello y lo colocó. Después volvió a poner el sobre encima del billete de diez. Estaba seguro de que el empleado de correos se había fijado.

—Vaya por Dios, me encantaría darle esto a mi tío Jake. Hoy es su cumpleaños, ¿hay algún modo de que alguien lo lleve allí dentro? De esta forma lo recibirá cuando venga hoy. Se lo entregaría en persona, pero tengo que volver a trabajar.

Bosch deslizó el sobre con el billete de diez por debajo del mostrador, acercándoselo al hombre de la barba blanca.

—Bueno —dijo él—. Veré qué puedo hacer.

El empleado movió el cuerpo y giró levemente, ocultando la transacción a la cámara de vídeo. En un movimiento fluido, sacó del mostrador el sobre y el billete de diez. Rápidamente se pasó el billete a la otra mano y se lo metió en el bolsillo.

—Ahora vuelvo —dijo a la gente que seguía en la cola.

Ya en el vestíbulo, Bosch encontró el buzón 313 y miró por el pequeño panel de cristal. El sobre rojo estaba allí junto con dos cartas. El remite de uno de los sobres blancos era parcialmente visible.

City of
Departm
P. O. Bo
Los Ang
90021-3

Bosch se sentía razonablemente convencido de que el sobre contenía el cheque de la pensión de McKittrick. Había llegado antes de que retirara el correo. Salió de la oficina, se compró dos cafés y una caja de donuts en la tienda abierta las veinticuatro horas y volvió al Mustang para esperar en el creciente calor. Ni siquiera era mayo. No podía imaginar cómo sería pasar allí un verano.

Aburrido de vigilar la puerta de la oficina de correos durante una hora, Bosch encendió la radio y la encontró sintonizada en una emisora en la que sermoneaba un evangelista sureño. Harry tardó varios segundos en darse cuenta de que el tema del predicador era el terremoto de Los Ángeles. Decidió no cambiar de emisora.

«Y pregunto si es una coincidencia que esta calamidad cataclísmica se haya centrado en el corazón mismo de la industria que mancha a toda esta nación con el lodo de la pornografía. ¡Yo creo que no! Creo que el Señor asestó un poderoso golpe a los infieles implicados en este negocio vil de miles de millones de dólares cuando abrió la tierra por la mitad. Es una señal, amigos, una señal de las cosas que están por venir. Una señal de que no todo está bien en...»

Bosch apagó la radio. Una mujer acababa de salir de la oficina de correos con un sobre rojo entre otras cartas. Bosch observó cómo atravesaba el aparcamiento hasta un Lincoln Town Car plateado. Instintivamente Bosch anotó la matrícula, a pesar de que en esa parte del estado no tenía ningún contacto policial que pudiera investigarla para él. Bosch calculó que la mujer tenía unos sesenta y cinco años. Había estado esperando a un hombre, pero la edad de ella la hacía encajar. Arrancó el Mustang y esperó a que la mujer saliera de la plaza de aparcamiento.

La mujer se dirigió hacia el norte por la carretera principal, hacia Sarasota. El tráfico avanzaba con lentitud. Después de recorrer tres kilómetros en quince minutos, el Town Car dobló a la izquierda en Vamo Road y a continuación, casi de inmediato, dobló a la derecha en un camino privado camuflado entre árboles altos y hierba muy crecida. Bosch estaba a sólo diez segundos de ella. Cuando la mujer dobló por el camino, Bosch redujo la velocidad, pero no giró. Vio un letrero entre los árboles.

Bienvenidos a
PELICAN COVE
Casas en condominio. Amarres

El Town Car pasó junto a la caseta de un vigilante y tras él bajó una barrera a rayas rojas y blancas.

—¡Mierda!

Bosch no había pensado en una comunidad con barrera. Creía que esas cosas eran raras fuera de Los Ángeles. Miró de nuevo el cartel antes de dar la vuelta y dirigirse hacia la carretera principal. Se acordó de que había visto otro centro comercial justo antes de doblar en Vamo.

Había ocho viviendas en Pelican Cove que figuraban en la sección inmobiliaria del *Sarasota Herald Tribune*, pero sólo tres las vendía el propietario. Bosch fue a un teléfono público y llamó al primero. Le salió una cinta. En la segunda llamada, la mujer que contestó explicó que su marido iba a pasar el día jugando a golf y que ella se sentía incómoda enseñando la propiedad sola. En la tercera llamada, la mujer que respondió invitó a Bosch a venir enseguida e incluso le dijo que tendría preparada limonada fresca para cuando llegara.

Bosch sintió un momentáneo pinchazo de culpa por aprovecharse de una desconocida que sólo intentaba vender su casa, pero se le pasó enseguida, en cuanto consideró que la mujer nunca sabría que había sido utilizada y que no tenía alternativa para llegar a McKittrick.

Después de que el vigilante le dejara pasar y le explicara cómo llegar al apartamento de la señora de la limonada, Bosch recorrió el complejo densamente arbolado, buscando el Town Car plateado. No tardó mucho en descubrir que el complejo era básicamente una comunidad de jubilados. Pasó junto a muchos ancianos en coches o paseando, todos ellos con el pelo blanco y la piel dorada por el sol. Enseguida encontró el Town Car y comprobó su localización con el plano que le había dado el vigilante. Estaba a punto de hacer una visita de rigor a la mujer de la limonada para evitar sospechas, pero entonces vio otro Town Car plateado. Supuso que era un vehículo popular entre la tercera edad. Sacó su libreta y comprobó el número de matrícula que había anotado. Ninguno de los dos coches era el que había seguido antes.

Siguió conduciendo y finalmente encontró el Town Car correcto en una casa apartada, en el extremo de la urbanización. Estaba aparcado enfrente de un edificio de dos plantas, de madera oscura, rodeado por robles y árboles papeleros. Bosch creyó distinguir seis apartamentos en el edificio. Fácil, pensó. Consultó el plano y volvió a ponerse en camino hacia la señora de la limonada, que ocupaba el segundo piso de un edificio situado en el otro extremo del complejo.

—Es usted joven —dijo la mujer que abrió la puerta.

Bosch estuvo a punto de decirle que ella también, pero se mordió la lengua. Aparentaba treinta y tantos, lo cual situaba su nacimiento al menos tres décadas más tarde que el de cualquiera de las personas que Bosch había visto en la urbanización hasta entonces. Tenía un rostro atractivo y moreno, enmarcado por un cabello que le llegaba a los hombros. Llevaba vaqueros, una camisa Oxford y un chaleco negro con un estampado colorido en la parte delantera. No se había preocupado de maquillarse en exceso, lo cual a Bosch le gustó. Tenía unos ojos verdes serios que a Bosch tampoco le desagradaron.

—Soy Jasmine; ¿usted es el señor Bosch?

—Sí; Harry. Acabo de llamar.

—Ha venido deprisa.

—Estaba cerca.

Ella lo invitó a entrar y empezó la visita.

—Hay tres habitaciones, como decía el periódico. La habitación principal tiene baño en *suite*. El segundo cuarto de baño está junto al vestíbulo principal. Pero lo mejor de la casa es la vista.

Le señaló a Bosch unas puertas correderas de cristal que daban a una amplia extensión de agua punteada de islas de mangles. En las ramas de los árboles de esas islas, por lo demás vírgenes, había centenares de aves. La mujer tenía razón, la vista era hermosa.

—¿Qué es eso? —preguntó Bosch—. El agua.

—Es... Usted no es de por aquí, ¿verdad? Es Little Sarasota Bay.

Bosch asintió al tiempo que reparaba en el error que acababa de cometer al formular la pregunta.

—No, no lo soy. Pero estoy pensando en mudarme.

—¿De dónde es?

—De Los Ángeles.

—Ah, sí, he oído que mucha gente se está marchando de allí porque el suelo no para de temblar.

—Algo así.

Jasmine lo condujo por un pasillo hasta lo que debería ser la habitación principal. Bosch quedó inmediatamente impresionado por cómo la habitación no encajaba con aquella mujer. Era oscura, pesada y vieja. Un escritorio de caoba con aspecto de pesar una tonelada, mesitas de noche pareadas con lámparas adornadas y con pantallas de brocado. La casa olía a viejo. No podía ser el lugar donde ella dormía.

Al volverse, Bosch se fijó en que en la pared contigua a la puerta había una vieja pintura, un retrato de la mujer que estaba a su lado. Era una versión más joven de Jasmine, con el rostro más adusto, más severo. Bosch se estaba preguntando qué clase de persona cuelga un retrato de sí misma en su dormitorio cuando se fijó en que el lienzo estaba firmado. El nombre del artista era Jazz.

—Jazz. ¿Es usted?

—Sí, mi padre insistió en colgarlo aquí. De hecho tendría que haberlo quitado.

Se acercó a la pared y empezó a descolgar el cuadro.

—¿Su padre? —Bosch se colocó al otro lado del cuadro para ayudarla.

—Sí. Se lo regalé hace mucho tiempo. Entonces di gracias porque no lo colgó en la sala de estar donde sus amigos pudieran verlo, pero incluso aquí es un poco excesivo.

La mujer dio la vuelta al cuadro y lo apoyó en la pared. Bosch entendió lo que había estado diciendo.

—¿Es la casa de su padre?

—Ah, sí. Yo me he quedado aquí mientras está el anuncio en el periódico. ¿Quiere ver el baño en *suite*? Tiene un *jacuzzi*. Eso no lo mencionaba el anuncio.

Bosch se acercó más a ella en la puerta del cuarto de baño. Le miró las manos, un instinto natural, y vio que no llevaba anillos. Pudo olerla al pasar y el aroma que detectó coincidía con el nombre: jazmín. Estaba empezando a sentir cierta atracción por ella, pero no estaba seguro de si era por la excitación de estar allí bajo falsas pretensiones o bien se trataba de una atracción real. Estaba cansado y lo sabía, y decidió que ya bastaba. Sus defensas estaban bajas. Miró por encima el cuarto de baño y salió.

—Es bonito. ¿Vivía solo?

—¿Mi padre? Sí, solo. Mi madre murió cuando yo era pequeña. Mi padre falleció en Navidades.

—Lo siento.

—Gracias. ¿Qué más puedo contarle?

—Nada. Era sólo curiosidad por saber quién había vivido aquí.

—No, me refiero a qué más puedo explicarle del condominio.

—Ah, eh... Nada. Es muy bonito. Todavía estoy en la fase de echar un vistazo, supongo, no estoy seguro de qué voy a hacer. Yo...

—¿Qué hace usted en realidad?

—¿Disculpe?

—¿Qué está haciendo aquí, señor Bosch? No está buscando un condominio. Ni siquiera está mirando la casa.

La voz de la mujer estaba exenta de ira. Era una voz cargada de la confianza que tenía en interpretar a las personas. Bosch sintió que se ruborizaba. Lo habían descubierto.

—Yo sólo... Yo sólo he venido a mirar casas.

Era una réplica tremendamente débil, pero no se le ocurrió nada más que decir. Jasmine advirtió su aprieto y lo dejó estar.

—Bueno, lamento haberle puesto en apuros. ¿Quiere ver el resto de la casa?

—Sí, eh, bueno, ¿ha dicho que tiene tres dormitorios? Es demasiado grande para lo que estoy buscando.

—Sí, tres dormitorios, pero eso también lo decía el anuncio.

Afortunadamente, Bosch sabía que ya no podía ponerse más colorado de lo que estaba.

—Oh —dijo—. Eso ha debido de pasárseme. Eh, gracias por mostrármela, de todos modos. Es una casa muy bonita.

Avanzó con rapidez por la sala de estar hacia la puerta. Al abrirla miró a la mujer. Ella habló antes de que él pudiera decir nada.

—Algo me dice que es una buena historia.

—¿El qué?

—Lo que está haciendo usted. Si alguna vez tiene ganas de contármela, el número está en el periódico. Pero eso ya lo sabe.

Bosch asintió. Estaba sin habla. Salió y cerró la puerta tras de sí.

Cuando volvió al lugar donde había visto el Town Car, su cara había recuperado su color normal, pero todavía se sentía avergonzado por haber sido acorralado por la mujer. Trató de no darle importancia y concentrarse en la tarea que tenía por delante.

Aparcó y fue a llamar a la puerta de la planta baja que estaba más próxima al Town Car. Finalmente una mujer mayor acudió a abrir y lo miró con cara de asustada. Con una mano agarraba el asidero de un pequeño carrito de dos ruedas que transportaba una botella de oxígeno. Dos tubos de plástico le pasaban por detrás de las orejas y le recorrían ambas mejillas antes de introducirse en sus orificios nasales.

—Lamento molestarla —dijo Bosch con rapidez—. Estaba buscando a los McKittrick.

La anciana levantó una mano frágil, cerró el puño con el pulgar hacia arriba y señaló al techo. Los ojos de Bosch fueron también en esa dirección.

—¿Arriba?

Ella asintió con la cabeza. Bosch le dio las gracias y se dirigió a la escalera.

La mujer que había recogido el sobre rojo abrió la siguiente puerta en la que llamó Bosch y éste exhaló como si hubiera pasado la vida entera buscándola. Y así era como se sentía.

—¿Señora McKittrick?

—¿Sí?

Bosch sacó la cartera en la que guardaba la placa y la abrió.

La sostuvo de manera que dos dedos cruzaban la mayor parte de la placa ocultando la palabra «teniente».

—Me llamo Harry Bosch. Soy detective del Departamento de Policía de Los Ángeles. ¿Está su marido en casa? Me gustaría hablar con él.

Una expresión de preocupación ensombreció enseguida el rostro de la mujer.

—¿El Departamento de Policía de Los Ángeles? No ha estado allí en veinte años.

—Es acerca de un viejo caso. Me enviaron a hablar con él.

—Bueno, podría haber llamado.

—No teníamos el número. ¿Está aquí?

—No, está en el barco. Ha ido a pescar.

—¿Dónde está? Tal vez pueda encontrarle.

—Bueno, no le gustan las sorpresas.

—Supongo que será una sorpresa tanto si se lo dice usted como si se lo digo yo. No veo la diferencia. Sólo tengo que hablar con él, señora McKittrick.

Tal vez estaba acostumbrada al tono que usan los policías para evitar la discusión. Cedió.

—Rodee el edificio y vaya recto. Al pasar el tercer edificio, gire a la izquierda y verá los muelles al fondo.

—¿Dónde está su barco?

—En el amarre seis. Pone *Trophy* en grandes letras en el costado. No se le escapará. Todavía no ha salido porque está esperando que le lleve la comida.

—Gracias.

Había empezado a alejarse de la puerta hacia el lateral del edificio cuando ella lo llamó.

—¿Detective Bosch? ¿Va a quedarse un rato? ¿Quiere que le prepare un sándwich?

—No sé cuanto voy a quedarme. Pero se lo agradezco.

Al dirigirse hacia el muelle cayó en la cuenta de que la mujer llamada Jasmine nunca había llegado a ofrecerle la limonada que le había prometido.

Bosch tardó quince minutos en encontrar la pequeña ensenada donde se hallaban los amarres. Una vez logrado eso, Mc Kittrick fue fácil de localizar. Puede que hubiera unos cuarenta barcos en atracaderos, pero sólo uno de ellos estaba ocupado. Un hombre con un intenso bronceado que quedaba realzado por el pelo blanco estaba en la popa, doblado sobre el motor fuera de borda. Bosch lo examinó al acercarse, pero no vio nada reconocible en él. No encajaba con la imagen que Bosch tenía en su mente del hombre que lo había sacado de la piscina hacía tantos años.

La cubierta del motor no estaba puesta y el hombre estaba haciendo algo con un destornillador. Llevaba unos *shorts* de color caqui y una camisa blanca de golf que estaba demasiado vieja y manchada para el golf, pero que servía para ir a navegar. El barco tenía unos seis metros de eslora, calculó Bosch, y una pequeña cabina cerca de la proa, donde estaba el timón. Había cañas de pescar en soportes a ambos costados, dos a babor y dos a estribor.

Bosch se detuvo junto a la proa del barco a propósito. Quería estar a cierta distancia de McKittrick cuando mostrara la placa. Sonrió.

—Nunca pensé ver a alguien de homicidios de Hollywood tan lejos de casa —dijo.

McKittrick levantó la cabeza, pero no mostró sorpresa.

—No, se equivoca. Ésta es mi casa. Cuando estuve allí era cuando estaba lejos.

Bosch asintió como para decir que le parecía bien y mostró la placa. La sostuvo del mismo modo que cuando se la había mostrado a la mujer del ex policía.

—Soy Harry Bosch, de homicidios de Hollywood.

—Sí, eso he oído.

Bosch fue el que se mostró sorprendido. No podía pensar en nadie en Los Ángeles que pudiera haber advertido a Mc Kittrick de su llegada. Nadie lo sabía. Sólo se lo había contado a Hinojos y no podía concebir que le hubiera traicionado.

McKittrick le alivió al hacer un gesto hacia el teléfono móvil que estaba en el salpicadero del barco.

—Ha llamado mi mujer.

—Ah.

—Y bien, ¿de qué se trata, detective Bosch? Cuando trabajaba allí, íbamos por parejas. De ese modo era más seguro. ¿Hay tan poco personal que van solos?

—En realidad no. Mi compañero está investigando otro viejo caso. Son posibilidades tan remotas que no gastan dinero en enviar a dos.

—Supongo que me lo va a explicar.

—Sí, de hecho, iba a hacerlo. ¿Le importa que suba a bordo?

—Adelante. Estoy arreglando esto para salir en cuanto llegue la mujer con la comida.

Bosch empezó a caminar por el muelle hasta llegar junto al barco de McKittrick. Después bajó a la nave. Ésta se bamboleó en el agua con el peso añadido, pero después se enderezó. McKittrick cogió la cubierta del motor y empezó a colocarla. Bosch se sentía fuera de lugar. Llevaba zapatos de calle y tejanos negros, una camiseta verde del ejército y una americana ligera negra. Y todavía tenía calor. Se quitó la americana y la dobló encima de una de las dos sillas que había en el puente de mando.

—¿Qué va a pescar?

—Lo que pique. ¿Y usted?

Miró directamente a Bosch cuando lo preguntó, y Harry vio que sus ojos eran marrones como el cristal de las botellas de cerveza.

—Bueno, ha oído hablar del terremoto, supongo.

—Claro, ¿quién no? Mire, yo he pasado por terremotos y huracanes y le digo que al menos un huracán lo ves venir. Por ejemplo, *Andrew* trajo un montón de devastación, pero imagine la que habría causado si nadie hubiera sabido que iba a golpear. Eso es lo que pasa con los terremotos.

A Bosch le costó unos segundos situar el *Andrew*, el huracán que había azotado la costa del sur de Florida un par de años antes. Resultaba difícil seguir la pista de tantos desastres como se producían en el mundo. Ya había bastantes sólo en Los Ángeles. Miró a través de la ensenada y vio que un pez saltaba y al volver a caer creaba una estampida de saltos entre los otros ejemplares del cardumen. Miró a McKittrick y estaba a punto de avisarle cuando se dio cuenta de que era algo que probablemente veía todos los días de su vida.

—¿Cuándo se fue de Los Ángeles?

—Hace veintiún años. Cumplí con mis veinte y adiós. Puede guardarse Los Ángeles, Bosch. Mierda, estuve allí en el terremoto de Sylmar en el setenta y uno. Derribó un hospital y un par de autovías. Entonces vivíamos en Tujunga, a pocos kilómetros del epicentro. Ése nunca lo olvidaré. Era como un combate entre Dios y el diablo y tú estabas allí con ellos haciendo de árbitro. Maldita sea... Bueno, ¿qué tiene que ver el terremoto con todo esto?

—Verá, es un fenómeno bastante extraño, pero el índice de asesinatos ha caído. La gente se ha vuelto más cívica, supongo. Nosotros...

—Quizá ya no queda nada por lo que merezca la pena matar.

—Puede ser. El caso es que normalmente tenemos entre setenta y ochenta asesinatos al año en la división. No sé cómo era cuando usted...

—Teníamos menos de la mitad. Fácil.

—Bueno, este año estamos por debajo de la media. Eso nos ha dado tiempo para revisar algunos de los casos antiguos. A cada uno le ha tocado una parte. Uno de los que me han tocado a mí tenía su nombre. Supongo que sabe que su compañero de entonces falleció y...

—¿Eno está muerto? Maldición, no lo sabía. Pensé que me habría enterado. No es que hubiera importado demasiado.

—Sí, está muerto. Su mujer recibe los cheques de la pensión. Lamento que no lo supiera.

—No pasa nada. Eno y yo..., bueno, éramos compañeros. Nada más.

—El caso es que estoy aquí porque usted está vivo y él no.

—¿Cuál es el caso?

—Marjorie Lowe. —Bosch esperó la reacción del rostro de McKittrick, pero no percibió ninguna—. ¿Lo recuerda? La encontraron en el cubo de basura de un callejón cerca de...

—Cerca de Vista. Detrás de Hollywood Boulevard, entre Vista y Gower. Los recuerdo todos, Bosch. Resueltos o no, recuerdo todos y cada uno de ellos.

«Pero no me recuerda a mí», pensó Bosch, aunque no lo dijo.

—Sí, es ése. Entre Vista y Gower.

—¿Qué pasa?

—Nunca se resolvió.

—Ya lo sé —dijo McKittrick, levantando la voz—. Trabajé en sesenta y tres casos en los siete años que pasé en homicidios. Trabajé en Hollywood, Wilshire y en robos y homicidios. Resolví cincuenta y seis. A ver quién lo supera. Hoy en día tienen suerte si resuelven la mitad. Apostaría a ciegas contra usted.

—Y ganaría. Es un buen récord. No se trata de usted, Jake. Se trata del caso.

—No me llame Jake. No le conozco. No le he visto en mi vida. Yo... Espere un momento.

Bosch lo miró, asombrado de que pudiera haberse acordado de la piscina de McClaren. Pero entonces se dio cuenta de que McKittrick se había detenido porque su mujer se aproximaba por el muelle con una nevera de plástico en la mano. McKittrick aguardó en silencio hasta que la mujer dejó la nevera en el suelo cerca del barco y él la subió a bordo.

—Ah, detective Bosch, va a pasar mucho calor vestido así —dijo la señora McKittrick—. ¿Quiere que vaya a casa y le baje unos *shorts* de Jake y una camiseta?

Bosch miró a McKittrick y después a la mujer.

—No, gracias, señora.

—Va a ir a pescar, ¿no?

—Bueno, no me han invitado y...

—Oh, Jake, invítalo a pescar. Siempre estás buscando a alguien que te acompañe. Además, así podrás ponerte al día de todas esas historias truculentas que tanto te gustaban en Hollywood.

McKittrick levantó la cabeza para mirar a su mujer, y Bosch vio que pugnaba por no perder los nervios. Consiguió controlarse.

—Mary, gracias por los sándwiches —dijo McKittrick con calma—. Ahora, ¿puedes subir a casa y dejarnos solos?

Ella lo miró con ceño y sacudió la cabeza como si McKittrick fuera un niño malcriado. La mujer regresó por donde había venido sin decir una palabra más. Los dos hombres que quedaron en el barco dejaron pasar unos segundos antes de que Bosch hablara y tratara de reconducir la situación.

—Mire, no he venido por ninguna otra razón que no sea la de plantearle algunas preguntas sobre el caso. No estoy tratando de sugerir que hubiera nada malo con la forma en que se llevó. Sólo estoy echando otro vistazo, eso es todo.

—Se le olvida algo.

—¿Qué?

—Que es un mentiroso.

Bosch sintió que esta vez era él quien tenía que contenerse. Estaba enfadado por el hecho de que aquel hombre le cuestionara sus motivos, por más que tuviera el derecho de hacerlo. Estuvo a punto de quitarse el disfraz de chico bueno y saltar a por él, pero sabía que no le convenía. Sabía que si McKittrick actuaba así tenía que ser por algún motivo. Algo del viejo caso era como una piedra en el zapato. La había apartado a un lado, donde no le molestaba, pero seguía allí. Bosch tenía que lograr que deseara quitársela. Se tragó su propia rabia y trató de contenerse.

—¿Por qué soy mentiroso? —dijo.

McKittrick le daba la espalda. El ex policía estaba buscando debajo del timón. Bosch no podía ver qué era lo que trataba de hacer, pero supuso que tal vez estaba buscando las llaves del barco.

—¿Por qué es un mentiroso? —respondió McKittrick al darse la vuelta—. Le diré por qué. Porque viene aquí sacando esa placa de mierda cuando los dos sabemos que no tiene placa.

McKittrick estaba apuntando a Bosch con una Beretta de calibre veintidós. Era pequeña, pero serviría a esa distancia y Bosch tenía que asumir que McKittrick sabía usarla.

—Joder, tío, ¿qué te pasa?

—No tenía ningún problema hasta que has aparecido tú.

Bosch levantó las manos a la altura del pecho, adoptando una posición no amenazadora.

—Cálmate.

—Cálmate tú. Baja las manos, joder. Quiero volver a ver esa placa. Sácala y tírala aquí. Despacio.

Bosch obedeció, tratando permanentemente de mirar por los muelles sin girar el cuello más de unos centímetros. No vio a nadie. Estaba solo. Y desarmado. Tiró la cartera de la placa en cubierta, cerca de los pies de McKittrick.

—Ahora quiero que rodees el puente hasta la proa. Apóyate en la barandilla de proa, donde pueda verte. Sabía que algún día alguien querría joderme. Te has equivocado de persona y de día.

Bosch hizo lo que le ordenaron y se acercó a la proa. Se agarró de la barandilla para mantener el equilibrio y se volvió para enfrentarse a su captor. Sin apartar la mirada de Bosch, McKittrick se dobló y recogió la cartera. Después fue al puente de mando y dejó la pistola encima de la consola. Bosch sabía que si intentaba algún movimiento, McKittrick llegaría antes. Éste se agachó para accionar algo y el motor arrancó.

—¿Qué estás haciendo, McKittrick?

—Ah, ahora es McKittrick. ¿Qué ha pasado con el amistoso Jake? Bueno, vamos a ir a pescar. Querías pescar, eso es lo que haremos. Si tratas de saltar te dispararé en el agua. No me importa.

—No voy a ninguna parte. Cálmate.

—Ahora, agáchate y desata el cabo de esa cornamusa. Tírala al muelle.

Cuando Bosch hubo terminado de cumplir la orden, Mc Kittrick levantó la pistola y retrocedió tres pasos hacia la popa. Desató el otro cabo y desatracó el barco. Volvió al timón y puso suavemente el barco en marcha atrás. El yate se alejó del amarre. McKittrick viró y empezaron a moverse a través de la ensenada hacia la boca del canal. Bosch sentía que la cálida brisa salina le secaba el sudor en la piel. Decidió que saltaría en cuanto llegaran a mar abierto, o donde hubiera otros barcos con gente a bordo.

—Me sorprende que no vayas armado. ¿Qué clase de tipo dice que es un poli y luego va desarmado?

—Soy poli, McKittrick. Deja que me explique.

—No hace falta que lo hagas, muchacho, ya lo sé. Lo sé todo de ti.

McKittrick abrió la cartera con la placa y Bosch vio que examinaba la tarjeta de identificación y la placa dorada de teniente. La lanzó a la consola.

—¿Qué sabes de mí, McKittrick?

—No te preocupes, todavía me quedan algunos dientes, Bosch, y también me quedan algunos amigos en el departamento. Después de que me avisó mi mujer hice una llamada. A uno de mis amigos. Te conoce. Estás de baja, Bosch. Involuntaria. Así que no sé a qué viene esa historia sobre terremotos que me has soltado. Me hace pensar que has cogido un trabajo por libre mientras estás de baja.

—Te equivocas.

—Sí, bueno, ya lo veremos. Cuando estemos en mar abierto vas a decirme quién te ha mandado o serás comida para los peces. Tú eliges.

—Nadie me ha enviado. He venido solo.

McKittrick golpeó con la palma la bola roja de la palanca del acelerador y el barco saltó hacia adelante. La proa se levantó y Bosch se agarró a la barandilla para no perder el equilibrio.

—¡Mentira! —gritó McKittrick por encima del ruido del motor—. Eres un farsante. Has mentido antes y mientes ahora.

—Escúchame —gritó Bosch—. Dices que lo recuerdas todo del caso.

—Lo hago, maldita sea. No puedo olvidarlo.

—Para el motor.

McKittrick tiró hacia sí de la palanca. El barco se niveló y el ruido se redujo.

—En el caso de Marjorie Lowe te tocó el trabajo sucio. ¿Lo recuerdas? ¿Recuerdas a qué llamamos el trabajo sucio? Tenías que avisar al familiar más próximo. Tuviste que decírselo al niño. En McClaren.

—Eso estaba en los informes, Bosch, así que...

Se detuvo y miró a Bosch durante un largo momento. Entonces abrió la cartera de la placa y leyó el nombre. Volvió a mirar a Bosch.

—Recuerdo ese nombre. La piscina. Tú eres el niño.

—Yo soy el niño.

McKittrick dejó que el barco fuera a la deriva por los bajíos de Little Sarasota Bay mientras Bosch le contaba la historia. El ex policía no formuló ninguna pregunta. Se limitó a escuchar. En un momento en que Bosch hizo una pausa, abrió la nevera que su mujer le había preparado y sacó dos cervezas. Le pasó una a Bosch. La lata estaba helada.

Bosch no abrió la lata hasta que terminó de contar la historia. Le había relatado a McKittrick todo lo que sabía, incluso la parte no esencial de su disputa con Pounds. Tenía una corazonada, basada en la rabia y en el comportamiento extraño de McKittrick, de que se había equivocado con el policía retirado. Había viajado a Florida creyendo que iba a encontrarse a un poli corrupto o estúpido, y no estaba seguro de qué le desagradaría más. Sin embargo, McKittrick era un hombre atormentado por los recuerdos y por los demonios de elecciones mal hechas hacía muchos años. Bosch pensó que la piedrecita todavía tenía que salir del zapato y que su propia honradez era la mejor forma de sacarla.

—Bueno, ésta es mi historia —dijo al final—. Espero que tu mujer haya puesto más de dos cervezas.

Abrió la lata y se bebió más de la tercera parte de un trago. Sentirla resbalar por la garganta en el sol de la tarde era una sensación deliciosa.

—Ah, hay muchas más —replicó McKittrick—. ¿Quieres un sándwich?

—Todavía no.

—No, ahora lo que quieres es mi historia.

—Para eso he venido.

—Bueno, vamos a pescar.

McKittrick volvió a poner en marcha el motor y siguieron un sendero de boyas a través de la bahía en dirección sur. Al final, Bosch recordó que tenía gafas de sol en el bolsillo de la americana y se las puso.

El viento le golpeaba desde todas las direcciones y ocasionalmente su calidez se veía interrumpida por una brisa fría que se levantaba de la superficie del agua. Había pasado mucho tiempo desde la última vez que Bosch había salido en barco o incluso desde que había ido a pescar. Teniendo en cuenta que veinte minutos antes había estado encañonado por un arma, se sentía bastante bien.

Cuando la bahía se estrechaba hasta convertirse en un canal, McKittrick volvió a tirar hacia sí de la palanca del acelerador y moderó la velocidad. Saludó a un hombre que estaba en el puente de un yate gigante anclado a un restaurante de la orilla. Bosch no podía saber si conocía al hombre o se trataba de un saludo de buena vecindad.

—Llévalo en línea con el farol del puente.

—¿Qué?

—Llévalo.

McKittrick se retiró del timón y se dirigió a la proa del barco. Bosch rápidamente se situó tras el timón, avistó el farol rojo que colgaba en el punto medio de un puente levadizo situado media milla más adelante, y ajustó el timón para alinear el barco. Miró por encima del hombro y vio que McKittrick sacaba una bolsa de plástico llena de morralla de un compartimiento que había en la cubierta.

—A ver a quién tenemos aquí hoy —dijo.

Fue a un lado del barco y se inclinó por encima de la borda. Bosch vio que empezaba a palmear en el costado del *Trophy*. McKittrick se levantó, observó el agua durante unos diez segundos y repitió el palmoteo.

—¿Qué pasa? —preguntó Bosch.

Justo cuando lo dijo, un delfín saltó del agua por la popa de babor y volvió a zambullirse a menos de un metro y medio del lugar en el que estaba McKittrick. Fue como un borrón gris resbaladizo, y en un primer momento Bosch no supo con exactitud lo que había ocurrido. Sin embargo, el delfín no tardó en volver a emerger al lado del barco, con el morro fuera del agua y castañeteando. Sonaba como si se estuviera riendo. Mc Kittrick lanzó dos de los pescaditos de morralla a su boca abierta.

—Éste es *Sargento*, mírale las cicatrices.

Bosch echó un rápido vistazo al puente de mando para asegurarse de que seguían razonablemente en ruta y retrocedió hasta la popa. El delfín continuaba allí. McKittrick señaló al agua por debajo de la aleta dorsal del animal. Bosch vio tres listas blancas que acuchillaban su suave lomo gris.

—Una vez se acercó demasiado y le hirió una hélice. La gente de Mote Marine lo cuidó, pero le quedaron esos galones de sargento.

Bosch asintió mientras McKittrick alimentaba otra vez al delfín. Sin levantar la mirada para ver si seguían en ruta, Mc Kittrick dijo:

—Será mejor que cojas el timón.

Bosch se volvió y advirtió que se habían apartado notablemente del rumbo. Regresó al timón y corrigió la derrota. Se quedó allí mientras McKittrick permaneció en la parte de popa, lanzando peces al delfín, hasta que pasaron por debajo del puente. Bosch decidió que lo esperaría. No importaba si McKittrick contaba su historia en el trayecto de ida o en el de vuelta, la cuestión era que no iba a marcharse sin haberla escuchado.

Diez minutos después de pasar bajo el puente llegaron a un canal que los llevó al golfo de México. McKittrick puso cebo en dos de las cañas y desenredó un centenar de metros de sedal en cada una. Después volvió a situarse al timón y gritó por encima del sonido del viento y del ruido del motor.

—Quiero ir a los arrecifes. Iremos en motor hasta que lleguemos allí y después haremos un poco de pesca a la deriva en los bajíos. Entonces hablaremos.

—Suena como un plan —respondió Bosch en otro grito.

No pescaron nada y a unas dos millas de la costa McKittrick paró motores y le pidió a Bosch que se ocupara de una caña mientras él cogía la otra. Bosch, que era zurdo, tardó unos momentos en coordinarse en el carrete para diestros, pero enseguida sonrió.

—Creo que no había hecho esto desde que era niño. En McClaren de vez en cuando nos metían en un autobús y nos llevaban al muelle de Malibú.

—Joder, ¿ese muelle sigue allí?

—Sí.

—Ahora debe de ser como pescar en una cloaca.

—Supongo.

McKittrick rió y sacudió la cabeza.

—¿Por qué te quedas allí, Bosch? No parece que te tengan demasiado aprecio.

Bosch pensó un momento antes de contestar. El comentario era adecuado, pero se preguntó si correspondía a McKittrick o a la fuente a la que él había llamado.

—¿A quién has llamado para preguntar por mí?

—No te lo voy a decir. Por eso habla conmigo, porque sabe que yo no voy a decírtelo.

Bosch asintió para dar a entender que no iba a insistir en la cuestión.

—Bueno, tienes razón —dijo—. No creo que me aprecien particularmente allí. Pero no sé. Es como si cuanto más me empujan en un sentido más ganas tengo yo de empujar en el otro. Creo que si dejaran de presionarme probablemente decidiría irme.

—Creo que entiendo lo que quieres decir.

McKittrick guardó las dos cañas que habían usado y empezó a preparar las otras dos con anzuelos y plomos.

—Vamos a usar salmonete.

Bosch asintió. No tenía ni idea de pesca, pero observaba a McKittrick de cerca. Se le ocurrió que podía ser un buen momento para empezar.

—Así que entregaste la placa después de veinte años en Los Ángeles. ¿Qué hiciste después?

—Lo estás viendo. Me mudé aquí, yo soy de Palmetto, costa arriba. Me compré un barco y me convertí en guía de pesca. Hice eso durante otros veinte años, me jubilé y ahora pesco sólo para mí.

Bosch sonrió y observó mientras McKittrick abría una bolsa con tiras de salmonete y las colocaba en los anzuelos. Después de coger dos cervezas frescas, se colocaron en lados separados del barco y se sentaron a esperar en la borda.

—¿Entonces cómo terminaste en Los Ángeles? —preguntó Bosch.

—¿Cómo es eso que dicen de rejuvenecerse viajando al oeste? Bueno, después de que se rindió Japón, yo pasé por Los Ángeles de camino a casa y vi esas montañas que iban del mar al cielo... Maldición, cené en el Derby la primera noche que pasé en la ciudad. Estaba a punto de vaciar mi cartera y ¿sabes quién estaba allí y pagó mi cuenta? El mismísimo Clark Gable. No bromeo. Joder, me enamoré de ese sitio y tardé casi treinta años en ver la luz... Mary es de Los Ángeles, ¿sabes? Nació y se crió allí. Pero le gusta vivir aquí.

McKittrick asintió para darse confianza a sí mismo. Bosch esperó unos segundos y el ex policía seguía mirando a sus recuerdos distantes.

—Era un buen tipo.

—¿Quién?

—Clark Gable.

Bosch aplastó la lata vacía de cerveza en la mano y fue a buscar otra.

—Bueno, háblame del caso —dijo después de abrirla—. ¿Qué ocurrió?

—Ya sabes lo que ocurrió si has leído el expediente. Estaba todo allí. Me jodieron. Un día tenía una investigación y al día siguiente estaba escribiendo: «No hay pistas en este momento.» Era una broma. Por eso recuerdo tan bien el caso. No deberían haber hecho lo que hicieron.

—¿Quién?

—Ya sabes, los peces gordos.

—¿Qué hicieron?

—Nos quitaron el caso y Eno les dejó que lo hicieran. Llegó a un acuerdo con ellos. Mierda. —Sacudió la cabeza con amargura.

—Jake —probó Bosch. Esta vez él no protestó porque lo llamara por el nombre—. ¿Por qué no empiezas por el principio? Necesito que me cuentes todo lo que puedas.

McKittrick permaneció en silencio mientras enrollaba el sedal. Nadie había mordido su anzuelo. Lo colocó de nuevo, puso la caña en otro de los agujeros de la borda y sacó otra cerveza. Cogió una gorra de Tampa Bay Lightning de debajo de la consola y se la puso. Se apoyó en la borda con su cerveza y miró a Bosch.

—Vale, chico, escucha. No tenía nada contra tu madre. Voy a contártelo como lo sentía, ¿sí?

—Es lo único que pido.

—¿Quieres una gorra? Te vas a quemar.

—Estoy bien.

McKittrick asintió con la cabeza y finalmente empezó.

—Vale, así que recibimos la llamada en casa. Era un sábado por la mañana. Uno de los chicos de a pie la había encontrado. No la habían matado en aquel callejón. Eso estaba muy claro. La habían dejado allí. Cuando llegué desde Tujunga, la investigación de la escena del crimen ya estaba en marcha. Mi compañero también estaba allí, Eno. Él estaba al mando y llegó primero. Se hizo cargo de la escena.

Bosch puso la caña en un agujero y fue a buscar su americana.

—¿Te importa si tomo notas?

—No, no me importa. Supongo que había estado esperando a que alguien se preocupara por este caso desde que yo tuve que dejarlo.

—Continúa. Eno estaba al mando.

—Sí, él era el jefe. Tienes que entender que entonces sólo

llevábamos tres o cuatro meses de compañeros. No estábamos muy unidos. Y después de este caso nunca lo estuvimos. Cambié de compañero al cabo de un año. Pedí el traslado. Me pusieron con los detectives de homicidios de Wilshire. Después de eso nunca tuve mucho que ver con él. Ni él conmigo.

—Muy bien, ¿qué ocurrió con la investigación?

—Bueno, fue como cabía esperar. Estábamos siguiendo la rutina. Teníamos una lista de personas conocidas (en su mayor parte nos las dieron los de antivicio) y estábamos abriéndonos camino a través de eso.

—¿Entre las personas conocidas estaban sus clientes? No había ninguna lista en el expediente.

—Creo que había algunos clientes. Y la lista no se puso en el expediente porque lo dijo Eno. Recuerda que él mandaba.

—Vale. ¿Johnny Fox estaba en la lista?

—Sí, estaba en el primer lugar. Él era su..., eh, su *manager* y...

—Quieres decir su macarra.

McKittrick miró a Bosch.

—Sí, era su macarra. No estaba seguro de si tú, eh...

—Olvídalo. Continúa.

—Sí. Johnny Fox estaba en la lista. Hablamos con todo el mundo que la conocía y todos describieron a ese tipo como alguien amenazador. Tenía su reputación.

Bosch pensó en la historia de Meredith Roman de que le había pegado.

—Habíamos oído que ella quería desembarazarse de él. No sé si quería establecerse por su cuenta o tal vez ir por el buen camino. ¿Quién sabe? Oímos que...

—Ella quería ser una buena ciudadana —le interrumpió Bosch—. De esa forma podría sacarme del reformatorio.

Se sintió estúpido por su comentario, sabedor de que por decirlo no iba a convencer a su interlocutor.

—Sí, bueno —dijo McKittrick—. La cuestión es que Fox no estaba muy contento con eso. Eso lo puso en lo alto de nuestra lista.

—Pero no pudisteis encontrarlo. El cronológico dice que vigilasteis su casa.

—Sí. Era nuestro hombre. Teníamos huellas que habíamos sacado del cinturón (el arma homicida), pero no hubo forma de compararlas con las suyas. A Johnny lo habían detenido algunas veces en el pasado, pero nunca lo ficharon. Nunca le tomaron las huellas. Así que necesitábamos detenerle.

—¿Qué pensaste de que lo hubieran detenido, pero no le hubieran tomado las huellas nunca?

McKittrick se acabó su cerveza, la aplastó en la mano y echó la vacía a un gran cubo que estaba en la esquina de cubierta.

—Para ser sincero, en ese momento no caí. Ahora, por supuesto, es obvio. Tenía un ángel de la guarda.

—¿Quién?

—Bueno, uno de los días que estábamos vigilando la casa de Fox, esperando a que apareciera, recibimos un mensaje por radio para que llamáramos a Arno Conklin. Quería hablar del caso lo antes posible. Era una llamada de mierda. Por dos razones. Primero, entonces Arno iba viento en popa. Dirigía los comandos morales de la ciudad y tenía controlada la fiscalía para las elecciones del año siguiente. La otra razón era que sólo hacía unos días que teníamos el caso y no nos habíamos acercado a la fiscalía con nada. Y de repente, el hombre más poderoso de la fiscalía quería vernos. Estoy pensando... No sé bien en qué estaba pensando, simplemente lo supe, eh, ¡tienes uno!

Bosch miró su caña y vio que se doblaba por un violento tirón. El hilo empezó a desenrollarse a medida que el pez pugnaba por liberarse. Bosch sacó la caña del agujero y tiró de ella hacia atrás. El anzuelo estaba bien enganchado. Harry empezó a accionar el carrete, pero el pez tenía mucha fuerza y desenrollaba más hilo del que él podía enrollar. McKittrick se acercó y fijó el carrete, lo cual de inmediato puso una curva más pronunciada en la caña.

—Mantén la caña levantada, la caña levantada —le aconsejó McKittrick.

Bosch hizo lo que le pidieron y pasó cinco minutos batallando con el pez. Empezaban a dolerle los brazos. Sentía tensión en los riñones. McKittrick se puso guantes y cuando el pez se rindió por fin y Bosch lo tuvo al lado del barco, se dobló y lo agarró por las agallas para subirlo a bordo. Bosch vio un pez de color azul brillante que aparecía hermoso a la luz del sol.

—*Wahoo* —dijo McKittrick.

—¿Qué?

McKittrick sostuvo el pez en horizontal.

—*Wahoo*. En los restaurantes finos de Los Ángeles lo llaman *ono*. Aquí lo llamamos *wahoo*. La carne cocinada es blanca como la del halibut. ¿Quieres quedártelo?

—No. Devuélvelo al mar, es precioso.

McKittrick quitó el anzuelo de la boca nerviosa del pez y después le pasó la presa a Bosch.

—¿Quieres cogerlo? Debe de pesar unos cinco kilos.

—No, no necesito cogerlo.

Bosch se acercó y pasó el dedo por la piel resbaladiza del animal. Casi podía verse reflejado en sus escamas. Le hizo una señal con la cabeza a McKittrick y el pez fue arrojado de nuevo al mar. Durante varios segundos el *wahoo* permaneció quieto, medio metro por debajo de la superficie. Síndrome de estrés postraumático, pensó Bosch. Al final, el pez pareció espabilarse y se sumergió en las profundidades. Bosch puso el anzuelo en uno de los ojetes de su caña y volvió a poner ésta en su funda. Ya había terminado de pescar. Sacó otra cerveza de la nevera.

—Eh, si quieres un sándwich, adelante —dijo McKittrick.

—No, gracias.

Bosch lamentó que el pez los hubiera interrumpido.

—Me estabas diciendo que recibisteis la llamada de Conklin.

—Sí, Arno. Pero me equivocaba. La cita era sólo para Claude. No para mí. Eno fue solo.

—¿Por qué Eno solo?

—Nunca lo supe y él actuó como si tampoco lo supiera. Yo supuse que era porque él y Arno tenían una relación previa de alguna clase.

—Pero tú no sabías de qué tipo.

—No. Claude Eno tenía unos diez años más que yo. Llevaba tiempo.

—¿Y qué ocurrió?

—Bueno, no puedo decirte qué ocurrió. Sólo puedo decirte lo que mi compañero dice que ocurrió, ¿entiendes?

Le estaba diciendo a Bosch que no se fiaba de su propio compañero. Bosch había tenido esa misma sensación en ocasiones y asintió con la cabeza.

—Adelante.

—Volvió de la reunión diciendo que Conklin le había pedido que dejaran a Fox, porque Fox estaba limpio en este caso y era confidente en una de las investigaciones del comando. Dijo que Fox era importante para él y no quería que lo comprometieran o lo intimidaran, sobre todo en relación con un crimen que no había cometido.

—¿Por qué estaba tan seguro Conklin?

—No lo sé, pero Eno me contó que le dijo a Conklin que los ayudantes del fiscal, no importaba quiénes fueran, no decidían si alguien estaba limpio o no para la policía y que no íbamos a retirarnos hasta que habláramos con Fox nosotros mismos. Al verse enfrentado a esto, Conklin dijo que podía entregarnos a Fox para que lo interrogáramos y le tomáramos las huellas, pero sólo si lo hacíamos en su terreno.

—¿Que era...?

—Su despacho en el viejo tribunal. Ahora ya no existe. Construyeron ese cubo enorme justo antes de que yo me fuera. Tiene un aspecto espantoso.

—¿Qué pasó en ese despacho? ¿Estuviste presente?

—Sí, estuve allí, pero no pasó nada. Lo entrevistamos. Fox estaba allí con Conklin y con el nazi.

—¿El nazi?

—El poli de Conklin, Gordon Mittel.

—¿Estaba allí?

—Sí. Supongo que estaba cuidando de Conklin mientras Conklin cuidaba de Fox.

Bosch no mostró sorpresa.

—Vale, ¿qué os dijo Fox?

—Como he dicho, no mucho. Al menos, así es como lo recuerdo. Nos dio una coartada y los nombres de la gente que podía corroborarla. Yo le tomé las huellas.

—¿Qué dijo de la víctima?

—Más o menos lo que ya sabíamos por la amiga.

—¿Meredith Roman?

—Sí, creo que se llamaba así. Fox contó que fue a una fiesta, que la contrataron como una especie de elemento decorativo para ir del brazo de un tipo. Dijo que fue en Hancock Park. No dio la dirección. Dijo que no tenía nada que ver con aquella cita. Eso no tenía sentido para nosotros. Vamos, un macarra que no sabe dónde... que no sabe dónde está una de sus chicas. Era lo único que teníamos y cuando empezamos a ir a por él con eso, Conklin se interpuso como un árbitro.

—No quería que le preguntaras.

—Era lo más absurdo que había visto. Allí estaba el siguiente fiscal del distrito, todo el mundo sabía que iba a ganar. Y estaba poniéndose de parte de aquel hijo de puta... Perdón.

—No importa.

—Conklin estaba intentando que nos sintiéramos fuera de lugar, mientras todo el tiempo ese montón de mierda de Fox estaba allí sentado con un palillo en la boca. Han pasado, ¿cuántos?, treinta y tantos años y aún me acuerdo de ese palillo. Me sacaba de quicio. Bueno, para resumir, nunca pudimos presionarle para que nos dijera si había preparado la cita a la que asistió ella.

El barco se balanceó en una ola alta y Bosch miró en torno, pero no vio ningún otro barco. Era extraño. Miró aguas adentro y por primera vez se dio cuenta de lo distinto que era del Pacífico. El Pacífico era frío y de un azul imponente, el golfo era de un verde cálido que te invitaba.

—Nos fuimos —continuó McKittrick—. Supuse que tendríamos otra oportunidad con él. Así que nos fuimos y empezamos a investigar su coartada. Resultó que era buena. Y no digo que era buena porque lo dijeran sus propios testigos. Encontramos a gente independiente. Gente que no lo conocía a él. Por como la recuerdo era sólida como una roca.

—¿Recuerdas dónde estuvo?

—La mayor parte de la noche en un bar de Ivar, un sitio que frecuentaban los macarras. No recuerdo el nombre. Después se fue a Ventura, pasó varias horas jugando a cartas hasta que lo llamaron por teléfono y se fue. La otra cosa importante es que no era una coartada preparada para esa noche en particular. Era su rutina. Lo conocían bien en todos esos sitios.

—¿Cuál fue la llamada telefónica?

—Nunca lo supimos. No supimos de ella hasta que empezamos a comprobar su coartada y alguien la mencionó. Nunca llegamos a preguntarle a Fox. Pero a decir verdad nunca nos preocupó demasiado. Como he dicho, su coartada era sólida y no recibió la llamada hasta la madrugada. Las cuatro o las cinco. La víc... Tu madre llevaba horas muerta para entonces. La hora de la defunción se fijó en la medianoche. La llamada no importaba.

Bosch asintió, pero era la clase de detalle que él no habría dejado abierto si la investigación hubiera sido suya. Era un detalle demasiado curioso. ¿Quién llama a una sala de póquer a esas horas? ¿Qué clase de llamada habría hecho que Fox abandonara la partida?

—¿Y las huellas?

—Las comprobé de todos modos y no coincidían con las del cinturón. Estaba limpio. El capullo estaba limpio.

A Bosch se le ocurrió algo.

—Comprobaron que las huellas del cinturón no eran las de la víctima, ¿verdad?

—Oye, Bosch. Ya sé que vosotros sois unos pomposos que os creéis más listos que nadie, pero entonces no nos chupábamos el dedo.

—Lo siento.

—Había algunas huellas en la hebilla que eran de la víctima. Nada más. El resto eran indudablemente del asesino por su localización. Teníamos varias buenas directas y parciales en otros dos lugares y estaba claro que habían cogido el cinturón con toda la mano. No coges el cinturón así para ir a ponértelo. Lo coges así cuando vas a estrangular a alguien.

Después de eso ambos se quedaron en silencio. Bosch no podía imaginar lo que McKittrick le estaba diciendo. Se sentía desinflado. Había pensado que si lograba que McKittrick se sincerara, el viejo policía habría señalado a Fox o Conklin o a alguien. Pero no estaba haciendo nada de eso. En realidad no le estaba ofreciendo nada a Bosch.

—¿Cómo es que recuerdas tantos detalles, Jake? Han pasado muchos años.

—He tenido mucho tiempo para pensar en eso. Cuando te retires, Bosch, verás que siempre hay un caso que te atrapa. Éste es el que yo no he olvidado.

—Entonces ¿cuál es tu percepción final de él?

—¿Mi opinión final? Bueno, nunca superé esa reunión en el despacho de Conklin. Supongo que tenías que estar allí, pero... parecía que el que estaba a cargo de esa reunión era Fox. Él manejaba el cotarro.

Bosch asintió. Vio que McKittrick estaba pugnando por explicar sus sentimientos.

—¿Alguna vez has interrogado a un sospechoso con su abogado interrumpiendo constantemente la conversación? —preguntó McKittrick—. Ya sabes: «No conteste esto, no conteste lo otro.» Mierdas así.

—Constantemente.

—Bueno, era algo por el estilo. Era como si Conklin, por el amor de Dios, el próximo fiscal del distrito, fuera el abogado de ese mierda, objetando constantemente nuestras preguntas. La cuestión es que si no hubiéramos sabido quién era ni dónde estábamos, habríamos jurado que trabajaba para Fox. Los dos. Mittel también. Así que estoy convencido de que Fox tenía pillado a Arno de alguna manera. Y tenía razón. Todo se confirmó después.

—¿Te refieres a cuando murió Fox?

—Sí. Lo mataron en un atropello cuando trabajaba en la campaña de Conklin. Recuerdo que el artículo del diario no decía nada de sus antecedentes de macarra, de matón de Hollywood Boulevard. No, habían atropellado a Joe el Inocente. Te aseguro que ese artículo debió de costarle sus buenos dólares a Arno y algún periodista se hizo un poco más rico.

Bosch sabía que había algo más, por eso no dijo nada.

—Yo estaba en Wilshire —continuó McKittrick—, pero cuando lo oí me entró la curiosidad. Así que llamé a Hollywood y pregunté quién se ocupaba del caso. Era Eno. Menuda sorpresa. Y nunca imputó a nadie. Eso también me ratificó en la opinión que tenía de él.

McKittrick miró hacia el lugar donde el sol empezaba a bajar en el cielo. Arrojó al cubo su cerveza vacía. Falló y la lata rebotó y cayó al agua.

—Mierda —dijo—. Creo que tendríamos que empezar a volver.

Comenzó a enrollar hilo.

—¿Qué crees que obtuvo Eno de todo esto?

—No lo sé exactamente. Puede que sólo estuviera intercambiando favores. No digo que se hiciera rico, pero creo que sacó algo del trato. No lo habría hecho por nada. Pero no sé lo que es.

McKittrick empezó a sacar las cañas de los agujeros y a guardarlas en unos ganchos a tal fin que había a lo largo de la popa.

—En mil novecientos setenta y dos sacaste de los archivos el expediente del caso, ¿cómo es eso?

McKittrick lo miró con curiosidad.

—Yo firmé el mismo recibo hace unos días —explicó Bosch—. Tu nombre seguía allí.

McKittrick asintió con la cabeza.

—Sí, eso fue justo después de presentar mis papeles. Me

iba, estaba revisando mis archivos y mis cosas. Me había quedado las huellas que sacamos del cinturón. Me quedé con la tarjeta. Y con el cinturón.

—¿Por qué?

—Ya sabes por qué. No creía que fuera a estar seguro en ese archivo ni en la sala de pruebas. No con Conklin como fiscal del distrito ni con Eno haciéndole favores. Así que me quedé el material. Después pasaron unos años y todo seguía allí cuando estaba recogiendo para irme a Florida. Así que justo antes de irme volví a poner la tarjeta de huellas en el expediente del caso y bajé a devolver el cinturón a la caja de pruebas. Eno ya se había retirado y estaba en Las Vegas. Conklin estaba quemado y alejado de la política. El caso se había olvidado hacía mucho. Devolví las cosas. Supuse, o tal vez fue sólo un deseo, que alguien lo investigaría algún día.

—¿Y tú? ¿Miraste el expediente cuando devolviste la tarjeta?

—Sí, y vi que había hecho lo correcto. Alguien lo había revisado. Sacaron la entrevista de Fox. Probablemente fue Eno.

—Como segundo hombre del caso, tenías que llevar el papeleo, ¿no?

—Sí. La burocracia era cosa mía. En su mayor parte.

—¿Qué escribiste del interrogatorio de Fox para que Eno quisiera eliminarlo?

—No recuerdo nada específico, sólo que pensaba que el tipo estaba mintiendo y que Conklin estaba fuera de lugar. Algo por el estilo.

—¿Recuerdas si faltaba algo más?

—No, nada importante, sólo eso. Creo que Eno sólo quería eliminar del archivo el nombre de Conklin.

—Sí, bueno, se le pasó algo. Tú habías anotado su primera llamada en el informe cronológico. Por eso lo supe.

—¿Sí? Vaya, bien por mí. Y aquí estás.

—Sí.

—Bueno, vamos de vuelta. Lástima que no hayan picado mucho hoy.

—Yo no me quejo. Yo tuve mi pez.

McKittrick se situó detrás del timón y estaba a punto de poner en marcha el motor cuando pensó en algo.

—Ah, ¿sabes qué? —Fue a la nevera y la abrió—. No quiero decepcionar a Mary.

Sacó las bolsas de plástico que contenían los sándwiches que había preparado su mujer.

—¿Tienes hambre?

—La verdad es que no.

—Yo tampoco.

Abrió las bolsas y echó los sándwiches por la borda. Bosch lo observó.

—Jake, cuando has sacado esa pistola, ¿quién creías que era?

McKittrick no dijo nada mientras doblaba cuidadosamente las bolsas de plástico y volvía a meterlas en la nevera. Cuando se enderezó, miró a Bosch.

—No lo sé. Lo único que sé es que pensé que tal vez tendría que traerte aquí y lanzarte como esos sándwiches. Parece que haya estado escondiéndome aquí toda mi vida, esperando que mandaran a alguien.

—¿Crees que iban a llegar tan lejos en tiempo y distancia?

—No tengo ni idea. Cuanto más tiempo pasa, más lo dudo. Pero los viejos hábitos son difíciles de superar. Siempre tengo un arma cerca. No importa que muchas veces ni siquiera recuerde por qué.

Volvieron del golfo con el motor rugiendo y con la suave salpicadura del agua en sus rostros. No hablaron. Ya habían dicho todo lo que tenían que decir. Ocasionalmente, Bosch miraba a McKittrick. Su viejo rostro estaba bajo la sombra de la visera de su gorra. Pero Bosch veía sus ojos desde allí, mirando a algo que había ocurrido mucho tiempo atrás y que ya no podía cambiarse.

Después del paseo en barco, Bosch sentía la aparición de un dolor de cabeza por la combinación de un exceso de sol y un exceso de cerveza. Rechazó una invitación a cenar de McKittrick argumentando que estaba cansado. Una vez en su coche, se tomó dos pastillas de paracetamol que tenía en la bolsa de viaje y las tragó sin acompañarlas de ningún líquido y con la esperanza de que le hicieran efecto. Sacó su libreta y revisó algunas de las cosas que había anotado de la versión de Mc Kittrick.

Al final de la salida de pesca, el viejo policía ya le caía bien. Tal vez había visto algo de sí mismo en el hombre mayor. McKittrick estaba atormentado porque había dejado escapar el caso. No había hecho lo correcto. Y Bosch sabía que él era culpable de lo mismo por todos los años que había dado la espalda a un caso que sabía que estaba esperándole. Pero se estaba redimiendo, igual que había hecho McKittrick al hablar con él. No obstante, ambos sabían que tal vez estaban haciendo demasiado poco y demasiado tarde.

Bosch no estaba seguro de qué haría a continuación cuando llegara a Los Ángeles. Le daba la impresión de que su único movimiento posible era confrontar a Conklin. Se sentía reticente a hacerlo porque sabía que acudiría a esa confrontación débil, sin pruebas, armado sólo con sus sospechas. Conklin tendría la mejor mano.

Le invadió una oleada de desesperación. No quería que el caso terminara así. Conklin no había parpadeado en casi treinta y cinco años y no lo haría delante de Bosch. Harry sabía que necesitaba algo más. Pero no tenía nada.

Bosch giró la llave de contacto. Puso el aire acondicionado a tope y añadió lo que McKittrick le había contado en el puchero de lo que ya tenía. Empezó a formular una teoría. Para Bosch, se trataba de uno de los componentes más importantes de una investigación de homicidios. Coger los hechos y agitarlos para formar hipótesis. La clave era no sentirse en deuda con ninguna teoría. Las teorías cambian y uno tiene que cambiar con ellas.

A partir de la información de McKittrick parecía claro que Fox tenía pillado a Conklin. ¿Cómo? Bueno, pensó Bosch, el negocio de Fox eran las mujeres. La teoría que emergía era que Fox había atrapado a Conklin a través de una mujer o mujeres. Los artículos de diario de entonces señalaban que Conklin era soltero. La moral de la época dictaba que como servidor público y pronto candidato a fiscal jefe, Conklin no necesariamente tenía que ser célibe, pero, al menos, no debía sucumbir en privado a los mismos vicios que atacaba públicamente. Si lo había hecho y salía a la luz, ya podía despedirse de su carrera política, y por supuesto también de su puesto de jefe de los comandos del fiscal del distrito. Así pues, concluyó Bosch, si ése era el punto débil de Conklin y si sus escarceos se establecían a través de Fox, entonces Fox tendría una mano casi imbatible en cuanto a tener poder sobre Conklin. Eso explicaría las circunstancias inusuales de la entrevista que McKittrick y Eno mantuvieron con Fox.

Bosch sabía que la misma teoría funcionaría todavía mejor si Conklin había hecho algo más que sucumbir al vicio del sexo y había ido más lejos: si había matado a una mujer que Fox le había enviado, Marjorie Lowe. Por un lado, eso explicaría por qué Conklin sabía a ciencia cierta que Fox era inocente, porque él mismo era el asesino. Por otro lado, explicaría por qué Fox consiguió que Conklin intercediera por él y por qué fue contratado más tarde como trabajador de campaña de Conklin. En resumen, si Conklin era el asesino, el anzuelo de Fox estaría aún más enganchado. Conklin habría sido como el *wa-hoo* al extremo del sedal, un pez precioso incapaz de escapar.

A no ser que el hombre que sostenía la caña desapareciera de algún modo. Bosch pensó en la muerte de Fox y vio cómo encajaba. Conklin dejó que transcurriera cierto tiempo entre una muerte y la otra. Actuó como un pez enganchado al anzuelo, accediendo incluso a la demanda de Fox de tener un puesto legal en la campaña, y entonces, cuando todo parecía claro, Fox fue arrollado por un coche en la calle. Tal vez el pago a un periodista mantuvo en secreto el historial de la víctima, si es que el periodista lo conocía, y unos meses después Conklin fue coronado fiscal del distrito.

Bosch consideró dónde encajaba Mittel en esta teoría. Sentía que era poco probable que toda la trama se hubiera gestado en el vacío. La apuesta de Bosch era que Mittel, como mano derecha y jefe de seguridad de Conklin, sabía lo que éste sabía.

A Bosch le gustaba su teoría, pero le molestaba porque no era más que eso, teoría. Sacudió la cabeza al darse cuenta de que estaba de nuevo en el punto de partida. Todo era blablá, no había pruebas de nada.

Se aburrió de pensar en eso y decidió aparcar las reflexiones durante un rato. Apagó el aire acondicionado porque el frío le molestaba en la piel quemada por el sol y arrancó el coche. Mientras circulaba a escasa velocidad por Pelican Cove hacia el puesto del vigilante, su cabeza vagó a la mujer que estaba tratando de vender el condominio de su padre. Había firmado el autorretrato con el nombre de Jazz. Eso le gustaba.

Giró en redondo y condujo hasta su edificio. Todavía era de día y no había luces encendidas tras las ventanas del apartamento cuando llegó. No podía saber si ella estaba allí o no. Bosch aparcó al lado y observó durante unos minutos, debatiendo qué debería hacer, si es que tenía que hacer algo.

Al cabo de quince minutos, cuando parecía que la indecisión lo había paralizado, ella salió por la puerta. Bosch había aparcado a unos veinte metros, entre otros dos coches. Su aflicción paralizante se alivió lo suficiente para que pudiera resbalar en el asiento para evitar ser visto. La mujer caminó hacia el aparcamiento y se metió detrás de la fila de coches entre los que estaba el vehículo alquilado de Bosch. Éste no se movió ni giró la cabeza para seguir el movimiento de ella. Escuchó. Esperó el sonido de un coche que se ponía en marcha. Entonces qué, se preguntó. ¿Iba a seguirla? ¿Qué estaba haciendo?

Se levantó de golpe cuando alguien golpeó la ventana del conductor. Era ella. Bosch estaba avergonzado, pero logró girar la llave de contacto para bajar la ventanilla.

—¿Sí?

—Señor Bosch, ¿qué está haciendo?

—¿A qué se refiere?

—Ha estado sentado aquí fuera, le he visto.

—Yo... —Estaba demasiado humillado para continuar.

—No sabía si debía llamar a seguridad o qué.

—No, no lo haga. Yo, eh, yo sólo... Iba a llamar a su puerta. Para disculparme.

—¿Disculparse? ¿Disculparse por qué?

—Por lo de hoy. Antes, cuando he estado en su casa. Yo... Tenía razón, no estaba buscando para comprar nada.

—Entonces ¿qué estaba haciendo?

Bosch abrió la puerta del coche y salió. Se sentía en desventaja con ella mirándolo desde arriba.

—Soy policía —dijo—. Necesitaba entrar en la urbanización para ver a alguien. La utilicé y lo siento. Lo siento de veras. No sabía lo de su padre ni nada de eso.

Ella sonrió y negó con la cabeza.

—Es la historia más ridícula que he oído nunca. ¿Y lo de Los Ángeles era parte de la historia?

—No, soy de Los Ángeles, soy policía allí.

—Yo no sé si lo admitiría en su caso. Tienen algunos problemillas de relaciones públicas.

—Sí, ya lo sé. Bueno... —Sintió que se animaba. Se dijo a sí mismo que su avión salía por la mañana y que no importaba lo que ocurriera porque no iba a volver a verla a ella ni a aquel estado—. Antes ha dicho algo de una limonada, pero no me ha invitado. Estaba pensando que tal vez podría contarle la historia, disculparme y tomar un poco de limonada. —Miró hacia la puerta de la casa.

—Los polis de Los Ángeles sois unos prepotentes —dijo ella, pero estaba sonriendo—. Un vaso. Y será mejor que sea una buena historia. Después nos vamos los dos. Yo he de ir en coche a Tampa esta noche.

Empezaron a caminar hacia la puerta y Bosch cayó en la cuenta de que estaba sonriendo.

—¿Qué hay en Tampa?

—Vivo allí, y lo hecho de menos. Llevo aquí desde que puse este condominio a la venta. Quiero pasar el domingo en casa, en mi estudio.

—¿Eres pintora?

—Lo intento.

Ella le abrió la puerta y dejó que Bosch pasara primero.

—Bueno, no hay problema. Tengo que ir a Tampa esta noche, mi vuelo sale por la mañana.

Mientras sostenía un vaso alto de limonada, Bosch explicó su estratagema de usarla para acceder al complejo y ver a otro residente, y ella no pareció enfadada. De hecho, se dio cuenta de que la mujer admiraba la ingeniosidad del truco. Bosch no le explicó cómo le había rebotado cuando McKittrick lo apuntó con una pistola. Le explicó por encima el caso, sin mencionar su conexión personal, y ella pareció intrigada por la idea de resolver un asesinato cometido treinta y tres años antes.

El vaso de limonada se convirtió en cuatro vasos, los dos últimos aderezados con vodka. La bebida se ocupó de lo que quedaba del dolor de cabeza de Bosch y puso un bonito velo en todo. Entre el tercer y el cuarto vaso, ella le preguntó si le molestaba que fumara y Bosch encendió un cigarrillo para los dos. Y cuando el cielo se oscureció sobre los mangles, Harry finalmente consiguió que la conversación girara en torno a ella. Había percibido cierta soledad en Jasmine, un misterio. Detrás de la cara bonita había cicatrices. De las que no se ven.

Se llamaba Jasmine Corian, pero dijo que sus amigos la llamaban Jazz. Había crecido al sol de Florida y nunca había deseado irse. Se había casado en una ocasión, pero había sido hacía mucho tiempo. No había nadie en su vida en ese momento y estaba acostumbrada a ello. Dijo que concentraba la mayor parte de su vida en ella y su arte y, en cierto modo, Bosch entendía lo que quería decir. Su propio arte, aunque pocos lo llamarían así, también ocupaba la mayor parte de su vida.

—¿Qué pintas?

—Sobre todo retratos.

—¿De quién?

—De gente que conozco. Quizá algún día te pintaré a ti, Bosch. Algún día.

Bosch no sabía qué decir a eso, de modo que hizo una torpe transición a terreno más seguro.

—¿Por qué no le das la casa a una inmobiliaria para que la venda? Así podrías quedarte pintando en Tampa.

—Porque me apetecía distraerme. Y tampoco quiero darle un cinco por ciento a una inmobiliaria. Es un complejo bonito. Estos apartamentos se venden muy bien sin inmobiliarias. Hay mucha inversión canadiense. Creo que lo venderé. Ésta ha sido la primera semana que ha salido el anuncio.

Bosch se limitó a asentir y lamentó haber desviado la conversación del tema de la pintura. El torpe cambio parecía haber embotado un poco la situación.

—Pensaba que a lo mejor te apetece ir a cenar.

Jasmine lo miró con solemnidad, como si la petición y su respuesta tuvieran mayores implicaciones. Probablemente las tenían. Al menos, Bosch pensaba que las tenían.

—¿Adónde iríamos?

Era un punto de inflexión, pero Bosch siguió el juego.

—No lo sé, no es mi ciudad, ni mi estado. Puedes elegir tú el sitio. Por aquí o de camino a Tampa. No me importa. Pero me gusta tu compañía, Jazz. Si a ti te gusta.

—¿Cuánto hace que no has estado con una mujer? Me refiero a una cita.

—¿En una cita? No lo sé. Unos meses, supongo. Pero, mira, no soy un caso imposible. Simplemente estoy solo en la ciudad y pensaba que tú...

—Está bien, Harry. Vamos.

—¿A cenar?

—Sí, a cenar. Conozco un sitio de camino a Tampa, está encima de Longboat. Tendrás que seguirme.

Bosch sonrió y asintió con la cabeza.

Ella conducía un Volkswagen escarabajo descapotable de color azul pastel con parachoques rojo. No la habría perdido ni en medio de una granizada, y menos en las lentas autopistas de Florida.

Bosch contó dos puentes levadizos en los que tuvieron que detenerse antes de llegar a Longboat Key. Desde allí se dirigieron hacia el norte a lo largo de la isla, cruzaron un puente hasta la isla de Anna Maria y finalmente se detuvieron en un lugar llamado Sandbar. Atravesaron el local y se sentaron en una terraza con vistas al golfo. Era agradable y comieron cangrejos y ostras acompañadas de cerveza mexicana. A Bosch le encantó.

No hablaron mucho, pero no hacía falta. Siempre era en los silencios cuando Bosch se sentía más cómodo con las mujeres con las que había estado a lo largo de su vida. Sentía que el efecto del vodka y la cerveza lo acercaban a ella, limando cualquier aspereza de la tarde. Experimentaba un creciente deseo. McKittrick y el caso habían quedado apartados en la oscuridad del fondo de su mente.

—Esto está bien —dijo él cuando finalmente se estaba acercando a su capacidad máxima de comer y beber—. Es genial.

—Sí, lo hacen bien. ¿Puedo decirte algo, Bosch?

—Adelante.

—Sólo estaba bromeando en lo que he dicho antes de los polis de Los Ángeles. Pero he conocido a otros polis antes... y tú pareces diferente. No sé por qué, pero es como si hubieras conservado mucho de lo que tú eres, ¿sabes?

—Supongo. Gracias. Creo.

Los dos se echaron a reír y en un movimiento tentativo ella

se inclinó y lo besó fugazmente en los labios. Fue bonito y Bosch sonrió. Sabía a ajo.

—Suerte que te ha quemado el sol porque te habrías puesto colorado otra vez.

—No. O sea has dicho una cosa bonita.

—¿Quieres venir a mi casa, Bosch?

Esta vez vaciló. No porque tuviera que pensar su respuesta, sino porque quería darle a ella la oportunidad de retirarse en caso de que hubiera hablado demasiado deprisa. Después de un momento de silencio, Bosch sonrió y asintió con la cabeza.

—Sí, me gustaría.

Salieron del restaurante y se dirigieron tierra adentro hacia la autopista. Siguiendo al Volkswagen, Bosch se preguntó si ella se lo pensaría mejor mientras conducía sola. En el puente de Skyway obtuvo su respuesta. Cuando se detuvo en la caseta del peaje con su dólar en la mano, el empleado negó con la cabeza y rechazó el dinero.

—No, la señora del escarabajo ya lo ha pagado.

—¿Sí?

—Sí. ¿La conoce?

—Todavía no.

—Pues creo que va a hacerlo. Buena suerte.

—Gracias.

Ahora Bosch no la habría perdido ni en una ventisca. Cuanto más conducía, mayor era la euforia adolescente de la anticipación. Estaba cautivado por la franqueza de aquella mujer y se preguntaba cómo se traduciría eso cuando hicieran el amor.

Jasmine lo condujo en dirección norte hasta Tampa y después a una zona llamada Hyde Park. El barrio, con vistas a la bahía, consistía en viejas casas victorianas y de estilo Craftsman con amplios porches. Ella vivía en un apartamento encima de un garaje de tres plazas, detrás de una casa victoriana gris con molduras verdes.

Cuando llegaron a lo alto de la escalera y Jasmine estaba metiendo la llave en la cerradura, Bosch pensó en algo y no supo qué hacer. Ella abrió la puerta y lo miró. Le adivinó el pensamiento.

—¿Qué pasa?

—Nada. Pero estaba pensando que debería ir un momento a un *drugstore*.

—No te preocupes. Tengo lo que necesitas. Pero ¿puedes esperar aquí un minuto? He de recoger un poco la casa y limpiar un par de cosas.

Bosch la miró.

—A mí no me importa.

—Por favor.

—Vale, tómate tu tiempo.

Bosch esperó durante unos tres minutos hasta que ella apareció en el umbral y lo invitó a entrar. Si había limpiado, lo había hecho a oscuras. La única luz procedía de lo que Bosch supuso que era la cocina. Jasmine lo tomó de la mano y lo condujo en dirección contraria a la luz, a lo largo de un pasillo a oscuras que llevaba al dormitorio. Allí ella encendió la luz, revelando una habitación escasamente amueblada en cuyo centro había una cama de hierro forjado con dosel. Había una mesita de noche de madera sin barnizar y un escritorio también sin barnizar y la mesa de una vieja máquina de coser Singer con un jarrón azul con flores muertas. No había nada colgado de las paredes, aunque Bosch vio un clavo que asomaba del yeso encima del jarrón. Jasmine se fijó en las flores y enseguida cogió el jarrón de la mesa y salió de la habitación.

—Voy a tirar esto. No he estado aquí en una semana y olvidé cambiarlas.

Al llevarse las flores se levantó en la habitación un olor ligeramente acre. Cuando ella salió, Bosch volvió a mirar el clavo y creyó distinguir la forma de un rectángulo en la pared. Allí había habido algo colgado. Jasmine no había entrado a limpiar, si lo hubiera hecho habría tirado las flores. Había entrado para descolgar un cuadro.

Jasmine regresó a la habitación y volvió a poner el jarrón vacío en la mesa.

—¿Te apetece otra cerveza? También tengo vino.

Bosch se acercó a ella, cada vez más intrigado por sus misterios.

—No, gracias.

Sin decir ni una palabra más, se abrazaron. Bosch sintió el gusto de la cerveza y el ajo y el humo del cigarrillo mientras la besaba, pero no le importó. Sabía que ella estaría saboreando lo mismo. Apretó su mejilla contra la de ella y acercó la nariz al lugar del cuello donde ella se echaba el perfume. Jazmín nocturno.

Fueron hasta la cama, cada uno quitándose prendas de ropa entre besos apasionados. El cuerpo de Jasmine era hermoso, con las líneas del bronceado distinguibles. Bosch besó sus pechos pequeños y encantadores y suavemente posó su espalda en la cama. Ella le pidió que esperara y rodó en la cama para sacar del cajón de la mesita de noche una tira con tres condones. Se los pasó.

—No te hagas ilusiones —comentó él.

Los dos se echaron a reír y la risa pareció mejorar las cosas.

—No lo sé —dijo ella—. Ya veremos.

Para Bosch, los encuentros sexuales siempre habían sido una cuestión de sincronización. Los deseos de dos individuos se elevan y remiten siguiendo un curso propio. Existen necesidades emocionales separadas de las físicas. Y en ocasiones todas esas cosas encajan en una persona y después encajan a la vez con las de otra persona. El encuentro de Bosch con Jasmine Corian fue una de esas ocasiones. El sexo creó un mundo sin intrusiones. Un mundo tan vital que podría haber durado una hora o tal vez sólo unos pocos minutos y él no habría detectado la diferencia. Al final, Harry estaba encima de ella, mirando sus ojos abiertos, y Jasmine se aferraba a los brazos de Harry como si de ello dependiera su vida. Los cuerpos de ambos se estremecieron al unísono y él se quedó quieto encima de Jasmine, respirando en el hueco que había entre el cuello y el hombro de ella.

Se sentía tan bien que tenía la necesidad de reír en voz alta, pero no creyó que ella lo hubiera entendido. Sofocó la risa y la hizo sonar como una tos amortiguada.

—¿Estás bien? —preguntó ella con suavidad.

—Nunca he estado mejor.

Bosch se apartó, retrocediendo sobre su cuerpo. Le besó los pechos y se sentó con las piernas de ella a ambos lados de su cuerpo. Se quitó el preservativo dándole la espalda.

Se levantó y caminó hasta una puerta que esperaba que fuera el cuarto de baño y que resultó ser un armario. La siguiente puerta que probó sí era el cuarto de baño y Bosch tiró el condón por el inodoro. Inadvertidamente se preguntó si terminaría en algún lugar de la bahía de Tampa.

Cuando Harry volvió del cuarto de baño, Jasmine estaba

sentada con la sábana enrollada en torno a la cintura. Bosch vio su americana en el suelo y sacó los cigarrillos. Le dio uno a ella y se lo encendió. Después se dobló y volvió a besarle los pechos. La risa de Jasmine era contagiosa y le hizo sonreír.

—¿Sabes una cosa? Me gusta que no hayas venido preparado.

—¿Preparado? ¿De qué estás hablando?

—Bueno, de que ofreciste ir al *drugstore*. Eso muestra la clase de hombre que eres.

—¿A qué te refieres?

—Si hubieras venido desde Los Ángeles con un condón en la cartera, habría sido tan... No sé, premeditado. Como alguien siempre listo. Todo habría sido poco espontáneo. Me alegro de que no haya sido así, Harry Bosch, nada más.

Bosch asintió con la cabeza, tratando de seguir el hilo de su argumentación. No estaba seguro de haberla entendido. Y se preguntó qué debía pensar él del hecho de que ella sí estuviera preparada. Decidió dejarlo y encender un cigarrillo.

—¿Cómo te hiciste eso en la mano?

Bosch se había quitado las gasas durante el vuelo y Jasmine se había fijado en las marcas en los dedos. Las quemaduras se habían curado hasta el punto de que parecían dos verdugones en sendos dedos.

—Con un cigarrillo. Me quedé dormido.

Sentía que podía decirle la verdad de todo lo que concernía a su vida.

—Dios, qué susto.

—Sí, no creo que me vuelva a pasar.

—¿Quieres quedarte conmigo esta noche?

Bosch se acercó a ella y la besó en el cuello.

—Sí —susurró.

Ella le tocó la cicatriz en forma de cremallera de su hombro derecho. Todas las mujeres con las que se había acostado hacían eso. Era una cicatriz desagradable y Bosch nunca había entendido qué las impulsaba a tocarla.

—¿Te dispararon?

—Sí.

—Eso asusta más todavía.

Bosch se encogió de hombros. Era historia y nunca pensaba en ello.

—Lo que quería decirte antes es que no eres como la mayoría de los polis que he conocido. Te queda mucha humanidad. ¿Cómo es eso?

Bosch volvió a encogerse de hombros.

—¿Estás bien, Harry? —preguntó ella.

Bosch apagó su cigarrillo.

—Sí, estoy bien. ¿Por qué?

—No lo sé. ¿Conoces esa canción de Marvin Gaye? ¿Antes de que lo matara su propio padre? Habla de la terapia sexual. Decía que era buena para el alma. Algo así. El caso es que yo lo creo, ¿tú no?

—Supongo.

—Creo que necesitas curarte, Bosch. Es la sensación que me da.

—¿Quieres dormir?

Ella volvió a acostarse y se subió la sábana. Bosch caminó por la habitación desnudo para apagar la luz. Cuando estaba bajo las sábanas en la oscuridad, Jasmine se colocó de costado, dándole la espalda, y le pidió que la abrazara. Bosch se le acercó y lo hizo. Le encantaba su olor.

—¿Cómo es que la gente te llama Jazz?

—No lo sé. Supongo que va con el nombre.

Al cabo de unos segundos, ella quiso saber por qué se lo había preguntado.

—Porque hueles como tus dos nombres. Como la flor y como la música.

—¿A qué huele el jazz?

—Huele oscuro y ahumado.

Se quedaron un rato en silencio y al final Bosch pensó que ella se había dormido. Él todavía no podía conciliar el sueño. Se quedó tumbado con los ojos abiertos, mirando las sombras de la habitación. Entonces Jasmine le habló en voz baja.

—Bosch, ¿qué es lo peor que te has hecho a ti mismo?

—¿A qué te refieres?

—Ya sabes a qué me refiero. ¿Qué es lo peor? ¿Qué es lo que te mantiene despierto por la noche si lo piensas demasiado?

Bosch pensó unos segundos antes de responder.

—No lo sé. —Forzó una risa incómoda y breve—. Supongo que he hecho muchas cosas malas. Supongo que muchas me las he hecho a mí mismo. Al menos pienso mucho en eso...

—Dime una de ellas. Puedes decírmelo.

Y Bosch sabía que podía. Pensó que podía decirle casi cualquier cosa y que no sería juzgado con severidad.

—Cuando era niño crecí básicamente en un orfanato. Cuando era nuevo allí, uno de los chicos mayores me quitó mis zapatillas deportivas. No le iban bien, pero lo hizo porque podía hacerlo. Era uno de los gallitos y me las quitó. No hice nada al respecto y eso me dolió.

—Pero no lo hiciste tú, no es lo que te había...

—No, no he terminado. Te he contado esto porque tenías que conocer esta parte. Verás, cuando yo crecí y era uno de los veteranos hice lo mismo. Le quité los zapatos a un niño nuevo. Era más pequeño y los zapatos ni siquiera me entraban. Sólo los cogí y..., no sé, los tiré o no sé. Pero se los quité porque podía. Hice lo mismo que me habían hecho a mí... Y a veces, incluso ahora, pienso en eso y me siento mal.

Ella le apretó la mano de una forma que Bosch supuso que pretendía darle ánimo, pero no dijo nada.

—¿Era la clase de historia que querías oír?

Jasmine volvió a apretarle la mano. Al cabo de un rato Bosch volvió a hablar.

—Creo que lo que más lamento es haber dejado escapar a una mujer.

—¿Te refieres a una criminal?

—No. Me refiero a que vivíamos... Éramos amantes y cuando ella quiso irse, yo en realidad... no hice nada. No luché. Y a veces, cuando lo pienso, creo que si lo hubiera intentado quizá la habría convencido... No lo sé.

—¿Ella te dijo por qué se marchaba?

—Llegó a conocerme demasiado bien. No la culpo por nada. Me pesa el pasado. Supongo que puedo ser difícil de tratar. He vivido solo la mayor parte de mi vida.

El silencio volvió a llenar la habitación y Bosch esperó. Sentía que había algo más que Jasmine quería decir o que le preguntaran. Pero cuando ella habló Bosch no estuvo seguro de si estaba hablando de él o de ella misma.

—Dicen que cuando un gato es arisco y araña y bufa a todo el mundo, incluso a quien quiere reconfortarle y amarle, es porque no lo cuidaron lo suficiente cuando era un cachorro.

—Nunca había oído eso.

—Creo que es cierto.

Bosch se quedó en silencio un momento y levantó la mano para tocarle los pechos.

—¿Ésa es tu historia? —preguntó él—. ¿No te cuidaron lo suficiente?

—Quién sabe.

—¿Qué es lo peor que te has hecho a ti misma, Jasmine? Creo que quieres contármelo.

Sabía que quería que se lo preguntara. Era la hora de las confesiones y empezaba a pensar que ella había dirigido toda la noche para que llegaran a esa pregunta.

—Tú no intentaste aferrarte a alguien cuando deberías haberlo hecho —dijo ella—. Yo me aferré a quien no debía. Me aferré demasiado tiempo. La cuestión es que sabía adónde conducía, en lo profundo de mi ser lo sabía. Era como estar de pie en las vías y ver que el tren se te acerca, pero que estás demasiado hipnotizada por la luz brillante para moverte y salvarte.

Bosch tenía los ojos abiertos en la oscuridad. Apenas distinguía la forma del hombro y la mejilla de ella. Se le acercó, la besó en el cuello y le susurró al oído: «Pero saliste. Eso es lo importante.»

—Sí, salí —dijo ella con aire nostálgico—. Salí.

Ella se quedó un rato en silencio y después estiró el brazo

bajo las sábanas y tocó la mano que Bosch tenía en torno a uno de sus pechos. Dejó su mano encima de la de él.

—Buenas noches, Harry.

Bosch esperó un poco, hasta que oyó la respiración acompasada de Jasmine y entonces fue capaz de dormirse él. Esta vez no hubo sueño, sólo calidez y oscuridad.

Por la mañana, Bosch se levantó el primero. Se duchó y usó el cepillo de dientes de Jasmine sin pedirle permiso. Después se puso la ropa del día anterior y fue a buscar la bolsa de viaje al coche. Una vez vestido con ropa limpia se aventuró hasta la cocina a preparar café, pero lo único que encontró fue una caja de bolsitas de té.

Renunciando a la idea, caminó por el apartamento; sus pisadas sonaban en el suelo de pino viejo. La sala de estar era tan austera como el dormitorio. Había un sofá con una colcha color hueso extendida por encima, una mesita de café y un viejo equipo de música sin reproductor de cedés. No había televisión. De nuevo las paredes estaban desnudas, salvo por la reveladora indicación de lo que había habido en ellas. Encontró dos clavos en la pared. No estaban oxidados ni pintados encima. No llevaban mucho tiempo así.

A través de unas puertas cristaleras, la sala de estar se abría a un porche cerrado con ventanas. Había muebles de ratán y varias plantas en macetas, incluido un naranjo enano con fruta. Todo el porche tenía una fragancia a algo. Bosch se acercó a las ventanas y al mirar al sur vio la bahía por el callejón de detrás de la propiedad. El sol de la mañana que se reflejaba en él era puro en su luz blanca.

Cruzó de nuevo la sala de estar hasta otra puerta que se hallaba en la pared opuesta a la puerta cristalera. En cuanto la abrió percibió el olor penetrante de óleo y trementina. Allí era donde ella pintaba. Bosch dudó un momento, pero entró.

La primera cosa en la que reparó fue que la sala tenía una ventana con una vista directa de la bahía más allá de los patios traseros y los garajes de tres o cuatro de las casas del callejón. Era hermoso y sabía por qué ella había elegido esa habitación para desarrollar su arte. En el centro de la estancia, en un trapo manchado con gotas de pintura, había un caballete, pero ninguna banqueta. Jasmine pintaba de pie. No vio ninguna lámpara ni otra fuente de luz artificial en la habitación. Pintaba sólo con luz natural.

Bosch caminó en torno al caballete y vio que el lienzo estaba inmaculado. En una de las paredes había un estante metálico con diversos tubos de pintura, paletas y latas de café con pinceles. Al extremo del estante había un lavadero.

Bosch vio más lienzos apoyados contra la pared, debajo del estante. Estaban de cara adentro y parecían sin usar, como el que permanecía en el caballete esperando la mano de la artista. Pero Bosch sospechaba que no era así después de ver los clavos expuestos en las paredes de las otras habitaciones del apartamento. Metió el brazo debajo del estante y extrajo algunos de los lienzos. Al hacerlo se sintió casi como si estuviera trabajando en un caso, resolviendo algún misterio.

Los tres retratos que sacó estaban pintados en tonos oscuros. Ninguno estaba firmado, pero era obvio que todos eran obra de una misma mano. Y esa mano era la de Jasmine. Bosch reconoció el estilo de la pintura que había visto en el apartamento del padre. Líneas firmes, colores oscuros. El primero que miró era el desnudo de una mujer con la cara apartada y sumida en las sombras. Bosch sintió que la oscuridad arrastraba a la mujer, no que ella se volvía a la oscuridad. La boca de la figura se hallaba completamente en sombra. Como si fuera muda. La mujer, Bosch lo sabía, era Jasmine.

La segunda pintura parecía parte del mismo estudio que la primera. Era el mismo desnudo en la sombra, aunque en esta ocasión de cara al espectador. Bosch se fijó en que en el retrato Jasmine se había pintado pechos más grandes de los que tenía en realidad y se preguntó si lo había hecho a propósito y tenía algún significado, o quizá era una mejora subliminal hecha por la artista. Se fijó en que debajo de la pátina de sombra gris había trazos rojos en la mujer. Bosch entendía poco de arte, pero sabía que era un retrato oscuro.

Bosch observó la tercera pintura que había sacado y descubrió que no tenía relación con las otras dos, salvo por el hecho de que de nuevo era un retrato desnudo de Jasmine. Sin embargo, esta obra la reconoció claramente como una reinterpretación de *El grito* de Edvard Munch, una obra que siempre había fascinado a Bosch, a pesar de que sólo la había visto en libros. En la imagen que tenía ante sí, la figura de la persona aterrorizada era Jasmine. El escenario se había cambiado del terrorífico y arremolinado paisaje onírico de Munch, al puente de Skyway. Bosch reconoció claramente los tubos amarillos del arco de soporte del puente.

—¿Qué estás haciendo?

Bosch saltó como si le hubieran acuchillado por la espalda. Era Jasmine, que estaba en el umbral del estudio. Llevaba una bata de seda que se cerraba con los brazos. Tenía los ojos hinchados. Acababa de levantarse.

—Estoy mirando tu trabajo, ¿te molesta?

—Esta puerta estaba cerrada.

—No.

Ella se estiró hacia el pomo de la puerta y lo giró como si desaprobara su alegato.

—No estaba cerrada, Jazz. Lo siento. No sabía que no querías que entrara.

—¿Puedes dejarlos donde estaban, por favor?

—Claro. Pero ¿por qué los has quitado de las paredes?

—No lo he hecho.

—¿Era porque eran desnudos o por lo que significan?

—No quiero hablar de esto. Vuelve a guardarlos.

Jasmine se apartó del umbral y Bosch volvió a poner las pinturas donde las había encontrado. Salió de la habitación y la encontró en la cocina, llenando la tetera con agua del grifo. Le estaba dando la espalda y Bosch se acercó y le puso suavemente una mano en el hombro. Aun así, ella reaccionó ligeramente ante el contacto.

—Jazz, mira, lo siento. Soy poli. Tengo curiosidad.

—Vale.

—¿Estás segura?

—Sí, estoy segura. ¿Quieres un té?

Jasmine había cerrado el grifo, pero no había hecho ningún movimiento para poner el recipiente en el fuego.

—No, estaba pensando que tal vez podía invitarte a desayunar fuera.

—¿A qué hora te vas? Pensaba que decías que el avión salía esta mañana.

—Eso era la otra cosa en la que estaba pensando. Podría quedarme otro día, irme mañana, si tú quieres. Quiero decir si me invitas. Me gustaría quedarme.

Jasmine se volvió y lo miró.

—Yo también quiero que te quedes.

Ambos se abrazaron y se besaron, pero ella enseguida se apartó.

—No es justo, tú te has lavado los dientes. Yo tengo un aliento horroroso.

—Sí, pero yo he usado tu cepillo de dientes, así que estamos empatados.

—Cochino. Ahora tendré que comprar otro.

—Sí.

Ambos rieron y ella le echó los brazos al cuello y lo abrazó. El incidente del estudio aparentemente estaba olvidado.

—Llama a la compañía aérea mientras yo me preparo. Ya sé adónde podemos ir.

Cuando ella se apartó, Bosch la retuvo. Quería volver a sacar el tema. No pudo evitarlo.

—Quiero preguntarte algo.

—¿Qué?

—¿Cómo es que esas pinturas no están firmadas?

—No están preparadas para que las firme.

—La de la casa de tu padre estaba firmada.

—Ésa era para él, por eso la firmé. Esas otras son para mí.

—La del puente... ¿La mujer va a saltar?

Ella lo miró largo tiempo antes de responder.

—No lo sé. A veces cuando la miro creo que sí. Creo que la idea está presente, pero nunca se sabe.

—Eso no puede ocurrir, Jazz.

—¿Por qué no?

—Porque no.

—Voy a arreglarme.

Jasmine se apartó de Bosch y salió de la cocina.

Bosch fue al teléfono que había en la pared, junto a la nevera, y llamó a la compañía aérea. Mientras hacía los preparativos para volar el lunes por la mañana, decidió en un capricho preguntarle a la agente de la aerolínea si era posible redirigir su vuelo a Los Ángeles pasando por Las Vegas. Ella dijo que no sin una escala de tres horas y cuarenta y cinco minutos. Bosch aceptó. Tuvo que pagar cincuenta dólares, además de los setecientos que ya había desembolsado, para realizar los cambios necesarios. Recurrió a la tarjeta de crédito.

Pensó en Las Vegas en el momento de colgar. Claude Eno podía estar muerto, pero su mujer todavía cobraba los cheques. Podría merecer los cincuenta dólares adicionales.

—¿Listo?

Era Jasmine que lo llamaba desde la sala de estar. Bosch salió de la cocina y la encontró esperándolo con tejanos cortados y un *top* debajo de una camisa que se dejó desabrochada y atada por encima de la cintura. Ya llevaba gafas de sol.

Jasmine lo llevó a un sitio donde vertían miel encima de los bollos y servían huevos con sémola de maíz y mantequilla. Bosch no había comido sémola de maíz desde la academia de Benning. El desayuno era delicioso. Ninguno de los dos habló mucho. No se mencionaron ni las pinturas ni la conversación que habían mantenido antes de dormirse la noche anterior. Parecía que lo que habían dicho era mejor dejarlo para las sombras de la noche, y tal vez los cuadros también.

Cuando terminaron de tomar café, ella insistió en pagar.

Bosch puso la propina. Pasaron la tarde circulando en el Volkswagen con el techo abierto.

Jasmine lo llevó por toda la ciudad, desde Ybor City a St Petersbourg Beach, consumiendo un depósito de gasolina y dos paquetes de cigarrillos. A última hora de la tarde estaban en un lugar llamado Indian Rock Beach, contemplando la puesta de sol en el golfo.

—He estado en muchos sitios —le dijo Jasmine—. Pero la luz que más me gusta es la de aquí.

—¿Has estado alguna vez en California?

—No, todavía no.

—A veces la puesta de sol parece lava vertida sobre la ciudad.

—Tiene que ser hermoso.

—Te hace perdonar muchas cosas, olvidar muchas cosas... Es lo que tiene Los Ángeles. Hay muchas piezas rotas, pero las que todavía funcionan, funcionan de verdad.

—Creo que te entiendo.

—Tengo curiosidad por algo.

—Ya estamos otra vez. ¿Qué?

—Si no muestras tus pinturas a nadie, ¿de qué vives?

La pregunta estaba fuera de lugar, pero Bosch había estado pensando en eso todo el día.

—Tengo dinero de mi padre. Incluso de mucho antes de que muriera. No es mucho, pero no necesito gran cosa. Es suficiente. Si no tengo la necesidad de vender mis obras cuando están acabadas no me siento comprometida mientras las hago. Serán puras.

A Bosch le sonó a forma conveniente de explicar el temor a exponerse, pero lo dejó estar. Ella no.

—¿Siempre eres poli? ¿Siempre estás haciendo preguntas?

—No, sólo cuando me preocupo por alguien.

Después de parar en casa de ella para cambiarse, cenaron en un *steak house* de Tampa, donde la lista de vinos era un libro tan grueso que venía con su propio pedestal. El restaurante en sí parecía obra de algún decorador italiano un poco delirante: una mezcla de rococó dorado, terciopelo rojo chillón y pinturas y esculturas clásicas. Era el tipo de sitio que esperaba que ella le propusiera. Mencionó que el dueño de ese palacio de comedores de carne era vegetariano.

—Será alguien de California.

Jasmine sonrió y se quedó un rato en silencio después del comentario. La mente de Bosch vagó al caso. Había pasado todo el día sin pensar en él. De pronto, sintió una punzada de culpa. Era casi como si estuviera cambiando de vía, alejándose de su madre para perseguir el placer egoísta de la compañía de Jasmine. Jasmine pareció leerle el pensamiento y supo que estaba debatiéndose por algo.

—¿Puedes quedarte otro día, Harry?

Bosch sonrió, pero negó con la cabeza.

—No puedo. Tengo que irme. Pero volveré lo antes posible.

Bosch pagó la cena con una tarjeta de crédito que supuso que estaba llegando a su límite y ambos se dirigieron al apartamento. Sabiendo que se les acababa el tiempo de estar juntos, fueron derechos a la cama e hicieron el amor.

A Bosch la sensación del cuerpo de ella, su sabor y su aroma le parecieron perfectos. No quería que el momento terminara. Había sentido atracciones inmediatas por mujeres con anterioridad e incluso las había llevado a cabo. Pero ninguna experiencia había sido tan seductora y completa. Supuso que era por todo lo que no conocía de ella. Ése era el anzuelo. Jasmine era un misterio.

Físicamente, no podría sentirse más cerca de ella de lo que estaba en esos momentos, sin embargo, había mucho de ella oculto, inexplorado. Hicieron el amor a ritmo lento y se besaron profundamente al final.

Después, Bosch se tumbó al lado de Jasmine, con el brazo encima del abdomen plano de ella. Una de sus manos trazó círculos en su pelo. Empezó la hora de las confesiones.

—Harry, ¿sabes?, no he estado con muchos hombres en mi vida.

Bosch no respondió porque no sabía cuál podía ser la respuesta apropiada. Había superado lo de preocuparse por el historial sexual de una mujer por otras razones que no fueran de salud.

—¿Y tú? —preguntó ella.

Bosch no pudo resistirse.

—Yo tampoco he estado con muchos hombres. De hecho, que yo sepa no he estado con ninguno.

Ella le pellizcó en el hombro.

—Ya sabes a qué me refiero.

—La respuesta es que no. No he estado con muchas mujeres en mi vida. Al menos, no las suficientes.

—No sé. La mayoría de los hombres con los que he estado... Es como si quisieran algo de mí que no les daba. No sé lo que era, pero simplemente no lo tenía para darlo. Entonces o me iba demasiado pronto o me quedaba demasiado.

Bosch se incorporó sobre un codo y la miró.

—A veces creo que conozco a los desconocidos mejor que a nadie, mejor que a mí mismo. Aprendo mucho de la gente en mi trabajo. A veces pienso que ni siquiera tengo vida. Sólo tengo la vida de los demás... No sé de qué estoy hablando.

—Creo que sí. Te entiendo. Tal vez todo el mundo es así.

—No lo sé. No lo creo.

Se quedaron en silencio. Bosch se inclinó y le besó los pechos, sosteniendo un pezón entre los labios durante un buen rato. Ella levantó las manos y le sostuvo la cabeza en su pecho. Bosch podía oler a jazmín.

—Harry, ¿alguna vez has tenido que usar tu pistola?

Bosch levantó la cabeza. La pregunta parecía fuera de lugar, pero a través de la oscuridad Bosch vio los ojos de Jasmine fijos en él, observando y aguardando una respuesta.

—Sí.

—Has matado a alguien. —No era una pregunta.

—Sí.

Ella no dijo nada más.

—¿Qué ocurre, Jazz?

—Nada, sólo me preguntaba cómo sería eso. Como seguirías adelante.

—Bueno, lo único que puedo decir es que duele. Incluso cuando no hay alternativa, duele. Simplemente hay que seguir adelante.

Jasmine se quedó en silencio. Bosch esperaba que hubiera obtenido lo que fuera que quería escuchar de él. Estaba confundido. No sabía por qué le había hecho estas preguntas y se planteó si de algún modo lo estaba poniendo a prueba. Volvió a apoyarse en la almohada y esperó que le llegara el sueño, pero la confusión no le dejaba pegar ojo. Al cabo de un rato ella se volvió en la cama y le pasó un brazo por encima.

—Creo que eres un buen hombre —le susurró al oído.

—¿Lo soy? —respondió él en otro susurro.

—Y vas a volver, ¿verdad?

—Sí, voy a volver.

Bosch pasó por todos los mostradores de alquiler de coches del aeropuerto internacional McCarran de Las Vegas, pero en ninguno quedaban vehículos disponibles. Se reprendió en silencio por no haber hecho una reserva y salió de la terminal para coger un taxi. Cuando le dio la dirección de Lone Mountain Drive a la taxista, pudo ver claramente su decepción en el espejo retrovisor. El destino no era un hotel, de manera que ella no podría conseguir de inmediato una carrera de regreso.

—No se preocupe —dijo Bosch, comprendiendo su problema—. Si me espera puede llevarme de vuelta al aeropuerto.

—¿Cuánto tiempo va a estar? Me refiero a que Lone Mountain está bastante lejos, en los pozos de arena.

—Podría estar cinco minutos o quizá menos. Puede que media hora. No creo que más.

—¿Espera con el taxímetro?

—Como usted quiera.

Ella pensó un momento y puso en marcha el coche.

—De todos modos —dijo Bosch—, ¿dónde están todos los coches de alquiler?

—Hay una gran convención en la ciudad. De electrónica, creo.

El trayecto hasta el desierto, al noroeste del Strip, era de treinta minutos. Los edificios de neón y vidrio se batieron en retirada y el taxi atravesó barrios residenciales hasta que éstos también se hicieron más escasos. La tierra era de un marrón desigual y estaba salpicada de matorrales dispares. Bosch sabía que las raíces de cada arbusto se extendían mucho y absorbían la escasa humedad de la tierra, haciendo que el terreno pareciera muerto y desolado.

Las casas eran asimismo escasas y se hallaban separadas unas de otras, como si cada una fuera un puesto de avanzada en tierra de nadie. Las calles habían sido diseñadas y pavimentadas tiempo atrás, pero el *boom* de Las Vegas aún no había llegado hasta allí, aunque estaba en camino. La ciudad iba extendiéndose como una mancha de algas en el mar.

La carretera empezó a empinarse hacia una montaña color chocolate. El coche se sacudió cuando a su lado pasó rugiendo una procesión de camiones de dieciocho ruedas cargados de arena de los pozos de excavación que había mencionado la taxista. Y enseguida el camino pavimentado dejó paso a la gravilla y el taxi levantó una estela de polvo a su paso. Bosch empezó a pensar que la dirección que la supervisora insoportable del ayuntamiento le había dado era falsa. Pero entonces llegaron.

La dirección a la que se enviaban los cheques mensuales correspondientes a la pensión de Claude Eno era una casa extendida estilo rancho, de estuco rosa y con un tejado de color blanco polvoriento. Si miraba más allá, Bosch distinguía dónde terminaba incluso el camino de grava. Era el final del trayecto. Nadie vivía más apartado que Claude Eno.

—No sé —dijo la taxista—. ¿Quiere que le espere? Esto parece la luna.

La mujer había aparcado en el sendero, detrás de un Olds Cutlass modelo finales de los setenta. Había otro vehículo en una cochera, cubierto por una lona que era azul en la parte del fondo de la cochera, pero que parecía casi blanca en las superficies sacrificadas al sol.

Bosch sacó su fajo de billetes y pagó a la taxista treinta y cinco dólares por el viaje de ida. Después sacó dos billetes de veinte, los partió por la mitad y le dio la mitad de cada billete.

—Si espera, le doy la otra mitad.

—Más la tarifa de vuelta al aeropuerto.

—Más la tarifa.

Bosch salió, dándose cuenta de que si nadie le abría la puerta los suyos podían ser los cuarenta pavos perdidos más deprisa en todo Las Vegas. Pero estaba de suerte. Una mujer con aspecto de tener casi setenta años le abrió la puerta antes de que llamara. «¿Y por qué no? —pensó—. En esta casa puedes ver llegar a las visitas desde más de un kilómetro.»

Bosch sintió la ráfaga del aire acondicionado que escapaba a través de la puerta abierta.

—¿Señora Eno?

—No.

Bosch sacó la libreta y comprobó la dirección con los números negros clavados en la pared, al lado de la puerta. Coincidían.

—¿Olive Eno no vive aquí?

—No ha preguntado eso. Yo no soy la señora Eno.

—¿Podría hablar con la señora Eno, por favor? —Molesto con la meticulosidad de la señora, Bosch mostró la placa que McKittrick le había devuelto después del paseo en barco—. Es un asunto policial.

—Bueno, puede intentarlo. No ha hablado con nadie en tres años, al menos no ha hablado con nadie que esté fuera de su imaginación.

Invitó a Bosch a pasar y éste se adentró en la fría casa.

—Yo soy su hermana. Cuido de ella. Olive está en la cocina. Estábamos comiendo cuando vi la nube de polvo que subía por la carretera y después lo oí llegar.

Bosch la siguió por un pasillo de baldosas hasta la cocina. La casa olía a viejo, como a polvo, moho y orina. En la cocina había una mujer con aspecto de gnomo y el pelo blanco. Estaba sentada en una silla de ruedas, ocupando apenas un tercio del espacio que ofrecía el asiento. Las manos nudosas y blancas de la mujer estaban entrelazadas encima de una bandeja deslizante situada delante de la silla. La anciana tenía cataratas de color azul lechoso en ambos ojos y éstos parecían muertos para el mundo exterior. Bosch reparó en un bol de salsa de manzana en la mesa de al lado. Sólo tardó unos segundos en sopesar la situación.

—Cumplirá noventa en agosto —dijo la hermana—. Si llega.

—¿Cuánto tiempo lleva así?

—Mucho. Yo hace tres años que la cuido. —Se dobló hacia la cara de gnomo y añadió en voz alta—: ¿Verdad, Olive?

El volumen de la pregunta pareció disparar un interruptor y la mandíbula de Olive Eno empezó a moverse, aunque no emitió ningún sonido inteligible. Detuvo el esfuerzo después de un rato y la hermana se enderezó.

—No te preocupes, Olive. Ya sé que me quieres.

Esta frase no la dijo en voz tan alta. Quizá temía que Olive lograra negarlo.

—¿Cómo se llama? —preguntó Bosch.

—Elizabeth Shivone. ¿De qué se trata? He visto que esa placa suya es de Los Ángeles, no de Las Vegas. ¿No se ha alejado un poco?

—La verdad es que no. Se trata de uno de los viejos casos de su cuñado.

—Hace cinco años que murió Claude.

—¿Cómo murió?

—Simplemente murió. Le reventó el corazón. Se derrumbó ahí mismo donde está usted ahora.

Ambos miraron al suelo como si el cadáver continuara allí.

—He venido a mirar sus cosas —dijo Bosch.

—¿Qué cosas?

—No lo sé. Pensaba que tal vez guardaba archivos de su época en la policía.

—Será mejor que me diga qué está haciendo aquí. No me suena correcto.

—Estoy investigando un caso en el que trabajó en mil novecientos sesenta y uno. Sigue abierto. Faltan partes del archivo. Pensé que tal vez se las había llevado él. Pensaba que tal vez se quedó con algo importante. No sé qué. Cualquier cosa. Creí que merecía la pena intentarlo.

Bosch vio que la mente de Elizabeth trabajaba y los ojos de

la mujer se congelaron por un segundo cuando su recuerdo se enganchó con algo.

—Hay algo, ¿verdad? —dijo él.

—No, creo que debería irse.

—Es una casa grande. ¿Tenía un despacho en casa?

—Claude dejó la policía hace treinta años. Se construyó su casa en medio de ninguna parte para estar alejado de eso.

—¿Qué hizo cuando se trasladó aquí?

—Trabajó en la seguridad de un casino. Unos años en el Sands y después veinte en el Flamingo. Cobraba dos pensiones y cuidaba bien de Olive.

—Hablando de eso, ¿quién firma ahora el recibo de los cheques de la pensión?

Bosch miró a Olive Eno para recalcar su argumento. La otra mujer se quedó un buen rato en silencio antes de optar por la ofensiva.

—Mire, podría conseguir un poder del abogado. Mírela. No sería un problema. Yo cuido de ella, señor.

—Sí, le sirve su salsa de manzana.

—No tengo nada que ocultar.

—¿Quiere que alguien se asegure o prefiere que termine aquí? En realidad, no me importa lo que usted haga, señora. Ni siquiera me importa si usted es de verdad su hermana. Si tuviera que apostar diría que no. Pero ahora mismo no me importa. Estoy ocupado. Sólo quiero mirar esos papeles de Eno.

Bosch se detuvo y dejó que la mujer lo pensara. Miró su reloj.

—Entonces no hay orden de registro, ¿verdad?

—No, no tengo ninguna orden. Tengo un taxi esperando. Si me hace conseguir esa orden no voy a ser un tipo tan amable.

La mujer miró a Bosch de arriba abajo, como para calibrar lo amable y no amable que podía ser.

—El despacho está por ahí.

Elizabeth Shivone pronunció las palabras como si éstas fueran virutas de madera arrancadas por un escoplo. Otra vez lo condujo con rapidez por el pasillo y después a la izquierda hasta un estudio. Había un viejo escritorio metálico como pieza central de la sala, un par de armarios de cuatro cajones, una silla adicional y poco más.

—Después de morir, Olive y yo pusimos todo en esos armarios y no hemos vuelto a mirarlos desde entonces.

—¿Están llenos?

—Los ocho. Adelante.

Bosch metió la mano en el bolsillo y sacó otro billete de veinte. Lo partió y le dio una mitad a Shivone.

—Dele esto a la taxista. Dígale que voy a tardar un poco más de lo que pensaba.

La mujer exhaló de manera audible, agarró el medio billete y salió del despacho. En cuanto ella se hubo marchado, Bosch se acercó al escritorio y abrió cada uno de los cajones. Los dos primeros estaban vacíos. El siguiente contenía material de papelería y artículos de oficina. El cuarto cajón contenía un talonario de cheques que Bosch miró por encima y vio que correspondía a una cuenta para cubrir los gastos domésticos. También había un archivador con recibos recientes y otros documentos. El último cajón del escritorio estaba cerrado.

Empezó con los cajones de abajo del archivador y fue subiendo. En el primero no había nada que pareciera remotamente conectado con el caso en el que Bosch estaba trabajando. Había archivos con etiquetas con los nombres de diferentes casinos. Los archivos de otro cajón llevaban etiquetas con nombres de personas. Bosch miró por encima algunos de ellos y determinó que estaban relacionados con estafas a casinos. Eno había construido una biblioteca doméstica de inteligencia. Para entonces, Shivone había vuelto de su recado y se había sentado en la silla situada al otro lado del escritorio. Estaba observando a Bosch y éste le lanzó algunas preguntas al azar sobre lo que estaba viendo.

—¿Qué hacía Claude para los casinos?

—Era el perro guardián.

—¿Qué significa eso?

—Era algo un poco secreto. Circulaba por los casinos, jugaba con fichas de la casa y observaba a la gente. Era bueno descubriendo las trampas y cómo las hacían.

—Supongo que hay que ser un tramposo para descubrir a otro.

—¿Qué se supone que quiere decir con eso? Él hacía un buen trabajo.

—Estoy seguro. ¿Así la conoció a usted?

—No voy a responder a sus preguntas.

—Por mí no hay problema.

A Bosch sólo le quedaban los dos cajones de arriba. Abrió uno y descubrió que no contenía ningún archivo, sólo una agenda de hojas giratorias vieja y cubierta de polvo y otros elementos que probablemente en algún momento habían estado encima de una mesa de escritorio. Había un cenicero, un reloj y un portabolígrafos hecho de madera labrada con el nombre de Eno grabado.

Bosch sacó la agenda giratoria y la puso encima del armario. Le quitó el polvo y empezó a pasar las hojas hasta que llegó a la C. Miró las tarjetas, pero no vio ninguna de Arno Conklin. Se encontró con un fracaso similar cuando trató de descubrir una tarjeta de Gordon Mittel.

—No pensará mirarla toda, ¿verdad? —preguntó Shivone, exasperada.

—No, simplemente voy a llevármela.

—Ni hablar. No puede entrar aquí y...

—Me la llevo. Si quiere presentar una denuncia, adelante. Yo presentaré una denuncia contra usted.

La mujer se calló después del último ataque. Bosch pasó al siguiente cajón y descubrió que contenía unos doce expedientes de viejos casos del Departamento de Policía de Los Ángeles de la década de 1950 y principios de la de 1960. Tampoco tenía tiempo para estudiarlos, pero se fijó en las etiquetas y no había ninguna con el nombre de Marjorie Lowe. Al sacar al azar algunos de los expedientes le quedó claro que Eno había hecho copias de archivos de varios casos para llevárselos cuando dejara el departamento. De los que miró, todo eran asesinatos, incluidos los de dos prostitutas. Sólo uno de los casos estaba cerrado.

—Vaya a buscarme una caja o una bolsa para estas carpetas —dijo Bosch por encima del hombro. Cuando sintió que la mujer no se había movido, bramó—: ¡Hágalo!

Elizabeth se levantó y salió. Bosch se quedó de pie mirando los expedientes y pensando. No tenía idea de si eran importantes o no, sólo sabía que tenía que llevárselos por si resultaba que sí lo eran. Pero lo que le inquietaba, más que los expedientes que había en el cajón, era la sensación de que ciertamente faltaba algo. La idea se basaba en su fe en McKittrick. El detective retirado estaba seguro de que su antiguo compañero, Eno, tenía algún tipo de control sobre Conklin, o al menos, algún tipo de trato con él. Pero allí no había nada al respecto. Y a Bosch le pareció que si Eno tenía alguna carta para sobornar a Conklin seguiría allí. Si guardaba viejos archivos del departamento, entonces guardaba algo sobre Conklin. De hecho, lo habría guardado en lugar seguro. ¿Dónde?

La mujer volvió y dejó una caja de cartón en el suelo. Bosch puso en ella una pila de carpetas de un palmo de grosor junto con la agenda giratoria.

—¿Quiere un recibo? —preguntó.

—No, no quiero nada de usted.

—Bueno, todavía hay algo que necesito.

—Esto es el cuento de nunca acabar.

—Espero que acabe.

—¿Qué quiere?

—Cuando Eno murió, ayudó a la vieja señora (eh, a su hermana), la ayudó a vaciar el depósito de la caja fuerte.

—¿Cómo sa...?

La mujer se detuvo, pero ya había dicho suficiente.

—¿Cómo lo sé? Porque es obvio. Lo que estoy buscando lo habría guardado en un lugar seguro. ¿Qué hizo con ello?

—Lo tiramos todo. No tenía ningún sentido. Sólo eran viejos archivos y extractos bancarios. No sabía lo que hacía. Él también era viejo.

Bosch miró su reloj. Se le estaba acabando el tiempo si no quería perder el avión.

—Deme la llave del cajón del escritorio.

La mujer no se movió.

—Dese prisa. No tengo mucho tiempo. O lo abre usted o lo abriré yo. Pero si lo hago yo, ese cajón no le va a servir más.

Ella buscó en el bolsillo de su bata y sacó las llaves de la casa. Se inclinó, abrió el cajón del escritorio y se apartó.

—No sabíamos qué era todo eso ni qué significaba.

—No importa.

Bosch se acercó al cajón y miró en su interior. Había allí dos carpetas finas y dos paquetes de sobres unidos con gomas elásticas. La primera contenía el certificado de nacimiento de Eno, su pasaporte, licencia matrimonial y otros documentos personales. La siguiente contenía formularios del Departamento de Policía de Los Ángeles y Bosch no tardó en reconocer los informes que habían sido extraídos del expediente de la investigación del asesinato de Marjorie Lowe. Sabía que no tenía tiempo de leerlos en ese momento y puso la carpeta en la caja junto con los otros archivos.

La goma elástica del primer paquete de sobres se partió cuando trató de sacarla, lo cual le recordó a Bosch la que había estado alrededor de la carpeta azul que contenía los expedientes del caso. Todo lo relativo a la investigación estaba viejo y quebradizo, pensó.

Los sobres eran todos ellos de una sucursal del Wells Fargo Bank de Sherman Oaks, y cada uno contenía un extracto de una cuenta de ahorro a nombre de McCage Inc. La dirección de la corporación era un apartado postal, también de Sherman Oaks. Bosch cogió al azar sobres de diferentes lugares del paquete y examinó tres de ellos. Aunque correspondían a distintos años de finales de la década de 1960, cada extracto era básicamente lo mismo: un depósito de mil dólares hecho en la cuenta el día diez de cada mes y el día quince una transferencia de una cantidad igual a una cuenta de una sucursal de Las Vegas del Nevada Savings and Loan.

Sin mirar más, Bosch concluyó que los extractos bancarios podían ser los registros de algún tipo de soborno que mantenía Eno. Miró rápidamente los sobres y los sellos de correos buscando el más reciente. No encontró ninguno posterior a finales de la década de 1980.

—¿Qué pasa con esos sobres? ¿Cuándo dejó de recibirlos?

—Lo que ve es lo único que hay. No tengo ni idea de lo que significan y Olive tampoco lo sabía cuando taladraron la caja.

—¿Taladraron la caja?

—Sí, después de que él murió. La caja de seguridad no estaba a nombre de Olive. Sólo de él. No encontramos la llave, así que tuvimos que taladrarla.

—Había dinero, también, ¿no?

—Algo. Pero llega demasiado tarde, ya está gastado.

—Eso no me preocupa. ¿Cuánto había?

Ella se pellizcó los labios y simuló que estaba tratando de recordar. Era una mala actriz.

—Vamos. No he venido a por el dinero ni soy inspector de Hacienda.

—Había unos dieciocho mil.

Bosch oyó el sonido del claxon. A la taxista se le estaba terminando la paciencia. Bosch miró su reloj. Tenía que irse. Echó los paquetes de sobres en la caja.

—¿Y su cuenta en el Nevada Savings and Loan? ¿Cuánto había allí?

Era una pregunta tramposa basada en su suposición de que el dinero de Sherman Oaks se transfería a Eno. Shivone vaciló otra vez. Una demora puntuada por otro sonido del claxon.

—Había unos cincuenta. Pero la mayor parte de eso también se ha gastado. Cuidar de Olive es caro.

—Sí, seguro. Entre eso y las pensiones tiene que ser duro —dijo Bosch con todo el sarcasmo posible—. Aunque apuesto a que sus cuentas no andan muy menguadas.

—Mire, señor. No sé quién se cree que es, pero soy la única persona del mundo que ella tiene y que se ocupa de ella. Eso vale algo.

—Lástima que ella no pueda decidir cuánto vale. Contésteme una pregunta y me iré, y podrá volver a sacarle todo lo que pueda... ¿Quién es usted? No es su hermana. ¿Quién es?

—No es asunto suyo.

—Tiene razón. Pero puedo hacer que lo sea.

Ella adoptó una expresión que le mostró a Bosch la afrenta que él suponía a su delicada sensibilidad, pero de repente pareció recuperar cierta dosis de autoestima. Fuera quien fuese estaba orgullosa de ello.

—¿Quiere saber quién soy? Soy la mejor mujer que Claude tuvo nunca. Estuve con él mucho tiempo. Ella llevaba el anillo de matrimonio, pero yo tenía su corazón. Cerca del final, cuando los dos eran ancianos y no importaba, nos olvidamos del disimulo y él me trajo aquí. Para vivir con ellos. Para cuidarlos. Así que no se atreva a decirme que no me merezco nada.

Bosch se limitó a asentir con la cabeza. De algún modo, por sórdida que pareciera la historia, encontró una medida de respeto por la mujer por el hecho de que le hubiera dicho la verdad. Y estaba seguro de que lo era.

—¿Cuándo se conocieron?

—Ha dicho una pregunta.

—¿Cuándo se conocieron?

—Cuando él estaba en el Flamingo. Los dos trabajábamos allí. Yo era crupier. Como le he dicho, él era perro guardián.

—¿Alguna vez le habló de Los Ángeles, de alguno de los casos, de alguna gente de allí?

—No, nunca. Siempre decía que eso era un capítulo cerrado.

Bosch señaló a la pila de sobres de la caja.

—¿Le resulta familiar el nombre McCage?

—No.

—¿Y esos extractos?

—Nunca vi nada de eso hasta el día que abrimos esa caja. Ni siquiera sabía que tenía una cuenta en el Nevada Savings. Claude tenía secretos. Incluso conmigo.

En el aeropuerto, Bosch pagó a la taxista y se abrió paso en la terminal principal con su bolsa de viaje y la caja llena de carpetas y otras cosas. Compró una bolsa de lona barata en una de las tiendas de la terminal principal y guardó allí todo lo que había cogido del despacho de Eno. Era lo bastante pequeña para no tener que facturarla. En un lado de la bolsa estaba impresa la leyenda: «Las Vegas: tierra del sol y la diversión.» Había un logo que mostraba un sol detrás de dos dados.

Llegó a su puerta de embarque media hora antes de que embarcaran el vuelo, de manera que buscó una sección de asientos libres lo más lejos posible de la algarabía de las filas de tragaperras que ocupaban el centro de la terminal circular.

Empezó a revisar los archivos de la bolsa. El que más le interesaba era el de los registros robados del expediente del caso de Marjorie Lowe. Miró los documentos, pero no encontró nada inusual ni inesperado.

El resumen de la entrevista de McKittrick y Eno con Johnny Fox ante la presencia de Arno Conklin y Gordon Mittel estaba allí, y Bosch logró sentir la rabia contenida de McKittrick en su escritura. En el último párrafo la rabia ya no era contenida.

La entrevista con el sospechoso se considera infructuosa por el abajo firmante debido a la actitud intrusiva de A. Conklin y G. Mittel. Ambos «fiscales» se negaron a permitir que «su» testigo contestara las preguntas por completo o en opinión del abajo firmante con toda la verdad. J. Fox sigue siendo sospechoso en este momento hasta que se verifique su coartada y se comparen sus huellas dactilares.

No había ninguna otra cosa destacable en los documentos y Bosch se dio cuenta de que probablemente Eno sólo los había retirado del expediente porque mencionaban la implicación de Conklin en el caso. Eno estaba protegiendo a Conklin. Cuando Bosch se preguntó por la motivación de Eno, inmediatamente pensó en los extractos bancarios que habían estado en la caja de seguridad junto con los documentos robados. Eran registros del acuerdo.

Bosch sacó los sobres y, guiándose por los matasellos, fue colocándolos en orden cronológico. El primero que pudo encontrar fue enviado al apartado postal de McCage Inc. en noviembre de 1962. Eso fue un año después del asesinato de Marjorie Lowe y dos meses después de la muerte de Johnny Fox. Eno había estado asignado al caso Lowe y después, según McKittrick, había investigado el asesinato de Fox.

Bosch sabía de manera visceral que tenía razón. Eno había exprimido a Conklin. Y tal vez a Mittel. De algún modo él sabía lo que no sabía McKittrick, que Conklin había estado involucrado con Marjorie Lowe. Tal vez sabía incluso que Conklin la había matado. Tenía lo suficiente para que Conklin le pagara mil dólares al mes durante el resto de su vida. No era una fortuna. Eno no era avaricioso, aunque, a principios de los sesenta, mil al mes eran tanto como ganaba en su nómina. No obstante, a Bosch la cantidad no le importaba. El pago sí. Era un reconocimiento. Si podía rastrearse hasta Conklin sería una prueba sólida. Bosch sintió que se entusiasmaba. Los registros atesorados por un policía corrupto muerto hacía cinco años podrían ser cuanto necesitaba para enfrentarse cara a cara con Conklin.

Pensó en algo y miró a su alrededor para buscar los habituales teléfonos públicos. Echó un vistazo al reloj y hacia la puerta de embarque. La gente se concentraba, ansiosa por subir al avión. Bosch volvió a poner el archivo y los sobres en la bolsa y cargó con sus cosas hasta el teléfono.

Usando su tarjeta AT&T marcó el número de información de Sacramento y después el de las oficinas estatales y preguntó por el registro mercantil. En tres minutos averiguó que McCage Inc. no era una empresa de California y nunca lo había sido, al menos según los registros que se remontaban a 1971. Colgó y siguió de nuevo el mismo proceso, esta vez llamando a las oficinas estatales de Nevada en Carson City.

La administrativa que le atendió le dijo que la empresa McCage Inc. había cerrado y le preguntó si aun así le interesaba la información de que disponía el estado. Bosch respondió que sí animadamente y la administrativa le dijo que tenía que pasar a microficha y que tardaría unos minutos. Mientras esperaba, Bosch sacó una libreta y se preparó para tomar notas. Vio que la puerta de embarque había abierto y que la gente empezaba a subir al avión. No le importó, si era necesario lo perdería. Estaba demasiado excitado para hacer otra cosa que no fuera esperar al teléfono.

Bosch examinó las filas de tragaperras del centro de la terminal. Estaban llenas de gente que apuraba su última oportunidad con la fortuna antes de irse o la primera después de haber bajado de aviones procedentes de todo el país y de todo el mundo. A Bosch nunca le había atraído jugar contra las máquinas. No lo entendía.

Observando a los que se hallaban ante las tragaperras le resultaba fácil descubrir quiénes estaban ganando y quiénes no. No hacía falta ser detective para interpretar las caras. Una mujer con un oso de peluche bajo el brazo estaba jugando en dos máquinas al mismo tiempo, y Bosch vio que lo único que estaba logrando era doblar sus pérdidas. A su izquierda había un hombre con un sombrero vaquero negro que estaba llenando la máquina con monedas y tirando de la palanca lo más rápido que podía. Bosch se fijó en que estaba jugando en una máquina de monedas de un dólar y que iba al máximo de cinco dólares en cada jugada. Calculó que, en los pocos minutos que lo había observado, el hombre había gastado sesenta dólares sin obtener nada a cambio. Al menos no llevaba ningún animal de peluche.

Bosch volvió a fijarse en la puerta. La cola de gente que quería embarcar había quedado reducida a unos pocos rezagados. Harry sabía que iba a perderlo. Pero no le importaba. Esperó y permaneció calmado.

De repente se escuchó un grito y Bosch miró y vio al hombre del sombrero vaquero agitando éste mientras la máquina entregaba el bote. La mujer del animal de peluche se retiró de las máquinas y observó solemnemente el pago. Cada clinc metálico de los dólares que caían en la bandeja debía de sonarle como un martillazo en el cráneo. Un recordatorio constante de que ella estaba perdiendo.

—¡Mírame ahora, pequeña! —gritó el vaquero.

No parecía que la exclamación estuviera dirigida a nadie en particular. El tipo se agachó y empezó a guardarse las monedas en el sombrero. La mujer del oso de peluche volvió a lo suyo en la tragaperras.

Justo cuando estaban cerrando la puerta, la administrativa volvió a ponerse al teléfono. Le dijo a Bosch que los registros inmediatamente disponibles mostraban que McCage se había constituido en noviembre de 1962 y fue disuelta por el estado veintiocho años después, cuando pasó un año sin que pagaran las tarifas de renovación y las tasas para mantener la empresa abierta. Bosch sabía que eso había ocurrido porque Eno había muerto.

—¿Quiere los cargos? —preguntó la empleada.

—Sí.

—Bien, presidente y CEO es Claude Eno. Es E-N-O. El vicepresidente es Gordon Mittel, con dos tes y el tesorero es Arno Conklin. El nombre se escribe...

—Ya lo tengo. Gracias.

Bosch colgó el teléfono, cogió su bolso de viaje y la bolsa de lona y corrió a la puerta.

—Justo a tiempo —dijo la azafata con tono de enfado—. No puede pasar sin esos bandidos de un solo brazo, ¿eh?

—No —dijo Bosch, sin preocuparse.

La azafata le abrió la puerta y Bosch recorrió el pasillo y se metió en el avión. Sólo iba medio lleno. No hizo caso de su número de asiento y buscó una fila vacía. Mientras ponía su equipaje en el compartimiento superior, pensó en algo. Una vez sentado sacó la libreta y la abrió por la página donde acababa de tomar notas de su conversación telefónica. Miró las anotaciones abreviadas.

Pres. CEO – CE
VP – GM
Tesor. – AC

A continuación escribió sólo las iniciales en una línea.

CE GM AC

Miró un momento la línea y sonrió. Vio el anagrama y lo escribió en la siguiente línea.

MC CAGE

Bosch sintió que la sangre le fluía a borbotones por las venas. Era la sensación de saber que estaba cerca. Sentía que estaba en racha de una manera en que la gente que jugaba en las tragaperras y en todos los casinos del desierto nunca entendería. Era un subidón que ellos no sentirían nunca, no importaba cuántos sietes salieran en los dados o cuántos *black jacks* consiguieran. Bosch se estaba acercando a un asesino y eso le hacía sentirse más eufórico que ningún ganador de lotería del planeta.

Al salir del aeropuerto LAX en el Mustang una hora más tarde, Bosch bajó las ventanillas para sentir en la cara el aire fresco y seco. El sonido de la brisa a través de los eucaliptos en la puerta del aeropuerto era como una bienvenida a casa. Por un motivo u otro, le resultaba reconfortante cuando volvía de sus viajes. Era una de las cosas que amaba de la ciudad y le gustaba que siempre estuviera allí para recibirlo.

En Sepulveda pilló el semáforo en rojo y aprovechó para cambiar la hora en su reloj. Pasaban cinco minutos de las dos. Tenía el tiempo justo para llegar a casa, cambiarse de ropa y coger algo de comer antes de dirigirse al Parker Center y a su cita con Carmen Hinojos.

Aceleró bajo el paso elevado de la 405 y después tomó la rampa en curva que llevaba a la atestada autovía. Al girar el volante en el viraje, se dio cuenta de que le dolían los bíceps, y no sabía si la causa era su contienda del sábado con el pez o la forma en que Jasmine le había agarrado los brazos mientras hacían el amor. Pensó en ella durante unos minutos más y decidió que la llamaría desde casa antes de dirigirse al centro de la ciudad. Su separación de esa mañana ya le parecía muy lejana en el tiempo. Se habían hecho promesas de volverse a ver lo antes posible y Bosch deseaba que se cumplieran. Ella era un misterio para Harry, un misterio del cual sabía que ni siquiera había empezado a arañar la superficie.

La 10 no iba a reabrirse al tráfico hasta el día siguiente, de manera que Bosch pasó de largo la salida y permaneció en la 405 cuando ésta se elevaba hacia las montañas de Santa Mónica y después descendía al valle de San Fernando. Tomó por el camino más largo porque confiaba en que éste sería más rápido, y porque tenía un apartado de correos en Studio City que había estado usando desde que el servicio postal se negó a llevar correo a una edificación con la etiqueta roja.

Pasó a la 101 y enseguida se encontró con un muro de tráfico de seis carriles que avanzaba a paso de tortuga. Se quedó allí hasta que le venció la impaciencia. Salió en Coldwater Canyon Boulevard y empezó a circular por las calles. En Moorpark Road pasó varios edificios de apartamentos que todavía no habían sido demolidos ni reparados y cuyas etiquetas rojas y cintas amarillas estaban ya casi blancas después de meses al sol. Muchos de los edificios condenados todavía conservaban letreros como «Múdate por 500 dólares» o «Recién remodelados». En un inmueble con la etiqueta roja y las reveladoras líneas de fractura que recorrían toda su longitud, alguien había escrito con pintura un eslogan que muchos tomaban como el epitafio de la ciudad en los meses posteriores al terremoto.

### EL CISNE HA CANTADO

Algunos días costaba no creerlo. No obstante, Bosch trataba de conservar la fe. Alguien tenía que hacerlo. El diario decía que había más gente que se marchaba que gente que venía. Claro que a Bosch eso no le importaba. Él iba a quedarse.

Cortó hacia Ventura y se detuvo en una oficina de correo privada. No había más que facturas y propaganda en su buzón. Entró en una charcutería que había en la casa de al lado y pidió el especial para llevar: sándwich de pan integral de pavo con aguacate y brotes de soja.

Después continuó por Ventura hasta que ésta se convertía en Cahuenga, giró por Woodrow Wilson Drive y subió la colina hasta su casa. En la primera curva tuvo que reducir en la estrecha carretera para cruzarse con un coche patrulla del Departamento de Policía de Los Ángeles. Saludó, pero sabía que ellos no lo conocerían. Serían de la División de North Hollywood. No le devolvieron el saludo.

Siguió su práctica habitual de aparcar a media manzana de casa y volver caminando. Optó por dejar la bolsa de lona en el maletero porque tal vez necesitaría los archivos en el centro y se encaminó hacia su casa con la bolsa de viaje en una mano y la del sándwich en la otra.

Al llegar a la cochera, vio que un coche patrulla subía por la carretera. Lo observó y se dio cuenta de que eran los mismos dos agentes que acababa de cruzarse. Habían dado la vuelta por alguna razón. Esperó en el bordillo de la acera para ver si se detenían a preguntarle alguna dirección o a pedirle alguna explicación de su saludo, y porque no quería que lo vieran entrar en la casa condenada. Sin embargo, el coche pasó a su lado sin que ninguno de los agentes lo mirara siquiera. El conductor tenía la mirada fija en la carretera y el pasajero estaba hablando en el micrófono de la radio. Debía de ser un aviso, pensó Bosch. Aguardó hasta que el coche hubo pasado la siguiente curva y se dirigió a la cochera.

Después de abrir la puerta de la cocina, Bosch entró e inmediatamente sintió que algo no estaba en orden. Dio dos pasos antes de darse cuenta de qué era. Había un olor extraño en la casa, o al menos en la cocina. Era el aroma de un perfume. No, era colonia. Un hombre con colonia había estado en la casa recientemente o todavía seguía allí.

Dejó silenciosamente la bolsa de viaje y la del sándwich en el suelo de la cocina y buscó en su cintura. Los hábitos cuestan de olvidar. Todavía no tenía pistola y sabía que su arma de repuesto se hallaba en el estante del armario, cerca de la puerta de la calle. Durante un momento pensó en salir corriendo a la calle con la esperanza de alcanzar al coche patrulla, pero sabía que se había alejado hacía rato.

En lugar de eso, abrió un cajón, y sin hacer ruido, sacó un cuchillo de cocina pequeño. Tenía otros de hoja más grande, pero el pequeño resultaría más fácil de manejar. Avanzó hacia el arco que conducía de la cocina a la entrada principal de la casa. Se detuvo en el umbral, todavía oculto de quienquiera que pudiera estar allí, inclinó la cabeza y escuchó. Podía oír el zumbido amortiguado de la autovía debajo de la colina, detrás de la casa, pero nada procedente del interior. Pasó casi un minuto de silencio. Estaba a punto de salir de la cocina cuando oyó un sonido. Era el leve susurro de la ropa al moverse. Tal vez un cruzar o descruzar de piernas. Había alguien en el salón. Y sabía que ellos sabían que lo sabía.

—Detective Bosch —dijo una voz desde el silencio de la casa—. No hay peligro. Puede salir.

Bosch conocía la voz, pero estaba funcionando a un nivel de intensidad tan agudo que no pudo computarla y localizarla de inmediato. Lo único que sabía era que la había oído antes.

—Soy el subdirector Irving, detective Bosch —dijo la voz—. ¿Puede salir, por favor? Así nadie sufrirá ningún daño.

Sí, ésa era la voz. Bosch se relajó, puso el cuchillo en la encimera, la bolsa del sándwich en la nevera y salió de la cocina. Irving estaba allí, sentado en la silla del salón. En el sofá había dos hombres de traje a los que Bosch no reconoció. Al mirar alrededor, Bosch vio en la mesita de café su caja de cartas y tarjetas que guardaba en el armario. Vio que el expediente de asesinato que había dejado en la mesa del comedor estaba en el regazo de uno de los desconocidos. Habían estado registrando su casa y sus cosas.

Bosch comprendió de repente lo que había ocurrido fuera.

—He visto a vuestro vigilante. ¿Alguien quiere decirme qué está pasando?

—¿Dónde ha estado, Bosch? —preguntó uno de los hombres de traje.

Bosch lo miró. No lo conocía de nada.

—¿Quién coño lo pregunta?

Se dobló y recogió la caja de postales y cartas de la mesita de café que estaba enfrente del tipo.

—Detective —dijo Irving—, éste es el teniente Angel Brockman, y él es Earl Sizemore.

Bosch asintió. Reconoció uno de los nombres.

—He oído hablar de usted —dijo, mirando a Brockman—. Usted fue el que mandó a Bill Connors al armario. Eso le habrá servido para ser el hombre del mes en asuntos internos. Menudo honor.

El sarcasmo en la voz de Bosch era inequívoco, tal y como pretendía. El armario era el sitio donde la mayoría de los polis guardaban las pistolas cuando estaban fuera de servicio; en el argot del departamento, «ir al armario» era la forma de referirse al suicidio de un policía. Connors era un viejo poli de ronda en la División de Hollywood que se había suicidado el año anterior mientras estaba siendo investigado por asuntos internos por dar bolsitas de heroína a cambio de sexo a chicas fugadas. Después de que murió, las chicas admitieron que habían presentado su denuncia porque Connors siempre estaba encima de ellas para que se fueran del lugar donde él hacía la ronda. Había sido un buen hombre, pero vio que todo se amontonaba en su contra y decidió ir al armario.

—Fue su elección, Bosch. Y ahora usted tiene la suya. ¿Quiere decirnos dónde ha estado las últimas veinticuatro horas?

—¿Quiere decirme de qué va todo esto?

Oyó un sonido metálico procedente del dormitorio.

—¿Qué coño...? —Se acercó a la puerta y vio a otro hombre de traje en su dormitorio, de pie junto al cajón abierto de la mesita de noche—. Eh, capullo, sal de ahí. ¡Sal ahora!

Bosch entró y cerró el cajón de una patada. El hombre retrocedió, levantó las manos como un prisionero y se metió en la sala.

—Y él es Jerry Toliver —agregó Irving—. Trabaja con el teniente Brockman en asuntos internos. El detective Sizemore se nos ha unido desde robos y homicidios.

—Fantástico —dijo Bosch—. Así que ya nos conocemos todos. ¿Qué está pasando?

Miró a Irving al decir esto, creyendo que si alguien podía darle una respuesta sincera ése era Irving. Cuando trataba con Bosch, Irving solía ir de frente.

—Detec... Harry, hemos de hacerle unas preguntas —dijo Irving—. Será mejor si dejamos las explicaciones para después.

Bosch se dio cuenta de que la cosa era grave.

—¿Tienen una orden de registro para estar aquí?

—Se la enseñaremos luego —dijo Brockman—. Vamos.

—¿Adónde vamos?

—Al centro.

Bosch había tenido los suficientes encuentros con asuntos internos para saber que las cosas se estaban llevando de otro modo en esa ocasión. El simple hecho de que Irving, el segundo hombre en el escalafón del departamento, estuviera con ellos era indicativo de la gravedad de su situación. Supuso que se trataba de algo más que del descubrimiento de su investigación privada. Si sólo se hubiera tratado de eso, Irving no estaría allí. Había algo que estaba terriblemente mal.

—Muy bien —dijo Bosch—. ¿Quién ha muerto?

Los cuatro lo miraron con caras impertérritas, confirmando que de hecho alguien había muerto. Bosch sintió que el pecho se le cerraba y por primera vez se empezó a asustar. Por su mente pasaron los nombres y las caras de la gente a la que había involucrado. Meredith Roman, Jake McKittrick, Keisha Russell, las dos mujeres de Las Vegas. ¿Quién más? ¿Jazz? ¿Podía haberla puesto en algún peligro? Entonces lo entendió. Keisha Russell. Probablemente la periodista había hecho lo que él le había advertido que no hiciera. Había acudido a Conklin o a Mittel y les había hecho preguntas sobre el viejo artículo que había sacado para Bosch. Había entrado a ciegas y estaba muerta a causa de su error.

—¿Keisha Russell? —preguntó.

No obtuvo respuesta. Irving se levantó y los demás lo siguieron. Sizemore conservó en la mano el expediente del caso. Iba a llevárselo. Brockman se metió en la cocina, cogió la bolsa de viaje y la llevó a la puerta.

—Harry, ¿por qué no viene con Earl y conmigo? —dijo Irving.

—¿Y si nos reunimos allí?

—Viene conmigo.

Lo dijo con severidad, sin invitar a más discusión. Bosch levantó las manos, reconociendo que no tenía elección, y se acercó a la puerta.

Harry se sentó en la parte de atrás del LTD de Sizemore, justo detrás de Irving. Miró por la ventanilla mientras bajaban la colina. No logró evitar pensar en el rostro de la joven periodista. Su entusiasmo la había matado, pero Bosch no podía menos que compartir la culpa. Él había plantado la semilla del misterio en su cabeza y ésta había crecido hasta que la joven no pudo resistirse.

—¿Dónde la encontraron? —preguntó Bosch.

Su pregunta fue recibida por el silencio. No entendía por qué no decían nada, sobre todo Irving. En el pasado el subdirector le había inducido a creer que había comprensión, cuando no simpatía, entre ambos.

—Le dije que no hiciera nada —explicó Bosch—. Le dije que esperara unos días.

Irving giró el cuello, de manera que podía ver parcialmente a Bosch detrás de él.

—Detective, no sé de qué ni de quién está hablando.

—De Keisha Russell.

—No la conozco.

Se volvió de nuevo. Bosch estaba desconcertado. Los nombres y rostros pasaron por su mente otra vez. Añadió el de Jasmine, pero enseguida la eliminó. Ella no sabía nada del caso.

—¿McKittrick?

—Detective —dijo Irving, y de nuevo trató de volverse para mirar a Bosch—, estamos investigando el homicidio del teniente Harvey Pounds. Esos otros nombres no están relacionados. Si cree que es gente con la que deberíamos contactar, por favor, hágamelo saber.

Bosch estaba demasiado aturdido para responder. ¿Harvey Pounds? Eso no tenía sentido. No tenía nada que ver con el caso, ni siquiera estaba al corriente. Pounds nunca salía de su despacho, ¿cómo iba a haberse puesto en peligro? De repente sintió que una ola gélida le pasaba por encima. Lo entendió. Tenía sentido. Y en el momento en que lo vio, vio también su propia responsabilidad y el apuro en el que se encontraba.

—¿Soy...?

No pudo terminar.

—Sí —dijo Irving—. Actualmente se le considera sospechoso. Ahora tal vez guarde silencio hasta que establezcamos una entrevista formal.

Bosch inclinó la cabeza contra el vidrio de la ventana y cerró los ojos.

—Ah, Dios...

Y en ese momento se dio cuenta de que no era mejor de lo que era Brockman por haber mandado a un hombre al armario. Porque, en la parte oscura de su corazón, Bosch supo que era responsable. No sabía cómo ni cuándo había ocurrido, pero lo sabía.

Había matado a Harvey Pounds. Y llevaba la placa del teniente en el bolsillo.

Bosch estaba tan aturdido que apenas registró lo que ocurría a su alrededor. Después de que llegaron al Parker Center lo escoltaron al despacho de Irving en la sexta planta y lo sentaron en una silla en la sala de conferencias anexa. Estuvo allí solo durante media hora antes de que entraran Brockman y Toliver. Brockman se sentó enfrente de Bosch. Toliver a la derecha de Harry. Por el hecho de que estuvieran en la sala de conferencias de Irving en lugar de en una sala de interrogatorios de asuntos internos, resultaba obvio que Irving quería mantener un estrecho control. Si el caso resultaba ser el de un policía muerto a manos de otro policía, iba a necesitar el máximo control para contenerlo. Podía ser una debacle publicitaria que rivalizara con las de los días del caso Rodney King.

A través de su aturdimiento y del mazazo de que Pounds estuviera muerto, un pensamiento presionó para captar la atención de Bosch: él mismo se hallaba en una grave situación. Se dijo que no podía retraerse en una coraza. Debía mantenerse alerta. Al hombre que estaba sentado enfrente de él nada le gustaría más que colgarle a Bosch un crimen y estaba dispuesto a llegar a cualquier sitio para hacerlo. No bastaba con que Bosch supiera que, al menos físicamente, él no había matado a Pounds. Tenía que defenderse. Así que resolvió que no le mostraría nada a Brockman. Iba a ser tan duro como el resto de los que estaban en la sala. Se aclaró la garganta y empezó antes de que Brockman tuviera ocasión de hacerlo.

—¿Cuándo ocurrió?

—Soy yo quien hace las preguntas.

—Puedo ahorrarle tiempo, Brockman. Dígame cuándo ocurrió y le diré dónde estaba. Acabemos con esto. Entiendo por qué soy sospechoso. No se lo tendré en cuenta, pero está perdiendo el tiempo.

—Bosch, ¿no siente nada en absoluto? Un hombre ha muerto. Usted trabajaba con él.

—Lo que yo sienta no importa. Nadie merece ser asesinado, pero no voy a echarle de menos, y desde luego no voy a echar de menos trabajar con él.

—Dios. —Brockman sacudió la cabeza—. El hombre estaba casado, tenía un hijo en el instituto.

—Puede que ellos tampoco lo echen de menos, nunca se sabe. El tío era un capullo en el trabajo. No hay motivo para esperar que fuera distinto en casa. ¿Qué piensa su mujer de usted, Brockman?

—Ahórreselo, Bosch. No voy a caer en ninguna de sus...

—¿Cree en Dios, Brockman?

—No se trata de mí ni de lo que yo crea, Bosch. Estamos hablando de usted.

—Es verdad, estamos hablando de mí. Así que le diré lo que pienso. No estoy seguro de lo que pienso. He gastado más de la mitad de mi vida y todavía no me he hecho una idea. Pero la teoría hacia la que me encamino es que todo el mundo en este planeta tiene alguna clase de energía que le hace ser lo que es. Todo es cuestión de energía. Y cuando mueres la energía simplemente se va a otra parte. ¿Y Pounds? Tenía mala energía, y ahora esa energía se ha ido a otra parte. Así que, respondiendo a su pregunta, no me siento muy mal porque haya muerto. Lo que me gustaría saber es adónde ha ido esa mala energía. Espero que no reciba usted una parte, Brockman. Ya tiene bastante.

Guiñó un ojo a Brockman y vio la momentánea confusión en el rostro del detective de asuntos internos mientras trataba de interpretar el significado de la pulla. Pareció sacudírsela y continuar.

—Ya basta de gracias. ¿Por qué se enfrentó al teniente Pounds en su despacho el jueves? Sabe que no puede ir a comisaría cuando está de baja.

—Bueno, es una situación paradójica. No podía ir allí, pero Pounds, mi superior, me llamó y me dijo que tenía que devolver el coche. ¿Lo ve?, era esa energía negativa en acción. Yo ya estaba de baja involuntaria, pero él no estaba satisfecho. También tenía que retirarme el coche. Así que le llevé las llaves. Era mi supervisor y me había dado una orden. De manera que ir allí rompía una de las normas, pero no ir también habría roto otra.

—¿Por qué lo amenazó?

—No lo hice.

—Él presentó una adenda a la denuncia por agresión de dos semanas antes.

—No me importa lo que presentara. No hubo ninguna amenaza. El tipo era un cobarde. Probablemente se sintió amenazado. Pero no hubo amenaza. Es diferente.

Bosch miró al otro detective, Toliver. Parecía que iba a quedarse todo el tiempo en silencio. Era su papel. Se limitaba a mirar a Bosch como si éste fuera una pantalla de televisión.

Bosch observó el resto de la sala y por primera vez se fijó en el teléfono que estaba en el banco de la izquierda de la mesa. La luz verde mostraba que se estaba celebrando una llamada de conferencia. La entrevista se estaba trasmitiendo fuera de la sala. Probablemente a una grabadora, seguramente a la oficina de Irving en la puerta de al lado.

—Hay un testigo —dijo Brockman.

—¿De qué?

—De la amenaza.

—Mire, teniente, ¿por qué no me dice exactamente cuál fue la amenaza para que yo sepa de qué estamos hablando? Al fin y al cabo, si cree que la hice, ¿qué hay de malo en que sepa qué fue lo que dije?

Brockman se lo pensó un momento antes de responder.

—Muy sencilla, como la mayoría, le dijo que si alguna vez, y cito, «le volvía a joder» lo mataría. No es demasiado original.

—Pero de lo más condenatoria, ¿no? Bueno, jódase, Brockman, yo nunca dije eso. No dudo de que ese gilipollas lo escribiera en una adenda, ése era su estilo, pero sea quien sea su testigo miente.

—¿Conoce a Henry Korchmar?

—¿Henry Korchmar?

Bosch no sabía de quién estaba hablando. Entonces cayó en la cuenta de que Brockman se refería al viejo Henry de la brigada del sí. Bosch no había oído su apellido y oírlo en ese contexto lo había confundido.

—¿El viejo? No estaba en la sala. No es ningún testigo. Le dije que saliera y lo hizo. Sea lo que sea lo que le dijo, probablemente apoyó a Pounds porque estaba asustado. Pero no estaba presente. Si sigue adelante con eso, Brockman, yo llevaré a doce personas de esa sala de brigada que presenciaron todo el asunto a través del cristal. Y le dirán que Henry no estuvo allí, le dirán que Pounds era un mentiroso y que todo el mundo lo sabía, así que ¿dónde queda esa amenaza?

Brockman no dijo nada en la pausa, de modo que Bosch continuó.

—¿Ve como no hace su trabajo? Supongo que sabe que todos los que trabajan en aquella sala de brigada saben que ustedes son los carroñeros de este departamento. Tienen más respeto por la gente que meten entre rejas. Y lo sabe, Brockman, por eso estaba demasiado intimidado para acudir a ellos. En cambio, se fía de la palabra de un viejo que probablemente no sabía que Pounds estaba muerto cuando usted habló con él.

Bosch supo por la forma en que Brockman apartaba la vista que había dado en el clavo. Fortalecido por la victoria, Harry se levantó y se dirigió a la puerta.

—¿Adónde va?

—A buscar agua.

—Acompáñale, Jerry.

Bosch se detuvo en la puerta y miró atrás.

—¿Cree que voy a huir, Brockman? Si cree eso es que no me conoce en absoluto. Si cree eso, no está preparado para esta entrevista. ¿Por qué no vuelve a Hollywood algún día? Yo le enseñaré a interrogar a sospechosos de asesinato. Gratis.

Bosch salió y Toliver fue tras él. En la fuente que había al fondo del pasillo, tomó un buen trago de agua y luego se limpió la boca con la mano. Estaba nervioso, crispado. No sabía cuánto tiempo pasaría antes de que Brockman pudiera ver a través de la fachada que estaba aparentando.

Cuando volvió a la sala de conferencias, Toliver se quedó tres pasos detrás de él.

—Todavía eres joven —dijo Bosch por encima del hombro—. Puede que aún tengas alguna oportunidad, Toliver.

Bosch volvió a entrar en la sala de conferencias justo cuando Brockman accedía a través de una puerta situada al otro lado de la sala. Bosch sabía que era una entrada directa al despacho de Irving. En una ocasión había trabajado en la investigación de unos asesinatos en serie en esa sala y bajo el control de Irving.

Ambos hombres volvieron a sentarse el uno enfrente del otro.

—Veamos, pues —empezó Brockman—. Voy a leerle sus derechos, detective Bosch.

Sacó una tarjeta de la cartera y procedió a leerle a Bosch las advertencias Miranda. Bosch estaba seguro de que la línea telefónica iba a una grabadora. Eso era algo que querrían tener grabado.

—Veamos —dijo Brockman cuando hubo terminado—. ¿Quiere renunciar a esos derechos y hablar con nosotros de esta situación?

—Ahora es una situación, ¿eh? Pensaba que era un asesinato. Sí, renunciaré.

—Jerry, ve a buscar un formulario. No tengo ninguno aquí.

Jerry se levantó y salió por la puerta del pasillo. Bosch oyó sus pasos apresurados sobre el linóleo y después que se abría una puerta. Iba a bajar por la escalera a asuntos internos, en la quinta planta.

—Eh, empecemos por...

—¿No quiere esperar hasta que vuelva su testigo? ¿O está grabando esto secretamente sin mi consentimiento?

Eso inmediatamente puso nervioso a Brockman.

—Sí, Bosch, se está grabando se..., se está grabando. Pero no secretamente. Antes de que empezáramos le he dicho que estábamos grabándolo.

—Buena maniobra, teniente. Esa última frase ha sido muy buena. Tendré que recordarla.

—Ahora empecemos con...

La puerta se abrió y Toliver entró con una hoja de papel. Se la dio a Brockman, quien la examinó un momento para asegurarse de que era el formulario correcto y se lo pasó a Bosch. Harry lo cogió y rápidamente garabateó una firma en el lugar apropiado. Conocía el formulario. Se lo devolvió a Brockman y éste lo dejó en un lado de la mesa sin mirarlo. Así que no se fijó en que lo que Bosch había escrito era «capullo».

—De acuerdo, vamos a empezar, Bosch. Díganos dónde ha estado en las últimas setenta y dos horas.

—¿No quiere registrarme antes? ¿Y tú, Jerry?

Bosch se levantó, abriendo la americana para que vieran que estaba desarmado. Pensaba que si los provocaba de esta manera harían justo lo contrario y no lo registrarían. Llevar encima la placa de Pounds era una prueba que probablemente lo condenaría si lo descubrían.

—¡Siéntese, Bosch! —espetó Brockman—. No vamos a registrarle. Estamos tratando de concederle el beneficio de la duda, pero lo está poniendo muy difícil.

Bosch volvió a sentarse, aliviado por el momento.

—Veamos, díganos dónde estuvo, no tenemos todo el día.

Bosch pensó en ello. Le sorprendía la horquilla horaria que le pedían. Setenta y dos horas. Se preguntó qué le había ocurrido a Pounds y por qué no habían estrechado la hora de la muerte a un periodo más breve.

—Hace setenta y dos horas. Bueno, hace setenta y dos horas era viernes por la tarde y yo estaba en Chinatown, en el edificio Cincuenta y uno cincuenta. Lo que me recuerda que tendría que estar allí dentro de diez minutos, así que si me disculpan... —Se levantó.

—Siéntese, Bosch. Ya nos hemos ocupado de eso. ¡Siéntese!

Bosch se sentó y no dijo nada. No obstante, se sintió decepcionado de perderse la sesión con Carmen Hinojos.

—Vamos, Bosch, díganoslo. ¿Qué ocurrió después de eso?

—No recuerdo todos los detalles. Pero cené esa noche en el Red Wind, y también paré en el Epicentre a tomar unas copas. Después fui al aeropuerto a eso de las diez. Tomé un vuelo nocturno a Florida, a Tampa, pasé el fin de semana allí y volví aproximadamente una hora y media antes de que ustedes entraran ilegalmente en mi casa.

—No fue ilegal. Teníamos una orden.

—A mí no me mostraron ninguna orden.

—No importa, ¿qué quiere decir que estuvo en Florida?

—Supongo que significa que estuve en Florida. ¿Qué cree que significa?

—¿Puede probarlo?

Bosch buscó en el bolsillo, sacó una carpetita de la línea aérea con el recibo y la deslizó por la mesa.

—Para empezar éste es el recibo. Creo que dentro hay otro del coche de alquiler.

Brockman abrió rápidamente la carpetita del pasaje y empezó a leer.

—¿Qué estuvo haciendo allí? —preguntó sin levantar la cabeza.

—La doctora Hinojos, la psiquiatra del departamento, dijo que creía que debería irme. Y pensé, ¿por qué no a Florida? Nunca he estado allí y toda mi vida me ha gustado el zumo de naranja. Pensé, ¡qué diablos!, me voy a Florida.

Brockman estaba crispado de nuevo. Bosch se dio cuenta de que no se esperaba nada semejante. La mayoría de los polis nunca se dan cuenta de lo importante que es para la investigación la entrevista inicial con un sospechoso o un testigo.

Influía en todas las otras entrevistas e incluso en los testimonios en juicios que seguían. Tenías que estar preparado. Como los abogados, tenías que conocer la mayoría de las respuestas antes de formular las preguntas. El Departamento de Asuntos Internos confiaba tanto en su presencia como factor intimidatorio que la mayoría de los detectives asignados a la división no tenían que prepararse de verdad para las entrevistas. Y cuando se topaban con un callejón sin salida como ése no sabían qué hacer.

—De acuerdo, Bosch, eh, ¿qué hizo en Florida?

—¿Ha oído esa canción que cantaba Marvin Gaye antes de que lo mataran? Se llama...

—¿De qué está hablando?

—... terapia sexual. Dice que es buena para el alma.

—La he oído —dijo Toliver.

Tanto Bosch como Brockman lo miraron.

—Perdón —dijo Toliver.

—Le repito, Bosch —dijo Brockman—. ¿De que está hablando?

—Estoy hablando de que pasé la mayor parte del tiempo con una mujer que conocí allí. Y el tiempo que no pasé con ella estuve en un barco, con un guía de pesca en el golfo de México. De lo que estoy hablando, capullo, es de que estuve acompañado casi cada minuto. Y las veces que no lo estuve no alcanzaban para volar de vuelta aquí y matar a Pounds. Ni siquiera sé cuándo lo mataron, pero ahora mismo ya le digo que no tiene caso, Brockman, porque no hay caso. Está buscando en la dirección equivocada.

Bosch había elegido sus palabras cuidadosamente. No estaba seguro de qué conocían de su investigación privada, si es que sabían algo, y no iba a darles nada si podía evitarlo. Tenían el expediente del caso y la caja de pruebas, pero pensó que podría explicar todo eso de otra manera. También tenían su libreta porque la había metido en el bolso de viaje en el aeropuerto. En ella, junto con los nombres, números y direcciones de Jasmine y McKittrick, estaba la dirección del domicilio de Eno en

Las Vegas y otras notas sobre el caso. Aunque quizá no lograran entender qué significaban. Si tenía suerte.

Brockman sacó una libreta y un bolígrafo del bolsillo interior de su americana.

—Bueno, Bosch, dígame el nombre de la mujer y del guía de pesca. También necesito sus números. Todo.

—No lo creo.

Los ojos de Brockman se abrieron como platos.

—No me importa lo que crea. Dígame los nombres.

Bosch no dijo nada, se limitó a mirar la mesa que tenía ante sí.

—Bosch, nos ha contado dónde ha estado, ahora tenemos que comprobarlo.

—Yo sé dónde estuve, es lo único que necesito.

—Si no ha hecho nada, deje que lo comprobemos, lo descartemos y pasemos a otras cosas y otras posibilidades.

—Tiene la compañía aérea y el alquiler de coche. Empiece por ahí. No voy a meter en esto a gente que no lo necesita. Son buena gente y, a diferencia de usted, me aprecian. No voy a dejar que usted lo estropee, entrando como un elefante en una cristalería y pisoteando las relaciones.

—No tiene alternativa, Bosch.

—Ya lo creo que sí. Ahora mismo. Si quiere acusarme, hágalo. Si llegamos a ese punto, recurriré a esa gente y su caso se irá a la mierda, Brockman. ¿Cree que tiene problemas de relaciones públicas en el departamento por mandar a Bill Connors al armario? Acabará este caso con más problemas de relaciones públicas que Nixon. No le voy a decir los nombres. Si quiere escribir algo en su libreta, escriba que le he dicho: «A la mierda.» Con eso bastará.

El rostro de Brockman se llenó de manchas rosas y blancas. Se quedó un momento en silencio antes de hablar.

—¿Sabe lo que creo? Todavía creo que lo hizo. Creo que contrató a alguien para que lo hiciera y se fue de fiesta a Florida para estar lejos. Un guía de pesca. Si eso no suena a montaje que me digan qué. ¿Y la mujer? ¿Quién era? ¿Una puta que recogió en un bar? ¿Qué era, una coartada de cincuenta dólares? ¿O llegó a los cien?

En un movimiento explosivo, Bosch empujó la mesa contra Brockman, cogiéndolo completamente por sorpresa. La mesa resbaló por debajo de sus brazos y le impactó en el pecho. La silla del detective de asuntos internos chocó con la pared de atrás. Bosch mantuvo la presión, apretó a Brockman contra la pared y empujó su propia silla hacia atrás hasta que ésta se apoyó en la otra pared. Levantó la pierna izquierda y puso el pie en la mesa para mantener la presión. Vio que las manchas de color en el rostro de Brockman se hacían más intensas a medida que le faltaba el aire. Los ojos parecían a punto de salírsele de las órbitas, pero no tenía ningún punto para hacer palanca y no podía apartar la mesa por sí solo.

Toliver fue lento de reflejos. Aturdido, pareció mirar a Brockman demasiado tiempo, como si esperara órdenes antes de levantarse de un salto y contener a Bosch. Bosch logró repeler su primer intento, empujando al hombre más joven a una palmera que estaba en un tiesto, en una esquina de la sala. Al hacerlo, Bosch vio en su visión periférica que una figura entraba en la sala por la otra puerta. Al momento su silla fue volcada abruptamente y se encontró en el suelo con un peso pesado encima de él. Al volver ligeramente la cabeza vio que era Irving.

—¡No se mueva, Bosch! —le gritó Irving junto a su oído—. ¡Cálmese ahora mismo!

Bosch dejó de resistirse para dar a entender que obedecía e Irving se levantó. Harry se quedó quieto unos segundos y después apoyó una mano en la mesa para levantarse. Al hacerlo, vio a Brockman tosiendo y tratando de meter aire en los pulmones mientras se llevaba ambas manos al pecho. Irving puso una mano en el pecho de Bosch como gesto apaciguador y como medio de impedir que volviera a arremeter contra Brockman. Con la otra mano, señaló a Toliver, que estaba tratando de poner de pie la palmera. Se había arrancado de raíz y no se sostenía. Al final, el joven agente la apoyó contra la pared.

—Usted —le soltó Irving—, fuera.

—Pero, señor, el...

—¡Salga!

Toliver salió rápidamente por la puerta del pasillo mientras Brockman estaba empezando a recuperar la voz.

—Bosch, hijoputa, va a... va a ir a la cárcel. Es...

—Nadie va a ir a la cárcel —dijo Irving con severidad—. Nadie va a ir a la cárcel.

Irving se detuvo para coger aire. Bosch se fijó en que el subdirector parecía tan falto de aliento como el resto de los presentes en la sala.

—No habrá cargos por esto —dijo finalmente Irving—. Teniente, usted lo provocó y consiguió lo que consiguió.

El tono de Irving no admitía réplica. Brockman, cuyo pecho todavía oscilaba, puso los codos en la mesa y empezó a peinarse con los dedos, tratando de aparentar que le quedaba cierta compostura, aun cuando era la viva expresión de la derrota. Irving se volvió hacia Bosch, con los músculos de la mandíbula hinchados por la ira.

—Y usted, Bosch, no sé cómo ayudarle. Siempre es el bala perdida. Sabía lo que Brockman estaba haciendo, lo ha hecho usted antes. Pero no podía quedarse sentado y tragárselo. ¿Qué clase de hombre es?

Bosch no dijo nada y dudaba que Irving esperara una respuesta verbal. Brockman empezó a toser e Irving lo miró.

—¿Está bien?

—Creo.

—Cruce la calle y que le mire uno de los médicos.

—No, estoy bien.

—Bien, entonces vaya a su oficina y tómese un descanso. Tengo a alguien más que quiero que hable con Bosch.

—Quiero continuar la entre...

—La entrevista ha terminado, teniente. Se la ha cargado. —Después miró a Bosch y añadió—: Los dos lo han hecho.

Irving dejó a Bosch solo en la sala de conferencias y al cabo de un momento entró Carmen Hinojos. Ésta tomó el mismo asiento que había ocupado Brockman. Miró a Bosch con ojos que parecían cargados a partes iguales de rabia y decepción. Pero Bosch no parpadeó.

—Harry, no puedo creer...

Bosch levantó un dedo hacia ella para silenciarla.

—¿Qué pasa?

—¿Se supone que nuestras sesiones han de seguir siendo privadas?

—Por supuesto.

—¿Incluso aquí?

—Sí, ¿qué ocurre?

Bosch se levantó y caminó hasta el teléfono que había sobre el mostrador. Apretó el botón que desconectaba la llamada en conferencia y volvió a su silla.

—Espero que haya quedado encendido de forma no intencionada —dijo Hinojos—. Voy a hablar de esto con el jefe Irving.

—Seguramente lo está haciendo ahora mismo. El teléfono era demasiado obvio. Probablemente hay micrófonos en la sala.

—Vamos, Harry, esto no es la CIA.

—No, pero a veces es todavía peor. Lo único que digo es que Irving o asuntos internos podrían seguir escuchando. Tenga cuidado con lo que dice.

Carmen Hinojos parecía exasperada.

—No soy paranoico, doctora. He pasado por esto antes.

—Muy bien, no importa. En realidad no me importa quién está escuchando y quién no. No puedo creer lo que acaba de hacer. Me hace sentir muy triste y decepcionada. ¿De qué han tratado nuestras sesiones? ¿De nada? Estaba sentada allí escuchándole recurrir al mismo tipo de violencia que le trajo a mi consulta. Harry, esto no es ninguna broma. Es la vida real. Y tengo que tomar una decisión que podría decidir su futuro. Esto me lo complica mucho.

Bosch esperó hasta que estuvo seguro de que ella había terminado.

—¿Ha estado todo el rato allí dentro con Irving?

—Sí, me llamó y me explicó la situación y me pidió que viniera y me sentara. He de decir...

—Espere un momento. Antes de que continúe. ¿Ha hablado con él? ¿Le ha hablado de nuestras sesiones?

—No, por supuesto que no.

—Muy bien, para que quede constancia, quiero reiterar que no renuncio a ninguna de las protecciones que se establecen en una relación médico-paciente. ¿Estamos de acuerdo en eso?

Por primera vez, Hinojos apartó la mirada. Bosch vio que el rostro de la psiquiatra se oscurecía de rabia.

—¿Sabe cómo me insulta que usted me diga esto? ¿Cree que le he hablado de las sesiones porque él me lo ha ordenado?

—¿Lo ha hecho?

—No confía en mí en absoluto, ¿verdad?

—¿Lo ha hecho?

—No.

—Eso está bien.

—No se trata de mí. Usted no se fía de nadie.

Bosch se dio cuenta de que había perdido el rumbo. No obstante, vio que había más dolor que rabia en el rostro de Hinojos.

—Lo siento, tiene razón, no debería haberlo dicho. Yo sólo... No lo sé, estaba entre la espada y la pared aquí, doctora.

Cuando ocurre eso, uno a veces se olvida de quién está de su parte y quién no.

—Sí, y de manera rutinaria responde con violencia contra aquellos que percibe que no están de su lado. No me gusta verlo. Es muy, muy decepcionante.

Bosch apartó la mirada de la psiquiatra y observó la palmera de la esquina. Antes de salir de la sala, Irving la había replantado, manchándose las manos con sustrato negro. Bosch se fijó en que todavía estaba ligeramente inclinada hacia la izquierda.

—Entonces ¿qué está haciendo aquí? —preguntó—. ¿Qué quiere Irving?

—Quería que me sentara en su despacho y escuchara su entrevista por la línea de conferencias. Dijo que estaba interesado en mi evaluación de sus respuestas respecto a si creía que podía ser responsable de la muerte del teniente Pounds. Gracias a usted y a la agresión a su interrogador, no necesita que haga ninguna evaluación. En este punto está claro que es propenso a atacar a compañeros policías y que es capaz de ejercer violencia contra ellos.

—Eso es una tontería y usted lo sabe. Maldita sea, lo que he hecho aquí a ese tipo disfrazado de policía es muy diferente de lo que creen que he hecho. Está hablando de cosas que están en mundos distintos y si no lo ve, se ha equivocado de profesión.

—No estoy tan segura.

—¿Alguna vez ha matado a alguien, doctora?

Formular la pregunta le recordó su juego de la hora de las confesiones con Jasmine.

—Por supuesto que no.

—Bueno, yo sí. Y créame que es muy diferente a darle una paliza a un pomposo con el culo del traje desgastado. Muy diferente. Si usted o ellos creen que hacer una cosa significa que puedes hacer la otra, tienen mucho que aprender.

Ambos se quedaron un rato en silencio, dejando que su rabia se retirara como la marea.

—Muy bien —dijo Bosch finalmente—. Entonces, ¿qué pasa ahora?

—No lo sé. El subdirector Irving acaba de pedirme que me siente con usted para calmarle. Supongo que está pensando qué hacer a continuación. Diría que no estoy teniendo mucho éxito en calmarlo.

—¿Qué le dijo cuando le pidió que viniera a escuchar?

—Sólo me llamó y me explicó lo que había ocurrido y dijo que quería mi opinión de la entrevista. Tiene que entender una cosa: a pesar de sus problemas con la autoridad, él es la única persona que está de su lado en esto. No pienso que él crea sinceramente que está involucrado en la muerte de su teniente, al menos de manera directa. Pero se da cuenta de que es un sospechoso viable y que es preciso que se lo interrogue. Creo que si hubiera mantenido la compostura en la entrevista, todo esto podría haber acabado pronto para usted. Ellos habrían comprobado su coartada en Florida y habría sido el final de la historia. Yo incluso les dije que me había dicho que iba a ir a Florida.

—No quiero que comprueben mi historia. No quiero involucrar a esas personas.

—Bueno, es demasiado tarde. Sabe que está metido en algo.

—¿Cómo?

—Cuando llamó para pedirme que viniera, mencionó el expediente del caso de su madre. El expediente del asesinato. Dijo que lo encontraron en su casa. Dijo que también encontró las pruebas almacenadas del caso.

—¿Y?

—Y me preguntó si sabía qué estaba haciendo usted con todo eso.

—Así que sí que le pidió que revelara lo que hablamos en nuestras sesiones.

—De manera indirecta.

—A mí me parece bastante directo. ¿Dijo específicamente que era el caso de mi madre?

—Sí.

—¿Qué le dijo?

—Le dije que no disponía de libertad para discutir nada de lo que se había hablado en nuestras sesiones. Eso no le satisfizo.

—No me sorprende.

Otra nube de silencio pasó entre ambos. Los ojos de la psiquiatra vagaron por la sala. Los de Bosch permanecieron fijos en los de ella.

—Escuche, ¿qué sabe de lo que le ocurrió a Pounds?

—Muy poco.

—Irving tiene que haberle contado algo. Usted tiene que haber preguntado.

—Dijo que encontraron a Pounds en el maletero de su coche el domingo por la tarde. Supongo que llevaba tiempo allí. Quizá un día. El jefe dijo que... el cadáver mostraba signos de tortura. Una mutilación particularmente sádica, dijo. No entró en detalles. Ocurrió antes de la muerte de Pounds. Eso lo sabían. Dijo que había sufrido mucho. Quería saber si usted era la clase de persona capaz de hacer eso.

Bosch no dijo nada. Se estaba imaginando la escena del crimen. La sensación de culpa volvió a arremeter contra él y por un momento sintió arcadas.

—Por si sirve de algo, dije que no.

—¿Qué?

—Le dije que no era usted el tipo de hombre capaz de haber hecho eso.

Bosch asintió con la cabeza, pero sus pensamientos se hallaban otra vez a una gran distancia. Lo que le había ocurrido a Pounds se estaba aclarando y Bosch cargaba con la culpa de haber puesto las cosas en movimiento. Aunque legalmente era inocente, sabía que moralmente era culpable. Pounds era un hombre al que él despreciaba, por el que sentía menos respeto que por algunos de los asesinos que había conocido. De todos modos, el peso de la culpa era insoportable. Se pasó las manos por la cara y el pelo. Sintió un escalofrío.

—¿Se encuentra bien? —preguntó Hinojos.

—Sí.

Bosch sacó sus cigarrillos y empezó a encender uno con su Bic.

—Harry, mejor que no lo haga. Ésta no es mi consulta.

—No me importa. ¿Dónde lo encontraron?

—¿Qué?

—A Pounds. ¿Dónde lo encontraron?

—No lo sé. ¿Se refiere a dónde estaba el coche? No lo sé. No lo pregunté.

Hinojos lo examinó otra vez y se fijó en que la mano que sostenía el cigarrillo estaba temblando.

—Bueno, Harry, eso es todo. ¿Qué ocurre? ¿Qué está pasando?

Bosch la miró un buen rato y asintió con la cabeza.

—Vale, ¿quiere saberlo? Yo lo hice. Yo lo maté.

El rostro de ella reaccionó inmediatamente, como si hubiera visto el asesinato en primera fila, tan de cerca que le había salpicado la sangre. Era un rostro horrible. Asqueado. Y retrocedió en la silla como si necesitara unos centímetros más de separación de él.

—Usted... Quiere decir que esta historia de Florida era...

—No, no quiero decir que lo maté. No con mis manos. Me refiero a lo que he hecho, a lo que he estado haciendo. Eso lo mató. Provoqué que lo mataran.

—¿Cómo lo sabe? No puede saber seguro que...

—Lo sé, créame. Lo sé.

Bosch apartó la mirada de la psiquiatra y la posó en una pintura que estaba encima del banco. Una escena de playa. Volvió a mirar a Hinojos.

—Es curioso... —dijo, pero no terminó. Se limitó a sacudir la cabeza.

—¿Qué es curioso, Harry?

Bosch volvió a sentarse y la miró.

—La gente civilizada del mundo, aquellos que se ocultan detrás de la cultura y el arte y la política... e incluso la ley. Es de ésos de quienes hay que cuidarse. Tienen un disfraz perfecto. Pero son los más crueles. Es la gente más peligrosa de la tierra.

A Bosch le pareció que el día no iba a terminar nunca, que nunca iba a salir de la sala de conferencias. Después de que se fue Hinojos, llegó el turno de Irving. Entró en silencio y tomó el lugar de Brockman. Entrelazó las manos sobre la mesa pero no dijo nada. Parecía irritado. Bosch pensó que quizá había olido el humo. Eso no le preocupaba, pero el silencio era incómodo.

—¿Qué ocurre con Brockman?

—Se ha ido. Ya ha oído que le he dicho que se lo ha cargado. Y usted también.

—¿Cómo es eso?

—Podría haber hablado para salir de aquí. Podría haber dejado que comprobara su historia y terminar con eso. Pero tenía que ganarse otro enemigo. Tenía que ser Harry Bosch.

—En eso es en lo que diferimos, jefe. Alguna vez tendría que salir del despacho y volver a la calle. Yo no me he hecho enemigo de Brockman. Él era mi enemigo incluso antes de conocerlo. Todos lo son. Y, ¿sabe?, estoy hartándome de que todo el mundo me analice y meta las narices en mi vida. Me estoy cansando.

—Alguien tiene que hacerlo. Usted no lo hace.

—No tiene ni idea de eso.

Irving despejó la pálida defensa de Bosch con el gesto de quien disipa el humo del cigarrillo.

—¿Y ahora qué? —continuó Bosch—. ¿Por qué está aquí? ¿Va a intentar romper mi coartada? ¿Es eso? Brockman está fuera y usted dentro.

—No necesito romper su coartada. La han comprobado y parece que se sostiene. Brockman y su gente ya han recibido orden de seguir otras vías de investigación.

—¿Qué quiere decir que se ha comprobado?

—Denos un poco de crédito, Bosch. Los nombres estaban en su libreta.

Irving buscó en su chaqueta y sacó la libreta. Se la lanzó a Bosch por encima de la mesa.

—Esa mujer con la que pasó la noche allí me dijo lo suficiente para que la creyera. Aunque es posible que hubiera preferido llamar usted mismo. Ella ciertamente pareció confundida con mi llamada. Yo fui bastante cauto en mi explicación.

—Se lo agradezco. Entonces supongo que soy libre para irme. —Bosch se levantó.

—En sentido técnico.

—¿Y en otros sentidos?

—Siéntese un minuto, detective.

Bosch levantó las manos. Había llegado hasta ahí. Decidió que podría llegar hasta el final y escucharlo todo. Volvió a sentarse en la silla tras expresar una débil protesta.

—Me duele el culo de tanto estar sentado.

—Conocía a Jake McKittrick —dijo Irving—. Lo conocía bien. Los dos trabajamos juntos en Hollywood muchos años. Pero eso usted ya lo sabe. Por bonito que sea ponerse en contacto con un viejo colega, no puedo decir que haya disfrutado de la conversación que he tenido con mi viejo amigo Jake.

—También le ha llamado.

—Mientras estaba usted aquí con la doctora.

—Entonces, ¿qué quiere de mí? Él le contó la historia, ¿qué le falta?

Irving tamborileó la mesa con los dedos.

—¿Qué quiero? Lo que quiero es que me diga que lo que está haciendo, que lo que ha estado haciendo, no está relacionado en modo alguno con lo que le ha ocurrido al teniente Pounds.

—No puedo, jefe. No sé lo que le ha ocurrido salvo que está muerto.

Irving estudió a Bosch un largo rato, valorando algo, decidiendo si tratarlo como a un igual y contarle la historia.

—Supongo que esperaba una negación inmediata. Su respuesta ya sugiere que cree que podría existir una correlación. No puedo decirle lo mucho que eso me inquieta.

—Todo es posible, jefe. Deje que le pregunte esto. Ha dicho que Brockman y su equipo estaban siguiendo otras pistas, otras vías creo que ha dicho. ¿Alguna de esas vías es transitable? Me refiero a si Pounds tenía una vida secreta o están allí fuera persiguiendo las luces de sus faros.

—No hay nada que destaque. Me temo que usted era la mejor pista. Brockman todavía lo cree. Quiere trabajar sobre la hipótesis de que contrató a un sicario de algún tipo y después voló a Florida para establecer una coartada.

—Sí, ésa es buena.

—Creo que carece de credibilidad. Le he dicho que lo deje. Por el momento. Y le digo a usted que deje lo que está haciendo. Esa mujer de Florida suena como la clase de persona con la que podría pasar un tiempo. Quiero que se meta en un avión y vaya con ella. Quédese un par de semanas. Cuando vuelva, hablaremos de su regreso a la mesa de homicidios de Hollywood.

Bosch no estaba seguro de si había una amenaza en lo que Irving acababa de decir. Si no era una amenaza, era un soborno.

—¿Qué cree que estoy haciendo, jefe?

—Yo no creo, yo sé lo que está haciendo. Es fácil. Sacó el expediente del caso de su madre. Por qué lo ha hecho en este momento en particular no lo sé. Pero está llevando una investigación por libre y eso es un problema para nosotros. Tiene que pararla, Harry, o le pararé yo. Le desconectaré. Permanentemente.

—¿A quién está protegiendo?

Bosch vio que la ira se abría paso en el rostro de Irving mientras su piel pasaba del rosa a un rojo intenso. Sus ojos parecieron hacerse más pequeños y oscuros con la furia.

—No insinúe nunca una cosa así. He dedicado mi vida a este departa...

—Es a usted mismo, ¿verdad? La conocía. La encontró. Teme que lo arrastre a esto si averiguo algunas cosas. Apuesto a que ya sabía todo lo que McKittrick le contó por teléfono.

—Eso es ridículo. Yo...

—¿Lo es? No lo creo. Ya he hablado con una testigo que lo recuerda a usted de esos días en la ronda del bulevar.

—¿Qué testigo?

—Ella dijo que le conocía. Sabía que mi madre también le conocía.

—La única persona a la que estoy protegiendo es usted, Bosch. ¿No se da cuenta? Le estoy ordenando que detenga esta investigación.

—No puede. Ya no trabajo para usted. Estoy de baja, ¿recuerda? Baja involuntaria. Eso me convierte en un ciudadano, y puedo hacer lo que me venga en gana mientras sea legal.

—Puedo acusarle de posesión de documentos robados: el expediente del caso.

—No lo robé. Además, ¿qué ocurre si mentí? ¿Qué es eso? ¿Una falta? En la oficina del fiscal se le reirán en la cara.

—Pero perdería su trabajo. Eso sucedería.

—Llega un poco tarde con eso, jefe. Hace una semana habría sido una amenaza válida. Tendría que haberla considerado. Pero ya no me importa. Ahora paso de esas amenazas y este caso es lo único que me importa. Haré lo que tenga que hacer.

Irving se quedó en silencio y Bosch supuso que el subdirector se estaba dando cuenta de que él se había alejado de su alcance.

El poder de Irving sobre Bosch siempre se había basado en el trabajo y el futuro. Pero Bosch se había liberado por fin. Harry empezó de nuevo con voz baja y calmada.

—Si estuviera en mi lugar, jefe, ¿podría simplemente darle la espalda? ¿Qué importa lo que pueda hacer para el departamento si no puedo hacer esto por ella... y por mí? —Se levantó y se guardó la libreta en el bolsillo de la chaqueta—. Me voy. ¿Dónde está el resto de mis cosas?

—No.

Bosch vaciló. Irving lo miró y Bosch vio que la rabia había remitido.

—No hice nada mal —dijo Irving en voz baja.

—Seguro que sí —dijo Bosch con voz igual de calmada. Se inclinó sobre la mesa hasta que estuvo a menos de un metro de distancia—. Todos lo hicimos, jefe. Lo dejamos estar. Ése fue nuestro crimen. Pero ya no más. Al menos no conmigo. Si quiere ayudar, ya sabe cómo encontrarme.

Bosch se dirigió a la puerta.

—¿Qué quiere?

Bosch volvió a mirarlo.

—Hábleme de Pounds. Necesito saber qué ocurrió. Es la única forma de saber si está conectado.

—Entonces siéntese.

Bosch se sentó en la silla que estaba al lado de la puerta. Ambos se tomaron un tiempo para serenarse antes de que Irving hablara por fin.

—Empezamos a buscarlo el sábado por la noche. Encontramos su coche el domingo a mediodía en Griffith Park. En uno de los túneles que cerraron después del terremoto. Era como si supieran que íbamos a buscar desde el aire y pusieron el coche en un túnel.

—¿Por qué empezaron a buscar antes de saber que estaba muerto?

—Por la mujer. Llamó el sábado por la mañana. Dijo que lo habían telefoneado a casa el viernes por la noche, no sabía quién. Pero quienquiera que fuese se las arregló para convencerle de que saliera de casa y se reuniera con él. Pounds no le dijo a su esposa de qué se trataba. Dijo que volvería al cabo de una hora o dos. Salió y nunca regresó. Por la mañana ella nos llamó.

—Supongo que el número de Pounds no está en la guía.

—Exacto. Eso aumentaba la posibilidad de que fuera alguien del departamento.

Bosch pensó en ello.

—No necesariamente. Sólo tenía que ser alguien con contactos con gente del ayuntamiento. Gente que podía conseguir ese número con una llamada. Debería hacer correr la voz. Garantizar la impunidad a cualquiera que diga que proporcionó el número. Decir que no se le castigará si dice el nombre de la persona a quien se lo dio. Es a él a quien busca. Existen posibilidades de que quien dio el número no supiera lo que iba a ocurrir.

Irving asintió.

—Es una idea. En el departamento hay cientos de personas que podían conseguir ese número. Podría ser la única forma de proceder.

—Cuénteme más de Pounds.

—Fuimos directamente a trabajar en el túnel. El domingo los medios ya sabían que lo estábamos buscando, así que el túnel representó una ventaja para nosotros. No había helicópteros sobrevolando, molestando. Instalamos luces en el túnel.

—¿Estaba en el coche?

Bosch estaba actuando como si no supiera nada. Sabía que si esperaba que Hinojos respetara sus confidencias, él debía respetar las que le hacía ella.

—Sí, estaba en el maletero. Y, Dios mío, era horrible. Le... Le habían arrancado la ropa. Le habían golpeado. Y... Y había pruebas de tortura...

Bosch aguardó, pero Irving se había detenido.

—¿Qué? ¿Qué le hicieron?

—Le quemaron. Los genitales, las tetillas, los dedos... ¡Dios mío!

Irving se pasó la mano por la cabeza pelada y cerró los ojos mientras lo hacía. Bosch vio que el jefe no podía borrar las imágenes de su mente. Él también tenía problemas para hacerlo. La culpa era como un objeto palpable en su pecho.

—Era como si quisieran algo de él —dijo Irving—. Pero él no podía darlo. No lo tenía y... y ellos insistieron.

De repente, Bosch sintió el ligero temblor de un terremoto y estiró el brazo hasta la mesa para equilibrarse. Miró a Irving en busca de confirmación y se dio cuenta de que no había ningún seísmo. Era él quien estaba temblando de nuevo.

—Espere un momento.

La sala se inclinó ligeramente antes de enderezarse de nuevo.

—¿Qué pasa?

—Espere un momento.

Sin decir otra palabra, Bosch se levantó y salió por la puerta. Recorrió rápidamente el pasillo hasta el cuarto de baño de caballeros que estaba al lado de la fuente. Había alguien delante de uno de los lavabos afeitándose, pero Bosch no se tomó el tiempo de mirarlo. Empujó la puerta de una de las cabinas y vomitó en el inodoro, estuvo a punto de no llegar a tiempo.

Tiró de la cadena, pero sintió una nueva arcada y luego otra, hasta que se vació, hasta que no quedó en su interior otra cosa que la imagen de Pounds desnudo, muerto, torturado.

—¿Está bien, amigo? —dijo una voz desde el exterior de la cabina.

—Déjeme solo.

—Lo siento, sólo preguntaba.

Bosch se quedó unos minutos más en la cabina, apoyado contra la pared. Finalmente, se limpió la boca con papel higiénico y tiró de la cadena. Salió de la cabina con paso indeciso y se acercó al lavabo. El otro hombre seguía allí. Ahora se estaba poniendo una corbata.

Bosch lo miró en el espejo, pero no lo reconoció. Se dobló sobre el lavabo y se limpió la cara y la boca con agua fría. Después usó toallas de papel para secarse. No se miró al espejo ni una sola vez.

—Gracias por preguntar —dijo al salir.

Irving daba la sensación de no haberse movido durante la ausencia de Bosch.

—¿Está bien?

Bosch se sentó y sacó el paquete de cigarrillos.

—Lo siento, pero voy a fumar.

—Ya lo ha hecho antes.

Bosch encendió un cigarrillo y dio una profunda calada. Se levantó y caminó hasta la papelera de la esquina. Había un vaso de café sucio y lo cogió para usarlo de cenicero.

—Sólo uno —dijo—. Después puede abrir la puerta y ventilarlo.

—Es un mal hábito.

—Respirar en esta ciudad también lo es. ¿Cómo murió? ¿Cuál fue la herida fatal?

—La autopsia ha sido esta mañana. Paro cardiaco. La presión fue excesiva y su corazón no resistió.

Bosch se detuvo un momento. Sintió que empezaba a recuperar la fuerza.

—¿Por qué no me cuenta el resto?

—No hay resto. Eso es todo. No había nada allí. No había pruebas en el cadáver. No había pruebas en el coche. Lo habían limpiado todo. No había por dónde empezar.

—¿Y la ropa?

—Estaba en el maletero. No ayuda. Aunque el asesino se quedó una cosa.

—¿Qué?

—Su placa. El cabrón se llevó su placa.

Bosch se limitó a asentir y desvió la mirada. Ambos se quedaron un rato en silencio. Bosch no podía sacarse las imágenes de la cabeza y suponía que Irving tenía el mismo problema.

—Entonces —dijo Bosch al fin—, viendo lo que le habían hecho, la tortura y todo lo demás, inmediatamente pensaron en mí. Eso sí que es un voto de confianza.

—Mire, detective, lo empujó por la ventana dos semanas antes. Teníamos un informe adicional de él según el cual lo había amenazado. ¿Qué...?

—No hubo ninguna amenaza. Él...

—No me importa si la hubo o no la hubo. Él presentó el informe. Ésa es la cuestión. Cierto o falso, hizo el informe, por consiguiente, se sentía amenazado por usted. ¿Qué se supone que teníamos que hacer? ¿No hacer caso? Sólo decir: «¿Harry Bosch? Oh, no, nuestro Harry Bosch no podría hacerlo, de ningún modo», y seguir adelante. No sea ridículo.

—De acuerdo, tiene razón. Olvídelo. ¿No le dijo nada a su mujer antes de irse?

—Sólo que alguien había llamado y que tenía que salir una hora a una reunión con una persona muy importante. No mencionó ningún nombre. La llamada se recibió el viernes por la noche.

—¿Es exactamente así como lo contó ella?

—Eso creo. ¿Por qué?

—Porque si él lo dijo así, podría haber dos personas involucradas.

—¿Por qué?

—Suena como si una persona lo hubiera convocado a una reunión con una segunda persona, alguien muy importante. Si esa persona hubiera hecho la llamada, entonces él le habría dicho a la mujer que tal y tal, el gran tipo importante, acababa de llamarlo y que iba a reunirse con él. ¿Entiende a qué me refiero?

—Sí. Pero quienquiera que llamara pudo usar el nombre de una persona importante como cebo para atraer a Pounds. Esa persona real podría no estar involucrada en absoluto.

—Eso también es cierto. Pero creo que se dijera lo que se dijese, tuvo que ser convincente para que Pounds saliera solo de noche.

—Tal vez era alguien a quien ya conocía.

—Tal vez, pero en ese caso probablemente le habría dicho el nombre a su mujer.

—Cierto.

—¿Se llevó algo? Un maletín, archivos, algo.

—No que sepamos. La mujer estaba en la sala de la tele. No lo vio salir por la puerta. Hemos repasado todo esto con ella, hemos revisado toda la casa. No hay nada. Su maletín estaba en su despacho de la comisaría. Ni siquiera se lo llevó a casa. No hay por dónde empezar. Para ser sincero, usted era el mejor candidato, y ahora está descartado. Lo que me devuelve a mi pregunta. ¿Lo que usted ha estado haciendo podría tener algo que ver con esto?

Bosch no podía permitirse decirle a Irving lo que pensaba, lo que sabía instintivamente que le había ocurrido a Pounds. Aunque lo que lo detenía no era la culpa, sino el deseo de mantener la misión para sí mismo. En ese momento se dio cuenta de que la venganza era una fuerza singular, una misión solitaria, algo de lo que nunca se hablaba en voz alta.

—Desconozco la respuesta —dijo—. No le conté nada a Pounds. Pero me la tenía jurada. Eso ya lo sabe. El tipo está muerto, pero era un capullo y quería acabar conmigo. Así que podría haber estado muy atento a lo que yo hacía. Un par de personas me vieron la semana pasada. El rumor podría haberle llegado a él y podría haberle inducido a un error fatal. Él no es que fuera un investigador. Pudo haber cometido un error. No lo sé.

Irving miró fijamente a Bosch. Bosch sabía que estaba intentando determinar qué parte era verdad y qué parte, mentira. Bosch habló antes.

—Dijo que iba a reunirse con alguien importante.

—Sí.

—Mire, jefe, no sé lo que McKittrick le contó de la conversación que tuve con él, pero sabe que había gente importante involucrada cuando... cuando mataron a mi madre. Usted estuvo allí.

—Sí, estuve allí, pero no formé parte de la investigación, no después del primer día.

—¿McKittrick le habló de Arno Conklin?

—Hoy no. Entonces sí. Recuerdo que cuando una vez le pregunté qué estaba ocurriendo con el caso, me dijo que le preguntara a Arno. Dijo que Arno estaba protegiendo a alguien.

—Bueno, Arno Conklin era una persona importante.

—¿Pero ahora? Será un anciano si es que sigue vivo.

—Está vivo, jefe. Y tiene que recordar algo. Los hombres importantes se rodean de hombres importantes. Nunca están solos. Conklin puede ser viejo, pero puede haber otro que no lo sea.

—¿Qué me está contando, Bosch?

—Le estoy diciendo que me deje solo. Tengo que hacer esto. Soy el único que puede hacerlo. Le estoy diciendo que mantenga a Brockman y a los demás alejados de mí.

Irving lo miró un momento y Bosch percibió que el jefe no sabía qué camino tomar. Bosch se levantó.

—Estaremos en contacto.

—No me está contando todo.

—Es mejor así. —Salió al pasillo, recordó algo y volvió a entrar—. ¿Cómo voy a volver a casa? Me han traído aquí.

Irving se estiró hacia el teléfono.

Bosch abrió la puerta de la quinta planta y no vio a nadie detrás del mostrador de la División de Asuntos Internos. Esperó unos segundos a que apareciera Toliver porque Irving le acababa de ordenar que llevara a Bosch a casa, pero el joven detective de asuntos internos no apareció. Bosch supuso que se trataba de otro jueguecito psicológico. No quería rodear el mostrador e ir a buscar a Toliver, así que simplemente gritó su nombre. Detrás del mostrador había una puerta ligeramente entreabierta y Bosch estaba razonablemente seguro de que Toliver oiría la llamada.

Pero la persona que salió por aquella puerta fue Brockman. Miró a Bosch un buen rato sin decir nada.

—Mire, Brockman, se supone que Toliver ha de llevarme a casa —le dijo Bosch—. No quiero nada más con usted.

—Sí, es una lástima.

—Vaya a buscar a Toliver.

—Será mejor que me vigile, Bosch.

—Sí, ya lo sé, estaré vigilando.

—Sí, y no me verá llegar.

Bosch asintió y miró por encima del teniente a la puerta donde esperaba que Toliver saliera en cualquier momento. Sólo quería que se diluyera la situación y que lo llevaran a casa. Sopesó la posibilidad de coger un taxi, pero sabía que en hora punta probablemente le costaría cincuenta pavos. Además, le seducía la idea de que un chófer de asuntos internos lo llevara a casa.

—Eh, asesino.

Bosch miró a Brockman. Se estaba cansando.

—¿Qué tal es follarse a otra asesina? Debe de valer la pena para irse hasta Florida para hacerlo.

Bosch trató de mantener la calma, pero sintió que su rostro le traicionaba, porque de repente supo de qué estaba hablando Brockman.

—¿De qué está hablando?

La cara de Brockman se encendió de una satisfacción de matón al interpretar la expresión de sorpresa de Bosch.

—Ni siquiera se molestó en decírselo, vaya.

—¿Decirme qué?

Bosch quería abalanzarse al mostrador y sacar a Brockman por el cuello, pero al menos exteriormente mantuvo la calma.

—¿Decirle qué? Yo se lo diré. Creo que su versión apesta y lo voy a demostrar. Entonces Don Limpio no va a poder protegerle.

—Dijo que le habían advertido que me dejara en paz. Estoy libre.

—A tomar por culo los dos. Cuando venga con su coartada en una bolsa, no va a tener alternativa.

Toliver atravesó el umbral que había detrás del mostrador. Llevaba un juego de llaves en la mano. Se quedó de pie en silencio detrás de Brockman, con la mirada baja.

—Lo primero que hice fue buscarla en el ordenador —dijo Brockman—. Está fichada, Bosch. ¿No lo sabía? Es una asesina, como usted. Bonita pareja.

Bosch quería hacer un millar de preguntas, pero no iba a hacerle ninguna a ese hombre. Sentía que un gran vacío se abría en su interior mientras empezaba a dudar de sus sentimientos por Jazz. Se dio cuenta de que ella le había dejado todas las señales, pero él no las había interpretado. Aun así, el sentimiento que le invadió con más fuerza era el de traición.

Bosch no hizo caso de Brockman deliberadamente y miró a Toliver.

—Eh, muchacho, ¿vas a llevarme a casa o qué?

Toliver rodeó el mostrador sin responder.

—Bosch, ya le tengo en asociación con malhechores —dijo Brockman—, pero no estoy satisfecho.

Bosch fue a la puerta del pasillo y la abrió. Iba contra la normativa del Departamento de Policía de Los Ángeles asociarse con delincuentes conocidos. Que Brockman pudiera acusarlo de eso era la menor de las preocupaciones de Bosch. Se dirigió a la puerta con Toliver a la zaga. Antes de que la puerta se cerrara, Brockman gritó tras él.

—Dale un beso de mi parte, asesino.

Al principio, Bosch permaneció sentado en silencio junto a Jerry Toliver en el trayecto de vuelta a su casa. Tenía una cascada de ideas que le embotaban la mente y decidió simplemente hacer caso omiso del joven detective de asuntos internos. Toliver dejó el escáner de la policía encendido y la charla esporádica era lo más parecido a una conversación que había en el vehículo. Era la hora en que la gente salía del centro y avanzaba a un ritmo exasperante hacia el paso de Cahuenga.

A Bosch le dolían las tripas por las convulsiones de la náusea de una hora antes y mantuvo los brazos cruzados delante del cuerpo como si estuviera acunando un bebé. Sabía que tenía que compartimentar sus pensamientos. Por más que estuviera confundido y se sintiera intrigado por las alusiones que Brockman había hecho en relación a Jasmine, sabía que tenía que dejarlas de lado. Por el momento, lo que le había ocurrido a Pounds era más importante.

Trató de ordenar la cadena de acontecimientos y llegó a la conclusión obvia. Su entrada en la fiesta de Mittel y la entrega de la fotocopia del recorte del *Times* habían disparado una reacción que concluyó con el asesinato de Harvey Pounds, el hombre cuyo nombre él había utilizado. Aunque en la fiesta sólo le había dicho a Mittel el nombre, de algún modo lo habían rastreado hasta el Pounds real, que después fue torturado y asesinado.

Bosch supuso que habían sido las llamadas a Tráfico las que habían condenado a Pounds. Tras recibir el amenazador recorte en la fiesta, Mittel probablemente había estirado su largo brazo para descubrir quién era ese Harvey Pounds y qué se proponía. Mittel tenía contactos desde Los Ángeles a Sacramento y Washington. Podía haber descubierto rápidamente que Harvey Pounds era policía. El trabajo de financiación de campañas de Mittel había puesto a un buen número de legisladores en escaños de Sacramento. Ciertamente tenía los contactos precisos en la capital del estado para descubrir quién estaba buscando información referida a él. Y si lo había hecho, había descubierto que Harvey Pounds, un teniente del Departamento de Policía de Los Ángeles, no sólo había preguntado por él, sino también por otros cuatro hombres que podían ser igualmente de vital interés para él: Arno Conklin, Johnny Fox, Jake McKittrick y Claude Eno.

Era cierto que todos los nombres estaban implicados en un caso y una conspiración de hacía casi treinta y cinco años. Pero Mittel estaba en el centro de esa conspiración y, a juicio de Bosch, el fisgoneo de Pounds podía haber sido más que suficiente para que alguien de su posición tomara algún tipo de medida para descubrir qué estaba haciendo el teniente.

A causa del movimiento que el hombre que él creía que era Pounds había hecho en la fiesta, Mittel probablemente había concluido que se enfrentaba a un extorsionista. Y sabía cómo eliminar el problema. Como se había eliminado a Johnny Fox.

Bosch sabía que ésa era la razón de que Pounds hubiera sido torturado. Para que Mittel se asegurara de que el problema no iba más allá de Pounds, tenía que saber quién más sabía lo que sabía el teniente. El problema era que Pounds no sabía nada. No tenía nada que ofrecer y fue atormentado hasta que su corazón no aguantó más.

Una pregunta que permanecía sin respuesta en la mente de Bosch era qué sabía de todo ello Arno Conklin. Bosch todavía no había contactado con él. ¿Tenía conocimiento del hombre que se había acercado a Mittel? ¿Había ordenado él la acción sobre Pounds o había sido solamente la reacción de Mittel?

De pronto, Bosch vio un salto en su teoría que requería un

refinamiento. Mittel había estado cara a cara con él en su papel de Harvey Pounds en la fiesta de recogida de fondos. El hecho de que Pounds fuera torturado antes de morir indicaba que Mittel no estaba presente en ese momento, o habría visto que estaban atormentando a otro hombre. Bosch se preguntó si habían comprendido que, de hecho, habían matado al hombre equivocado y ya estaban buscando al correcto.

Reflexionó acerca de este punto y vio que encajaba. Mittel no era el tipo de hombre que se manchaba las manos de sangre. No tenía problema en ordenar que se disparara, pero no quería presenciarlo. Bosch se dio cuenta de que el surfista con traje también lo había visto en la fiesta y, por tanto, tampoco podía haber estado directamente involucrado en el asesinato de Harvey Pounds. Eso dejaba sólo al hombre que Bosch había atisbado a través de la puerta cristalera de la casa. El hombre fornido y de cuello ancho al que Mittel le mostró el recorte de periódico. El hombre que había resbalado y caído cuando bajaba por el sendero hacia Bosch.

Bosch comprendió por qué poco no estaba donde Pounds se encontraba en ese momento. Buscó en el bolsillo de la chaqueta los cigarrillos y empezó a encender uno.

—¿Le importa no fumar? —preguntó Toliver, en lo que fueron sus primeras palabras en media hora de trayecto.

—Sí, me importa. —Bosch terminó de encender el pitillo y se guardó el Bic. Bajó la ventanilla—. ¿Estás contento? El humo de los tubos de escape es peor que el del cigarrillo.

—En este vehículo está prohibido fumar.

Toliver tocó con el dedo un imán plástico que estaba en la cubierta del cenicero que había en el salpicadero. Era uno de los chismes que se distribuyeron cuando el ayuntamiento aprobó una ley generalizada contra el tabaco que prohibió fumar en todos los edificios públicos y permitió que la mitad de los coches de la flota automovilística del departamento fueran declarados vehículos sin humo. El imán mostraba un cigarrillo en medio de un círculo rojo con una raya cruzada. Debajo del círculo decía: «Gracias por no fumar.» Bosch se estiró, arrancó el imán y lo tiró por la ventanilla. Vio cómo botaba en el pavimento y golpeaba en la puerta de un coche que circulaba por el carril de al lado.

—Ahora ya no. Ahora es un coche de fumadores.

—Bosch, está como una cabra, ¿sabe?

—Denúnciame, chico. Añádelo a la relación con un delincuente en la que está trabajando tu jefe. No me importa.

Quedaron unos momentos en silencio mientras el coche se iba alejando de Hollywood.

—Le está tomando el pelo, Bosch. Pensaba que lo sabía.

—¿Cómo es eso? —Estaba sorprendido de que Toliver se pusiera de su parte.

—Sólo está echándose un farol. Sigue cabreado por lo que le ha hecho en la mesa. Pero sabe que no funcionará. Es un caso antiguo. Homicidio sin premeditación. Un caso de violencia doméstica. Le cayeron cinco años de condicional. Lo único que ha de decir es que no lo sabía y se va a la mierda.

Bosch casi podía imaginar de qué trataba el caso. Jasmine prácticamente se lo había dicho en el juego de las confesiones. Estuvo demasiado tiempo con alguien. Eso era lo que ella había dicho. Pensó en el cuadro que había visto en su estudio. El retrato gris con los trazos rojos como la sangre. Trató de apartar la imagen de su mente.

—¿Por qué me estás diciendo esto, Toliver? ¿Por qué vas contra los tuyos?

—Porque no son los míos. Porque quiero saber a qué se refería con lo que me ha dicho en el pasillo.

Bosch ni siquiera podía recordar lo que había dicho.

—Me dijo que no era demasiado tarde. ¿Demasiado tarde para qué?

—Demasiado tarde para salir —dijo Bosch, recordando las palabras que había lanzado como una provocación—. Todavía eres joven. Será mejor que salgas de asuntos internos antes de que sea tarde. Si te quedas demasiado no saldrás nunca. ¿Es eso lo que quieres, pasar tu carrera hostigando a polis por comprar con droga a las putas?

—Mire, quiero trabajar en el Parker y no quiero esperar diez años como todos los demás. Para un blanco es la forma más fácil y más rápida de llegar.

—No vale la pena, eso es lo que te estoy diciendo. Los que se quedan en asuntos internos más de dos o tres años se quedan toda la vida, porque nadie más confía en ellos. Son leprosos. Mejor que te lo pienses. El Parker Center no es el único sitio del mundo para trabajar.

Pasaron unos segundos antes de que Toliver tratara de armar una defensa.

—Alguien ha de ser policía de la policía. Hay mucha gente que parece que no lo entiende.

—Es verdad. Pero en este departamento nadie controla a la policía de la policía. Piénsalo.

La conversación se vio interrumpida por el agudo tono que Bosch reconoció como el timbre de su móvil en el asiento trasero del coche, donde estaban las pertenencias que le habían requisado durante el registro de su casa. Irving había ordenado que se lo devolvieran todo. Entre ellas estaba su maletín y oyó que el teléfono sonaba en el interior de éste. Se estiró hacia atrás, abrió el maletín y cogió el móvil.

—Sí, soy Bosch.

—Bosch, soy Russell.

—Eh, todavía no tengo nada que decirte, Keisha. Sigo trabajando en ello.

—No, yo tengo algo que decirte. ¿Dónde estás?

—Estoy en el mogollón. En la ciento uno llegando a Barham, mi salida.

—Bueno, tengo que hablar contigo, Bosch. Estoy escribiendo un artículo para mañana. Creo que querrás comentarlo en tu defensa.

—¿Mi defensa?

Sintió ganas de decir «¿Qué pasa ahora?», pero encajó el golpe y mantuvo la calma.

—¿De qué estás hablando?

—¿Has leído mi artículo de hoy?

—No, no he tenido tiempo. ¿Qué...?

—Es sobre la muerte de Harvey Pounds. Hoy tengo una continuación... Se refiere a ti, Bosch.

Joder, pensó. Pero trató de mantener la calma. Sabía que si Russell detectaba pánico en su voz ella ganaría confianza en lo que fuera que estuviera a punto de escribir. Tenía que convencerla de que su información era equivocada. Tenía que minar esa confianza. Entonces se dio cuenta de que Toliver estaba sentado a su lado y oiría todo lo que dijera.

—Ahora no puedo hablar. ¿Cuándo es tu hora límite?

—Ahora. Hemos de hablar ahora.

Bosch miró el reloj. Eran las seis menos veinticinco.

—Puedes esperar hasta las seis, ¿verdad?

Había trabajado antes con periodistas y sabía que ésa era la hora límite para la primera edición del *Times*.

—No, no puedo esperar a las seis. Si quieres decir algo, dilo ahora.

—No puedo. Dame quince minutos y vuelve a llamarme. Ahora no puedo hablar.

Hubo una pausa hasta que ella dijo:

—Entonces no podré demorarlo más, será mejor que hables.

Estaban en la salida de Barham y llegarían a su casa en diez minutos.

—No te preocupes por eso. Mientras tanto, avisa a tu director de que podrías retirar el artículo.

—No lo haré.

—Mira, Keisha, ya sé qué vas a preguntarme. Es una trampa y está mal. Has de confiar en mí. Te lo explicaré dentro de quince minutos.

—¿Cómo sabes que es una trampa?

—Lo sé. Viene de Angel Brockman.

Cerró el teléfono y miró a Toliver.

—¿Ves, Toliver? ¿Es esto lo que quieres hacer con tu trabajo? ¿Con tu vida?

Toliver no dijo nada.

—Cuando vuelvas, dile a tu jefe que puede meterse la edición de mañana del *Times* por el culo. No habrá ningún artículo. Mira, ni siquiera los periodistas se fían de los tipos de asuntos internos. Lo único que he tenido que hacer ha sido mencionar a Brockman. Empezará a dar marcha atrás cuando le diga que sé lo que está pasando. Nadie se fía de vosotros, tíos. Jerry, déjalo.

—Ah, y todo el mundo se fía de usted, Bosch.

—No todo el mundo. Pero puedo dormir por la noche y llevo veinte años en el cuerpo. ¿Crees que tú podrás hacerlo? ¿Cuánto tiempo llevas? ¿Cinco, seis años? Te doy diez, Jerry. Es lo máximo para ti. Diez y adiós. Pero parecerás uno de esos tíos que lo dejan después de treinta.

La predicción de Bosch fue recibida con un silencio pétreo. Bosch no sabía por qué se preocupaba por alguien que formaba parte del equipo que trataba de hacerle morder el polvo, pero había algo en el rostro fresco del joven policía que le invitaba a darle el beneficio de la duda.

Tomaron la última curva a Woodrow Wilson y Bosch vio su casa. También vio un coche blanco con una matrícula amarilla aparcado enfrente de ella y un hombre que llevaba un casco de construcción y estaba de pie delante de una caja de herramientas. Era el inspector de obras municipal. Gowdy.

—Mierda —dijo Bosch—. ¿Esto también es uno de los trucos de asuntos internos?

—No lo... Si lo es, yo no sé nada.

—Sí, claro.

Sin decir una palabra más, Toliver se detuvo delante de la casa y Bosch bajó con sus pertenencias recuperadas. Gowdy lo reconoció e inmediatamente se acercó mientras Toliver se alejaba del bordillo.

—Escuche, ¿no estará viviendo en esta casa? —preguntó Gowdy—. Tiene etiqueta roja. Recibimos una llamada diciendo que alguien robaba electricidad.

—Yo también he recibido la llamada. ¿Ha visto a alguien? Venía a comprobarlo.

—No me mienta, señor Bosch. He visto que ha hecho algunas reparaciones. Tiene que saber una cosa: no puede reparar esta casa, ni siquiera puede entrar. Tiene una orden de demolición y ya ha vencido. Voy a emitir una orden de ejecución y buscaré un contratista municipal que la ejecute. Recibirá la factura. No hay motivo para esperar más. Ahora, debería salir de aquí porque voy a cortar la luz y voy a poner un candado.

Se dobló para dejar la caja de herramientas en el suelo y procedió a abrirla y sacar unos cerrojos de acero inoxidable que iba a colocar en las puertas.

—Mire, tengo un abogado —dijo Bosch—. Está tratando de solucionarlo con ustedes.

—No hay nada que solucionar. Lo siento. Si vuelve a entrar ahí será objeto de arresto. Si encuentro que se han manipulado esos cerrojos, también será objeto de arresto. Llamaré a la División de North Hollywood. Ya no estoy bromeando con usted.

Por primera vez se le ocurrió a Bosch que tal vez se trataba de un *show* y que el hombre sólo quería dinero. Probablemente ni siquiera sabía que Bosch era policía. La mayoría de los polis no podían permitirse vivir allí arriba y no querrían hacerlo aunque pudieran. La única razón por la que Bosch se lo podía permitir era que había comprado la propiedad con un puñado de dinero que había ganado años antes gracias a un telefilme basado en un caso que él había resuelto.

—Mire, Gowdy —dijo—, sólo dígamelo, ¿vale? Soy lento en estas cosas. Dígame lo que quiere y lo tendrá. Quiero salvar la casa, es lo único que me importa.

Gowdy lo miró unos segundos y Bosch se dio cuenta de que se había equivocado. Vio la indignación en los ojos del hombre.

—Si sigue por ese camino podría acabar en la cárcel, hijo. Le voy a decir lo que voy a hacer. Voy a olvidar lo que acaba de decir. Yo...

—Mire, lo siento... —Bosch miró a la casa por encima del hombro—. Es que, no sé, la casa es lo único que tengo.

—Tiene más que eso. Simplemente no lo ha pensado. Ahora voy a darle un respiro. Le doy cinco minutos para que entre y coja todo lo que necesita. Después, voy a poner los cerrojos. Lo lamento, pero es así. Si esa casa se cae colina abajo en el próximo quizá me lo agradecerá.

Bosch asintió con la cabeza.

—Adelante. Cinco minutos.

Bosch entró y cogió una maleta del estante superior del armario del pasillo. Primero puso allí su segunda pistola, después metió toda la ropa del armario del dormitorio que le cupo. Cargó la abultada maleta hasta la cochera y volvió a entrar para llevarse más cosas. Abrió los cajones del escritorio, los vació en la cama y lo envolvió todo con sábanas.

Se pasó del límite de los cinco minutos, pero Gowdy no entró a buscarlo. Bosch oía que trabajaba con un martillo en la puerta de la calle.

Al cabo de diez minutos, había formado una gran pila de pertenencias en la cochera, incluida una caja en la que guardaba sus recuerdos y sus fotos, una caja ignífuga que contenía sus documentos financieros y personales, una pila de correo sin abrir y facturas impagadas, el equipo de música y dos cajas que contenían su colección de elepés y cedés de jazz y blues. Al mirar la pila de sus pertenencias, se sintió triste. Era mucho para meterlo en un Mustang, pero sabía que no era demasiado después de haber pasado cuarenta y cinco años en el planeta.

—¿Ya está?

Bosch se volvió. Era Gowdy. Sostenía un martillo en una mano y un pestillo de acero en la otra. Bosch vio que enganchado en el cinturón también llevaba una cerradura.

—Sí —dijo Bosch—. Adelante.

Retrocedió y dejó que el inspector trabajara. El martilleo apenas había comenzado cuando sonó el teléfono. Se había olvidado de Keisha Russell.

—Sí, soy Bosch.

—Detective, soy la doctora Hinojos.

—Oh... Hola.

—¿Pasa algo?

—No, eh, sí, pensaba que era otra persona. Tengo que dejar esta línea libre unos minutos. Espero una llamada. ¿Puedo llamarla yo?

Bosch miró el reloj. Eran las seis menos cinco.

—Sí —dijo Hinojos—. Estaré en el despacho hasta las seis y media. Quiero hablar de algo con usted, y saber cómo le ha ido en la sexta planta después de que yo me fuera.

—Estoy bien, la llamaré luego.

En cuanto cerró el teléfono, éste volvió a sonarle en la mano.

—Bosch.

—Bosch, estoy entre la espada y la pared y no tengo tiempo para bromas. —Era Russell. Tampoco tenía tiempo para identificarse—. El artículo explica que la investigación sobre la muerte de Harvey Pounds se ha vuelto hacia adentro y que los detectives han pasado varias horas con usted hoy. Han registrado la casa y creen que usted es el principal sospechoso.

—¿Principal sospechoso? Ni siquiera usamos esas palabras, Keisha. Ahora estoy seguro de que has hablado con uno de esos estrábicos de asuntos internos. No sabrían cómo llevar una investigación de homicidios ni aunque el asesino les mordiera el trasero.

—No te andes por las ramas. Es muy sencillo. ¿Tienes que hacer algún comentario sobre el artículo que saldrá en el diario de mañana? Si quieres decir algo, tengo el tiempo justo para que salga en la primera edición.

—*On the record* no hay comentarios.

—¿Y *off*?

—*Off the record*, y sin que me lo atribuyas ni lo uses, puedo decirte que es todo mentira, Keisha. Tu artículo está equivocado. Simple y llanamente equivocado. Si lo publicas tal y como me lo acabas de resumir, tendrás que escribir otro mañana para corregirlo. Dirás que no soy sospechoso en absoluto. Después de eso tendrás que buscarte otra sección.

—¿Y eso por qué? —preguntó la periodista con altivez.

—Porque esto es una calumnia orquestada por asuntos internos. Es una trampa. Y cuando todos los demás del departamento lo lean mañana lo sabrán y sabrán que has picado. No se fiarán de ti. Pensarán que eres sólo una tapadera para gente como Brockman. Ninguna fuente que merezca la pena querrá tener esa relación contigo. Incluido yo. Te quedarás cubriendo la comisión de la policía y reescribiendo comunicados de prensa de la oficina de relaciones con los medios. Y, por supuesto, cada vez que Brockman quiera putear a alguien cogerá el teléfono y te llamará.

Se produjo un silencio en la línea. Bosch levantó la cabeza hacia el cielo y vio que se teñía de rosa con el inicio del crepúsculo. Miró el reloj. Faltaba un minuto para la hora de cierre.

—¿Estás ahí, Keisha?

—Bosch, me estás asustando.

—Deberías estar asustada. Tienes un minuto para tomar una gran decisión.

—Deja que te pregunte algo. ¿Agrediste a Pounds y lo lanzaste por la ventana hace dos semanas?

—¿*On the record* u *off the record*?

—No importa, necesito una respuesta. ¡Rápido!

—*Off the record*, eso es más o menos preciso.

—Bueno, eso parecería hacerte sospechoso de su muerte. No veo...

—Keisha, he estado fuera del estado tres días. He vuelto hoy. Brockman me llevó a comisaría y habló conmigo menos de media hora. Comprobaron mi coartada y me dejaron libre. No soy sospechoso. Estoy hablando desde delante de mi casa. ¿Oyes ese martilleo? Eso es mi casa. Tengo un carpintero aquí. ¿Crees que a los sospechosos principales los dejan ir a dormir a casa?

—¿Cómo puedo confirmar todo esto?

—¿Hoy? No puedes. Tienes que elegir. Brockman o yo. Mañana puedes llamar al subdirector Irving y él te lo confirmará... si quiere hablar contigo.

—¡Mierda! Bosch, no puedo creerlo. Si voy al jefe de redacción a la hora de cierre y le digo que un artículo para el que me ha reservado la primera página desde la reunión de las tres en punto no existe... Podría estar ante una nueva sección y un nuevo periódico para cubrirla.

—Hay otras noticias en el mundo, Keisha. Ya encontrarán algo para la primera página. A la larga será bueno para ti. Haré correr la voz.

Hubo un breve silencio mientras ella tomaba su decisión.

—No puedo hablar. He de entrar allí y cogerlo. Adiós, Bosch. Espero que todavía trabaje aquí la próxima vez que hablemos.

Había colgado antes de que él pudiera despedirse.

Bosch caminó calle arriba hasta el Mustang y condujo hasta su casa. Gowdy había terminado con los pestillos y ambas puertas tenían ya candados. El inspector estaba junto a su coche, usando el capó como mesa. Estaba escribiendo en una tablilla y Bosch supuso que trabajaba con lentitud porque quería asegurarse de que Bosch abandonaba la propiedad. Bosch empezó a cargar su pila de pertenencias en el Mustang. No sabía adónde iba a ir.

Dejó de lado la idea de que no tenía hogar y empezó a pensar en Keisha Russell. Se preguntó si sería capaz de detener la publicación del artículo tan tarde. Probablemente había cobrado vida propia, como un monstruo en el ordenador del periódico. Y ella, su doctora Frankenstein, tendría poco poder para detenerlo.

Cuando lo tuvo todo en el Mustang, le lanzó un saludo a Gowdy, entró y bajó por la colina hasta Cahuenga. Una vez allí, no sabía en qué dirección girar, porque todavía no sabía adónde debía ir. Hacia la derecha estaba Hollywood. A la izquierda, el valle de San Fernando. Entonces se acordó del Mark Twain. En Hollywood, a sólo unas manzanas de la comisaría de Wilcox, el Mark Twain era un viejo hotel residencia con apartamentos pequeños que por lo general eran agradables y limpios, mucho más que el barrio que lo rodeaba. Bosch lo sabía porque ocasionalmente había colocado testigos allí. Sabía asimismo que había un par de apartamentos que contaban con dos habitaciones y baño privado. Decidió que pediría una de ésas y dobló a la derecha. El teléfono sonó en cuanto hubo tomado la decisión. Era Keisha Russell.

—Me debes una, Bosch. Lo he parado.

Bosch sintió alivio e irritación al mismo tiempo. Era la manera de pensar típica de un periodista.

—¿De qué estás hablando? —contraatacó—. Tú me debes una por salvarte el culo.

—Bueno, eso ya lo veremos. Voy a comprobarlo mañana. Si cae del lado que tú dices, voy a ir a Irving para quejarme de Brockman. Lo voy a quemar.

—Acabas de hacerlo.

Russell se rió con una risa incómoda al darse cuenta de que acababa de confirmar que la fuente era Brockman.

—¿Qué dice el jefe de redacción?

—Cree que soy una idiota, pero le he dicho que hay más noticias en el mundo.

—Buena frase.

—Sí, me la voy a apuntar en el ordenador. ¿Entonces qué pasa? ¿Y qué ha ocurrido con esos recortes que te conseguí?

—Los recortes siguen haciendo su trabajo. Todavía no puedo hablar de nada.

—Lo suponía. No sé por qué te sigo ayudando, Bosch, pero allá va. ¿Recuerdas que me preguntaste por Monte Kim, el tipo que escribió ese primer recorte que te di?

—Sí, Monte Kim.

—He preguntado por él por aquí, y uno de los viejos correctores de estilo me ha dicho que sigue vivo. Resulta que después de irse del *Times* trabajó para la oficina del fiscal durante un tiempo. No sé a qué se dedica ahora, pero tengo su número y su dirección. Está en el valle de San Fernando.

—¿Me lo puedes dar?

—Supongo, porque estaba en la guía.

—Maldición, nunca pienso en eso.

—Puede que seas un buen detective, pero no te ganarías la vida de periodista.

Russell le dio a Bosch el número y la dirección, dijo que permanecerían en contacto y colgó. Bosch dejó el móvil en el asiento y pensó en esta última pieza de información mientras conducía hacia Hollywood. Monte Kim había trabajado para el fiscal del distrito. Bosch tenía una idea bastante formada de para cuál de ellos.

El hombre que se hallaba detrás del mostrador en el Mark Twain no dio muestras de reconocer a Bosch, pese a que Harry estaba razonablemente seguro de que era el mismo con el que había tratado para alquilar habitaciones para testigos. El hombre del hotel era alto y delgado y tenía los hombros caídos de quien lleva una carga pesada. Tenía aspecto de haber estado detrás del mostrador desde la época de Eisenhower.

—¿Me recuerda? ¿De calle abajo?

—Sí, le recuerdo. No he dicho nada porque no sabía si era una operación encubierta o no.

—No, no es encubierta. Quería saber si tenía libre alguna de las habitaciones del fondo. Que tenga teléfono.

—¿Quiere una?

—Eso es lo que estoy pidiendo.

—¿A quién va a meter esta vez? No quiero más pandilleros. La última vez me...

—No, ningún pandillero. Es para mí.

—¿Quiere la habitación para usted?

—Exacto. Y no pintaré en las paredes. ¿Cuánto es?

El hombre del mostrador parecía desconcertado por el hecho de que Bosch quisiera quedarse allí. Al final se recuperó y le dijo a Bosch que podía elegir: treinta dólares por día, doscientos por semana o quinientos por mes. Todo por adelantado. Bosch pagó por una semana con su tarjeta de crédito y esperó ansiosamente mientras el hombre comprobaba que iba a cobrar el cargo.

—Veamos, ¿cuánto me cobra por aparcar en la zona de carga y descarga de delante?

—No puede alquilar eso.

—Quiero aparcar delante para que a los demás inquilinos les resulte un poco más complicado desvalijarme el coche.

Bosch sacó la cartera y deslizó cincuenta dólares por el mostrador.

—Si vienen los urbanos, dígales que no pasa nada.

—Sí.

—¿Es usted el encargado?

—Y el propietario. Desde hace veintisiete años.

—Lo siento.

Bosch salió a buscar sus cosas. Tuvo que hacer tres viajes para subirlo todo a la habitación 214. La habitación estaba en la parte de atrás. Tenía dos ventanas que daban a un callejón desde las que se veía la fachada posterior de un edificio de una planta que albergaba dos bares y una tienda de vídeos para adultos. Pero Bosch ya sabía que no iba a encontrarse con un jardín. No era la clase de sitio donde uno se encuentra con un albornoz en el armario y caramelos de menta en la almohada por la noche. Sólo estaba un par de peldaños por encima de los lugares en los que le pasas el dinero al encargado a través de una rendija en el cristal antibalas.

Una de las habitaciones contaba con un escritorio, una cama, que sólo exhibía dos quemaduras de cigarrillo en la colcha, y una televisión montada en un soporte de acero atornillado a la pared. No había cable ni control remoto ni guía de programas gentileza de la casa. La otra habitación tenía un sofá de color verde gastado, una mesita para dos y una cocina americana con mini nevera, un microondas y una cocina económica de dos fogones. El cuarto de baño daba al pasillo que conectaba las dos habitaciones y era de baldosas blancas que se habían puesto amarillentas como la dentadura de un anciano.

A pesar de las circunstancias monótonas y de sus esperanzas de que se quedaría sólo temporalmente, Bosch se esforzó por transformar la habitación de hotel en un hogar. Colgó ropa en el armario, puso su cepillo de dientes y los utensilios para afeitarse en el cuarto de baño y preparó el contestador automático, aunque todavía nadie sabía su número. Decidió que por la mañana llamaría a la compañía telefónica y solicitaría que pusieran una grabación de desvío de llamadas en su número.

A continuación instaló el equipo de música en el escritorio. Por el momento dejó los altavoces en el suelo, uno a cada lado de la mesa. Buscó entre sus cedés y puso la grabación de Tom Waits titulada *Blue Valentine*, que no había escuchado en años.

Se sentó en la cama, junto al teléfono, escuchando a Waits y pensando en llamar a Jazz a Florida. Pero no estaba seguro de qué iba a decir o a preguntar. Pensó que sería mejor dejarlo por el momento. Encendió un cigarrillo y se acercó a la ventana. No pasaba nada en el callejón. Más allá de los techos de los edificios se veía la torre ornamentada del vecino Hollywood Athletic Club, uno de los últimos edificios bonitos que quedaban en Hollywood.

Cerró las cortinas con olor a humedad, se volvió y examinó su nuevo hogar. Al cabo de un rato, arrancó la colcha de la cama junto con el resto de las sábanas y volvió a hacerla con sus propias sábanas y manta. Sabía que era un pequeño gesto de continuidad, pero le hizo sentirse menos solo. También le hizo sentir que sabía lo que estaba haciendo con su vida en ese punto y le ayudó a olvidarse de Pounds durante un rato más.

Bosch se sentó en la cama recién hecha y se recostó en las almohadas colocadas contra el cabezal. Encendió otro cigarrillo. Examinó las heridas de sus dos dedos y vio que en lugar de costras había piel rosada. Se estaban curando bien. Esperaba que el resto de su ser se curara igual de bien. Pero lo dudaba. Sabía que era responsable. Y sabía que de algún modo tendría que pagar.

Sin reparar en ello, cogió el teléfono de la mesita y se lo puso en el pecho. Era un modelo antiguo, con dial. Bosch levantó el auricular y miró el dial. ¿A quién iba a llamar? ¿Qué iba a decir? Volvió a colgar el teléfono y se sentó en la cama. Tenía que salir.

Monte Kim vivía en Willis Avenue, en Sherman Oaks, en medio de una ciudad fantasma de edificios de apartamentos a los que habían asignado la etiqueta roja después del terremoto. El edificio de apartamentos de Kim era de color gris y blanco, estilo Cape Cod, y se hallaba entre otros dos que estaban vacíos. Al menos se suponía que debían estarlo. Al acercarse, Bosch vio que las luces se apagaban en uno de los edificios. Okupas, supuso. Como lo había sido Bosch, siempre alertas a la llegada del inspector de obras.

El edificio de Kim tenía aspecto de haber sido pasado por alto por el terremoto o de haber sido reparado ya por completo. Bosch dudaba que se tratara del segundo caso. Creía que el edificio era un testamento del azar de la violencia de la naturaleza, y quizá de un constructor que no había sido chapucero. El Cape Cod había permanecido en pie mientras los edificios de alrededor se resquebrajaban y se deslizaban.

Era un edificio rectangular común, con entradas a los apartamentos en cada uno de los lados. Pero para llegar a una de las puertas, tenían que abrirte una de las verjas de casi dos metros de altura. Los polis las llamaban verjas «siéntete bien» porque aunque lograban que los habitantes de las casas se sintieran mejor, eran inútiles. Lo único que hacían era establecer una barrera para los visitantes legítimos del edificio. Otros simplemente podían escalarla, y lo hacían en toda la ciudad. Las verjas «siéntete bien» estaban en todas partes.

Cuando la voz de Kim sonó en el interfono, Bosch sólo dijo que era la policía y le permitieron el paso. Sacó la cartera con la placa del bolsillo mientras se acercaba al apartamento ocho. Cuando Kim abrió, Bosch mostró la cartera de la placa por la puerta entreabierta. La sostuvo con el dedo en la placa a unos quince centímetros de la cara de Kim y ocultando las letras que ponían «teniente». Enseguida se la volvió a guardar.

—Lo siento. No he leído el nombre —dijo Kim, que todavía le bloqueaba el paso.

—Hyeronimus Bosch, pero me llaman Harry.

—Como el pintor.

—A veces me siento tan mayor que creo que a él lo llamaron así por mí. Ésta es una de esas noches. ¿Puedo entrar? No estaré mucho rato.

Kim lo condujo a la sala de estar con cara de desconcierto. Era una sala de buen tamaño y agradable, con un sofá, dos sillas y una chimenea de gas junto al televisor. Kim ocupó una de las sillas y Bosch se sentó en un extremo del sofá. Se fijó en un caniche blanco que estaba durmiendo en la alfombra, al lado de la silla de Kim. Éste era un hombre con sobrepeso y de rostro amplio y rubicundo. Llevaba gafas que le apretaban las sienes y lo que le quedaba de pelo estaba teñido de castaño. Vestía un cardigan rojo encima de una camisa blanca y unos pantalones de soldado. Bosch supuso que Kim apenas tenía sesenta. Había esperado un hombre mayor.

—Supongo que ahora es cuando yo pregunto «¿de qué se trata todo esto?»

—Sí, y supongo que ahora es cuando se lo digo. El problema es que no sé bien por dónde empezar. Estoy investigando dos homicidios. Probablemente pueda ayudarme. Pero me preguntaba si iba a permitirme que antes le haga unas preguntas de hace algún tiempo. Cuando hayamos terminado le explicaré por qué.

—No me parece usual, pero...

Kim levantó las dos manos e hizo ademán de que no tenía problemas. Hizo un movimiento en su silla para sentirse más cómodo. Se fijó en el perrito y entrecerró los ojos como si eso fuera a ayudarle a comprender y responder mejor a las preguntas. Bosch vio una película de sudor que se revelaba en el paisaje defoliado de su cuero cabelludo.

—Usted fue periodista del *Times*, ¿durante cuánto tiempo?

—Oh, chico, eso fue sólo unos años a principios de los sesenta. ¿Cómo sabe eso?

—Señor Kim, deje que haga yo las preguntas primero. ¿Qué tipo de periodismo hacía?

—Era lo que llamaban un periodista novato. Estaba en sucesos delictivos.

—¿Qué hace ahora?

—En la actualidad trabajo desde casa. Soy relaciones públicas, tengo un despacho arriba, en el segundo dormitorio. Tenía un despacho en Reseda, pero el edificio fue condenado. Se veía la luz del día entre las rendijas.

Era como la mayoría de la gente en Los Ángeles. No tenía que hacer un prefacio de sus comentarios diciendo que estaba hablando de los daños causados por el terremoto. Se entendía.

—Tengo varias pequeñas cuentas —continuó—. Fui portavoz local de la planta de General Motors en Van Nuys hasta que la cerraron. Después me establecí por mi cuenta.

—¿Por qué dejó el *Times* en los años sesenta?

—Me... ¿Soy sospechoso de algo?

—En absoluto, señor Kim. Sólo intento conocerle. Hágame el favor, ya llegaré a la cuestión. Me estaba diciendo por qué dejó el *Times*.

—Sí, bueno, conseguí un trabajo mejor. Me ofrecieron el puesto de portavoz de prensa para el fiscal del distrito de entonces, Arno Conklin. Lo acepté. Estaba mejor pagado y era más interesante que el periodismo de sucesos, y tenía un futuro más brillante.

—¿Qué significa un futuro más brillante?

—Bueno, lo cierto es que en eso me equivoqué. Cuando acepté el empleo pensaba que con Arno el límite era el cielo. Era un buen hombre. Suponía que a la larga (bueno, si me quedaba con él) lo acompañaría a la mansión del gobernador o quizá al Senado de Washington. Pero las cosas no resultaron. Terminé con un despacho en Reseda con una grieta en la pared por la cual sentía que entraba el viento. No entiendo por qué la policía podría estar interesada en...

—¿Qué ocurrió con Conklin? ¿Por qué las cosas no resultaron?

—Bueno, yo no soy el experto en eso. Lo único que sé es que en el sesenta y ocho iba a presentarse a fiscal general y el puesto casi lo estaba esperando. Entonces él... simplemente abandonó. Dejó la política y volvió a la práctica legal. Y no fue para cosechar los dólares de las grandes empresas como cuando esos tipos grandes se meten en la práctica privada. Abrió un bufete en solitario. Lo admiraba. Por lo que oí, el sesenta por ciento o más de su práctica era pro bono. Trabajaba gratis la mayor parte del tiempo.

—¿Como si estuviera cumpliendo una condena por algo?

—No lo sé, supongo.

—¿Por qué abandonó?

—No lo sé.

—¿No formaba parte del círculo íntimo?

—No. Él no tenía un círculo. Sólo tenía un hombre.

—Gordon Mittel.

—Exacto. Si quiere saber por qué no se presentó, pregúntele a Gordon. —Entonces Kim cayó en la cuenta de que Bosch había introducido el nombre de Mittel en la conversación—. ¿Se trata de Gordon Mittel?

—Deje que haga las preguntas primero. ¿Por qué cree que Conklin no se presentó? Tendrá alguna idea.

—En primer lugar no estaba oficialmente en la carrera por el cargo, así que no tuvo que hacer ninguna declaración pública cuando abandonó. Simplemente no se presentó. Aunque había muchos rumores.

—¿Como cuáles?

—Oh, muchas cosas. Como que era gay. Había otros. Problemas financieros. Supuestamente existía una amenaza de muerte por parte de la mafia si ganaba. Sólo cosas así. Nada de todo eso fue nunca nada más que cotilleos entre los políticos de la ciudad.

—¿Se casó alguna vez?

—No que yo sepa. Pero por lo de que era gay, yo nunca vi nada de eso.

Bosch se fijó en que la parte superior de la cabeza de Kim estaba resbaladiza de sudor. Ya hacía calor en la habitación, pero el hombre mantenía el cardigan puesto. Bosch hizo un rápido cambio de tema.

—Hábleme de la muerte de Johnny Fox.

Bosch vio que el fugaz brillo del reconocimiento pasaba por detrás de las gafas, pero enseguida desapareció. Pero había sido suficiente.

—Johnny Fox, ¿quién es?

—Vamos, Monte, es una vieja noticia. A nadie le importa lo que hizo. Sólo necesito saber la historia que hay detrás de la historia. A eso he venido.

—¿Está hablando de cuando yo era periodista? Escribí muchos artículos. Eso fue hace treinta y cinco años. Era un chaval. No puedo recordarlo todo.

—Pero recuerda a Johnny Fox. Era su billete a un futuro más brillante. El que no sucedió.

—Mire, ¿qué está haciendo aquí? Usted no es poli. ¿Le ha enviado Gordon? ¿Después de todos estos años creen que...? —Se detuvo.

—Yo soy poli, Monte. Y tiene suerte de que haya llegado aquí antes que Gordon. Algo se está desatando. Los fantasmas están volviendo. ¿Ha leído en el periódico de hoy que se encontró un poli en el maletero de su coche en Griffith Park?

—Lo vi en las noticias. Era teniente.

—Sí, era mi teniente. Estaba investigando un par de casos antiguos. El de Johnny Fox era uno de ellos. Después acabó en el maletero de su coche. Así que tiene que disculparme si me pongo un poco nervioso y prepotente, pero necesito saber de Johnny Fox. Y usted escribió el artículo. Después de que lo mataran escribió el artículo en el que aparecía como un ángel.

Y acabó en el equipo de Conklin. No me importa lo que hizo, sólo necesito saber qué hizo.

—¿Estoy en peligro?

Bosch se encogió de hombros en su mejor gesto de «ni lo sé ni me importa».

—Si lo está, podemos protegerle. Si no nos ayuda, no podemos ayudarle. Ya sabe cómo funciona.

—Oh, Dios mío. Sabía que... ¿Qué otro caso?

—Una de las chicas de Johnny Fox que murió alrededor de un año antes que él. Se llamaba Marjorie Lowe.

Kim negó con la cabeza. No reconocía el nombre. Se pasó la mano por la calva, usándola como una escobilla para trasladar el sudor hacia la parte de la cabeza donde conservaba algo de pelo. Bosch vio que había preparado perfectamente al hombre obeso para que respondiera a las preguntas.

—¿Entonces qué hay de Fox? —preguntó Bosch—. No tengo toda la noche.

—Mire, no sé nada. Lo único que hice fue cambiar un favor por otro.

—Cuéntemelo.

Se calmó un momento antes de responder.

—Mire, ¿sabe quién era Jack Ruby?

—¿En Dallas?

—Sí, el tipo que mató a Oswald. Bueno, Johnny Fox era el Jack Ruby de Los Ángeles. La misma época, la misma clase de individuo. Fox trabajaba con mujeres, era un jugador, sabía a qué polis podía untar y los untaba cuando era preciso. Por eso no pisó la cárcel. Era el clásico carroñero de Hollywood. Cuando vi en el registro de la División de Hollywood que había muerto, iba a pasar. Era escoria y nosotros no escribíamos sobre la escoria. Entonces una fuente que tenía en la poli me dijo que Johnny estaba a sueldo de Conklin.

—Eso sí era noticia.

—Sí. Así que llamé a Mittel, el director de campaña de Conklin, y lo intenté con él. Quería una respuesta. No sé cuánto sabe de aquella época, pero Conklin poseía una imagen impecable. Era el hombre que atacaba todos los vicios de la ciudad y allí tenía un matón del vicio en nómina. Era una gran historia. Aunque Fox no tenía antecedentes, no me importaba, había informes de inteligencia sobre él y yo tenía acceso a ellos. El artículo iba a hacer daño y Mittel lo sabía.

Se detuvo allí, al borde de la historia. Conocía el resto, pero para que la dijera en voz alta había que empujarlo al abismo.

—Mittel lo sabía —repitió Bosch—, así que le ofreció un trato. Le propuso ser el parachoques de Conklin si limpiaba la historia.

—No exactamente.

—¿Entonces qué? ¿Cuál era el trato?

—Estoy seguro de que cualquier delito ha prescrito...

—No se preocupe por eso. Dígamelo sólo a mí, y sólo lo sabremos usted, su perro y yo.

Kim respiró hondo y continuó.

—Estábamos a media campaña, así que Conklin ya tenía portavoz. Mittel me ofreció un puesto como ayudante del portavoz después de la elección. Trabajaría desde la oficina del tribunal de Van Nuys, y me ocuparía de lo relacionado con el valle de San Fernando.

—Si Conklin ganaba.

—Sí, pero eso estaba hecho. A no ser que la historia de Fox causara un problema. Pero yo me resistí, y presioné un poco. Le dije a Mittel que quería el puesto de portavoz principal después de la elección de Arno o que lo olvidara. Después contactó conmigo y aceptó.

—Después de hablar con Conklin.

—Supongo. El caso es que escribí un artículo que no mencionaba los datos del pasado de Fox.

—Lo leí.

—Eso fue lo único que hice. Conseguí el puesto. Y nunca se volvió a mencionar el asunto.

Bosch valoró a Kim durante un momento. Era débil. No veía que ser un periodista era una vocación como la de ser policía. Uno toma un juramento consigo mismo. Al parecer Kim no había tenido dificultades para romperlo. Bosch no podía imaginarse a alguien como Keisha Russell obrando del mismo modo ante las mismas circunstancias. Trató de disimular su desagrado y siguió adelante.

—Ahora recuerde. Es importante. Cuando llamó a Mittel y le habló del pasado de Fox, ¿tuvo la impresión de que ya lo conocía?

—Sí, lo conocía. No sé si los polis se lo habían contado ese día o si ya tenía conocimiento previo. Pero sabía que Fox estaba muerto y sabía quién era. Creo que le sorprendió bastante que yo lo supiera y se puso ansioso por hacer un trato para que la información no se publicara... Fue la primera vez que hice algo así. Ojalá no lo hubiera hecho.

Kim bajó la mirada hacia el perro y Bosch supo que era una pantalla en la que contempló cómo su vida divergió abruptamente en el momento en que aceptó el trato.

—En su artículo no mencionaba a ningún policía —dijo Bosch—. ¿Recuerda quién lo investigó?

—La verdad es que no. Fue hace mucho tiempo. Debieron de ser un par de tipos de la mesa de homicidios de Hollywood. Entonces se ocupaban de los accidentes mortales. Ahora hay una división para eso.

—¿Claude Eno?

—¿Eno? Lo recuerdo. Podría haber sido él. Creo que recuerdo que... Sí, fue él. Ahora lo recuerdo. Se ocupó él solo. A su compañero lo habían trasladado o se había retirado y Eno estaba trabajando solo, esperando a que le asignaran un nuevo compañero. Por eso le daban los casos de tráfico. Por lo general eran bastante sencillos, por lo que se refiere a la investigación.

—¿Cómo es que recuerda tanto de este caso?

Kim frunció los labios y buscó una respuesta.

—Supongo... Como he dicho, ojalá no hubiera hecho nunca lo que hice. Así que, no sé, he pensado mucho en eso. Lo recuerdo.

Bosch asintió con la cabeza. No tenía más preguntas y ya

estaba pensando en las implicaciones de cómo la información de Kim encajaba con la que poseía previamente. Eno había trabajado ambos casos, el de Lowe y el de Fox, y después se retiró, dejando atrás una empresa fantasma en la que también figuraban Conklin y Mittel y cobrando mil dólares al mes durante veinticinco años. Se dio cuenta de que comparado con Eno, Kim había pactado por demasiado poco. Estaba a punto de levantarse cuando se le ocurrió algo.

—Ha dicho que Mittel no volvió a mencionar a Fox ni el trato que habían hecho.

—Eso es.

—¿Conklin los mencionó alguna vez?

—No, él tampoco dijo una palabra sobre eso.

—¿Cómo era su relación? ¿No lo trataba como a un estafador?

—No, porque yo no era un estafador —protestó Kim, pero la indignación de su voz era hueca—. Yo hice un trabajo para él y lo hice bien. Él siempre fue muy amable conmigo.

—Él aparecía en su artículo sobre Fox. No lo tengo aquí, pero decía que nunca había conocido a Fox.

—Sí, eso era mentira. Se me ocurrió a mí.

Bosch se quedó perplejo.

—¿Qué quiere decir? ¿Está diciendo que se lo inventó?

—Por si se echaban atrás con el trato. Puse a Conklin en el artículo diciendo que no conocía al tipo, porque tenía pruebas de que sí lo conocía. Ellos sabían que las tenía. De ese modo, si después de la elección renegaban del trato, yo podía volver a sacar a relucir el asunto y mostrar que Conklin había dicho que no conocía a Fox cuando de hecho sí que lo conocía. A partir de ahí podría haber establecido la inferencia de que también conocía el pasado de Fox cuando lo contrató. No habría servido de mucho, porque ya lo habrían elegido, pero habría causado cierto daño de relaciones públicas. Era mi pequeña póliza de seguros. ¿Entiende?

Bosch asintió.

—¿Qué pruebas tenía de que Conklin conocía a Fox?

—Tenía fotos.

—¿Qué fotos?

—Las había sacado el fotógrafo de sociedad para el *Times* en la logia masónica durante el baile del día de San Patricio, dos años antes de la elección. Había dos. Conklin y Fox estaban en una mesa. Eran descartes, pero un día podría...

—¿Qué quiere decir que eran descartes?

—Fotos que nunca se publicaron. Pero, verá, yo solía mirar el material de sociedad en el laboratorio fotográfico para saber quiénes eran los peces gordos en la ciudad y con quién salían. Era información útil. Un día vi esas fotos de Conklin y un tipo que me sonaba, pero no sabía de dónde. Era por el marco social. No era el terreno de Fox, por eso en su momento no lo reconocí. Más tarde, cuando mataron a Fox y me dijeron que trabajaba para Conklin, me acordé de las fotos y de quién era el otro hombre. Fox. Volví a los archivos de descartes y me las llevé.

—¿Estaban sentados juntos en el baile?

—¿En las fotos? Sí. Y estaban sonriendo. Se veía que se conocían. No eran fotos posadas. De hecho, por eso las descartaron. No eran buenas fotos para la página de sociedad.

—¿Había alguien más con ellos?

—Un par de mujeres.

—Vaya a buscar las fotos.

—Oh, ya no las tengo. Las tiré cuando dejé de necesitarlas.

—Kim, no me venga con hostias, ¿quiere? Nunca hubo un momento en que no las necesitara. Probablemente esas fotos son el motivo de que siga vivo. Ahora vaya a buscarlas o lo detendré por retención de pruebas y después conseguiré una orden de registro y destrozaré este sitio.

—¡Vale! ¡Joder! Espere un momento, tengo una.

Se levantó y subió la escalera. Bosch se limitó a mirar al perro, que llevaba un jersey a juego con el de Kim. Oyó que se abría una puerta corredera y a continuación un ruido sordo. Supuso que habían sacado del armario una caja y la habían tirado al suelo. Al cabo de unos segundos, oyó las pisadas de

Kim en la escalera. Al pasar junto al sofá, éste le entregó a Bosch una foto en blanco y negro de veinte por veinticinco que tenía los bordes amarillentos. Bosch se la quedó mirando un buen rato.

—La otra la tengo en una caja de seguridad —dijo Kim—. Es una imagen más nítida de los dos hombres. Se reconoce a Fox.

Bosch no dijo nada. Seguía mirando la instantánea. Era una foto tomada con *flash*. Todos los rostros aparecían quemados por el exceso de luz. Conklin estaba sentado a una mesa enfrente del hombre que Bosch supuso que era Fox. Había media docena de vasos en la mesa. Conklin estaba sonriendo y con los ojos cerrados, probablemente por eso la foto se descartó. Fox estaba ligeramente girado respecto a la cámara, por lo que sus rasgos no eran distinguibles. Bosch suponía que tenías que saber quién era para reconocerlo. Ninguno de los dos parecía consciente de la presencia del fotógrafo. Probablemente las luces de *flash* se encendían en toda la sala.

Pero más que en los hombres, Bosch se fijó en las dos mujeres de la fotografía. De pie junto a Fox e inclinada para susurrarle al oído había una mujer con un vestido oscuro ajustado a la cintura. Tenía el pelo rizado. Era Meredith Roman. Y sentada al otro lado de la mesa, y junto a Conklin, parcialmente tapada por éste, estaba Marjorie Lowe. Bosch supuso que si no la conocías, no habría sido reconocible. Conklin estaba fumando y con la mano levantada, ocultando con el brazo la mitad del rostro de la madre de Bosch. Era casi como si ella estuviera mirando a la cámara asomándose desde detrás de una esquina.

Bosch giró la foto y vio un sello que decía: «Foto del *Times*. Boris Lugavere.» Estaba fechada el 17 de marzo de 1961, siete meses antes de la muerte de su madre.

—¿Llegó a enseñársela a Conklin o Mittel? —le preguntó Bosch al fin.

—Sí, cuando me propuse para ser portavoz principal. Le di una copia a Gordon y él vio que era una prueba de que el candidato conocía a Fox.

Bosch comprendió que Mittel también tuvo que ver que era la prueba de que el candidato conocía a una víctima de asesinato. Kim no sabía lo que tenía, pero no era de extrañar que obtuviera el puesto de portavoz. «Tienes suerte de estar vivo», pensó Bosch, pero no lo dijo.

—¿Mittel sabía que era sólo una copia?

—Ah, sí. Eso lo dejé claro. No era estúpido.

—¿Alguna vez se lo mencionó Conklin?

—A mí no. Pero supongo que Mittel se lo contó. Recuerde que le he dicho que tuvo que consultar antes de darme el trabajo. ¿Quién iba a tener que aprobarlo si él era director de campaña? Así que tuvo que hablar con Conklin.

—Voy a quedármela. —Bosch levantó la foto.

—Yo tengo la otra.

—¿Ha permanecido en contacto con Arno Conklin a lo largo de los años?

—No, no he hablado con él en, no sé, veinte años.

—Quiero que lo llame ahora y...

—Ni siquiera sé dónde está.

—Yo sí. Quiero que lo llame y le diga que quiere verlo esta noche. Dígale que tiene que ser esta noche. Dígale que se trata de Johnny Fox y Marjorie Lowe. Dígale que no le cuente a nadie que va a venir.

—No puedo hacerlo.

—Claro que puede. ¿Dónde está su teléfono? Le ayudaré.

—No, me refiero a que no puedo ir a verlo esta noche. Usted no puede...

—No va a verlo esta noche, Monte. Yo voy a ser usted. A ver, ¿dónde está el teléfono?

Bosch aparcó en el estacionamiento de visitantes del Park La Brea Lifecare y bajó del Mustang. El lugar parecía oscuro; había pocas ventanas con la luz encendida en los pisos superiores. Miró el reloj —sólo eran las nueve y cincuenta— y se acercó a las puertas de cristal del vestíbulo.

Al acercarse sintió un nudo en la garganta. En su interior había sabido en cuanto terminó de leer el expediente del caso que su intuición estaba puesta en Conklin y que terminaría donde se encontraba en ese momento. Estaba a punto de confrontar al hombre del que creía que había matado a su madre y que después había utilizado su posición y a la gente que le rodeaba para salir impune. Para Bosch, Conklin era el símbolo de todo lo que nunca había tenido en su vida. Poder, una casa, satisfacción.

No importaba cuánta gente le había dicho por el camino que Conklin era un buen hombre. Bosch conocía el secreto que se ocultaba tras el buen hombre. Su rabia crecía con cada paso que daba.

En el interior había un vigilante uniformado sentado detrás de un escritorio, haciendo un crucigrama arrancado del *Times Sunday Magazine*. Tal vez llevaba haciéndolo desde el domingo. Miró a Bosch como si lo estuviera esperando.

—Soy Monte Kim —dijo Bosch—. Uno de los residentes me está esperando. Arno Conklin.

—Sí, ha llamado. —El vigilante consultó una tablilla con sujetapapeles y acto seguido se volvió y le dio el bolígrafo a

Bosch—. Hacía mucho tiempo que no recibía visitas. Firme aquí, por favor. Está arriba, en la nueve cero siete.

Bosch firmó y dejó el bolígrafo en la tablilla.

—Es un poco tarde —dijo el vigilante—. Normalmente las visitas se terminan a las nueve.

—¿Qué significa eso? ¿Quiere que me vaya? De acuerdo. —Levantó el maletín—. El señor Conklin puede venir mañana a mi despacho en su silla de ruedas a buscar esto. Soy yo el que hago un viaje especial, colega. Por él. Si no me deja subir, a mí me da igual. Peor para él.

—Eh, eh, eh, alto ahí, socio. Sólo le estaba diciendo que es tarde y no me ha dejado terminar. Voy a dejarle subir. No hay problema. El señor Conklin me lo ha pedido específicamente y esto no es una prisión. Sólo le estoy diciendo que las visitas ya se han marchado. Hay gente durmiendo. Simplemente no haga mucho ruido, nada más. No hace falta que se ponga furioso.

—¿Ha dicho nueve cero siete?

—Exacto. Le llamaré y le diré que está subiendo.

—Gracias.

Bosch pasó junto al vigilante camino de los ascensores. No se disculpó. Lo había olvidado en cuanto lo perdió de vista. Sólo una cosa, una persona, ocupaba la mente de Bosch en ese momento.

El ascensor se movía con la misma lentitud que los habitantes del edificio. Cuando finalmente llegó a la novena planta, Bosch pasó junto a un puesto de enfermeras vacío; probablemente la enfermera del turno de noche estaba atendiendo las necesidades de un residente. Bosch se encaminó por la dirección errónea, después se corrigió a sí mismo y dio media vuelta. La pintura y el linóleo del pasillo eran nuevos, pero ni siquiera los lugares caros como aquél podían eliminar el olor a orina y desinfectante, ni la sensación de vidas cerradas detrás de puertas cerradas. Bosch encontró la puerta de la 907 y llamó una vez. Oyó una voz débil que lo invitaba a pasar. Era más un gimoteo que un susurro.

Bosch no estaba preparado para lo que le esperaba al abrir la puerta. Había una sola luz encendida en la habitación, la de una pequeña lámpara de lectura situada junto a la cama que dejaba la mayor parte de la estancia en penumbra. Vio un anciano sentado en la cama, apoyado en tres almohadas, con un libro en sus manos frágiles y lentes bifocales en el puente de la nariz. Lo que a Bosch le pareció sobrecogedor del retablo que tenía ante sí era que la ropa de cama estaba abultada en torno a la cintura del hombre, pero plana en el resto de la cama. La cama estaba plana. No había piernas. La silla de ruedas que permanecía a la derecha del lecho completaba la impresión. Había una manta sobre la silla, pero de debajo de ella salían dos piernas con pantalones negros y mocasines que se extendían hasta el reposapiés. Daba la sensación de que la mitad del hombre estaba en la cama, pero que éste había dejado la otra mitad en la silla. La cara de Bosch debió de mostrar su confusión.

—Son prótesis —dijo la voz con escofina desde el lecho—. Perdí mis piernas... Diabetes. Casi no queda nada de mí, salvo la vanidad de un anciano. Me hicieron esas piernas para mis apariciones públicas.

Bosch se acercó a la luz. La piel del hombre era como la parte de atrás del papel pintado arrancado de la pared. Amarillenta, pálida. Los ojos estaban hundidos en las sombras de un rostro esquelético y el pelo era apenas una insinuación en torno a las orejas. Tenía las manos finas ribeteadas de venas azules del tamaño de lombrices debajo de una piel moteada. Estaba muerto, Bosch lo supo. La muerte ciertamente lo tenía más agarrado que la vida.

Conklin dejó el libro en la mesa, junto a la lámpara. Llegar hasta la mesa le supuso un gran esfuerzo. Bosch vio el título: *La lluvia de neón.*

—Es de misterio —dijo Conklin, y se rió socarronamente—. Me concedo leer libros de misterio. He aprendido a apreciar la escritura. Nunca lo había hecho antes. Nunca me tomé el tiempo necesario. Vamos, Monte, no hace falta que me tenga miedo. Soy un anciano inofensivo.

Bosch se acercó hasta que la luz le iluminó el rostro. Vio que los ojos llorosos de Conklin lo examinaban y concluían que él no era Monte Kim. Había pasado mucho tiempo, pero Conklin parecía capaz de saberlo.

—He venido en lugar de Monte —susurró Bosch.

Conklin giró ligeramente la cabeza y Bosch vio que sus ojos se posaban en el botón de emergencia que había en la mesita de noche. Debió de suponer que no tenía oportunidad ni fuerzas para estirarse de nuevo. Se volvió hacia Bosch.

—Entonces, ¿quién es usted?

—Yo también estoy trabajando en un misterio.

—¿Detective?

—Sí, me llamo Harry Bosch y quiero preguntarle por...

Bosch se detuvo al advertir un cambio en el rostro de Conklin. Bosch no sabía si era miedo o quizá reconocimiento, pero algo había cambiado. Conklin levantó la mirada hacia Bosch y éste se dio cuenta de que el anciano estaba sonriendo.

—Hieronymus Bosch —susurró—. Como el pintor.

Bosch asintió lentamente. Se dio cuenta de que estaba tan impresionado como el anciano.

—¿Cómo lo sabe?

—Porque te conozco.

—¿Cómo?

—Por tu madre. Me habló de ti y de tu nombre especial. Yo amaba a tu madre.

Fue como ser golpeado en el pecho por un saco de arena. Bosch sintió que el aire se le escapaba y puso una mano en la cama para mantenerse en pie.

—Siéntate. Siéntate, por favor.

Conklin estiró una mano temblorosa para que Bosch se sentara en la cama. Asintió con la cabeza cuando Bosch hizo lo que le había dicho.

—¡No! —dijo Bosch en voz alta, al tiempo que se levantaba de la cama casi tan deprisa como se había sentado—. Usted la usó y la mató. Después pagó a gente para que lo encubrieran. Por eso estoy aquí. He venido a saber la verdad. Quiero que me la diga y no quiero ninguna mentira de que la amaba. Es un mentiroso.

Conklin tenía una expresión de súplica, pero apartó la mirada hacia la parte oscura de la habitación.

—No sé la verdad —dijo, con una voz como de hojarasca—. Yo asumí la responsabilidad y, por consiguiente, sí, puede decirse que la maté. La única verdad que sé es que la amaba. Puedes llamarme mentiroso, pero ésa es la verdad. Si me creyeras harías que este anciano se sintiera completo de nuevo.

Bosch no podía comprender lo que estaba ocurriendo, lo que se estaba diciendo.

—Ella estuvo con usted esa noche, en Hancock Park.

—Sí.

—¿Qué ocurrió? ¿Qué le hizo?

—La maté... con mis palabras, con mis acciones. Tardé muchos años en darme cuenta de eso.

Bosch se acercó hasta cernerse sobre el anciano. Quería sacudirlo para que dijera algo que tuviera sentido. Pero Arno Conklin era tan frágil que podría hacerse añicos.

—¿De qué está hablando? Míreme. ¿Qué está diciendo?

Conklin giró la cabeza sobre un cuello no más ancho que un vaso de leche. Miró a Bosch y asintió solemnemente.

—Verás, esa noche hicimos planes. Marjorie y yo. Yo me había enamorado de ella en contra de cualquier juicio y advertencia. Míos y de otros. Íbamos a casarnos. Lo habíamos decidido. Íbamos a sacarte de aquel orfanato. Teníamos muchos planes. Ésa fue la noche en que los hicimos. Los dos éramos tan felices que gritamos. Al día siguiente era sábado. Yo quería ir a Las Vegas. Coger el coche y conducir por la noche antes de que pudiéramos cambiar de opinión o de que nos convencieran. Ella aceptó y fue a casa a recoger sus cosas... Nunca volvió.

—¿Ésa es su versión? Espera que me...

—Verás, después de que ella se fue, hice una llamada. Pero con eso bastó. Llamé a mi mejor amigo para comunicarle la buena noticia y para pedirle que fuera mi padrino. Quería que nos acompañara a Las Vegas. ¿Sabes qué dijo? Declinó el honor de ser mi padrino. Dijo que si me casaba con esa..., con esa mujer, estaría acabado. Dijo que no me dejaría hacerlo. Dijo que tenía grandes planes para mí.

—Gordon Mittel.

Conklin asintió con tristeza.

—¿Está diciendo que Mittel la mató? ¿Usted no lo sabía?

—No lo sabía.

El anciano se miró las manos débiles y las cerró en minúsculos puños sobre la manta. Parecían completamente impotentes. Bosch se limitó a observar.

—Tardé años en darme cuenta. Pensar que lo había hecho él era inaceptable. Y además, por supuesto, debo admitir que entonces estaba pensando en mí. Era un cobarde que sólo buscaba una forma de huir.

Bosch no estaba siguiendo el hilo de lo que Conklin le estaba explicando, aunque tampoco parecía que le estuviera hablando a él. El anciano se estaba contando la historia a sí mismo. De repente se despertó de su ensueño y miró a Bosch.

—Sabía que vendrías un día.

—¿Cómo?

—Porque sabía que te preocuparías. Quizá nadie más, pero sabía que tú sí. Tenía que importarte. Eras su hijo.

—Cuénteme qué pasó esa noche. Todo.

—Necesito que me traigas un poco de agua. Para la garganta. Hay un vaso en el escritorio y una fuente en el pasillo. No dejes que corra mucho. Se enfría y me hace daño en los dientes.

Bosch miró el vaso del escritorio y después de nuevo a Conklin. Le acometió el temor de que si abandonaba la habitación aunque sólo fuera un minuto el anciano podría morir y llevarse la historia a la tumba.

—Vamos. No me pasará nada. No voy a irme a ninguna parte.

Bosch miró el botón de llamada. Una vez más Conklin adivinó sus pensamientos.

—Estoy más cerca del infierno que del cielo por lo que he

hecho. Por mi silencio. Necesito contar mi historia. Creo que serás mejor confesor que ningún cura.

Cuando Bosch salió de la habitación con el vaso, vio la figura de un hombre que doblaba la esquina al final del pasillo y desaparecía. Le pareció que el hombre llevaba traje. No era el vigilante. Vio la fuente y llenó el vaso. Conklin sonrió débilmente al coger el vaso y murmuró su agradecimiento antes de beber. Cuando terminó, Bosch puso el vaso en la mesita de noche.

—Vale —dijo Bosch—, ha dicho que se fue esa noche y que nunca volvió. ¿Cómo descubrió qué fue lo que pasó?

—Al día siguiente tenía miedo de que hubiera ocurrido algo. Al final llamé a mi despacho e hice una comprobación de rutina para ver qué había entrado en los informes nocturnos. Una de las cosas que me dijeron era que había habido un homicidio en Hollywood. Tenían el nombre de la víctima. Era ella. Fue el día más horrible de mi vida.

—¿Qué ocurrió después?

Conklin se pasó una mano por la frente y continuó.

—Me enteré de que la habían descubierto esa mañana. Ella... Yo estaba en estado de *shock*. No podía creer que hubiera ocurrido. Le pedí a Mittel que hiciera algunas averiguaciones, pero no surgió nada útil. Entonces llamó el hombre que... me había presentado a Marjorie.

—Johnny Fox.

—Sí. Llamó y me dijo que había oído que lo buscaba la policía. Dijo que era inocente. Me amenazó. Me dijo que si no lo protegía le revelaría a la policía que Marjorie había estado conmigo esa última noche. Sería el final de mi carrera.

—Y usted lo protegió.

—Se lo encargué a Gordon. Él investigó la declaración de Fox y confirmó su coartada. No recuerdo ahora cuál era, pero se confirmó. Había estado en una timba o en algún lugar donde había muchos testigos. Como estaba seguro de que Fox no estaba implicado, llamé a los detectives asignados al caso y arreglamos que lo entrevistaran. Para proteger a Fox y protegerme a mí, Gordon y yo inventamos una historia según la cual dijimos a los detectives que Fox era un testigo clave en una investigación del jurado de acusación. El plan tuvo éxito. Los detectives se centraron en otras cosas. En un momento hablé con uno de ellos y me contó que creía que Marjorie había sido víctima de algún tipo de asesino sexual. Entonces eran bastante raros. El detective dijo que las perspectivas del caso no eran buenas. Me temo que yo nunca sospeché de Gordon. Hacerle algo tan horrible a una persona inocente... Estaba delante de mis ojos, pero durante mucho tiempo no lo vi. Fui un tonto. Una marioneta.

—Está diciendo que no fue usted ni tampoco Fox. Está diciendo que Mittel la mató para eliminar un riesgo a su carrera política. Pero que no se lo dijo. Fue sólo idea suya y simplemente lo hizo.

—Sí, eso es lo que digo. Se lo conté esa noche cuando llamé. Le dije que ella significaba más que todos los planes que él tenía para mí, más que los que tenía yo mismo. Dijo que supondría el final de mi carrera y yo lo acepté. Lo acepté siempre que empezara una nueva parte de mi vida con ella. Creo que esos momentos fueron los más pacíficos de mi vida. Estaba enamorado y había tomado una decisión. —Dio un suave puñetazo en la cama en un gesto de impotencia—. Le dije a Mittel que no me importaba cuál pensaba que sería el daño que causaría a mi carrera. Le expliqué que íbamos a mudarnos. No sabía adónde. La Jolla, San Diego, mencioné varios lugares. No sabía adónde íbamos a ir, pero estaba desafiante. Estaba furioso con él porque no compartía la alegría de nuestra decisión. Y al hacerlo lo provoqué. Ahora lo sé, y apresuré la muerte de tu madre.

Bosch lo examinó un largo momento. Su sufrimiento parecía sincero. Los ojos de Conklin parecían tan angustiados como los ojos de pez de un barco que se hunde. Sólo había oscuridad tras ellos.

—¿Mittel lo admitió alguna vez?

—No, pero yo lo sabía. Supongo que era un conocimiento

inconsciente, pero algo que dijo años después lo hizo aflorar. Lo confirmó en mi mente. Y ése fue el final de nuestra relación.

—¿Qué dijo? ¿Cuándo?

—Muchos años después. Fue cuando me estaba preparando para ser fiscal general. ¿Te imaginas una charada igual? Yo, el mentiroso, el cobarde, el conspirador preparándome para el puesto más alto de la fiscalía del estado. Mittel se me acercó un día y me dijo que tenía que casarme antes del año de la elección. Fue así de franco al respecto. Dijo que había rumores que podían costarme votos. Yo le dije que eso era absurdo y que yo no iba a casarme sólo para calmar a algunos palurdos de Palmdale o del desierto. Entonces él hizo un comentario, sólo un comentario frívolo y brusco cuando estaba saliendo de mi despacho.

Se detuvo para alcanzar el vaso de agua. Bosch le ayudó y el anciano bebió lentamente. Bosch reparó en el olor medicamentoso que lo envolvía. Era horrible. Le recordó a los cadáveres del depósito. Harry cogió el vaso después de que Conklin hubo bebido y volvió a dejarlo en la mesita de noche.

—¿Cuál fue el comentario?

—Cuando estaba saliendo de mi despacho, dijo, y lo recuerdo palabra por palabra, dijo: «A veces lamento haberte salvado de aquel escándalo de la puta. Tal vez si no lo hubiera hecho ahora no tendríamos este problema. La gente sabría que no eres marica.» Ésas fueron sus palabras.

Bosch se lo quedó mirando un momento.

—Podría haber sido sólo una forma de hablar. Podría haber querido decir que le había salvado del escándalo de conocerla al dar los pasos para mantenerle alejado de eso. No es una prueba de que la matara u ordenara su asesinato. Usted era fiscal, sabe que no era suficiente. No era prueba directa de nada. ¿Nunca lo confrontó directamente?

—No. Nunca. Me intimidaba demasiado. Gordon se estaba convirtiendo en un hombre poderoso. Más poderoso que yo. Así que no le dije nada. Simplemente desmantelé mi campaña y plegué mi tienda. Dejé la vida pública y desde entonces no he vuelto a hablar con Gordon Mittel. Hace más de veinticinco años.

—Se pasó a la práctica privada.

—Sí. Acepté trabajo pro bono como pena autoimpuesta por mi responsabilidad. Ojalá pudiera decir que ayudó a suturar las heridas de mi alma, pero no lo hizo. Soy un hombre impotente, Hieronymus. Así que dime, ¿has venido a matarme? No dejes que mi historia te disuada de creer que me lo merezco.

La pregunta había sobresaltado a Bosch en el silencio. Finalmente, negó con la cabeza y habló.

—¿Qué sucedió con Johnny Fox? Le tenía encadenado desde aquella noche.

—Sí. Era un extorsionista de primera.

—¿Qué ocurrió con él?

—Me obligaron a contratarle como empleado de campaña, a pagarle quinientos dólares por semana por no hacer prácticamente nada. ¿Ves la farsa en la que se había convertido mi vida? Lo mataron en un atropello antes de recoger su primer cheque.

—¿Mittel?

—Supongo que él fue responsable, aunque debo admitir que él es un chivo expiatorio conveniente para todas las fechorías en las que me he visto envuelto.

—¿No creyó que era demasiada coincidencia que muriera?

—Las cosas son mucho más claras en retrospectiva. —Conklin sacudió la cabeza con tristeza—. En ese momento recuerdo que estaba fascinado con mi suerte. La única espina en mi costado había sido arrancada por casualidad. Tienes que recordar que en ese momento no tenía ningún pálpito de que la muerte de Marjorie estuviera conectada en modo alguno conmigo. Simplemente veía a Fox como un aprovechado. Cuando desapareció gracias a un accidente de automóvil me sentí satisfecho. Se hizo un trato con un periodista para silenciar el historial de Fox y no hubo más problema... Pero, por supuesto, no era así. Nunca lo fue. Gordon, genio que era, no contaba con que yo no pudiera superar la pérdida de Marjorie. Y todavía no he podido.

—¿Y McCage?

—¿Quién?

—McCage Incorporated. Sus pagos al poli. Claude Eno.

Conklin se quedó un momento en silencio mientras componía una respuesta.

—Por supuesto, conocía a Claude Eno. No me preocupaba y nunca le pagué ni un centavo.

—McCage está registrado en Nevada. Era la empresa de Eno. Tanto usted como Mittel constan como cargos de la corporación. Era una tapadera para pagar el chantaje. Eno recibía uno de los grandes de algún sitio. Usted y Mittel.

—¡No! —Conklin lo dijo con la máxima intensidad posible. La palabra salió como poco más que una tos—. No sé nada de McCage. Gordon pudo haberlo preparado, incluso haber firmado por mí o hacer que yo lo firmara sin darme cuenta. Como fiscal del distrito se ocupaba de mis asuntos. Yo firmaba cuando me decía que firmara.

Lo dijo mirando directamente a Bosch y Harry lo creyó. Conklin había admitido cosas mucho peores. ¿Por qué iba a negarlo si había sobornado a Eno?

—¿Qué hizo Mittel cuando usted le dijo que abandonaba?

—Por entonces ya era bastante poderoso. Políticamente. Su bufete representaba a la gente de más nivel de la ciudad y su trabajo político se estaba diversificando, estaba creciendo. Aun así, yo era el eje. El plan era conseguir el puesto de fiscal general y después la mansión del gobernador. Después, quién sabe. Así que Gordon... estaba decepcionado. Me negué a verlo, pero hablamos por teléfono. Cuando no logró convencerme de que cambiara de opinión, me amenazó.

—¿Cómo?

—Me dijo que si alguna vez trataba de manchar su reputación, conseguiría que me acusaran por la muerte de Marjorie. Y no tengo ninguna duda de que podría haberlo hecho.

—De mano derecha a máximo enemigo. ¿Cómo pudo liarse con él?

—Supongo que se deslizó por la puerta mientras no estaba

mirando. No vi su verdadera cara hasta que fue demasiado tarde... No creo que en mi vida me haya encontrado con nadie tan astutamente centrado en su objetivo como Gordon. Era (es) un hombre peligroso. Lamento haber llevado a tu madre por su camino.

Bosch asintió con la cabeza. No tenía más preguntas y no sabía qué más decir. Al cabo de unos segundos en los que Conklin pareció perdido en sus pensamientos, el hombre habló.

—Joven, yo creo que sólo una vez en la vida te encuentras con una persona que encaja a la perfección contigo. Cuando encuentres a la que crees que encaja, agárrate a ella. Y no te importe lo que haya hecho en el pasado. Nada de eso importa. Agarrarse es lo único que importa.

Bosch asintió de nuevo. Fue lo único que se le ocurrió hacer.

—¿Dónde la conoció?

—Oh... La conocí en un baile. Me la presentaron y, por supuesto, ella era más joven que yo y no pensé que yo fuera a interesarle. Pero me equivoqué... Bailamos. Nos citamos. Y me enamoré.

—¿No conocía su pasado?

—En ese momento, no. Pero al final ella me lo dijo. Entonces ya no me importó.

—¿Y Fox?

—Sí, él era el vínculo. Él nos presentó. Yo tampoco sabía quién era él. Dijo que era un hombre de negocios. Verás, para él se trataba de un movimiento de negocios. Presentarle la chica al fiscal, retirarse y esperar a ver qué pasa. Yo nunca le pagué y ella nunca me pidió dinero. Mientras tanto nos enamoramos y Fox debió de sopesar sus opciones.

Bosch se preguntó si debería sacar del maletín la foto que le había dado Monte Kim y mostrársela a Conklin, pero decidió no tentar la memoria del anciano con la realidad de una foto. Conklin habló cuando Bosch todavía estaba cavilando la cuestión.

—Estoy muy cansado y no has contestado a mi pregunta.

—¿Qué pregunta?

—¿Has venido a matarme?

Bosch miró el rostro y las manos inútiles del hombre y se dio cuenta de que sentía compasión.

—No sé lo que iba a hacer. Sólo sabía que iba a venir.

—¿Quieres que te hable de ella?

—¿De mi madre?

—Sí.

Bosch lo pensó. Sus propios recuerdos de su madre eran tenues y se apagaban cada vez más. Y tenía pocos recuerdos de ella procedentes de otras personas.

—¿Cómo era? —dijo.

Conklin pensó un momento.

—Para mí es difícil describirla. Sentía una gran atracción por su..., por su sonrisa torcida... Sabía que tenía secretos. Supongo que todo el mundo los tiene. Pero los suyos eran profundos. Y a pesar de todo eso, estaba llena de vida. Y, verás, creo que yo no lo estaba cuando nos conocimos. Ella me dio vitalidad.

Bebió otra vez y vació el vaso. Bosch se ofreció a ir a buscar más agua, pero Conklin rechazó la oferta.

—Había estado con otras mujeres y querían exhibirme como trofeo —dijo—. Tu madre no era así. Ella prefería quedarse en casa o llevarse una cesta de pícnic a Griffith Park que ir a los clubes de Sunset Strip.

—¿Cómo descubrió... lo que hacía?

—Ella me lo contó. La noche que me habló de ti. Dijo que necesitaba contarme la verdad porque necesitaba mi ayuda. He de admitir... El impacto fue... Al principio pensé en mí. En protegerme. Pero admiré su valor al decírmelo y entonces yo estaba enamorado. No podía darme la vuelta.

—¿Cómo lo supo Mittel?

—Yo se lo dije. Nunca he dejado de lamentarlo.

—Si ella... Si ella era como usted la ha descrito, ¿por qué hacía lo que hacía? Yo nunca... nunca lo he entendido.

—Yo tampoco. Como te he dicho, ella tenía secretos. No me los contó todos.

Bosch desvió la vista y miró por la ventana, que daba al norte. Vio las luces de las colinas de Hollywood brillando entre la niebla de los cañones.

—Ella solía decirme que tú eras un chico muy fuerte —explicó Conklin desde detrás de él, con una voz casi ronca. Probablemente había hablado más que en varios meses—. Una vez me dijo que no importaba lo que le ocurriera a ella porque tú eras lo bastante fuerte para salir adelante.

Bosch no dijo nada, sólo miró por la ventana.

—¿Tenía razón? —preguntó el anciano.

La mirada de Bosch siguió el perfil de las colinas en dirección norte. En algún lugar de allí arriba, las luces brillaban desde la nave espacial de Mittel. Estaba esperando a Bosch. Éste se volvió hacia Conklin, que todavía estaba esperando una respuesta.

—Creo que el jurado sigue deliberando.

Bosch se apoyó en la pared de acero inoxidable del ascensor mientras descendía. Se dio cuenta de lo diferentes que eran sus sentimientos de los que albergaba cuando había subido en ese mismo ascensor. Había subido con el odio latiendo en su pecho como un gato en un saco de arpillera. Ni siquiera conocía al hombre al que tanto odiaba. Ahora miraba a aquel hombre como un personaje digno de lástima, medio hombre que yacía con sus manos frágiles en la manta, aguardando, tal vez con esperanza, que la muerte llegara y pusiera fin a su sufrimiento privado.

Bosch creía a Conklin. Había algo en su historia y en su dolor que parecía demasiado genuino para considerarlo una actuación. Conklin estaba más allá de posar. Se enfrentaba a una tumba. Se había llamado a sí mismo cobarde y marioneta, y a Bosch no se le ocurría nada más duro para que un hombre escribiera en su propia lápida.

Al darse cuenta de que Conklin le había dicho la verdad, Bosch supo que ya se había encontrado cara a cara con el verdadero enemigo. Gordon Mittel. El estratega. El asesino. El hombre que manejaba los hilos de la marioneta. No tardarían en volver a encontrarse. Pero esta vez Bosch planeaba hacerlo en sus propios términos.

Pulsó otra vez el botón de la planta baja como si eso fuera a convencer al ascensor de descender más deprisa. Sabía que era un gesto inútil, pero lo repitió.

Cuando el ascensor se abrió por fin, el vestíbulo parecía vacío y desolado. El vigilante continuaba detrás del escritorio, ocupado en su crucigrama. Ni siquiera se oía el ruido de una televisión lejana. Sólo el silencio de las vidas de los ancianos. Bosch le preguntó al vigilante si necesitaba que firmara la salida, y éste lo despidió con la mano.

—Mire, lamento haber sido tan imbécil antes —ofreció Bosch.

—No se preocupe, socio —replicó el vigilante—. Puede con el mejor de nosotros.

Bosch se preguntó a qué se refería, pero no dijo nada. Asintió con solemnidad, como si recibiera las mejores lecciones vitales de los vigilantes de seguridad. Empujó las puertas de cristal y bajó al aparcamiento. Empezaba a refrescar y se subió el cuello de la chaqueta. Vio que el cielo era claro y la luna afilada como una hoz. Al acercarse al Mustang se fijó en que el maletero del coche de al lado estaba abierto y había un hombre inclinado sobre él, fijando un gato en el parachoques trasero. Bosch aceleró el paso y rogó por que no le pidieran ayuda. Hacía demasiado frío y estaba cansado de hablar con desconocidos.

Pasó junto al hombre agachado y, poco habituado a las llaves de los coches de alquiler, buscó a tientas mientras trataba de meter la llave adecuada en la cerradura del Mustang. Justo cuando introducía la llave en la cerradura, oyó el sonido de unos zapatos en el suelo detrás de él y una voz dijo:

—Disculpe, amigo.

Bosch se volvió, tratando de pensar rápidamente en una excusa por la cual no podía ayudar al hombre. Pero lo único que atisbó fue el brazo del otro hombre que descendía. Vio una explosión de rojo del color de la sangre.

Después todo lo que vio era negro.

Bosch siguió otra vez al coyote. Pero en esta ocasión, el animal no lo llevó por el sendero de maleza. El coyote estaba fuera de su elemento. Condujo a Bosch por una empinada cuesta de asfalto. Bosch miró en torno y se dio cuenta de que estaba en un alto puente sobre una amplia extensión de agua que sus ojos siguieron hasta el horizonte. A Bosch le entró el pánico cuando el coyote se alejó demasiado de él. Persiguió al animal, pero éste trepó a lo alto del puente y desapareció. El puente quedó vacío, a excepción de Bosch. Harry miró a su alrededor. El cielo era rojo como la sangre y parecía latir al ritmo de un corazón.

Bosch miró en todas direcciones, pero el coyote se había ido. Estaba solo.

De repente ya no estaba solo. Las manos de alguien lo agarraron desde atrás y lo empujaron hacia la barandilla. Bosch se resistió. Giró salvajemente los codos y clavó los talones y trató de detener su movimiento hacia el abismo. Intentó hablar, gritar en demanda de auxilio, pero ningún sonido salió de su garganta. Vio el agua que brillaba como las escamas de un pez debajo de él.

Entonces, con la misma rapidez con la que lo habían agarrado, las manos desaparecieron y se encontró solo. Giró en redondo y no vio allí a nadie. Desde detrás oyó que una puerta se cerraba violentamente. Se volvió de nuevo y no había nadie. Y tampoco había puerta.

Bosch se despertó dolorido en la oscuridad y oyó gritos ahogados. Estaba tumbado sobre una superficie dura y al principio le costaba moverse. Finalmente, deslizó la mano por el suelo y determinó que era moqueta. Sabía que estaba tumbado en algún lugar cerrado. Al final de la extensión de oscuridad vio una pequeña línea de luz tenue. La miró durante un rato, utilizándola como punto focal, antes de darse cuenta de que era la línea de luz que se colaba por debajo de una puerta.

Se incorporó hasta sentarse y el movimiento hizo que su mundo interior se deslizara y se fundiera como una pintura de Dalí. Sintió una náusea y cerró los ojos y esperó varios segundos hasta que recuperó el equilibrio. Se llevó una mano a la sien, el foco del dolor, y descubrió que tenía el cabello apelmazado con una sustancia pegajosa. Por el olor supo que era sangre. Sus dedos rastrearon con cuidado el pelo hasta un corte profundo de cinco centímetros de longitud en el cuero cabelludo. Se lo tocó con cautela y verificó que por el momento la sangre había coagulado. La herida ya no sangraba.

No creía que fuera capaz de ponerse de pie, de manera que reptó hacia la luz. El sueño del coyote irrumpió en su mente y luego desapareció en un relámpago de dolor rojo.

La puerta estaba cerrada con llave. No le sorprendió. Pero el esfuerzo lo dejó exhausto. Se inclinó de nuevo hacia la pared y cerró los ojos. En su interior, el instinto de buscar una vía de escape y el deseo de quedarse tumbado y curarse lucharon por su atención. La batalla quedó interrumpida por la reaparición de las voces. Bosch sabía que no procedían de la habitación que estaba al otro lado de la puerta, sino de más lejos. Aun así, provenían de un lugar lo bastante cercano para que las palabras resultaran inteligibles.

—¡Imbécil!

—Mira, te repito que no habías dicho nada de ningún maletín. Tú...

—Tenía que haber uno. Usa el sentido común.

—Dijiste que trajera al tipo y te lo he traído. Si quieres vuelvo al coche y busco el maletín. Pero no dijiste nada de...

—No puedes volver, estúpido. El sitio estará lleno de polis. Probablemente ya habrán encontrado su coche y el maletín.

—Yo no vi ningún maletín, a lo mejor no llevaba.

—Y a lo mejor debería haber confiado en otro.

Bosch se dio cuenta de que estaban hablando de él. También reconoció que la voz enfadada pertenecía a Gordon Mittel. Tenía la expresión seca y la altivez del hombre que Bosch había conocido en la fiesta de recaudación de fondos. Bosch no reconoció la otra voz, pero tenía una buena idea de a quién pertenecía. Aunque defensiva y sumisa, era una voz áspera, cargada con el timbre de la violencia. Bosch supuso que era la del hombre que le había golpeado. Y suponía que era el hombre que había visto en el interior de la casa durante la fiesta.

Bosch tardó varios minutos en considerar el tema acerca del cual estaban discutiendo. Un maletín. Su maletín. Sabía que no estaba en el coche. Entonces cayó en la cuenta de que lo había olvidado en la habitación de Conklin. Lo había subido para mostrarle la foto que le había dado Monte Kim y los extractos bancarios del depósito de Eno, y confrontar al anciano con sus mentiras. Pero el anciano no le había mentido. No había negado a la madre de Bosch. Y por tanto la foto y los extractos bancarios no habían sido necesarios. El maletín había quedado olvidado al pie de la cama.

Pensó en la última conversación que había escuchado. Mittel le había dicho al otro tipo que no podía volver porque la policía estaría allí. Eso carecía de sentido. A no ser que alguien hubiera sido testigo de la agresión. Quizá el vigilante de seguridad. Eso le dio esperanza, pero ésta se desvaneció en cuanto se le ocurrió otra posibilidad. Mittel se estaba ocupando de todos los cabos sueltos y Conklin tenía que ser uno de ellos. Bosch se desplomó contra la pared. Sabía que ahora era el último cabo suelto. Se quedó sentado en silencio hasta que volvió a oír la voz de Mittel.

—Ve por él. Llévalo afuera.

Lo más deprisa que pudo, sin haber concebido un plan, Bosch reptó hacia atrás al lugar donde creía que se había despertado. Chocó contra algo duro y a tientas determinó que era una mesa de billar. Enseguida encontró la esquina y buscó en el bolsillo. Cerró la mano en torno a una bola de billar. La sacó, tratando de pensar en una forma de ocultarla. Al final, la tiró al interior de la chaqueta de manera que rodó por el interior de la manga izquierda hasta el hueco del codo. Había sitio más que suficiente. A Bosch le gustaban las americanas grandes porque le daban espacio suficiente para guardar su pistola. Eso hacía que las mangas fueran holgadas. Creía que si doblaba el brazo podría ocultar la pesada bola en los pliegues de la manga.

Cuando oyó que una llave tocaba el pomo, se movió hacia la derecha y se desparramó en la moqueta. Cerró lo ojos y aguardó. Confiaba en que estuviera en el mismo sitio donde lo habían arrojado sus captores, o al menos cerca. En cuestión de segundos, oyó que la puerta se abría y una luz le quemó a través de los párpados. Después no hubo nada, ningún sonido, ningún movimiento. Bosch esperó.

—Olvídalo, Bosch —dijo la voz—. Eso sólo funciona en las películas.

Bosch no se movió.

—Mira, tu sangre está en toda la moqueta. Está en el pomo.

Bosch se dio cuenta de que debía de haber dejado un rastro de ida y vuelta a la puerta. Su plan medio urdido de sorprender a su captor y reducirlo ya no tenía ninguna posibilidad. Abrió los ojos. Había una luz en el techo, justo encima de él.

—Muy bien —dijo—. ¿Qué quieres?

—Levántate. Vamos.

Bosch se levantó despacio. Apenas podía moverse, pero le añadió un toque de interpretación. Y cuando se hubo levantado por completo vio sangre en el fieltro verde de la mesa de billar. Rápidamente trastabilló y se agarró en aquel lugar como punto de apoyo. Esperaba que el hombre de la habitación no hubiera visto que la sangre ya estaba allí.

—Apártate de ahí, maldita sea. Es una mesa de cinco mil dólares. Mira la sangre... ¡joder!

—Lo siento, pagaré la limpieza.

—No donde vas a ir. Vámonos.

Bosch lo reconoció. Era el hombre que suponía que sería. El hombre de Mittel de la fiesta. Y la cara, áspera, fuerte, concordaba con la voz. Tenía la tez rubicunda, marcada por dos ojos pequeños y castaños que no parecían parpadear nunca.

Esta vez no llevaba traje. Al menos Bosch no lo vio. Estaba vestido con un mono azul que parecía nuevo. Bosch sabía que los asesinos profesionales solían usarlos. Era fácil de limpiar después de un trabajo y no te estropeabas el traje. O si no, bastaba con desabrocharse el mono, tirarlo y ya estabas en camino.

Bosch se levantó por sí mismo y dio un paso, pero inmediatamente se dobló y cruzó los brazos en torno al estómago. Pensó que ésa sería la mejor forma de ocultar el arma que llevaba.

—Me has dado bien, tío. Me mareo. Creo que voy a vomitar.

—Si vomitas te lo haré limpiar con la lengua como si fueras un puto gato.

—Entonces supongo que no vomitaré.

—Muy gracioso. Vámonos.

El hombre retrocedió hacia la habitación. Después le indicó a Bosch que saliera. Por primera vez, Bosch vio que empuñaba un arma. Parecía una Beretta del veintidós y la sostenía a un costado.

—Sé lo que estás pensando —dijo—, que sólo es una veintidós. Crees que podría dispararte dos o tres veces y todavía llegarías a mí. Te equivocas. Llevo balas de expansión. Con un disparo estás muerto. Te hace un agujero del tamaño de un bol de sopa en la espalda. Recuérdalo. Camina delante de mí.

Bosch se fijó en que su captor estaba actuando con inteligencia, sin acercarse a menos de un metro y medio o dos a pesar de que llevaba el arma. Una vez que Bosch traspuso el umbral, el tipo le indicó el camino. Recorrieron un pasillo, a través de lo que parecía una sala de estar y después otra estancia que Bosch también habría calificado de sala de estar. Bosch la reconoció por las puertas cristaleras. Era la habitación que daba al jardín de la mansión de Mittel en Mount Olympus.

—Sal por esa puerta. Te está esperando allí.

—¿Con qué me has dado, tío?

—Con una llave de llantas. Espero que te haya hecho una esquirla en el cráneo, aunque supongo que no importa.

—Bueno, creo que sí. Enhorabuena.

Bosch se detuvo ante una de las puertas cristaleras como si esperara que la abrieran para él. En el exterior, el entoldado de la fiesta había desaparecido. Y cerca del borde del precipicio vio a Mittel, que estaba de pie dándole la espalda a la casa. Su silueta se recortaba por las luces de la ciudad que se extendían hasta el infinito.

—Ábrela.

—Lo siento, pensaba... No importa.

—Sí, no importa. Vamos, sal, no tenemos toda la noche.

En el césped, Mittel se volvió. Bosch vio que llevaba la cartera de la placa con su identificación en una mano y la placa de teniente en la otra. El sicario detuvo a Bosch poniéndole una mano en el hombro y retrocedió a una distancia de un metro y medio.

—Entonces, ¿se llama Bosch?

Bosch miró a Mittel. El antiguo fiscal convertido en político en la sombra sonrió.

—Sí, me llamo Bosch.

—Bueno, ¿qué tal está, señor Bosch?

—En realidad es detective.

—En realidad detective. Bueno, me lo estaba preguntando. Porque eso es lo que dice en la tarjeta de identificación, pero esta placa dice una cosa completamente diferente. Dice teniente. Y eso es curioso. ¿No hablaban de un teniente los periódicos? ¿El que encontraron muerto y sin su placa? Sí, seguro que sí. ¿Y no se llamaba Harvey Pounds, el mismo nombre que usó usted cuando se presentó la otra noche? Otra vez creo que sí, pero corríjame si me equivoco, detective Bosch.

—Es una larga historia, Mittel, pero soy policía. Del Departamento de Policía de Los Ángeles. Si quiere ahorrarse unos cuantos años en prisión, aparte de mí a este viejo cabrón con pistola y pídame una ambulancia. Como mínimo tengo una conmoción. Podría ser peor.

Antes de hablar, Mittel se guardó la placa en uno de los bolsillos de la chaqueta y la cartera con la identificación en otro.

—No, no creo que vayamos a hacer ninguna llamada en su nombre. Creo que las cosas han ido demasiado lejos para gestos humanitarios como ése. Hablando de la existencia humana, es una pena que su actuación del otro día le costara la vida a un hombre inocente.

—No. Es un crimen que usted matara a un hombre inocente.

—Bueno, yo estaba pensando que fue usted quien lo mató. Me refiero a que, por supuesto, usted es el responsable último.

—Parece un abogado pasando la pelota. Debería haberse ceñido a la ley y haberse mantenido alejado de la política, Gordie. Probablemente ahora tendría anuncios suyos en la tele.

Mittel sonrió.

—¿Y qué? ¿Renunciar a todo esto?

Extendió los brazos para abarcar la casa y la magnífica vista. Bosch siguió el arco de su brazo para mirar la mansión, pero lo que realmente quería era situar al otro hombre, al que empuñaba la pistola. Lo localizó de pie a un metro y medio de él, con el arma a un costado. Seguía estando demasiado lejos para que Bosch se arriesgara a hacer algún movimiento. Especialmente en su estado. Movió ligeramente el brazo y sintió la bola de billar anidada en el hueco del codo. Era reconfortante. Era lo único que tenía.

—La ley es para tontos, detective Bosch. Pero debo corregirle. No me considero un político. Me considero simplemente alguien que resuelve problemas. Resulta que los problemas políticos son mi especialidad. Pero ahora, verá, he de solucionar un problema que ni es político ni es de otra persona. Éste es mío. —Levantó las cejas como si apenas pudiera creerse a sí mismo—. Y por eso lo he invitado aquí. Por eso le he pedido a Jonathan que lo trajera. Verá, tenía la idea de que si vigilábamos a Arno Conklin, tarde o temprano aparecería nuestro colado misterioso en la fiesta de la otra noche. Y no me decepcionó.

—Es un hombre listo, Mittel.

Bosch giró ligeramente el cuello de manera que pudiera ver de reojo a Jonathan. Seguía fuera de su alcance. Bosch sabía que tenía que atraerlo para que se acercara.

—Tranquilo, Jonathan —dijo Mittel—. El señor Bosch no es alguien por quien debas preocuparte. Sólo es un inconveniente menor.

Bosch miró de nuevo a Mittel.

—Como Marjorie Lowe, ¿verdad? Era sólo un inconveniente menor. No contaba.

—Vaya, es un nombre interesante. ¿De ella se trata, detective Bosch?

Bosch lo miró, demasiado furioso para hablar.

—Bueno, la única cosa que admitiré —continuó Mittel— es que saqué provecho de su muerte. Podría decir que lo vi como una oportunidad.

—Lo sé todo, Mittel. La usó para controlar a Conklin. Pero al final incluso él vio a través de sus mentiras. Ahora se terminó. No importa lo que me haga aquí a mí, mi gente vendrá. Puede contar con eso.

—El viejo truco de «ríndete, estás rodeado». No lo creo. Este asunto de la placa... Algo me dice que esta vez podría haberse pasado de la raya. Creo que quizá esto es lo que llaman una investigación no oficial, y el hecho de que haya usado un nombre falso antes y llevara la placa de un difunto tiende a confirmármelo. No creo que venga nadie. ¿No?

Bosch trató de pensar, pero no se le ocurrió nada y permaneció en silencio.

—Creo que sólo es un extorsionista de poca monta que de alguna manera tropezó con algo y quiere un soborno para irse. Bueno, vamos a darle un incentivo, detective Bosch.

—Hay gente que también sabe lo que yo sé, Mittel —espetó Bosch—. ¿Qué va a hacer? ¿Matarlos a todos?

—Tomaré nota de ese consejo.

—¿Y Arno Conklin? Él conoce toda la historia. Si me ocurre algo, le garantizo que irá directo a la policía.

—De hecho, podría decir que Arno Conklin está ahora mismo con la policía, aunque no creo que esté diciéndoles gran cosa.

Bosch dejó caer la cabeza y se desplomó un poco. Había supuesto que Conklin estaba muerto, pero albergaba la esperanza de que estuviera equivocado. Sintió que la bola de billar se movía en su manga y volvió a cruzar los brazos para ocultarla.

—Sí. Aparentemente el antiguo fiscal del distrito se arrojó por la ventana después de su visita.

Mittel se hizo a un lado y señaló las luces de la ciudad. A lo lejos, Bosch veía el enjambre de edificios de Park La Brea. Y vio luces azules y rojas que centelleaban en la base de uno de los edificios. Era el edificio de Conklin.

—Ha tenido que ser un momento realmente traumático —continuó Mittel—. Escogió la muerte antes que rendirse a la extorsión. ¡Un hombre de principios hasta el final!

—¡Era un anciano! —gritó Bosch enfurecido—. ¿Por qué, maldita sea?

—Detective Bosch, no levante la voz o Jonathan tendrá que hacerle callar.

—Esta vez no se va a librar —dijo Bosch con voz más baja y controlada.

—Por lo que se refiere a Conklin, supongo que la conclusión final será suicidio. Estaba muy enfermo, ¿sabe?

—Sí, un tipo sin piernas camina hasta la ventana y decide saltar.

—Bueno, si las autoridades no creen eso, entonces quizá lleguen a un escenario alternativo cuando descubran sus huellas en la habitación. Estoy seguro de que habrá sido tan amable de dejar unas cuantas.

—Junto con mi maletín.

La respuesta golpeó a Mittel como un bofetón en la cara.

—Exacto. Lo dejé allí. Y contiene lo suficiente para que suban a esta montaña a verle, Mittel. ¡Vendrán a por usted!

Bosch le gritó la última frase a modo de prueba.

—¡Jon! —rugió Mittel.

Casi antes de que la palabra saliera de la boca de Mittel, Bosch fue golpeado desde atrás. El impacto le alcanzó en el lado derecho del cuello y Bosch cayó de rodillas, con cuidado de mantener el brazo doblado y la pesada bola en su lugar. Lentamente, más despacio de lo que necesitaba, se levantó. Puesto que había recibido el impacto en la derecha, supuso que Jonathan le había golpeado con la mano que empuñaba la pistola.

—Al decirme la localización del maletín, ha respondido a la pregunta más importante que tenía —dijo Mittel—. La otra, por supuesto, es qué había en el maletín y en qué me concernía. La cuestión es que sin el maletín ni la posibilidad de recuperarlo no tengo forma de comprobar la veracidad de lo que me diga aquí.

—Entonces supongo que está jodido.

—No, detective, creo que esa expresión se ajusta más a su situación. No obstante, tengo otra pregunta antes de acabar con usted. ¿Por qué, detective Bosch? ¿Por qué se ha molestado con algo tan antiguo y tan insignificante?

Bosch lo miró unos segundos antes de responder.

—Porque todo el mundo cuenta, Mittel. Todo el mundo.

Bosch vio que Mittel hacía una señal con la cabeza en la dirección de Jonathan. La reunión había terminado. Tenía que actuar.

—¡Socorro!

Bosch lo gritó con todas sus fuerzas. Y sabía que el pistolero haría su asalto hacia él de inmediato. Anticipando el mismo balanceo de la pistola a la derecha del cuello, Bosch giró hacia su derecha. Al moverse, estiró el brazo izquierdo y aprovechó la fuerza centrífuga para que la bola de billar rodara por la manga hasta su mano. Al continuar el movimiento, lanzó el brazo hacia arriba y hacia afuera. Y mientras volvía la cara vio a Jonathan detrás de él, a escasos centímetros, bajando la mano con los dedos enroscados en la Beretta. También vio la sorpresa en el rostro de Jonathan al darse cuenta de que su golpe seguramente fallaría y que su impulso le impedía corregir la trayectoria.

Después de que el brazo de Jonathan pasara sin hacerle daño y el sicario quedara en posición vulnerable, el brazo de Bosch se arqueó hacia abajo. Jonathan hizo una embestida hacia su izquierda en el último segundo, pero la bola de billar que estaba en el puño de Bosch le alcanzó de refilón en la sien derecha. La cabeza del gorila sonó como una bombilla al estallar y Jonathan cayó de bruces al suelo, con el cuerpo encima del arma.

Casi inmediatamente, el hombre trató de levantarse y Bosch le propinó una tremenda patada en las costillas. Jonathan perdió el control del arma y Bosch cayó con las rodillas sobre su cuerpo, golpeándolo dos veces con el puño en la parte posterior de la cabeza antes de darse cuenta de que todavía empuñaba la bola de billar y que ya había herido lo suficiente al hombre.

Respirando como si acabara de salir de bucear, Bosch miró alrededor y vio la pistola. Enseguida la levantó y buscó a Mittel. Pero éste se había ido.

El ligero sonido de pasos en la hierba captó la atención de Bosch, que atisbó a Mittel en el extremo norte del jardín, justo cuando éste desaparecía en la oscuridad, en el lugar donde el césped llano y perfectamente cuidado daba paso a la zona de matorral de la cima de la colina.

—¡Mittel!

Bosch se levantó de un salto y continuó. En el lugar donde había visto a Mittel por última vez, encontró un sendero gastado que llevaba a los matorrales. Se dio cuenta de que era el viejo rastro de un coyote que pies humanos habían ensanchado con el tiempo. Bajó corriendo por él, con el precipicio a medio metro a su derecha.

No vio señal de Mittel y siguió la pista a lo largo del borde del abismo hasta que la casa se perdió de vista detrás de él. Finalmente se detuvo al confirmar que nada indicaba que Mittel estuviera cerca o que alguna vez hubiera seguido ese camino.

Respirando pesadamente, con un latido en la sien en el lugar donde tenía la herida, Bosch llegó a un empinado risco que se alzaba a un lado del camino y vio que estaba rodeado de cascos de cerveza y otros desperdicios. El risco era un mirador popular. Se puso la pistola en la cintura y utilizó las manos para equilibrarse y tomar impulso en la escalada de tres metros. Hizo un lento giro de trescientos sesenta grados en lo alto, pero no vio nada. Escuchó, pero el siseo del tráfico de la ciudad impedía cualquier posibilidad de oír a Mittel moviéndose entre los matorrales. Decidió rendirse, regresar a la casa y llamar a una unidad aérea antes de que Mittel lograra escapar. Lo localizarían con el foco si el helicóptero despegaba lo bastante rápido.

Cuando volvía a resbalar con cuidado risco abajo, Mittel apareció de repente desde la zona oscura de la derecha. Había permanecido escondido detrás de una espesura de arbustos y cactus. Se lanzó al diafragma de Bosch, derribándolo y colocándose encima de él en el suelo. Bosch sintió que las manos del hombre buscaban la pistola que todavía tenía en la cintura. Pero él era más joven y más fuerte. El ataque por sorpresa era la última carta de Mittel. Bosch cerró los brazos en torno a él y rodó a su izquierda. De repente, el peso no estaba y Mittel había desaparecido.

Bosch se incorporó y miró. Se asomó al borde del precipicio y sacó la pistola de la cintura. Sólo había oscuridad cuando miró por la ladera de la colina escarpada. Vio los tejados rectangulares de las casas ciento cincuenta metros más abajo.

Sabía que estaban construidas a lo largo de los sinuosos caminos que salían de Hollywood Boulevard y Fairfax Avenue. Dio otro giro completo y volvió a mirar hacia abajo. No vio a Mittel en ninguna parte.

Bosch examinó en su integridad la escena que se abría debajo de él hasta que vio que se encendían las luces del patio trasero de una de las casas que había justo debajo. Observó mientras un hombre salía de la casa empuñando lo que parecía un rifle. El hombre se acercó lentamente a una plataforma redonda apuntando con el rifle. El hombre se detuvo en el borde del *jacuzzi* y se estiró hacia lo que debía de ser la caja eléctrica exterior.

La luz del *jacuzzi* se encendió mostrando la silueta de un hombre que flotaba en un círculo azul. Incluso desde lo alto de la colina, Bosch distinguió los remolinos de sangre que escupía el cadáver de Mittel. Entonces la voz del hombre del rifle subió intacta por la colina.

—Linda, no salgas. Llama a la policía. Diles que hay un cadáver en el *jacuzzi*.

El hombre miró hacia la ladera de la colina y Bosch retrocedió del borde. Inmediatamente se preguntó por qué había tenido la reacción instintiva de esconderse.

Se levantó y lentamente retrocedió por el sendero hasta la casa de Mittel. Mientras caminaba miró hacia las luces de la ciudad que iluminaban la noche y pensó que era hermoso. Pensó en Conklin y en Pounds y después apartó la culpa de su mente con pensamientos de Mittel, acerca de cómo su muerte cerraba por fin el círculo que se había abierto hacía tanto tiempo. Pensó en la imagen de su madre en la foto de Monte Kim. Su forma de mirar con timidez por el borde del brazo de Conklin. Aguardó la llegada de la sensación de satisfacción y triunfo que sabía que supuestamente tenía que venir cuando se cumplía la venganza. Pero ésta no llegó. Sólo se sentía vacío y cansado.

Cuando llegó al césped perfectamente recortado de detrás de la mansión, el hombre llamado Jonathan ya no estaba.

El subdirector Irvin S. Irving estaba de pie en el umbral de la sala de reconocimiento. Bosch estaba sentado en un lateral de la mesa acolchada, sosteniendo pegada a la cabeza una bolsa de hielo que le había dado el doctor después de suturarle. Se fijó en Irving cuando acomodó la mano con la que sostenía la bolsa.

—¿Cómo se siente?

—Supongo que sobreviviré. Al menos eso es lo que me han dicho.

—Bueno, es mejor de lo que puede decirse de Mittel. Menudo salto de trampolín.

—Sí. ¿Y el otro?

—De momento nada. Aunque tenemos su nombre. Le dijiste a los agentes que Mittel lo llamaba Jonathan. Así que probablemente es Jonathan Vaughn. Lleva mucho tiempo trabajando para Mittel. Están en ello, buscando en los hospitales. Parece que podrías haberle herido lo suficiente para que ingresara.

—Vaughn.

—Estamos tratando de buscar su historial. No hay nada por el momento. No estaba fichado.

—¿Cuánto tiempo llevaba con Mittel?

—De eso no estamos seguros. Hemos hablado con la gente de Mittel en el bufete. No se puede decir que hayan colaborado mucho, pero dicen que Vaughn siempre ha estado allí. Mucha gente lo describió como el asistente personal de Mittel.

Bosch asintió y aparcó la información.

—También hay un chófer —continuó Irving—. Lo detuvimos, pero no ha dicho gran cosa. Un chulo surfista. Tampoco podría hablar aunque quisiera.

—¿Por qué?

—Tiene la mandíbula rota. Tampoco hablará de eso.

Bosch se limitó a asentir y miró al subdirector. No parecía haber nada oculto en lo que había dicho.

—El médico ha dicho que tiene usted una conmoción severa, pero el cráneo no está fracturado. Laceración menor.

—Pues siento la cabeza como el zepelín de Goodyear con un agujero.

—¿Cuántos puntos?

—Creo que ha dicho dieciocho.

—Dice que probablemente los dolores de cabeza y la hemorragia del ojo le durarán varios días. Parece peor de lo que es.

—Bueno, me alegra saber que le está explicando a alguien lo que está pasando. A mí no me ha dicho nada. Lo que sé es por las enfermeras.

—Vendrá dentro de un momento. Probablemente estaba esperando a que se despejara un poco.

—¿Despejarme?

—Estaba un poco aturdido cuando llegamos a buscarle allí arriba, Harry. ¿Está seguro de que quiere hablar de esto ahora? Puede esperar. Está herido y necesita tomárselo con...

—Estoy bien. Quiero hablar. ¿Ha estado en la escena en Park La Brea?

—Sí, estuve allí. Estaba allí cuando recibimos la llamada desde Mount Olympus. Tengo su maletín en el coche, por cierto. Se lo dejó allí, ¿no? ¿En la habitación de Conklin?

Bosch empezó a asentir, pero se detuvo porque la habitación le daba vueltas.

—Bueno —dijo—. Hay algo allí que quiero conservar.

—¿La foto?

—¿La ha mirado?

—Bosch, sigue usted aturdido. La encontraron en la escena del crimen.

—Sí, lo sé, perdón.

Irving hizo un gesto con la mano para decirle que no era preciso que se disculpara. Estaba cansado de enfrentamientos.

—Bueno, el equipo que está trabajando en la escena en la colina ya me ha contado qué ha ocurrido. Al menos, la primera versión, basada en las pruebas físicas. Lo que no me queda claro es qué lo llevó a usted allí y cómo encaja todo esto. ¿Quiere explicármelo o prefiere esperar a, digamos, mañana?

Bosch asintió una vez y esperó un momento a que su cabeza se aclarara. Todavía no había tratado de recopilar lo ocurrido en una idea cohesionada. Reflexionó unos segundos más y decidió intentarlo.

—Estoy preparado.

—De acuerdo. Primero quiero leerle sus derechos.

—¿Qué? ¿Otra vez?

—Es sólo cuestión de procedimiento para que no parezca que hacemos excepciones con uno de los nuestros. Ha de recordar que estuvo en dos sitios esta noche y en los dos alguien cayó de mucha altura. No tiene buen aspecto.

—Yo no maté a Conklin.

—Ya lo sé, y tenemos la declaración del vigilante de seguridad. Dice que usted se fue antes de que Conklin cayera. Así que no hay problema. Está a salvo, pero tengo que seguir el procedimiento. Veamos, ¿todavía quiere hablar?

—Renuncio a mis derechos.

Irving se los leyó igualmente y Bosch renunció de nuevo.

—Muy bien, no tengo un formulario de renuncia. Tendrá que firmarlo después.

—¿Quiere que le cuente la historia?

—Sí, quiero que me cuente la historia.

—Pues allá voy. —Pero entonces se detuvo al intentar volcarla en palabras.

—¿Harry?

—Vale, eso es. En mil novecientos sesenta y uno Arno Conklin conoció a Marjorie Lowe. Los presentó un lumpen local llamado Johnny Fox, que se ganaba la vida con esas presentaciones y arreglos. Normalmente por dinero. Este encuentro inicial entre Arno y Marjorie fue en la fiesta de San Patricio, en la logia masónica de Cahuenga.

—Ésa es la foto del maletín, ¿no?

—Sí. Veamos, en ese primer encuentro, según la versión de Arno, que yo creo, él no sabía que Marjorie era profesional y Fox era un macarra. Fox organizó la presentación porque probablemente vio la oportunidad y tenía visión de futuro. Verá, si Conklin hubiera sabido que era una profesional, se habría retirado. Era el jefe del comando antivicio del condado. Se habría retirado.

—¿Entonces tampoco sabía quién era Fox? —preguntó Irving.

—Eso es lo que dijo. Sólo dijo que era inocente. Si le cuesta aceptarlo, la alternativa es peor: que ese fiscal confraternizaba abiertamente con esa clase de gente. Así que creo la versión de Arno. No lo sabía.

—Muy bien. No sabía que estaba viéndose comprometido. Entonces ¿qué había en juego para Fox y... su madre?

—En el caso de Fox es fácil. En cuanto Conklin se fuera con ella, Fox tenía un buen anzuelo y podía arrastrarlo a donde quisiera. Lo de Marjorie es otra cuestión y, aunque he estado pensando en ello, todavía no lo tengo claro. Pero puede decirse que la mayoría de las mujeres en esa situación buscan una vía de escape. Podía haber seguido el plan de Fox porque ella tenía su propio plan. Estaba buscando escapar de su forma de vida.

Irving asintió con la cabeza y contribuyó a la hipótesis.

—Ella tenía un hijo en el orfanato y quería sacarlo. Estar con Arno sólo podía ayudar.

—Eso es. La cuestión es que Arno y Marjorie hicieron algo que ninguno de los tres esperaban. Se enamoraron. O al menos Conklin se enamoró. Y creía que ella también lo hizo.

Irving se sentó en una silla de la esquina, cruzó las piernas y miró a Bosch pensativamente. No dijo nada. Nada en su actitud indicaba que estuviera otra cosa que totalmente interesado y creyendo en la historia de Bosch. A éste se le estaba cansando el brazo de sostener la bolsa de hielo y deseaba poder tumbarse. Pero en la sala de reconocimiento sólo había una mesa. Prosiguió con el relato.

—Así que se enamoraron y su relación continuó y en algún momento ella se lo dijo. O quizá Mittel hizo algunas comprobaciones y se lo contó a Arno. No importa. Lo que importa es que en ese punto Conklin conoció el dato y de nuevo sorprendió a todos.

—¿Cómo?

—El veintisiete de octubre de mil novecientos sesenta y uno le propuso matrimonio a Marjo...

—¿Se lo dijo él? ¿Arno le dijo eso?

—Me lo ha dicho esta noche. Quería casarse con ella. Ella quería casarse con él. En aquella noche, él finalmente decidió dejarlo todo, arriesgarse a perder todo lo que tenía para obtener lo que más deseaba.

Bosch buscó en su americana en la mesa y sacó los cigarrillos. Irving habló.

—No creo que esto sea un..., nada, no importa.

Bosch encendió un cigarrillo.

—Fue el acto más valeroso de su vida, ¿se da cuenta? Hacen falta pelotas para estar dispuesto a arriesgar todo de esa manera... Pero cometió un error.

—¿Cuál?

—Llamó a su mejor amigo, Gordon Mittel, para pedirle que fuera con ellos a Las Vegas como padrino. Mittel se negó. Sabía que sería el fin de una prometedora carrera política para Conklin, quizá incluso el fin de su propia carrera, y no quería participar en ello. Pero fue más lejos que simplemente negarse a ser el padrino. Veía a Conklin como el caballo blanco sobre el que él podría cabalgar hasta el castillo. Tenía grandes planes para Conklin y para él, y no estaba dispuesto a retirarse y dejar que una..., que una puta de Hollywood lo arruinara. Sabía por la llamada de Conklin que Marjorie se había ido a su casa a hacer las maletas. Así que Mittel fue allí y de algún modo la interceptó.

—Él la mató.

Bosch asintió con la cabeza y esta vez no se mareó.

—No sé dónde, quizá en su coche. Lo hizo parecer un crimen sexual atándole el cinturón al cuello y rasgándole la ropa. El semen... ya estaba allí porque ella había estado con Conklin... Después, Mittel llevó el cadáver al callejón de al lado del bulevar y lo puso en la basura. Desde entonces todo permaneció en secreto durante muchos años.

—Hasta que apareció usted.

Bosch no respondió. Estaba saboreando el cigarrillo y el alivio por el final del caso.

—¿Y Fox? —preguntó Irving.

—Como he dicho, Fox sabía de Marjorie y Arno. Y sabía que estuvieron juntos la noche anterior a que Marjorie fuera encontrada muerta en aquel callejón. El dato era una buena arma contra un hombre importante, incluso si el hombre era inocente. Fox la usó. Nadie sabe de cuántas formas. Al cabo de un año estaba en la nómina de la campaña de Arno. Estaba enganchado a él como una sanguijuela. Así que Mittel, el resolutivo, finalmente se entrometió. Fox murió en un accidente con fuga mientras supuestamente repartía volantes de la campaña de Conklin. Debió de ser fácil prepararlo y hacer que pareciera un accidente en el que el conductor simplemente huyó. Pero eso no es ninguna sorpresa. El mismo tipo que investigó el caso de Marjorie Lowe investigó el atropello. Mismo resultado. Nunca se detuvo a nadie.

—¿McKittrick?

—No. Claude Eno. Ahora está muerto. Se llevó los secretos a la tumba. Pero Mittel le estuvo pagando durante veinticinco años.

—¿Los extractos bancarios?

—Sí, en el maletín. Si investiga, probablemente descubrirá en alguna parte registros que vinculan a Mittel con los pagos. Conklin dijo que no sabía nada de eso y yo le creo... ¿Sabe?, alguien debería revisar todas las elecciones en las que Mittel trabajó a lo largo de los años. Probablemente descubrirían que era un cabrón que podría haber servido en la Casa Blanca de Nixon.

Bosch apagó el cigarrillo en el lateral de una papelera que había junto a la mesa y tiró la colilla en el interior. Empezaba a tener mucho frío y volvió a ponerse la chaqueta, aunque estaba manchada de polvo y sangre seca.

—Parece un pordiosero, Harry —dijo Irving—. ¿Por qué no...?

—Tengo frío.

—Vale.

—¿Sabe que ni siquiera gritó?

—¿Qué?

—Mittel. Ni siquiera gritó cuando cayó por esa colina. No lo entiendo.

—No hace falta. Es sólo uno de esos...

—Y yo no lo empujé. Me saltó encima en los arbustos y cuando rodamos, él cayó. Ni siquiera gritó.

—Entiendo. Nadie está diciendo...

—Lo único que hice fue empezar a hacer preguntas sobre ella y la gente empezó a morir.

Bosch estaba mirando al gráfico de un ojo en la pared del otro lado de la habitación. No se imaginaba por qué tenían semejante cosa en una sala de urgencias.

—Joder... Pounds... Yo...

—Sí, sé lo que ocurrió —le interrumpió Irving.

Bosch lo miró.

—¿Lo sabe?

—Entrevistamos a todos los de la brigada. Edgar me dijo que hizo una búsqueda en el ordenador para usted sobre Fox. Mi única conclusión es que o bien Pounds oyó algo o de algún modo se enteró. Creo que estaba controlando lo que sus compañeros próximos estaban haciendo después de que le dieran a usted la baja. Después debió de dar un paso más y tropezó con Mittel y Vaughn. Hizo búsquedas en Tráfico de todos los implicados. Creo que Mittel se enteró. Tenía relaciones que podían haberle advertido.

Bosch permaneció en silencio. Se preguntaba si Irving realmente creía esa hipótesis o si le estaba señalando a Bosch que sabía lo que había ocurrido realmente y lo estaba dejando pasar. No importaba. Tanto si Irving lo culpaba y tomaba medidas departamentales contra él como si no lo hacía, Bosch sabía que lo más duro sería vivir con su propia conciencia.

—Joder —repitió—. Lo mataron en lugar de a mí.

Bosch empezó a temblar otra vez. Como si decir las palabras en voz alta hubiera puesto en marcha algún tipo de exorcismo.

Lanzó el paquete de hielo a la papelera y se envolvió con sus propios brazos. Pero el temblor no desapareció. Tenía la sensación de que nunca volvería a entrar en calor, de que su temblor no era temporal, sino una parte permanente de su ser.

Notó el gusto cálido y salado de las lágrimas en la boca y se dio cuenta de que estaba llorando. Volvió la cabeza y trató de pedirle a Irving que se fuera, pero no logró articular palabra. Tenía la mandíbula cerrada como un puño.

—¿Harry? —oyó que decía Irving—. Harry, ¿está bien?

Bosch consiguió asentir con la cabeza, sin entender cómo era que Irving no percibía el temblor de su cuerpo. Puso las manos en los bolsillos de la americana y se ciñó la prenda. Sintió algo en el bolsillo izquierdo y sin prestar atención empezó a sacarlo.

—Mire —estaba diciendo Irving—, el doctor ha dicho que podría ponerse emotivo. Ese golpe en la cabeza... le hace actuar de forma extraña. No se preocupe, Harry, ¿está seguro de que está bien? Se está poniendo azul, hijo. Voy a... Voy a ir a buscar al doctor. Iré...

Se detuvo mientras Bosch conseguía sacar el objeto que tenía en la chaqueta. Estiró el brazo. Cerrada en su temblorosa mano había una bola negra con el número ocho, en su mayor parte manchada de sangre. Irving prácticamente tuvo que abrirle los dedos para cogerla.

—Iré a buscar a alguien —fue todo lo que dijo.

Bosch se quedó solo en la habitación, esperando a que alguien llegara y a que el demonio se fuera.

A causa de la conmoción, las pupilas de Bosch estaban dilatadas de manera desigual y las bolsas de los ojos aparecían hinchadas y de color morado por las hemorragias. Tenía un dolor de cabeza espantoso y treinta y siete ocho de fiebre. Como medida de precaución, el médico de la sala de urgencias había ordenado que lo ingresaran y lo monitorizaran y que no le permitieran dormir hasta las cuatro de la mañana. Trató de pasar el tiempo leyendo el periódico y mirando los programas de entrevistas, pero sólo consiguió aumentar el dolor. Finalmente, se limitó a mirar las paredes hasta que entró una enfermera, lo revisó y le dijo que ya podía dormirse. Después de eso, las enfermeras siguieron entrando en la habitación a intervalos y despertándolo cada dos horas. Le miraban las pupilas, le tomaban la temperatura y le preguntaban si estaba bien. En ningún momento le dieron nada para aliviar el dolor de cabeza. Sólo le decían que volviera a dormirse. Si en los cortos intervalos de letargo soñó con el coyote o con alguna otra cosa, no lo recordaba.

A mediodía, se levantó de manera definitiva. Al principio se sentía inseguro al ponerse de pie, pero rápidamente recuperó el equilibrio. Caminó hasta el cuarto de baño y examinó su imagen en el espejo. Rompió a reír ante lo que vio, aunque no tenía ninguna gracia. Simplemente sentía propensión a reír o llorar o hacer las dos cosas en cualquier momento.

Le habían afeitado una pequeña zona del cráneo donde se apreciaba una costura de puntos en forma de ele. Le dolía cuando se tocaba la herida, pero también se rió de eso. Logró peinarse con la mano por encima del área afeitada, lo bastante bien para camuflar la herida.

Los ojos ya eran otra cuestión. Seguían dilatados de manera desigual y aparecían resquebrajados con venas rojas, como al acabar una juerga de dos semanas. Debajo de ellos había sendos triángulos morados. Dos ojos a la funerala. Bosch no creía que hubiera tenido antes un ojo a la funerala.

Al retroceder en la habitación vio que Irving le había dejado el maletín al lado de la mesita de noche. Se dobló para cogerlo y casi perdió el equilibrio. Se agarró a la mesa en el último momento. Volvió a meterse en la cama con el maletín y empezó a examinar su contenido. No tenía ningún propósito en mente, sólo quería hacer algo.

Pasó las hojas del cuaderno y sintió que le costaba concentrarse en las palabras. Después releyó la tarjeta de Navidad que Meredith Roman, ahora Katherine Register, le había mandado cinco años antes. Se dio cuenta de que necesitaba llamarla para contarle lo que había ocurrido antes de que ella lo leyera en el periódico o lo viera en las noticias. Encontró su número en el cuaderno y lo marcó en el teléfono de la habitación. Le salió el contestador y dejó un mensaje.

—Meredith, eh, Katherine..., soy Harry Bosch. Necesito hablar contigo hoy, cuando tengas un momento. Han ocurrido algunas cosas y creo que, eh, te sentirás mejor cuando te las cuente. Así que llámame.

Antes de colgar, Bosch dejó diversos números en la cinta, incluido el de su móvil, el del Mark Twain y el de la habitación de hospital.

Abrió el bolsillo de acordeón y la tapa del maletín y sacó la foto que le había dado Monte Kim. Examinó largo rato la cara de su madre. La idea que finalmente se abrió paso era una pregunta. Bosch no tenía duda, por lo que él mismo le había dicho, de que Conklin la amaba. Pero se preguntaba si ella le correspondía. Bosch recordó una vez en que su madre lo visitó en McClaren. Le había prometido que lo sacaría de allí. En ese momento, el recurso legal avanzaba con lentitud y sabía que ella no tenía fe en los tribunales. Cuando ella hizo la promesa, Bosch sabía que no estaba pensando en la ley, sino en formas de rodearla, de manipularla. Y creía que habría encontrado una forma de hacerlo si no le hubieran robado su tiempo.

Al mirar la foto se dio cuenta de que Conklin podría haber sido simplemente parte de la promesa, parte de la manipulación. El plan de matrimonio era para Marjorie la forma de sacar a Harry del orfanato. De madre soltera con historial de detenciones a mujer de un hombre importante. Conklin habría logrado que Marjorie Lowe recuperara la custodia de su hijo. Bosch consideró que el amor podría no haber tenido nada que ver por parte de ella, que había sido sólo oportunidad. En todas sus visitas a McClaren, Marjorie Lowe nunca le había hablado de Conklin ni de ningún hombre en particular. Si hubiera estado verdaderamente enamorada, ¿acaso no se lo habría dicho?

Y al considerar esa pregunta, Bosch se dio cuenta de que el esfuerzo de su madre por salvarle, en última instancia, la había conducido a la muerte.

—¿Está usted bien, señor Bosch?

La enfermera entró rápidamente en la habitación y dejó la bandeja en la mesa ruidosamente. Bosch no le respondió. Apenas se fijó en ella. La enfermera cogió la servilleta de la bandeja y le limpió con ella las lágrimas de las mejillas.

—No pasa nada —le calmó—. No pasa nada.

—¿No?

—Es por la herida. No hay nada por lo que avergonzarse. Las heridas en la cabeza hacen que se mezclen las emociones. En un momento estás llorando y al siguiente estás riendo. Deje que abra esas cortinas. Tal vez eso lo anime.

—Lo único que quiero es estar solo.

La enfermera no le hizo caso y abrió las cortinas. Bosch vio otro edificio a veinte metros. Pero no lo animó. La vista era tan deprimente que le hizo reír. También le recordó que estaba en el Cedars. Reconoció la otra torre del hospital.

La enfermera cerró entonces el maletín para así poder acercar la mesa con ruedas a la cabecera de la cama. En la bandeja había una fuente que contenía un bistec Salisbury, zanahorias y patatas. Había un panecillo que parecía tan duro como la bola del ocho que había encontrado en el bolsillo la noche anterior y algún tipo de postre rojo envuelto en plástico. La fuente y su olor le provocaron una náusea.

—No voy a comerme eso. ¿Hay copos de cereales?

—Tiene que tomar un almuerzo completo.

—Acabo de levantarme. Me han mantenido toda la noche en vela. No puedo comerme esto. Me da ganas de vomitar.

La enfermera recogió rápidamente la bandeja y se dirigió a la puerta.

—Veré qué puedo hacer con los cereales. —Se volvió hacia él y sonrió antes de salir por la puerta—. Anímese.

—Sí, ésa es la receta.

Bosch no sabía qué hacer salvo dejar pasar el tiempo. Empezó a pensar en su encuentro con Mittel, en lo que se había dicho y en lo que significaba. Había algo que le molestaba.

Le interrumpió el sonido de un bip procedente del panel lateral de la cama. Miró hacia abajo y vio que era el teléfono.

—¿Hola?

—¿Harry?

—Sí.

—Soy Jazz. ¿Estás bien?

Hubo un largo silencio. Bosch no sabía si estaba preparado para hablar con ella, pero de pronto era inevitable.

—¿Harry?

—Estoy bien. ¿Cómo me has encontrado?

—El hombre que me llamó ayer. Irving no sé cuantos. Él...

—El jefe Irving.

—Sí. Llamó y me dijo que estabas herido. Me dio el número.

Eso molestó a Bosch, pero trató de no revelarlo.

—Bueno, estoy bien, pero no puedo hablar.

—¿Qué ocurrió?

—Es una larga historia. No quiero explicarla ahora.

Esta vez ella se quedó en silencio. Era uno de esos momentos en que ambos interlocutores tratan de interpretar el silencio, de entender lo que el otro quiere decir en lo que no se está diciendo.

—¿Lo sabes?

—¿Por qué no me lo dijiste, Jasmine?

—Yo...

Más silencio.

—¿Quieres que te lo cuente ahora?

—No lo sé...

—¿Qué te dijo?

—¿Quién?

—Irving.

—No fue él. Él no lo sabe. Fue otra persona, alguien que quería herirme.

—Fue hace mucho tiempo, Harry. Quiero explicarte lo que pasó..., pero no por teléfono.

Bosch cerró los ojos y pensó un momento. Sólo oír la voz de Jasmine había renovado su sensación de conexión con ella, pero tenía que plantearse si quería meterse en eso.

—No lo sé, Jazz. Tengo que pensar en...

—Mira, ¿qué se supone que tenía que hacer? ¿Llevar una señal para advertirte desde el principio? Dime, ¿cuándo era el momento oportuno para que te lo contara? ¿Después de aquella primera limonada? Debería haberte dicho: «Ah, por cierto, hace seis años maté al hombre que estaba viviendo conmigo cuando trató de violarme por segunda vez en la misma noche.» ¿Eso habría sido apropiado?

—Jazz, no...

—¿No qué? Mira, los polis no me creyeron aquí, ¿qué debería esperar de ti?

Bosch se dio cuenta de que ella estaba llorando, no porque pudiera oírla, sino porque se percibía en su voz, cargada de soledad y dolor.

—Me dijiste cosas —dijo ella—. Pensaba que...

—Jazz, pasamos un fin de semana juntos. Estás dando demasiada...

—¡No te atrevas! No me digas que no significó nada.

—Tienes razón. Lo siento... Mira, no es el momento adecuado. Me juego demasiado. Te llamaré yo.

Ella no dijo nada.

—¿De acuerdo?

—De acuerdo, Harry, llámame.

—Vale, adiós, Jazz.

Colgó y se quedó unos segundos con los ojos cerrados. Sentía el entumecimiento de la decepción que acompaña a las esperanzas rotas y se preguntó si volvería a hablar con ella otra vez. Al analizar sus pensamientos se dio cuenta de que todos parecían el mismo. Y por tanto su miedo no tenía que ver con lo que ella había hecho, fueran cuales fuesen los detalles. Su temor era que de hecho la llamaría y que podría quedar entrelazado con alguien con más carga emocional que él mismo.

Abrió los ojos y trató de apartar sus pensamientos. Pero volvió a pensar en Jasmine. Se descubrió a sí mismo maravillándose por la aleatoriedad de su encuentro. Un anuncio de periódico. Bien podría haber puesto: «Asesina blanca soltera busca alma gemela.» Se rió en voz alta, pero no tenía ninguna gracia.

Encendió la televisión para distraerse. El presentador del programa de entrevistas estaba entrevistando a mujeres que le habían robado el novio a su mejor amiga. Las mejores amigas también estaban en el plató y cada pregunta se convertía en una pelea de gatos verbal. Bosch bajó el volumen y observó diez minutos en silencio, examinando las contorsiones de los rostros furiosos de las mujeres.

Al cabo de un rato apagó la tele y llamó a la sala de enfermeras por el interfono para pedir sus cereales. La enfermera con la que habló no sabía nada de su petición de desayuno a la hora del almuerzo. Llamó de nuevo al número de Meredith Roman, pero colgó cuando le saltó el contestador.

Justo cuando Bosch estaba empezando a tener hambre su

ficiente para sentirse tentado de volver a pedir el bistec Salisbury, una enfermera entró finalmente con otra bandeja de comida. Ésta contenía un plátano, un vaso pequeño de zumo de naranja, un bol de plástico con una caja pequeña de Frosted Flakes y un brik de leche. Bosch le dio las gracias y empezó a comer los cereales directamente de la caja. No quería nada más.

Cogió el teléfono, marcó el número principal del Parker Center y preguntó por el despacho del subdirector Irving. El secretario que respondió al fin dijo que Irving estaba en una conferencia con el jefe de policía y que no podía molestarle. Bosch dejó su número.

A continuación llamó al número de Keisha Russell en el periódico.

—Soy Bosch.

—Bosch, ¿dónde te has metido? ¿Has apagado el teléfono?

Bosch buscó en su maletín y sacó el teléfono. Comprobó la batería.

—Lo siento, está muerto.

—Genial. Eso no me ayuda mucho, ¿sabes? Los dos nombres más importantes de ese recorte que te di murieron anoche y ni siquiera me llamas. Menudo trato hicimos.

—Eh, estoy llamando, ¿vale?

—¿Qué tienes para mí?

—¿Qué tienes tú ya? ¿Qué están diciendo?

—No están diciendo nada. Estaba esperándote, tío.

—Pero ¿qué están diciendo?

—Lo que te digo, nada. Están diciendo que ambas muertes están siendo investigadas y que no existe una conexión clara. Están haciéndolo pasar por una gran coincidencia.

—¿Y el otro hombre? ¿Han encontrado a Vaughn?

—¿Quién es Vaughn?

Bosch no podía entender qué estaba ocurriendo, por qué lo encubrían. Sabía que debía esperar a tener noticias de Irving, pero le costaba contener la rabia.

—¿Bosch? ¿Estás ahí? ¿Qué otro hombre?

—¿Qué están diciendo de mí?

—¿De ti? No están diciendo nada.

—El nombre del otro hombre es Jonathan Vaughn. También estaba allí, en casa de Mittel, anoche.

—¿Cómo lo sabes?

—Yo también estuve allí.

—Bosch, ¿estuviste allí?

Bosch cerró los ojos, pero su mente no podía penetrar la mortaja con la que el departamento había cubierto el caso.

—Harry, teníamos un trato. Cuéntame la historia.

Se fijó en que era la primera vez que ella usaba su nombre de pila. Bosch siguió sin decir nada mientras trataba de averiguar lo que había ocurrido y sopesaba las consecuencias de hablar con la periodista.

—¿Bosch?

Vuelta a la normalidad.

—Muy bien. ¿Tienes el lápiz? Voy a darte lo suficiente para que empieces. Tendrás que ir a Irving a conseguir el resto.

—Le he estado llamando. Ni siquiera se pone al teléfono.

—Lo hará cuando sepa que conoces la historia. Tendrá que hacerlo.

Cuando Bosch hubo terminado su relato estaba fatigado y volvía a dolerle la cabeza. Estaba listo para irse a dormir, si tuviera sueño. Quería olvidarlo todo y sólo dormir.

—Es una historia increíble, Bosch —dijo ella cuando él hubo terminado—. Eh, siento lo de tu madre.

—Gracias.

—¿Y Pounds?

—¿Qué pasa con Pounds?

—¿Está relacionado? Irving estaba de mandamás de aquella investigación. Y ahora de ésta.

—Tendrás que preguntarle a él.

—Si consigo que se ponga al aparato.

—Cuando telefonees dile al secretario que llamas de parte de Marjorie Lowe. Volverá a llamarte cuando reciba el mensaje. Te lo garantizo.

—Vale, Bosch, la última cosa. No hablamos de esto al principio, cuando deberíamos haberlo hecho. ¿Puedo usar tu nombre como fuente?

Bosch pensó en ello, pero sólo unos segundos.

—Sí, puedes usarlo. No sé cuánto vale mi nombre, pero puedes usarlo.

—Gracias, ya nos veremos. Eres un colega.

—Sí, soy un colega.

Bosch colgó y cerró los ojos. Se adormiló y perdió la noción del tiempo. Lo interrumpió el teléfono. Era Irving y estaba furioso.

—¿Qué ha hecho?

—¿A qué se refiere?

—Acaba de llamarme una periodista. Dice que llama de parte de Marjorie Lowe. ¿Ha hablado con periodistas de esto?

—He hablado con una.

—¿Qué le ha dicho?

—Le he dicho lo suficiente para que usted no pueda dinamitar este caso.

—Bosch...

No terminó. Hubo un largo silencio y después Bosch fue el primero en hablar.

—Iban a taparlo todo, ¿verdad? A echarlo todo en la basura como hicieron con ella. Después de todo lo que ha ocurrido, ella todavía no cuenta, ¿no?

—No sabe de qué está hablando.

Bosch se incorporó. Estaba furioso. Inmediatamente, le invadió una sensación de vértigo. Cerró los ojos hasta que se le pasó.

—Bueno, entonces, ¿por qué no me dice lo que yo no sé? ¿Vale, jefe? Usted es el que no sabe de qué está hablando. He oído lo que han hecho público. Que podría no haber conexión entre Conklin y Mittel. ¿Qué clase de...? ¿Cree que voy a quedarme aquí sentado? Y Vaughn. Ni siquiera lo menciona. Un puto mecánico con mono, lanza a Conklin por la ventana y está a punto de hacerme morder el polvo. Él mató a Pounds y ni siquiera merece una mención vuestra. Así que, jefe, ¿por qué no me cuenta qué coño es lo que no sé?

—Bosch, escúcheme. ¡Escúcheme! ¿Para quién trabajaba Mittel?

—Ni lo sé ni me importa.

—Lo empleaba gente muy poderosa. Algunos de los más poderosos de este estado, algunos de los más poderosos del país. Y...

—¡Me importa una mierda!

—... una mayoría del ayuntamiento.

—¿Y? ¿Qué me está diciendo? El ayuntamiento y el gobernador y los senadores y toda esa gente, ¿qué? ¿Ahora también están implicados? ¿También les está cubriendo el culo?

—Bosch, ¿puede calmarse y entrar en razón? Escúchese. Por supuesto que no estoy diciendo eso. Lo que estoy tratando de explicarle es que si mancha a Mittel con esto, entonces salpica a mucha gente poderosa que está asociada con él o que ha usado sus servicios. Eso podría volverse contra este departamento, así como contra usted o contra mí, con consecuencias incalculables.

Bosch comprendió que eso era todo. Irving el pragmático había tomado la decisión, probablemente junto con el jefe de policía, de poner al departamento y a ellos mismos por encima de la verdad. El asunto apestaba como la col podrida. Bosch sintió que el cansancio le pasaba por encima como una ola. Se estaba ahogando en ella. Ya tenía bastante.

—Y al lavarles la cara, les está ayudando de manera incalculable, ¿no? Y estoy seguro de que usted y el jefe han estado toda la mañana al teléfono dejando que aquella gente poderosa lo supiera. Todos están en deuda con usted, todos le deben una buena al departamento. Es genial, jefe. Es un gran trato. Supongo que no importa que no tenga nada que ver con la verdad.

—Bosch, quiero que vuelva a llamarla. Llame a esa periodista y dígale que ha recibido ese golpe en la cabeza y que...

—¡No! No voy a llamar a nadie. Es demasiado tarde. He contado la historia.

—Pero no toda. La historia completa es igualmente dañina para usted, ¿verdad?

Allí estaba. Irving lo sabía. O bien lo sabía o había supuesto con acierto que Bosch había usado el nombre de Pounds y que en última instancia era responsable de su muerte. Ese conocimiento era su arma contra Bosch.

—Si no puedo contener esto —agregó Irving—, podría tener que tomar medidas contra usted.

—No me importa —dijo Bosch con calma—. Puede hacerme lo que quiera, pero la historia se va a conocer, jefe. La verdad.

—Pero ¿es la verdad? ¿Toda la verdad? Lo dudo, y en lo más profundo usted también lo duda. Nunca sabremos toda la verdad.

Siguió un silencio. Bosch aguardó a que Irving dijera algo más y cuando sólo hubo más silencio, colgó. Después desconectó el teléfono y finalmente se puso a dormir.

Bosch se despertó a las seis a la mañana siguiente y con vagos recuerdos de su sueño, que había sido interrumpido por una cena horrible y las visitas de enfermeras por la noche. Sentía la cabeza espesa. Se tocó con suavidad la herida y descubrió que ya no estaba tan tierna como el día anterior. Se levantó y caminó un poco por la habitación. Parecía haber recuperado el equilibrio.

En el espejo del baño sus ojos eran todavía un batiburrillo de colores, pero la dilatación de las pupilas se había reducido. Sabía que era el momento de irse. Se vistió y salió de la habitación con el maletín en la mano y la americana manchada echada sobre el brazo.

En la sala de enfermeras pulsó el botón del ascensor y esperó. Se fijó en que una de las auxiliares médicas de detrás del mostrador lo miraba. Aparentemente no lo había reconocido, especialmente vestido de calle.

—Disculpe, ¿puedo ayudarle?

—No, estoy bien.

—¿Es usted un paciente?

—Lo era. Me voy. Habitación cuatrocientos diecinueve. Bosch.

—Espere un momento, señor, ¿qué está haciendo?

—Me marcho. Me voy a casa.

—¿Qué?

—Envíeme la factura.

Las puertas del ascensor se abrieron y Bosch entró.

—No puede hacer eso —lo llamó la enfermera—. Deje que vaya a buscar al médico.

Bosch levantó la mano y le dijo adiós.

—¡Espere!

Las puertas se cerraron.

Bosch compró un periódico en el vestíbulo y cogió un taxi. Le dijo al conductor que lo llevara a Park La Brea. Por el camino, leyó el artículo de Keisha Russell. Estaba en la primera página y era un relato abreviado de lo que él le había contado el día anterior. Todo iba acompañado de la advertencia de que el caso seguía bajo investigación, pero fue grato leerlo.

Se mencionaba a Bosch como fuente y como protagonista del caso. A Irving también se lo mencionaba como fuente. Bosch supuso que al final el subdirector había decidido jugársela con la verdad o con una aproximación a ella, una vez que Bosch ya la había hecho correr. Era la opción más pragmática. De este modo daba la sensación de que mantenía el control de la situación. Irving era la voz de la razón conservadora en el relato.

Las afirmaciones de Bosch venían seguidas por las advertencias de Irving de que la investigación aún estaba en pañales y que no se había llegado a conclusiones.

La parte que más le gustó a Bosch fueron las afirmaciones de algunos estadistas, incluidos varios del ayuntamiento, que expresaban su consternación tanto por las muertes de Mittel y de Conklin como por su implicación en asesinatos o en su encubrimiento. El artículo mencionaba también que la policía buscaba al empleado de Mittel, Jonathan Vaughn, como sospechoso de asesinato.

El relato era más tenue en relación a Pounds. No mencionaba que se sospechara o se supiera que Bosch había usado el nombre del teniente ni que ese uso hubiera conducido a la muerte de Pounds. El artículo simplemente citaba a Irving explicando que la conexión entre Pounds y el caso seguía investigándose, pero que al parecer Pounds podría haber dado con la misma pista que había seguido Bosch.

Irving se había contenido al hablar con Russell incluso después de haber amenazado a Bosch. Harry interpretó que el deseo del subdirector era que la ropa sucia del departamento se lavara en casa. La verdad dañaría a Bosch, pero también al departamento. Si Irving iba a actuar contra él, lo haría en privado, en el seno del departamento.

El Mustang alquilado de Bosch seguía en el aparcamiento de la residencia de La Brea. Había tenido suerte: las llaves estaban en la cerradura de la puerta, donde las había puesto un momento antes de ser agredido por Vaughn. Pagó al taxista y se metió en el Mustang.

Bosch decidió pasar por Mount Olympus antes de ir al Mark Twain. Enchufó el móvil al cargador del coche y se dirigió a Laurel Canyon Boulevard.

En Hercules Drive, frenó ante la verja de la nave espacial en tierra de Mittel. La puerta estaba cerrada y todavía había una cinta policial amarilla colgada de ella. Bosch no vio coches en el sendero de entrada; el lugar permanecía en silencio y en paz. Y enseguida supo que no tardarían en erigir un cartel de «En venta» y que el siguiente genio se mudaría allí y pensaría que era el dueño de todo lo que abarcaba su vista.

Bosch siguió conduciendo. En cualquier caso, la mansión de Mittel no era lo que quería ver.

Al cabo de quince minutos, Bosch tomó el familiar giro a Woodrow Wilson, pero se encontró con un panorama desconocido. Su casa ya no estaba, su desaparición era tan cegadora en el paisaje como un diente que falta en una sonrisa.

Junto a la acera había dos enormes contenedores de construcción llenos de maderas rotas, metal destrozado, cristales hechos añicos... Los escombros de su hogar. Asimismo habían puesto un contenedor móvil junto al bordillo y Bosch asumió —esperó— que contuviera las propiedades salvables antes de que la casa fuera arrasada.

Aparcó y caminó hasta el sendero de losas que antes conducía a la puerta principal de su casa. Miró hacia abajo, pero lo único que quedaba allí eran seis pilares que asomaban de la ladera como lápidas. Podía reconstruir la casa a partir de esos pilares si se lo proponía.

Un movimiento en las acacias que había cerca de los pilares captó su atención. Vio un relámpago de marrón y después la cabeza de un coyote que se movía con lentitud entre los arbustos. El animal no llegó a oír a Bosch ni miró hacia arriba. Enseguida se marchó y Harry lo perdió de vista en los arbustos.

Pasó otros diez minutos allí, fumando un cigarrillo y esperando, pero no vio nada más. Pronunció un adiós silencioso a la casa. Tenía la sensación de que no iba a volver.

Cuando Bosch llegó al Mark Twain, la ciudad se estaba despertando. Desde su habitación oyó un camión de basura que se abría paso por el callejón, llevándose los desperdicios de una semana. Eso le hizo pensar otra vez en su casa, pulcramente metida en dos contenedores.

Por fortuna, lo distrajo el sonido de una sirena. La identificó como la de un coche patrulla y no la de un camión de bomberos. Sabía que oiría muchas sirenas con la comisaría al fondo de la calle. Paseó por sus dos habitaciones y se sintió inquieto y fuera de lugar, como si su vida pasara por delante mientras él estaba allí bloqueado. Preparó café en la cafetera que se había traído de casa, sin embargo, sólo le sirvió para ponerse más nervioso.

Volvió a intentar leer el periódico, pero no había nada que le interesara salvo el artículo que ya había leído en la primera página. Hojeó de todos modos la fina sección metropolitana y vio un artículo que contaba que las dependencias oficiales del condado estarían equipadas con cartapacios a prueba de balas que los empleados podrían levantar como escudo en el caso de que un maníaco entrara disparando. Tiró a un lado la sección metropolitana y volvió a coger la principal.

Bosch releyó el artículo acerca de su investigación y no pudo evitar una creciente sensación de que algo fallaba, de que faltaba algo o había algo incompleto. La narración de Keisha Russell era buena. Ése no era el problema. El problema estaba en ver la historia en palabras, impresa. No le pareció tan convincente como cuando la había recontado para ella o para Irving o incluso para sí mismo.

Dejó el periódico a un lado, se recostó en la cama y cerró los ojos. Rememoró la secuencia de acontecimientos una vez más y al hacerlo finalmente se dio cuenta de que el problema que le carcomía no estaba en el periódico, sino en lo que Mittel le había dicho. Bosch trató de recordar las palabras intercambiadas entre ellos en el césped pulcramente cuidado de detrás de la casa del millonario. ¿Qué se había dicho allí? ¿Qué había admitido Mittel?

Bosch sabía que en aquel momento Mittel se hallaba en una posición de aparente invulnerabilidad. Tenía a Bosch capturado, herido y condenado ante él. Su perro de presa, Vaughn, estaba preparado con un arma a la espalda de Bosch. En esa situación, Bosch creía que no había ninguna razón para que un hombre con el ego de Mittel se reservara. Y, de hecho, no se había reservado. Se había vanagloriado de su plan de controlar a Conklin y a otros. Había admitido libremente que, aunque de manera indirecta, había causado las muertes de Conklin y Pounds. Pero a pesar de esas confesiones, no había hecho lo mismo respecto al asesinato de Marjorie Lowe.

A través de las imágenes fragmentadas de esa noche, Bosch trató sin lograrlo de recordar las palabras exactas que se habían dicho. Su memoria visual era buena. Tenía a Mittel delante de él, ante el manto de luces. Pero las palabras se le escapaban. Mittel movía los labios, pero Bosch no podía desentrañar las palabras. Finalmente, después de intentarlo durante un rato, lo recordó. Oportunidad. Mittel había calificado la muerte de su madre de oportunidad. ¿Era eso un reconocimiento de culpabilidad? ¿Estaba diciendo que la había matado o que había ordenado su eliminación? ¿O simplemente estaba admitiendo que su muerte representó para él una oportunidad de la cual sacar partido?

Bosch no lo sabía, y el hecho de no saberlo era como una losa en su pecho. Trató de apartarlo de la cabeza y finalmente empezó a adormilarse. Los sonidos de la ciudad, incluso las sirenas, eran reconfortantes. Estaba en el umbral de la inconsciencia, casi dormido, cuando de repente abrió los ojos.

—Las huellas —dijo en voz alta.

Treinta minutos más tarde, afeitado, duchado y vestido con ropa limpia, Bosch se dirigía al centro de la ciudad. Llevaba puestas las gafas de sol y se miró en el espejo. Sus ojos maltrechos estaban ocultos. Se chupó los dedos y se aplastó el pelo rizado para cubrir mejor el lugar afeitado y los puntos en su cuero cabelludo.

En el Centro Médico del Condado y de la Universidad del Sur de California recorrió el aparcamiento de la parte posterior en busca de un lugar cercano a la oficina del forense del condado de Los Ángeles.

Entró por la puerta del garaje y saludó con la mano al vigilante de seguridad, al que conocía de vista. Éste le devolvió el saludo. Se suponía que los investigadores no entraban por la parte de atrás, pero Bosch llevaba años haciéndolo y no iba a cambiar hasta que alguien convirtiera eso en un caso federal. El vigilante que cobraba un sueldo mínimo era un candidato improbable para denunciarlo.

Subió al salón de los investigadores en la segunda planta, con la esperanza de que hubiera allí no sólo alguien a quien conociera, sino también alguien con el que Bosch no se hubiera distanciado a lo largo de los años.

Abrió la puerta e inmediatamente lo recibió el aroma del café recién hecho. Sin embargo, la sala en sí era una mala noticia porque allí sólo estaba Larry Sakai, sentado a la mesa con los periódicos abiertos. Era un investigador del forense que nunca le había caído bien a Bosch y sabía que el sentimiento era mutuo.

—Harry Bosch —dijo Sakai después de levantar la mirada del periódico que tenía en las manos—. Hablando del rey de Roma, estaba leyendo un artículo que habla de ti. Dice que estás en el hospital.

—No, estoy bien, Sakai. ¿No me ves? ¿Están Hounchell o Lynch?

Hounchell y Lynch eran dos investigadores de los cuales Bosch sabía que le harían un favor sin pensárselo demasiado. Eran buena gente.

—No, están embolsando y etiquetando. Es una mañana atareada. La cosa vuelve a animarse.

Bosch había oído el rumor de que mientras se retiraban víctimas de uno de los edificios de apartamentos que se habían derrumbado tras el terremoto, Sakai había entrado con su propia cámara y había sacado fotos de personas muertas en sus camas, sobre las cuales se habían derrumbado los techos. Después vendió las fotos a los diarios sensacionalistas con nombre falso. Ése era el tipo de individuo que era Sakai.

—¿Hay alguien más?

—No, Bosch, sólo yo. ¿Qué quieres?

—Nada.

Bosch volvió hacia la puerta, pero dudó. Necesitaba hacer las comparaciones de huellas y no quería esperar. Volvió a mirar a Sakai.

—Mira, Sakai, necesito un favor. Si quieres ayudarme te deberé una.

Sakai se inclinó en su silla. Bosch vio la punta de un palillo que asomaba entre sus labios.

—No lo sé, Bosch, que tú me debas una es como que una puta con sida me diga que me regala un polvo si le pago por el primero. —Sakai se rió de su comparación.

—Vale, muy bien.

Bosch se volvió y empujó la puerta, conteniendo la rabia. Había dado dos pasos en el pasillo cuando oyó que Sakai lo llamaba de nuevo. Justo como había esperado. Respiró hondo y volvió al salón.

—Vamos, Bosch, no he dicho que no fuera a ayudarte. Mira, he leído tu historia en el periódico y lo siento por lo que estás pasando, ¿vale?

Sí, claro, pensó Bosch, pero no lo dijo.

—Vale —dijo.

—¿Qué necesitas?

—Necesito conseguir un juego de huellas de uno de los clientes de la nevera.

—¿Cuál?

—Mittel.

Sakai señaló con la cabeza el periódico, que había vuelto a dejar en la mesa.

—Ese Mittel, ¿eh?

—Sólo conozco uno.

Sakai se quedó en silencio mientras sopesaba la petición.

—Sabes que entregamos las huellas a los agentes asignados a los homicidios.

—Corta el rollo, Sakai. Sabes que lo sé y sabes si has leído el diario que yo no soy el agente investigador. Pero aun así necesito las huellas. ¿Vas a conseguirlas para mí o estoy perdiendo el tiempo contigo?

Sakai se levantó. Sabía que si se retiraba después de haber dado un primer paso, Bosch ganaría una posición superior en el inframundo de interacción masculina y en todos los tratos que siguieran.

Si Sakai seguía adelante y obtenía las huellas, entonces la ventaja sería obviamente para él.

—Cálmate, Bosch. Voy a ir a buscar las huellas. ¿Por qué no te sirves una taza de café y te sientas? Sólo pon una moneda de veinticinco en la caja.

Bosch detestaba la idea de estar en deuda con Sakai por nada, pero sabía que merecía la pena. Las huellas eran la única forma que conocía para cerrar el caso. O para abrirlo de nuevo.

Bosch se tomó una taza de café y en quince minutos el investigador del forense había vuelto. Todavía sacudía la tarjeta para que la tinta se secara. Se la pasó a Bosch y fue al mostrador a servirse otra taza de café.

—¿Son de Gordon Mittel?

—Sí, eso ponía en la etiqueta del dedo gordo del pie. Y, tío, se pegó una buena caída.

—Me alegro de oírlo.

—¿Sabes? Me suena que esa historia del diario no es tan sólida como los tipos del departamento aseguráis si estás colándote aquí a buscar las huellas de ese tipo.

—Es sólida, Sakai, no te preocupes por eso. Y será mejor que no me llame ningún periodista preguntándome si he ido a buscar huellas. O volveré.

—No te canses, Bosch. Coge las huellas y lárgate. Nunca he conocido a nadie que se empeñe tanto en que la persona que acaba de hacerle un favor se sienta mal.

Bosch tiró su taza de café en una papelera y empezó a salir. Se detuvo en la puerta.

—Gracias.

La palabra le quemó en la boca. El tipo era un capullo.

—Sólo recuerda que me debes una, Bosch.

Bosch miró de nuevo a Sakai, que estaba revolviendo la nata en la taza. Bosch volvió a entrar y metió la mano en el bolsillo. Cuando llegó a la mesa sacó una moneda de veinticinco centavos y la echó por la ranura en la caja de latón que era el fondo para el café.

—Te invito al café —dijo Bosch—. Ahora estamos en paz.

Salió y en el pasillo oyó que Sakai lo llamaba gilipollas. Para Bosch era una señal de que todo podía ir bien en el mundo. Al menos en el suyo.

Cuando Bosch llegó al Parker Center al cabo de quince minutos, se dio cuenta de que tenía un problema. Irving no le había devuelto su tarjeta de identificación porque ésta formaba parte de las pruebas recuperadas de la chaqueta de Mittel en el *jacuzzi*. Así que Bosch deambuló ante la fachada del edificio hasta que vio a un grupo de detectives y administrativos caminando hacia la puerta del anexo al edificio del ayuntamiento. Cuando el grupo entró y rodeó el mostrador de entrada, Bosch se acercó a ellos y pasó inadvertido junto al agente de guardia.

Bosch encontró a Hirsch ante su ordenador en la unidad de huellas y le preguntó si todavía tenía las sacadas de la hebilla del cinturón.

—Sí, he estado esperando que pasara a recogerlas.

—Bueno, antes tengo unas huellas que quiero que compares con ellas.

Hirsch lo miró, pero vaciló sólo un segundo.

—Vamos a verlas.

Bosch sacó del maletín la tarjeta con las huellas que Sakai le había dado y se la pasó. Hirsch la miró un momento, girando la tarjeta para que reflejara mejor la luz cenital.

—Éstas son muy claras. No le hace falta la máquina, ¿no? Sólo quiere compararlas con las huellas que trajo antes.

—Eso es.

—Vale, puedo mirarlas ahora mismo si quiere esperar.

—Quiero esperar.

Hirsch sacó del escritorio la tarjeta con las huellas del cinturón y se llevó ésa y la tarjeta del forense a la mesa de trabajo, donde las miró a través de una lámpara lupa. Bosch vio que sus ojos iban de un lado a otro como si estuviera mirando un partido de tenis.

Se dio cuenta mientras observaba el trabajo de Hirsch que más que nada en el mundo quería que el técnico lo mirara y le dijera que las huellas de las dos tarjetas correspondían a la misma persona. Quería que todo terminara. Quería dejarlo a un lado.

Al cabo de cinco minutos de silencio, el partido de tenis terminó y Hirsch lo miró y le notificó el resultado.

Cuando Carmen Hinojos abrió la puerta de la sala de espera, pareció gratamente sorprendida de ver a Bosch sentado en el sofá.

—¡Harry! ¿Está bien? No esperaba verle aquí hoy.

—¿Por qué no? Es mi hora, ¿no?

—Sí, pero he leído en el periódico que estaba en el Cedars.

—Me he dado de alta.

—¿Está seguro de que debería haber hecho eso? Tiene un aspecto...

—¿Horrible?

—No quería decir eso. Pase.

Le mostró el camino y después cada uno ocupó su lugar habitual.

—En realidad teniendo en cuenta cómo me siento tengo un aspecto magnífico.

—¿Por qué? ¿Qué ocurre?

—Porque todo fue por nada.

La declaración de Bosch puso una expresión de perplejidad en el rostro de la psiquiatra.

—¿A qué se refiere? He leído el artículo de hoy. Ha resuelto los asesinatos, incluido el de su madre. Esperaba que se sintiera de otra manera.

—Bueno, no crea todo lo que lee, doctora. Deje que clarifique las cosas. Lo que he logrado en mi llamada misión es causar que dos hombres fueran asesinados y que otro muriera a mis manos. He resuelto, veamos, he resuelto uno, dos, tres asesinatos, así que eso está bien. Pero no he resuelto el asesinato que buscaba resolver. En otras palabras, he estado corriendo en círculos causando que otra gente muriera. De modo que ¿cómo espera que me sienta durante la sesión?

—¿Ha estado bebiendo?

—Me he tomado un par de cervezas con la comida, pero ha sido una comida larga y creo que un mínimo de dos cervezas es un requisito considerando lo que acabo de decirle. Pero no estoy borracho, si es eso lo que quiere saber. Y no estoy trabajando, así que da lo mismo.

—Creía que estábamos de acuerdo en reducir...

—A la mierda. Esto es el mundo real. ¿No es así como lo llamó? ¿El mundo real? Desde la última vez que hablamos he matado a alguien, doctora. Y quiere hablar de reducir el alcohol. Como si todavía significara algo.

Bosch sacó los cigarrillos y encendió uno. Se quedó con el paquete y el Bic en el brazo de la silla. Carmen Hinojos lo observó prolongadamente antes de volver a hablar.

—Tiene razón, lo siento. Vayamos a lo que creo que es el núcleo del problema. Dice que no ha resuelto el asesinato que pretendía resolver. Se trata, por supuesto, de la muerte de su madre. Sólo me guío por lo que he leído, pero el *Times* de hoy atribuye su asesinato a Gordon Mittel. ¿Me está diciendo que ahora sabe que eso es incontrovertiblemente falso?

—Sí, ahora sé que es incontrovertiblemente falso.

—¿Cómo?

—Sencillo. Por las huellas. Fui al depósito de cadáveres, conseguí las huellas de Mittel y las comparé con las del cinturón. No coinciden. Él no lo hizo. No estuvo allí. Ahora bien, no quiero que se lleve una idea equivocada. No estoy aquí sentado con conciencia de culpa respecto a Mittel. Era un hombre que decidió matar a gente e hizo que la mataran. Como si tal cosa. Al menos dos veces de las que estoy seguro, además iba a matarme a mí también. Así que, que se joda. Tuvo lo que se merecía. Pero cargaré en mi conciencia con Pounds y Conklin durante mucho tiempo. Quizá para siempre. Y de un modo u otro pagaré por ello. Es sólo que el peso sería más fácil de llevar si hubiera existido una razón. Una buena razón. ¿Me entiende? Pero no hay ninguna razón. Ya no.

—Entiendo. No... No estoy segura de cómo proceder con esto. ¿Quiere hablar de sus sentimientos en relación con Pounds y Conklin?

—En realidad, no. He pensado en ello lo suficiente. Ninguno de los dos hombres era inocente. Cometieron errores. Pero no tenían que morir de ese modo. Especialmente Pounds. Joder. No puedo hablar de eso. Ni siquiera puedo pensar en eso.

—¿Entonces cómo va a seguir adelante?

—No lo sé, como le he dicho, tengo que pagar.

—¿Tiene alguna idea de lo que va a hacer el departamento?

—No lo sé. No me importa. Va más allá de lo que decida el departamento. Tengo que decidir mi condena.

—Harry, ¿qué significa eso? Eso me incumbe.

—No se preocupe, no voy a ir al armario. No soy de ese tipo.

—¿El armario?

—No voy a meterme un arma en la boca.

—A través de lo que ha dicho aquí hoy, ya está claro que ha aceptado la responsabilidad por lo que les ha ocurrido a esos dos hombres. Lo está afrontando. En efecto, está negando la negación. Eso son unos cimientos sobre los que construir. Estoy preocupada por esta charla respecto a su condena. Tiene que seguir adelante, Harry. No importa lo que se haga a usted mismo, no conseguirá que vuelvan a la vida. Así que lo mejor que puede hacer es continuar.

Bosch no dijo nada. De repente se cansó de todos los consejos, de la intervención de Hinojos en su vida. Se sentía resentido y frustrado.

—¿Le importa si acortamos la sesión hoy? —preguntó—. No me siento muy animado.

—Entiendo. No hay problema. Pero quiero que me prometa algo. Prométame que volveremos a hablar antes de que tome ninguna decisión.

—¿Se refiere a mi condena?

—Sí, Harry.

—Muy bien, hablaremos.

Bosch se levantó e intentó sonreír, pero sólo consiguió juntar las cejas. Entonces se acordó de algo.

—Por cierto, lamento no haberle devuelto la llamada cuando me telefoneó la otra noche. Estaba esperando otra llamada y no podía hablar, y luego me olvidé. Espero que sólo quisiera saber cómo estaba y que no fuera demasiado importante.

—No se preocupe. Yo también lo olvidé. Sólo llamaba para ver cómo le había ido el resto de la tarde con Irving. También quería saber si quería hablar de las fotos. Ahora ya no importa.

—¿Las miró?

—Sí, tenía un par de comentarios, pero...

—Los escucho.

Bosch volvió a sentarse. Hinojos lo miró, sopesando la propuesta y decidió seguir adelante.

—Las tengo aquí.

Ella se agachó para sacar el sobre de uno de los cajones del escritorio. Casi desapareció del campo de visión de Bosch hasta que se levantó y puso el sobre en el escritorio.

—Supongo que debería llevárselas.

—Irving cogió el expediente del caso y la caja de pruebas. Ahora lo tiene todo menos esto.

—Parece que le molesta, o no se fía de él. Eso es un cambio.

—¿No fue usted quien dijo que no me fiaba de nadie?

—¿Por qué no se fía de él?

—No lo sé. Acabo de perder a mi sospechoso. Gordon Mittel está descartado y estoy empezando de cero. Sólo estaba pensando en los porcentajes...

—¿Y?

—Bueno, no conozco la cifra, pero un número significativo de homicidios son denunciados por el asesino. Ya sabe, el marido que llama llorando, diciendo que su mujer ha desaparecido. En la mayor parte de los casos, sólo es un mal actor. La mató y cree que llamar a la policía ayudará a convencer a todo el mundo de que está limpio. Mire a los hermanos Menendez. Uno de ellos llamó lloriqueando porque su mamá y su papá habían muerto. Resultó que fueron él y el hermano los que les dispararon con una escopeta. Hace unos años hubo un caso en las colinas. Una niña pequeña había desaparecido en Laurel Canyon. Salió en la prensa, en la tele. Así que la gente organizó partidas de búsqueda y al cabo de unos días uno de los que buscaba, un adolescente que era vecino de la chica, encontró el cadáver debajo de un tronco, cerca de Lookout Mountain. Resultó que era el asesino. Conseguí que confesara en quince minutos. Durante toda la búsqueda yo sólo esperaba que alguien encontrara el cadáver. Era cuestión de porcentajes. El chico era sospechoso antes de que yo supiera quién era.

—Irving encontró el cadáver de su madre.

—Sí. Y la conocía de antes. Me lo dijo una vez.

—Me parece un poco aventurado.

—Sí, la mayoría de la gente también pensaría eso de Mittel. Justo hasta que lo sacaron del *jacuzzi*.

—¿No hay un escenario alternativo? ¿No es posible que quizá los detectives originales estuvieran en lo cierto en su hipótesis de que había un asesino sexual y que buscarlo era inútil?

—Siempre hay escenarios alternativos.

—Pero usted siempre parece inclinarse por buscar a alguien de poder, una persona del *establishment* a quien culpar. Quizá no sea el caso aquí. Quizá es un síntoma de su más amplio deseo de culpar a la sociedad por lo que le ocurrió a su madre... y a usted.

Bosch sacudió la cabeza. No quería escuchar eso.

—¿Sabe toda esa psicocháchara...? Yo no... Perdón, ¿podemos hablar de las fotos?

—Lo siento.

Hinojos miró el sobre como si estuviera viendo a través de él las fotos que contenía.

—Bueno, para mí fue muy difícil mirarlas. Por lo que respecta a su valor forense, no había gran cosa. Las fotos muestran lo que llamaría un homicidio de afirmación. El hecho de que la ligadura, el cinturón, siguiera apretado en torno al cuello de la víctima parece indicar que el asesino quería que la policía supiera exactamente lo que había hecho, que había sido deliberado, que había tenido control sobre esta víctima. También creo que la elección del emplazamiento es significativa. El cubo de basura no tenía tapa. Estaba abierto. Eso sugiere que colocar el cadáver allí podría no haber sido un esfuerzo para esconderlo. También era...

—Estaba diciendo que ella era basura.

—Sí. De nuevo una afirmación. Si se estaba desembarazando de un cadáver, podría haberlo puesto en cualquier sitio de ese callejón, pero escogió un vertedero abierto. Inconscientemente o no, estaba haciendo una afirmación sobre ella. Y para hacer una afirmación así sobre una persona, tenía que haberla conocido en cierto grado. Haber sabido de ella. Saber que era una prostituta. Saber lo suficiente para juzgarla.

Irving volvió a aparecer en la mente de Bosch, pero Harry no dijo nada.

—Bueno —dijo en cambio—, ¿no podría haber sido una afirmación sobre todas las mujeres? ¿Podría haber sido un loco cabrón (disculpe), algún chiflado que odiaba a todas las mujeres y que pensaba que todas las mujeres eran basura? De ese modo no sería preciso que la conociera. Quizá fue alguien que sólo quería matar a una prostituta, a cualquier prostituta, para hacer una declaración sobre ellas.

—Sí, es una posibilidad, pero yo también trabajo con porcentajes. La clase de loco cabrón de la que está hablando (la cual, incidentalmente, en psicocháchara llamamos sociópata) es un individuo mucho más raro que aquel que se centra en objetivos específicos, en mujeres específicas.

Bosch negó con la cabeza desdeñosamente y miró por la ventana.

—¿Qué pasa?

—Resulta frustrante. No había mucho en el expediente de asesinato acerca de que ellos investigaran a fondo a nadie de su círculo, de sus vecinos, nada de eso. Hacerlo ahora es imposible.

Pensó en Meredith Roman. Podía acudir a ella y preguntarle por los conocidos y clientes de su madre, pero no sabía si tenía derecho a despertar de nuevo esa parte de su vida.

—Tiene que recordar —dijo Hinojos— que en mil novecientos sesenta y uno un caso como éste podría haber parecido imposible de resolver. Ni siquiera habrían sabido por dónde empezar. Simplemente no ocurría con tanta frecuencia como ahora.

—Hoy también son casi imposibles de resolver.

Se quedaron unos momentos en silencio. Bosch pensó en la posibilidad de que el asesino fuera un chiflado que pasaba por allí, actuó y huyó. Un asesino en serie que se había perdido hacía mucho en la oscuridad del tiempo. Si ése era el caso, entonces su investigación privada había terminado. Era un fracaso.

—¿Alguna cosa más de las fotos?

—Es todo lo que tengo..., no, espere. Hay otra cosa. Y puede que ya la conozca. —Hinojos cogió el sobre y lo abrió. Buscó en el interior y empezó a extraer una foto.

—No quiero mirar eso —dijo Bosch con rapidez.

—No es una foto de ella. De hecho, es de su ropa, dispuesta en una mesa. ¿Puede mirar eso?

Hinojos hizo una pausa, manteniendo la foto medio dentro y medio fuera del sobre. Bosch le indicó que siguiera adelante con un gesto de la mano.

—Ya he visto la ropa.

—Entonces probablemente ya habrá considerado esto.

La psiquiatra deslizó la foto al borde del escritorio y Bosch se inclinó para estudiarla. Era una imagen en color que había amarilleado por el paso del tiempo, incluso en el interior del sobre. Las mismas prendas de ropa que había encontrado en la caja de pruebas estaban extendidas en la mesa en una formación que delineaba un cuerpo, de la forma en que una mujer podría extenderlas en la cama antes de vestirse para salir. A Bosch le recordó los recortables de muñecas de papel. Incluso el cinturón con la hebilla de concha estaba allí, pero se hallaba entre la blusa y la falda negra, no en el imaginario cuello.

—Vale —dijo ella—. Lo que he encontrado extraño aquí es el cinturón.

—La supuesta arma homicida.

—Sí. Mire, tiene la concha grande plateada en la hebilla y conchas plateadas más pequeñas como ornamentación. Es bastante llamativo.

—Sí.

—Pero los botones de la blusa son dorados. Además, en las fotos del cadáver se ve que llevaba pendientes de lágrima dorados y una cadena de cuello dorada. Y también un brazalete.

—Sí, eso lo sabía. También estaban en la caja de pruebas.

Bosch no entendía adónde quería ir a parar Hinojos.

—Harry, esto no es una regla universal ni nada por el estilo, por eso dudaba en comentárselo. Pero normalmente la gente (las mujeres) no combina el dorado y el plateado. Y a mí me parece que su madre estaba bien vestida para esa velada. Que llevaba joyas que combinaban con los botones de la blusa. Iba conjuntada y tenía estilo. Lo que estoy diciendo es que no creo que ella hubiera llevado ese cinturón con el resto de elementos. Era plateado y extravagante.

Bosch no dijo nada. Algo estaba abriéndose camino en su mente y su punta era afilada.

—Y por último, estos botones de la falda en la cadera. Es un estilo que sigue vigente e incluso yo tengo algo similar. Lo que lo hace tan funcional es que a causa de la cinturilla amplia puede llevarse con o sin cinturón. No hay presillas.

Bosch miró la foto.

—No hay presillas.

—Exacto.

—Entonces lo que está diciendo es...

—Que éste podría no haber sido su cinturón. Podría haber...

—Pero era suyo. Yo lo recuerdo. El cinturón de la concha marina. Se lo regalé por su cumpleaños. Lo identifiqué para los detectives, para McKittrick, el día que vino a decírmelo.

—Bueno..., entonces eso derrumba todo lo que iba a decir. Supuse que cuando llegó a su apartamento el asesino ya la estaba esperando con él.

—No, no ocurrió en su apartamento. Nunca encontraron la escena del crimen. Escuche, no importa si era su cinturón o no, ¿qué iba a decir?

—Oh, no lo sé, sólo una teoría acerca de que fuera propiedad de alguna otra mujer, quien podría haber sido el factor motivador oculto tras la acción del asesino. Se llama agresión de transferencia. Ahora no tiene sentido con lo que me dice, pero hay ejemplos de lo que iba a sugerir. Un hombre se lleva las medias de su ex novia y estrangula a otra mujer con ellas. En su mente está estrangulando a su novia. Algo así. Iba a sugerir que podría haber ocurrido en este caso con el cinturón.

Pero Bosch ya no estaba escuchando. Se volvió y miró por la ventana, pero tampoco estaba viendo nada. En su mente contemplaba cómo las piezas encajaban. La plata y el oro, el cinturón con dos de los agujeros gastados, dos amigas unidas como hermanas. Una para las dos y las dos para una.

Pero una iba a abandonar esa vida. Había encontrado un príncipe azul.

Y la otra iba a quedarse atrás.

—Harry, ¿está bien?

Miró a Hinojos.

—Creo que acaba de hacerlo.

—¿Hacer el qué?

Bosch cogió el maletín y sacó de él la foto tomada en el baile del día de San Patricio hacía más de tres décadas. Sabía que era una posibilidad remota, pero necesitaba comprobarla.

Esta vez no miró a su madre. Miró a Meredith Roman, de pie detrás de Johnny Fox. Y por primera vez vio que llevaba el cinturón de la hebilla de concha plateada. Lo había cogido prestado.

Entonces lo entendió. Meredith Roman había ayudado a Harry a comprar el cinturón para su madre. Ella se lo había enseñado y lo había elegido no porque fuera a gustarle a su ma-

dre, sino porque le gustaba a ella y sabía que podría usarlo.
Eran dos amigas que lo compartían todo.

Bosch volvió a meter la foto en el maletín y cerró éste. Se
levantó.

—Tengo que irme.

Bosch recurrió al mismo truco que antes para volver a entrar en el Parker Center. Al salir del ascensor en la cuarta planta, prácticamente se topó con Hirsch, que estaba esperando para bajar. Cogió al joven técnico de huellas por el brazo y lo retuvo en el pasillo mientras se cerraban las puertas del ascensor.

—¿Vas a casa?

—Lo intentaba.

—Necesito otro favor. Te invitaré a comer. Te invitaré a cenar. Te invitaré a lo que quieras. Es importante y no tardarás mucho.

Hirsch lo miró. Bosch se dio cuenta de que el joven estaba empezando a lamentar haberse implicado.

—¿Cómo es el dicho, Hirsch? Si juegas un penique, juegas una libra. ¿Qué dices?

—Nunca lo he oído.

—Bueno, yo sí.

—Voy a cenar con mi novia esta noche y...

—Fantástico. No tardarás mucho. Llegarás a tiempo a cenar.

—Muy bien. ¿Qué necesita?

—Hirsch, eres mi héroe, ¿sabes?

Bosch dudaba incluso de que el joven tuviera novia. Fueron de nuevo al laboratorio. Estaba desierto, porque eran casi las cinco de un día tranquilo. Bosch dejó el maletín en uno de los escritorios abandonados y lo abrió. Encontró la tarjeta de

Navidad y la sacó agarrándola por la esquina con dos uñas. La levantó para que Hirsch la viera.

—Llegó en el correo hace cinco años. ¿Crees que podrías extraer una huella? ¿Una huella de la remitente? Estoy seguro de que las mías estarán por todas partes.

Hirsch frunció el entrecejo y examinó la tarjeta. Su labio inferior sobresalió mientras contemplaba el desafío.

—Puedo intentarlo. Las huellas en papel suelen ser bastante estables. Los aceites duran mucho y a veces dejan marcas en el papel incluso cuando se evaporan. ¿Ha estado en este sobre?

—Sí, durante cinco años. Hasta la semana pasada.

—Eso ayuda.

Hirsch cogió cuidadosamente la tarjeta y se acercó a la mesa de trabajo, donde abrió la felicitación y la adhirió a un tablero.

—Voy a probar con el interior. Siempre es mejor. Hay menos posibilidades de que usted haya tocado la parte interior. Y quien escribe siempre toca el interior. ¿Le importa si se estropea?

—Haz lo que tengas que hacer.

Hirsch examinó la tarjeta con una lupa, después sopló suavemente sobre la superficie. Se estiró hacia un estante de aerosoles que había sobre la mesa de trabajo y cogió uno que ponía ninhidrina. Dispersó una ligera niebla sobre la superficie de la tarjeta y en unos minutos ésta empezó a ponerse de color púrpura por los costados. A continuación las formas iluminadas empezaron a florecer como rosas en la tarjeta. Huellas.

—Tengo que hacerlas salir —dijo Hirsch, más para sí mismo que para Bosch.

Hirsch levantó la mirada hacia el estante y sus ojos siguieron la fila de reactivos químicos hasta que encontró lo que estaba buscando. Cloruro de zinc. Lo roció sobre la tarjeta.

—Esto debería traer las nubes de tormenta.

Las huellas se volvieron del color violeta oscuro de una nube de lluvia. Entonces Hirsch bajó una botella con la etiqueta RF, que Bosch sabía que significaba Revelador Físico. Después de que la tarjeta fue vaporizada con RF, las huellas se volvieron de color negro grisáceo y aparecieron más definidas. Hirsch las miró con su lámpara lupa.

—Creo que éstas son lo bastante buenas. No necesitaremos el láser. Mire aquí, detective.

Hirsch señaló una huella que parecía haber sido dejada por un pulgar en la parte izquierda de la firma de Meredith Roman y dos marcas de dedos más pequeñas encima de ésta.

—Parecen las marcas que deja alguien que quiere mantener quieta la tarjeta mientras está escribiendo. ¿Hay alguna posibilidad de que usted la tocara así?

Hirsch mantuvo los dedos colocados sobre la tarjeta dos centímetros por encima, pero en la misma posición en que había estado la mano que había dejado las huellas. Bosch negó con la cabeza.

—Lo único que hice fue abrir el sobre y leerla. Creo que son las huellas que queremos.

—Vale, ¿ahora qué?

Bosch se acercó al maletín y sacó la tarjeta con las huellas del cinturón que Hirsch le había devuelto ese mismo día.

—Aquí están —dijo—. Compárelas con las que salen en la tarjeta de Navidad.

—Hecho.

Hirsch puso la lupa con luz delante de él y de nuevo empezó el movimiento ocular de partido de tenis mientras comparaba las huellas.

Bosch trató de imaginar lo que había ocurrido. Marjorie Lowe se iba a Las Vegas a casarse con Arno Conklin. La mera idea debió de parecerle absurdamente maravillosa. Tenía que ir a casa y hacer las maletas. El plan era conducir de noche. Si Arno pensaba llevar un padrino, tal vez Marjorie iba a llevar una dama de honor. Quizá subió las escaleras y le pidió a Meredith que la acompañara. O quizá fue a pedirle que le devolviera el cinturón que le había regalado su hijo. Quizá había ido a decirle adiós.

Pero algo ocurrió cuando llegó allí. Y en la noche más feliz de Marjorie, Meredith la mató.

Bosch pensó en los informes de las entrevistas que habían formado parte del expediente del caso. Meredith les dijo a Eno y McKittrick que Johnny Fox había concertado la cita de Marjorie la noche que ésta había muerto. Pero Meredith no fue a la fiesta porque dijo que Fox le había pegado la noche anterior y no estaba presentable. Los detectives anotaron en el informe que ella tenía un moretón en la cara y un labio partido.

Bosch se preguntó por qué no lo había visto entonces. Las heridas de Meredith eran el resultado de su pelea con Marjorie. La gota de sangre en la blusa de Marjorie era de Meredith.

Pero Bosch sabía por qué no lo había visto. Sabía que los investigadores habían despreciado cualquier idea en ese sentido, si es que alguna vez la tuvieron, porque Meredith Roman era una mujer. Y porque Fox respaldó su historia. Admitió que le había pegado.

Bosch veía ahora lo que creía que era la verdad. Meredith mató a Marjorie y después, al cabo de unas horas, llamó a Fox a su partida de cartas para darle la noticia. Le pidió que la ayudara a deshacerse del cadáver y a ocultar su explicación.

Fox debió haber aceptado de buen grado, incluso hasta el punto de acceder a decir que le había pegado, porque veía un panorama más amplio. Había perdido una fuente de ingresos cuando Marjorie fue asesinada, pero eso quedaría compensado por la mayor influencia que el asesinato le daría sobre Conklin y Mittel. Si quedaba sin resolver sería todavía mejor. Él siempre supondría una amenaza para ellos. Podía presentarse en cualquier momento en comisaría y decir lo que sabía y cargárselo a Conklin.

De lo que Fox no se dio cuenta fue de que Mittel podía ser tan astuto y despiadado como él. Lo aprendió un año después en La Brea Boulevard.

La motivación de Fox estaba clara. Bosch todavía no estaba seguro del móvil de Meredith. ¿Podía haberlo hecho por las razones que Bosch había desplegado en su mente? ¿El abandono de una amiga había conducido a la rabia del asesinato? Empezó a creer que todavía faltaba algo. Todavía no lo sabía todo. El último secreto estaba con Meredith Roman y tendría que ir a buscarlo.

Una idea extraña se abrió paso entre estas preguntas en Bosch. La hora de la muerte de Marjorie fue alrededor de medianoche. Fox no recibió la llamada y no dejó la partida de cartas hasta alrededor de cuatro horas más tarde. Bosch supuso que la escena del crimen era el apartamento de Meredith. Y se preguntó, ¿qué hizo durante cuatro horas con el cadáver de su mejor amiga?

—¿Detective?

Bosch se despertó de sus pensamientos y miró a Hirsch, quien estaba sentado ante el escritorio, asintiendo con la cabeza.

—¿Has conseguido algo?

—Bingo.

Bosch se limitó a asentir.

Era una confirmación de algo más que la coincidencia de unas huellas dactilares. Sabía que era la confirmación de que todas las cosas que había aceptado como las verdades de su vida podían ser tan falsas como Meredith Roman.

El cielo era del color de una flor de ninhidrina sobre papel blanco. No había nubes y la tonalidad violeta se iba intensificando con el envejecimiento del ocaso. Bosch pensó en las puestas de sol de las que le había hablado a Jazz y se dio cuenta de que incluso eso era mentira. Todo era mentira.

Detuvo el Mustang enfrente de la casa de Katherine Register. Una mentira más. La mujer que vivía allí era Meredith Roman. Cambiarse el nombre no cambiaba nada de lo que había hecho, no la cambiaba a ella de culpable a inocente.

No había luces encendidas que pudieran verse desde la calle, ninguna señal de vida. Estaba preparado para esperar, pero no quería enfrentarse a las ideas que se entrometerían si se quedaba sentado solo en el coche. Salió, cruzó el parterre hasta el porche de la entrada y llamó a la puerta.

Mientras aguardaba, sacó un cigarrillo y lo estaba encendiendo cuando se detuvo de repente. Se dio cuenta de que lo que estaba haciendo era su reflejo de fumar en las escenas de los crímenes donde los cadáveres no eran recientes. Su instinto había reaccionado antes de que registrara conscientemente el olor procedente de la casa. Al otro lado de la puerta era apenas perceptible, pero ahí estaba. Miró a la calle y no vio a nadie. Se volvió hacia la puerta y probó a abrir. El pomo giró. Al entrar, sintió una ráfaga de aire fresco y el olor salió a recibirlo.

La casa estaba tranquila, el único sonido era el zumbido del aire acondicionado en la ventana de la habitación de Meredith. Fue allí donde la encontró. Enseguida vio que la mujer llevaba varios días muerta. Su cadáver estaba en la cama, con las sábanas subidas hasta el cuello. Sólo era visible la cara, o lo que quedaba de ella. Los ojos de Bosch no se entretuvieron en la imagen. El deterioro había sido generalizado y supuso que tal vez llevaba muerta desde el día en que él la había visitado.

En la mesita de noche había dos vasos vacíos, una botella de vodka a medias y un frasco vacío de pastillas. Bosch se inclinó a leer la etiqueta y vio que la prescripción era para Katherine Register, una cada noche antes de acostarse. Pastillas para dormir.

Meredith se había enfrentado al pasado y se había administrado su propia condena. Suicidio. Bosch sabía que no le correspondía a él decidir, pero eso era lo que parecía. Se volvió hacia el escritorio porque recordó la caja de pañuelos de papel y quería usar uno para limpiar sus huellas. Pero allí encima, cerca de las fotos en marcos dorados había un sobre a su nombre.

Lo cogió, agarró algunos pañuelos y salió de la habitación. En la sala de estar, un poco más lejos de la fuente del terrible olor, pero no lo suficiente, dio la vuelta al sobre para abrirlo y se fijó en que la lengüeta estaba rota. Ya habían abierto el sobre. Supuso que quizá Meredith lo había reabierto para volver a leer lo que había escrito. Quizá había dudado sobre lo que estaba haciendo. Bosch desechó la cuestión y sacó la nota. Estaba fechada una semana antes. Miércoles. La había escrito el día siguiente a su visita.

Querido Harry:
Si estás leyendo esto, mis temores de que descubrirías la verdad estaban bien fundados. Si estás leyendo esto, la decisión que he tomado esta noche era la correcta y no me arrepiento. Verás, prefiero afrontar el juicio de la otra vida a que me mires conociendo la verdad.

Sé lo que te arrebaté. Lo he sabido toda mi vida. De nada sirve decir que lo siento ni tratar de explicarlo. Pero todavía me sorprende cómo puede cambiar para siempre una vida en unos momentos de rabia incontrolada. Estaba furiosa con Marjorie cuando llegó esa noche tan llena de esperanza y felicidad. Me estaba dejando. A cambio de una vida contigo. Con él. Por una vida que sólo habíamos soñado que fuera posible.

¿Qué son los celos sino un reflejo de tus propios fallos? Estaba celosa y furiosa, y arremetí contra ella. Después hice un débil intento de cubrir lo que había hecho. Lo siento, Harry, pero te la arrebaté y de esta forma te arrebaté cualquier posibilidad que tuviste. He cargado con la culpa todos los días de mi vida desde entonces y me la llevo conmigo ahora. Debería haber pagado por mi pecado hace mucho tiempo, pero alguien me convenció de que no lo hiciera y me ayudó a librarme. Ahora ya no queda nadie para convencerme.

No pido tu perdón, Harry. Eso sería un insulto. Supongo que lo único que quiero es que sepas cuánto lo lamento y que sepas que a veces la gente que cree que se libra no se libra. Yo no lo hice. Ni entonces, ni ahora. Adiós,

Meredith

Bosch releyó la carta y se quedó allí de pie un buen rato, pensando. Finalmente, la dobló y volvió a ponerla en su sobre. Encendió el sobre con su Bic y lo tiró a la chimenea. Observó cómo el papel se retorcía y se consumía hasta que floreció como una rosa negra y desapareció.

Fue a la cocina y levantó el auricular después de envolverse la mano con un pañuelo de papel. Lo puso en la encimera y marcó el número de urgencias. Mientras caminaba hacia la puerta de la calle, oyó la débil voz de la operadora de la policía de Santa Mónica preguntándole quién era y qué problema había.

Dejó la puerta sin cerrar y limpió el pomo exterior con el pañuelo después de salir al porche. Oyó una voz detrás de él.

—Bonita carta, ¿no?

Bosch se volvió. Vaughn estaba sentado en el confidente de ratán del porche. Empuñaba otra veintidós. Parecía otra Beretta. No tenía muy mal aspecto. No tenía los ojos a la funerala de Bosch, ni los puntos.

—Vaughn.

A Bosch no se le ocurrió otra cosa para decir. No podía imaginar cómo lo había encontrado. ¿Había sido Vaughn lo bastante osado para esperarlo en el Parker Center y seguirlo desde allí? Bosch miró a la calle y se preguntó cuánto tardaría la operadora de la policía en enviar un coche a la dirección que el ordenador diera para la llamada a urgencias. Aunque Bosch no hubiera dicho nada, sabía que al final enviarían una patrulla a comprobarlo. Quería que encontraran a Meredith. Si no se daban prisa, probablemente lo encontrarían también a él. Tenía que entretener a Vaughn todo lo posible.

—Sí, bonita nota —repitió el hombre que empuñaba la pistola—, pero olvidó algo, ¿no crees?

—¿Qué olvidó?

Vaughn parecía no haberlo escuchado.

—Es gracioso —dijo—. Sabía que tu madre tenía un hijo, pero nunca te conocí, nunca te vi. Te mantenía apartado de mí. Supongo que no era lo bastante bueno.

Bosch siguió mirando mientras la información comenzaba a encajar.

—Johnny Fox.

—En persona.

—No entiendo. Mittel...

—¿Mittel me mató? No, la verdad es que no. Creo que podríamos decir que me maté yo mismo. He leído el artículo del periódico de hoy, pero está equivocado. Al menos la mayor parte.

Bosch asintió. Ahora lo sabía.

—Meredith mató a tu madre, chico. Lo siento. Yo sólo la ayudé después del hecho.

—Y más tarde usaste su muerte para acceder a Conklin.

Bosch no necesitaba ninguna confirmación de Fox. Sólo trataba de ganar tiempo.

—Sí, ése era el plan, llegar a Conklin. También funcionó

muy bien. Me sacó del arroyo. Sólo que enseguida descubrí que quien tenía el poder era Mittel. Lo sabía. Entre ellos dos, Mittel podía llegar al final. Así que me apunté al caballo ganador. Quería controlar mejor al chico de oro. Quería tener un as en la manga. Así que le ayudé.

—¿Matándote? No lo entiendo.

—Mittel me dijo que el poder supremo sobre una persona es el que ellos no saben que tienes hasta que necesitas usarlo. Ves, Bosch, Mittel siempre sospechó que Conklin era quien mató a tu madre.

Bosch asintió. Vio adónde iba a ir a parar la historia.

—Y nunca le dijiste a Mittel que Conklin no era el asesino.

—Exacto. Nunca le hablé de Meredith. Así que sabiendo eso, míralo desde su lado. Mittel suponía que si Conklin era el asesino y creía que yo estaba muerto, entonces creería que era libre. Ves, yo era el único cabo suelto, el único que podía implicarlo. Mittel quería que pensara que estaba a salvo, porque quería que Conklin estuviera tranquilo. No quería que perdiera su impulso, su ambición. Conklin iba a llegar lejos y Mittel no quería que dudara siquiera. Pero también quería mantener un as en la manga, algo que siempre pudiera sacar a relucir si Conklin trataba de salirse de la línea. Ése era yo. Yo era el as. Así que Mittel y yo organizamos ese pequeño atropello. La cuestión es que Mittel nunca tuvo que usar el as con Conklin. Conklin le dio a Mittel muchos años buenos. Cuando se retiró en la carrera a fiscal general, Mittel ya se había diversificado. Por entonces tenía un congresista, un senador y la cuarta parte de los políticos locales en su lista de clientes. Podría decirse que entonces ya se había subido a hombros de Conklin para pasar a un nivel superior. Ya no necesitaba a Arno.

Bosch asintió una vez más y pensó un momento en el escenario. Todos esos años. Conklin creía que la había matado Mittel, y Mittel creía que había sido Conklin. No había sido ninguno de los dos.

—¿Entonces a quién atropellaste?

—Oh, a alguien. No importa. Podríamos decir que fue un

voluntario. Lo cogí en Mission Street. Pensaba que estaba repartiendo volantes de Conklin. Dejé mi identificación en el fondo de la mochila que le di. Nunca supo qué le golpeó ni por qué.

—¿Cómo saliste airoso? —preguntó Bosch, aunque pensaba que también tenía la respuesta a eso.

—Mittel tenía a Eno. Lo organizamos para que ocurriera cuando él fuera el siguiente de la ronda. Eno se ocupó de todo y Mittel se ocupó de él.

Bosch vio que el montaje también le dio a Fox una porción de poder sobre Mittel. Y lo había acompañado desde entonces. Un poco de cirugía plástica, una ropa mejor, y era Jonathan Vaughn, ayudante del fabuloso estratega político y triunfador.

—¿Cómo sabías que aparecería aquí?

—La he controlado a lo largo de los años. Sabía que estaba aquí. Sola. Después de nuestra pequeña escapada en la colina la otra noche, vine aquí a esconderme y a dormir. Me diste un buen dolor de cabeza... ¿Con qué me golpeaste?

—Con la bola ocho.

—Supongo que tendría que haber pensado en eso cuando te metí allí. El caso es que la encontré así en la cama. Leí la nota y me enteré de quién eras. Supuse que volverías. Sobre todo después de que dejaras ese mensaje en el contestador ayer.

—¿Has estado aquí todo este tiempo con...?

—Te acostumbras. Puse el aire acondicionado a tope y cerré la puerta. Te acostumbras.

Bosch trató de imaginarlo. A veces pensaba que estaba habituado al olor, pero sabía que no lo estaba.

—¿Qué es lo que no dijo en la nota, Fox?

—La parte de que quería a Conklin para ella. Verás, primero lo intenté con ella. Pero Conklin no mordió el anzuelo. Después lo organicé con Marjorie y saltaron chispas. Aunque nadie esperaba que fuera a terminar dispuesto a casarse con ella. Y menos Meredith. Sólo había sitio en el caballo blanco para una princesa. Ésa era Marjorie. Meredith no lo soportó. Debió de ser una pelotera infernal.

Bosch no dijo nada. Pero la verdad le picó en la cara como

una quemadura de sol. Al final todo se había reducido a eso, una pelea entre putas.

—Vamos a tu coche —dijo Fox.

—¿Por qué?

—Tenemos que ir a tu casa.

—¿Para qué?

Fox no llegó a responder. Un coche patrulla de Santa Mónica se detuvo delante de la casa justo cuando Bosch formulaba su pregunta. Dos agentes de policía empezaron a salir.

—Tranquilo, Bosch —dijo Fox con calma—. Tranquilo si quieres vivir un poco más.

Bosch vio que Fox giraba el cañón de su arma hacia los agentes que se aproximaban. No podían verlo porque lo tapaba la gruesa buganvilla que recorría la parte delantera del porche. Uno de ellos empezó a hablar.

—¿Alguien ha llamado a...?

Bosch dio dos pasos y se lanzó por encima de la barandilla al parterre. Al hacerlo gritó una advertencia.

—¡Tiene una pistola! ¡Tiene una pistola!

Desde el suelo, Bosch oyó que Fox echaba a correr por el porche. Supuso que trataba de alcanzar la puerta. Entonces sonó el primer disparo. Estaba seguro de que había surgido de detrás de él, de Fox. A continuación los dos policías abrieron fuego como si fuera el Cuatro de Julio. Bosch no pudo contar todos los disparos. Se quedó en el suelo con los brazos extendidos y las manos hacia arriba, esperando que no dispararan en aquella dirección.

En menos de ocho segundos había terminado. Cuando los ecos se apagaron y volvió el silencio, Bosch volvió a gritar.

—¡Estoy desarmado! ¡Soy agente de policía! ¡No soy una amenaza! ¡Soy un agente de policía desarmado!

Sintió la boca de un cañón caliente apretada en el cuello.

—¿Dónde está la identificación?

—En el bolsillo interior derecho de la chaqueta.

Entonces recordó que no la tenía. Las manos del poli lo agarraron por los hombros.

—Voy a darle la vuelta.

—Espera un momento. No la llevo.

—¿Qué es esto? Dese la vuelta.

Bosch obedeció.

—No la llevo, pero llevo otra identificación. En el bolsillo interior izquierdo.

El poli empezó a registrar su chaqueta. Bosch estaba asustado.

—No voy a hacer nada malo.

—Cállese.

El poli sacó la billetera de Bosch y miró la licencia de conducir que estaba detrás de una ventanilla de plástico.

—¿Qué tienes, Jimmy? —gritó el otro poli. Bosch no podía verlo.

—Dice que es poli, no tiene placa. Tengo el carnet de conducir aquí.

A continuación se agachó y cacheó a Bosch en busca de armas.

—Estoy limpio.

—Muy bien, dese la vuelta otra vez.

Bosch lo hizo y le esposaron las manos a la espalda. Entonces oyó que el hombre que estaba encima de él pedía una ambulancia por radio.

—Muy bien, arriba.

Bosch hizo lo que le dijeron. Por primera vez vio el porche. El otro poli estaba de pie, apuntando con su pistola el cuerpo de Fox, junto a la puerta principal. Bosch subió por la escalera hasta el porche. Vio que Fox seguía vivo. Su pecho subía y bajaba. Tenía heridas en ambas piernas y en el estómago y parecía que una bala le había atravesado ambas mejillas. La mandíbula le colgaba abierta. Pero los ojos parecían aún más abiertos mientras esperaba que la muerte pasara a buscarle.

—Sabía que dispararías, cabrón —le dijo Bosch—. Ahora muérete.

—¡Cállese! —le ordenó el policía al que habían llamado Jimmy—. Ahora.

El otro poli lo apartó de la puerta. En la calle, Bosch vio que los vecinos se juntaban en grupitos u observaban desde sus porches. Nada como los tiroteos en barrios residenciales para unir a la gente, pensó. El olor de la pólvora quemada en el aire era mejor que una barbacoa.

El joven policía se acercó al rostro de Bosch. Harry vio que su placa lo identificaba como D. Sparks.

—Muy bien, ¿qué coño ha pasado aquí? Si es poli, díganos qué ha pasado.

—Vosotros dos sois un par de héroes, eso es lo que ha pasado.

—Cuente la historia. No tengo tiempo para chorradas.

Bosch oía las sirenas que se aproximaban.

—Me llamo Bosch. Soy del Departamento de Policía de Los Ángeles. Este hombre al que habéis abatido es sospechoso del asesinato de Arno Conklin, ex fiscal del distrito de este condado, y del teniente Harvey Pounds de la policía de Los Ángeles. Estoy seguro de que has oído hablar de esos casos.

—Jim, ¿has oído eso? —Se volvió de nuevo hacia Bosch—. ¿Dónde está su placa?

—Robada. Puedo darte un número al que llamar. Subdirector Irvin Irving. Responderá por mí.

—No importa. ¿Qué hacía él aquí? —Señaló a Fox.

—Me dijo que se estaba escondiendo. Antes he recibido una llamada para venir a esta dirección y él me estaba esperando para tenderme una emboscada. Yo podía identificarle. Tenía que eliminarme.

El poli miró a Fox, preguntándose si debía creer una historia tan rocambolesca.

—Habéis llegado justo a tiempo —dijo Bosch—. Iba a matarme.

D. Sparks asintió con la cabeza. Empezaba a gustarle el sonido de la historia, pero enseguida arqueó una ceja en un gesto de preocupación.

—¿Quién ha llamado a urgencias? —preguntó.

—Yo —dijo Bosch—. Llegué aquí, encontré la puerta

abierta y entré. Estaba llamando al novecientos once cuando saltó sobre mí. Solté el teléfono porque sabía que vendríais.

—¿Por qué llamó a urgencias si todavía no le había cogido?

—Por lo que hay en el dormitorio de atrás.

—¿Qué?

—Hay una mujer en la cama. Parece que lleva muerta una semana.

—¿Quién es?

Bosch miró a la cara al joven policía.

—No lo sé.

—¿Por qué no reveló que sabía que ella era la asesina de su madre? ¿Por qué mintió?

—No lo sé. No lo he pensado. Es sólo que había algo en lo que escribió y en lo que hizo al final que... No lo sé, pensé que era suficiente. Quería dejarlo pasar.

Carmen Hinojos asintió con la cabeza como si entendiera, pero Bosch no estaba seguro de comprenderlo él mismo.

—Creo que es una buena decisión, Harry.

—¿Sí? No creo que nadie más pensara que fue una buena decisión.

—No estoy hablando desde el punto de vista de procedimiento o de justicia penal. Sólo estoy hablando en el plano humano. Creo que hizo lo correcto. Por usted.

—Supongo...

—¿Se siente bien?

—En realidad, no. Tenía razón, ¿sabe?

—¿Sí? ¿En qué?

—En lo que dijo de lo que ocurriría cuando encontrara a quién lo hizo. Me advirtió. Dijo que podría hacerme más mal que bien. Bueno, se quedó corta... Menuda misión me di, ¿no?

—Lo lamento si tenía razón. Pero, como dije en la última sesión, las muertes de esos hombres no pueden...

—Ya no estoy hablando de ellos. Estoy hablando de otra cosa. Ve, ahora sé que mi madre estaba tratando de salvarme de ese lugar en el que estaba. Como ella me había prometido ese día junto a la valla del que le hablé. Pienso que tanto si amaba a

Conklin como si no, estaba pensando en mí. Tenía que sacarme de allí y él era la forma de hacerlo. Así que, en última instancia, murió por mí.

—Oh, por favor, no se diga eso, Harry. Es ridículo.

Bosch sabía que la ira en la voz de Hinojos era real.

—Si va a adoptar esa clase de lógica —continuó ella—, puede encontrar cualquier razón por la que la mataron, puede argumentar que su nacimiento puso en movimiento las circunstancias que condujeron a su muerte. ¿Se da cuenta de lo estúpido que es esto?

—La verdad es que no.

—Es el mismo argumento que utilizó el otro día acerca de la gente que no asume responsabilidad. Bueno, el reverso de eso es la gente que asume demasiada responsabilidad. Y se está convirtiendo en uno de ellos. Déjelo estar, Harry. Déjelo. Deje que otros asuman responsabilidades por algunas cosas. Incluso si esos otros están muertos. Estar muerto no te absuelve de todo.

Bosch se limitó a mirarla durante un buen rato, intimidado por la contundencia de la admonición. Estaba seguro de que su arrebato marcaría un corte natural en la sesión. La discusión acerca de su culpa estaba hecha. Ella la había zanjado y Bosch había recibido las instrucciones.

—Lamento haber levantado la voz.

—No se preocupe.

—Harry, ¿qué noticias tiene del departamento?

—Nada. Estoy esperando a Irving.

—¿A qué se refiere?

—Ha mantenido mi... culpabilidad fuera de la prensa. Ahora le toca mover ficha. O va a echarme encima a la División de Asuntos Internos (si puede acusarme de hacerme pasar por Pounds) o va a dejarlo estar. Apuesto a que va a dejarlo pasar.

—¿Por qué?

—Lo que está claro del departamento es que no es partidario de la autoflagelación. ¿Me explico? Este caso es muy público, y si me hacen algo saben que siempre existe el peligro de que se filtre, y eso supondría otro ojo a la funerala para el departamento. Irving se ve a sí mismo como el protector de la imagen del departamento. Antepondrá eso a acabar conmigo. Además, ahora tendrá poder sobre mí. O sea, cree que lo tiene.

—Parece que conoce bien a Irving y al departamento.

—¿Por qué?

—El subdirector Irving me ha llamado esta mañana y me ha pedido que le envíe a su oficina una resolución positiva de retorno al trabajo lo antes posible.

—¿Eso ha dicho? ¿Quiere un informe de retorno al trabajo?

—Sí, ésas han sido sus palabras. ¿Cree que está preparado?

Bosch pensó unos segundos, pero no respondió la pregunta.

—¿Lo había hecho antes? ¿Decirle cómo evaluar a alguien?

—No. Es la primera vez y estoy muy preocupada por eso. Acceder a sus deseos sin más socavaría mi posición. Es un dilema porque no quiero atraparle a usted en medio.

—¿Y si no le hubiera dicho qué dirección tomar? ¿Cuál habría sido su evaluación? ¿Positiva o negativa?

Hinojos jugueteó con un lápiz en el escritorio durante unos segundos mientras consideraba la cuestión.

—Es una decisión complicada, Harry, pero creo que necesita más tiempo.

—Entonces no lo haga. No se rinda ante él.

—Menudo cambio. Hace una semana de lo único que podía hablar era de volver al trabajo.

—Eso fue hace una semana. —Había una tristeza palpable en la voz de Bosch.

—Deje de fustigarse con eso —dijo Hinojos—. El pasado es como una porra y sólo puede golpearse con ella en la cabeza unas cuantas veces antes de que se produzca un daño grave y permanente. Creo que está en el límite. Por si le sirve, creo que es usted un hombre bueno y honesto y en última instancia amable. No se haga esto a usted mismo. No arruine lo que tiene, lo que es, con esa clase de pensamientos.

Bosch asintió como si lo entendiera, pero ya había desestimado las palabras de la psiquiatra en cuanto las había escuchado.

—Los últimos dos días he estado pensando mucho.

—¿En qué?

—En todo.

—¿Alguna decisión?

—Casi. Creo que voy a entregar la placa, voy a dejar el departamento.

Hinojos se inclinó hacia adelante y cruzó los brazos sobre la mesa. Una expresión de seriedad le arrugó el entrecejo.

—Harry, ¿de qué está hablando? Eso no es propio de usted. Su trabajo y su vida son lo mismo. Creo que es bueno tomar cierta distancia, pero no una separación total. Yo... —Se detuvo cuando pareció concebir una idea—. ¿Es ésta su idea de condena, de pagar por lo que ha ocurrido?

—No lo sé... Yo sólo... Por lo que he hecho, algo debo pagar. Eso es todo. Irving no va a hacer nada. Yo sí lo haré.

—Harry, cometió un error. Un error grave, sí. Pero ¿por eso está renunciando a su carrera, a la única cosa que incluso usted admite que hace bien? ¿Va a tirarlo todo por la borda?

Bosch asintió con la cabeza.

—¿Ha pedido ya los papeles?

—Todavía no.

—No lo haga.

—¿Por qué no? No puedo seguir con esto. Es como si estuviera caminando esposado a una cadena de fantasmas.

Bosch negó con la cabeza. Estaban teniendo el mismo debate que él había tenido en su mente en los últimos dos días, desde la noche en la casa de Meredith Roman.

—Dese algo de tiempo —dijo Hinojos—. Lo único que le estoy pidiendo es que lo piense. Ahora está de baja remunerada. Aprovéchela. Use el tiempo. Le diré a Irving que todavía no voy a darle ninguna resolución. Mientras tanto, dese tiempo y piense bien en ello. Vaya a algún sitio, túmbese en la playa. Pero piense en ello antes de presentar los papeles.

Bosch levantó las manos en ademán de rendición.

—Por favor, Harry. Quiero oírselo decir.

—Muy bien. Lo pensaré un poco más.

—Gracias.

Hinojos dejó que el silencio ratificara el acuerdo.

—¿Recuerda lo que dijo cuando vio el coyote en la calle la semana pasada? —preguntó ella tranquilamente—. ¿De que era el último coyote?

—Lo recuerdo.

—Creo que sé cómo se sintió. No me gustaría pensar que yo también he visto al coyote por última vez.

Desde el aeropuerto, Bosch cogió la autovía hasta la salida de Armenia y luego continuó dirección sur hacia Swann. Descubrió que ni siquiera necesitaba el plano del coche de alquiler. Dobló hacia el este por Swann hasta el Hyde Park y después enfiló South Boulevard hasta la casa de ella. Veía la bahía que relucía al sol al final de la calle.

Arriba de la escalera el portal estaba abierto, pero la puerta mosquitera cerrada. Bosch llamó.

—Adelante. Está abierto.

Era ella. Bosch empujó la mosquitera y llegó a la sala. Jasmine no estaba allí, pero la primera cosa en la que se fijó Bosch fue un lienzo en la pared donde antes sólo había un clavo. Era el retrato de un hombre en sombras, sentado solo ante una mesa. La figura tenía el codo apoyado en la mesa y la mano levantada contra su mejilla, oscureciendo el rostro y haciendo de los profundos ojos el punto focal de la pintura. Bosch la miró un momento hasta que ella llamó otra vez.

—¿Hola? Estoy aquí.

Bosch vio que la puerta del estudio estaba ligeramente entreabierta. Se acercó y la empujó para abrirla. Ella estaba allí, de pie ante el caballete, con óleos de tonos oscuros en la paleta que tenía en la mano. Tenía una única mancha de ocre en la mejilla derecha. Sonrió de inmediato.

—Harry.

—Hola, Jasmine.

Bosch se le acercó y rodeó el caballete. El retrato estaba

apenas empezado, pero ella había comenzado por los ojos. Los mismos ojos que en el retrato que colgaba de la pared en la otra habitación. Los mismos ojos que Bosch veía cuando se miraba en el espejo.

Jasmine se acercó a él de manera vacilante. No había atisbo de vergüenza o incomodidad en su rostro.

—Pensaba que si te pintaba volverías.

Dejó el pincel en una vieja lata de café atornillada al caballete y se acercó todavía más. Lo abrazó y se besaron en silencio. Al principio fue un reencuentro delicado, después Harry le puso la mano en la espalda y la atrajo a su pecho como si ella fuera una venda capaz de contener su hemorragia. Al cabo de poco, Jasmine se apartó, levantó las manos y sostuvo entre ellas la cara de Bosch.

—Déjame ver si he hecho bien los ojos.

Estiró el brazo y le quitó a Bosch las gafas de sol. Sonrió. Bosch sabía que el color morado de las ojeras casi había desaparecido, pero los globos oculares seguían estando ribeteados de rojo y llenos de capilares hinchados.

—Joder, has viajado de noche.

—Es una larga historia. Te la contaré después.

—Dios, vuelve a ponerte las gafas.

Jasmine volvió a ponerle las gafas y rió.

—No tiene gracia. Duele.

—No es por eso. Te he manchado la cara de pintura.

—Bueno, entonces no estoy solo.

Bosch trazó la cuchillada de óleo en el rostro de Jasmine. Se abrazaron de nuevo. Bosch sabía que podrían hablar más tarde. Por el momento sólo la abrazó y la olió y miró por encima del hombro de ella al azul brillante de la bahía. Pensó en algo que le había dicho el anciano postrado en la cama. «Cuando encuentres la que crees que encaja, agárrate a ella para siempre.» Bosch no sabía si ella era la elegida, pero por el momento se agarró a ella con todo lo que le quedaba.